KB004744

제롬스키의 독서표현력

Outside of a Dog

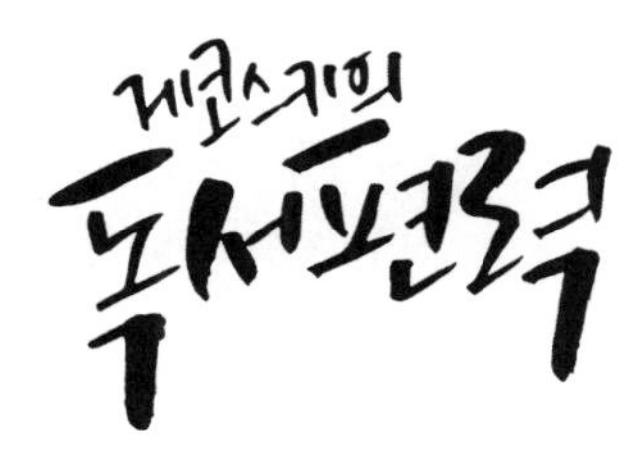

릭 게코스키 지음 | 한기찬 옮김

musintree
뮤진트리

차례

베라, 척, 데이브에게

■ 일러두기

1. 인명이나 지명은 외래어 표기용례를 따랐다. 단, 널리 알려진 이름이나 표기가 굳어진 명칭은 그대로 사용했다. 단행본 저작과 그 저자명을 중심으로 맨 처음, 주요하게 언급될 때 원어를 병기했다.
2. 본문에 나오는 도서와 영화 등의 제목은 원 제목을 번역 표기하는 것을 원칙으로 하되, 국내에 번역 소개된 경우에는 그 제목을 따랐다.
3. 옮긴이 주는 괄호 안에 줄표를 두어 표기했다. 예: (—옮긴이)

프롤로그

책 싸움

THE BATTLE OF THE BOOKS

많은 사람들이 책을 읽고
인생의 새로운 전기를 맞이했다.

헨리 데이비드 소로Henry David Thoreau, 《월든*Walden*》

"이번에는 147번 품목입니다. 굉장한 물건이죠."

경매인의 시선이 왼쪽 벽으로 향했다. 녹색 앞치마를 두른 흰 족제비처럼 생긴 짐꾼이 물건을 가리켰다.

"이 물건입니다!"

"자, 100파운드부터 시작하겠습니다. 어느 분이 먼저 하시겠습니까?"

나는 축축한 손으로 카탈로그를 꼭 쥐고 무관심한 척 방 왼편에 서 있었다. 방 안에는 쉰 명가량의 참석자들이 이리저리 돌아다니기도 하고, 의자에 앉아 있거나 플라스틱 컵으로 커피를 마시고 있었다. 빨간 깃털이 달린 모자를 쓴 중년 부인이 잔뜩 흥분해서 카탈로그를 허공에 흔들며 나오는 물건마다 값을 불러 댔고, 뒷줄에서는 은발의 신사 한 분이 나지막한 소리로 어린애에게 책을 읽어 주고 있었다.

레밍턴 스파(영국 잉글랜드 중남부 워릭셔 주에 있는 휴양 온천도시. 공식 명칭은 '로열 레밍턴 스파'—옮긴이)의 우리 동네 경매장에서는 매주 골동품에 준하는 가구를 판매했다. 그곳에서 이상하게 생긴 석탄 바구니나 흔들의자, 올이 드러난 낡은 동양산 융단을 구하는 재미가 쏠쏠했다. 나는 이따금 초판본이 한두 권 섞인 싸구려 책 무더기를 10파운드에 사들이곤 했다. 그렇게 입수한 물건은 그리 나쁘지 않았다. 저택들이 들어선 부유한 동네에서 종종 흥미로운 골동품을 토해 내곤 했으니까. 레밍턴 스파의 보물들은 배스나 첼튼엄만큼 풍부하지는 않았지만 그래도 뗼이 물건들이 제법 있었다.

그러나 이번 경매는 한 달에 한 번 열리는 미술품 경매여서 나 같은 부류의 사람에게는 적당하지 않았다. 1974년 당시 연봉 1,800파운드를 받았던 나는 집 안에 들여놓을 물건 하나당 16파운드 이상은 지출하지 않았다. 혹시 경쟁자가 있을까 하는 불안한 마음에 방 안을 훑어보았다. 동네 서적상은 없나? 혹시 대학 동료가 와 있는 것은 아닐까?

"100파운드 없습니까? 100파운드? 그러면 50파운드부터 시작해 볼까요?"

경매인은 방 뒤편으로 눈길을 돌렸다. 거기에는 서적상 한 무리가 담배를 피우며 경매 물건에는 관심 없다는 듯 소란스럽게 잡담을 나누고 있었다.

"50파운드에 받겠어요."

경매인은 5파운드씩 서서히 액수를 높여 갔다. 나는 신경을 곤두세운 사자처럼 언제든 달려들 준비를 하고 동정을 살피며 때를 기다렸다. 입찰금이 85파운드에 이르자 금액이 오르는 속도가 더뎌졌다. 내가 카탈로그를 들어 올렸으나 경매인이 보지 못했다. 나는 팔을 번쩍 치켜들었다. '여기 응찰해요, 나를 좀 봐요!'

"아, 나왔군요. 90파운드. 고맙습니다."

방 뒤편의 서적상이 한 번 더 고개를 끄덕였다. 나는 응찰금을 100파운드로 올렸다. 경매인이 방 안을 둘러보는 사이 잠시 진행이 중단됐다. 서적상은 어깨를 으쓱하더니 다시 잡담에 열중했다. 자연의 운행이 잠시 멈췄다. 시간이 정지했다. 경매 망치가 허공에 멎었다.

"이제 끝인가요? 마지막 기회입니다. 110파운드 부르실 분? …… 정 그러시면 105파운드는 없나요?"

그는 마지막으로 천천히 돌아본 다음, 경매 망치를 '땅' 하고 확실하게 내리쳤다. 나는 마치 골을 넣은 뒤 박수갈채에 답례라도 하듯 치켜들고 있던 팔을 내렸다. 몹시 기뻤다. 이전 미술품 경매 때 300~500파운드로 평가됐던 같은 물건이 유찰되는 과정을 지켜보았기 때문이다. 제아무리 대단한 물건이라 해도 책장 하나에 그 정도 값을 치를 만한 여유는 내게 없었다. 하지만 그때 내가 굳게 믿는 법칙이 하나 있었으니, 바로 '큰 책장은 흰 코끼리'라는 것이다.(그 시절 나는 '온갖' 법칙을 신봉했다.) 책을 많이 갖고 있는 사람이 큰 집에 살 가능성은 별로 없다. 반대로 큰 집을 가진 사람이 책 수집가일 가능성도 별로 없다. 따라서 커다란 책장은 제대로 된 임자를 만나야 한다. 그 임자가 바로 나였던 것이다. 더군다나 훌륭한 책장이었다. 빅토리아 시대의 마호가니목 재질에 세로가 여섯 칸이었고, 위쪽 세 칸이 살짝 돌출된 아래쪽 칸들과 잘 어울렸다. 폭 3.6미터에 높이 3미터니까 조절 가능한 열다섯 개 선반에 1천 권 정도는 족히 꽂을 수 있을 것 같았다. 당시 아내 바바라와 나는 레밍턴 스파 한복판에 있는 18세기 초에 지어진 우아한 테라스 하우스(비슷한 주택을 옆으로 다닥다닥 붙여 지은 일종의 연립주택—옮긴이)를 새로 꾸민 직후였다. 더블베드가 들어간 침실 네 개, 정원이 내다보이는 발코니가 딸린 커다란 거실, 캐나다산 적송 원목이 깔린 바닥, 크게 눈에 띄지는 않지만 우리 눈에는 좀 화려해 보이는 대리석 벽난로가 있는 집이었다.

집 안에 가구를 들여놓을 때마다 내 책을 둘 자리를 찾는 것이 늘 골칫거리였다. 나는 책 수집가는 아니지만 탐욕스럽게 책을 구해 들였다. 이유는 다양했다. 나는 당장 읽을 책, 얼마 뒤에 읽을 책, 연구에 참조할 책, 내게 좋아 보이거나 남들에게 좋아 보일 만한 책까지 사들였다. 물론 아무 이유 없이 이런저런 변덕에서 산 책도 꽤 되었다. 그렇게 얼마간 시간이 흐르자 더 이상 책을 둘 자리가 없었다. 구석마다 선반을 달고 복도와 침실, 부엌, 서재 벽에는 임시 책장을 만들었다. 책 더미는 홀씨처럼 퍼져 나가면서 번식했다. 집 안이 온통 책으로 넘쳐났다.

그런데 이제 그저 손을 한 번 들어 올렸다가 내려놓는 걸로 이 문제가 해결된 것이다. 새 책장을 운반해서 벽난로 맞은편 거실 왼쪽 벽에 세워 놓고 조립하는 데 20파운드를 지불했다. 그리고 주말 내내 땀을 뻘뻘 흘리면서 독서가로서 살아가는 데 필요한 진열품을 분류하고 선반에 꽂고 짜 맞추었다. 이 책장에는 고등학생 때와 대학 시절에 읽은 책들, 이를테면 너덜너덜하긴 해도 주가 잔뜩 달린 제임스 조이스James Joyce의 《젊은 예술가의 초상*A Portrait of the Artist as a Young Man*》 같은 책들이 꽂혔다. 옥스퍼드 시절 연구용으로 봤던 매슈 아널드Matthew Arnold 전집, 내 손으로 주석을 단 루이스 캐럴Lewis Carroll, 데이비드 로런스David Herbert Lawrence, 제임스 조이스, 엘리엇T. S. Eliot의 방대한 작품들도 있었다. 그리고 무엇보다 중요한 콘래드Joseph Conrad가 있었다. 박사학위 논문을 쓸 때 참고했던 입수 가능한 콘래드 비평서 대부분과, 거의 초판본으로 모아 놓은 그의 모든 저서가 있었다. 또 워릭대학에서 가르칠 때 사용한 메모와 주석·삽입구가 잔뜩 들어 있는 책들도 있었다. 수백 권에 달하는 철학·심리학·문학 서적들은 내 직업상 필요한 도구로, 책마다 강의와 세미나에 얽힌 추억이 서려 있었다. 그 밖에 나의 다양한 관심사를 보여 주는 책들도 있었다. 중국 도자기에 관한 학술서, 동양화 관련 책들, 미술서와 전시회 도록 그리고 스포츠 관련 서적도 꽤 됐다. 존 페인

스타인John Feinstein이 쓴 골프와 농구에 대한 책, 크리켓 지도자에 관한 마이크 브리얼리Mike Brearley의 저서, 축구에 관한 헌터 데이비스Hunter Davies의 책, 조지 윌George Will이 쓴 야구 책, 닉 팔도Nick Faldo의 자서전도 있었다.

그로부터 25년쯤 뒤 우리 부부는 이혼하면서 아내 바버라가 레밍턴 스파의 집과 부속물을 갖고, 나는 런던의 아파트와 거기에 딸린 것들을 갖기로 산뜻하게 합의했다. 탄복할 정도로 간단한 이 계획에서 한 가지 예외 조항은, 내가 널찍한 집을 구하게 되면 내 책들을 찾아올 수 있다는 것이었다. 하지만 이혼은 그렇게 간단하고 우호적인 일이 아니었다. 서로 신뢰하고 차이를 잘 극복할 수 있는 부부라면 애초에 이혼하지 않을 테니까 말이다. 1년 뒤 새 여자 친구 벨린다와 좀 더 넓은 아파트로 옮기게 되었을 때, 내가 바버라에게 언제 책을 가져오면 되겠냐고 묻자 그녀는 안 된다고 했다. 자기는 합의한 대로 그 집의 부속물을 소유할 권리가 있으며, 한때 그 책들을 줄까 생각도 했지만 마음이 바뀌어 자기가 그냥 갖기로 했다는 것이었다. 내가 바버라에게 선물했던 로저 힐턴Roger Hilton의 그림을 런던 아파트에 두고 돌려주지 않았으니, 자기도 내 책을 돌려줄 이유가 없다는 말이었다.

나는 경악했다. 바버라의 말이 옳고 내가 잘못한 것은 맞다. 하지만 나는 그 행동이 바버라가 내 책을 가로채는 것을 정당화하는 빌미로 작용하리라고는 생각해 본 적이 없었다. 나는 허를 찔렸다. 바버라에게 습격을 당해 소중한 보물을 강탈당했다. 나는 악을 쓰고 고함을 지르고 저주를 퍼부었다. 바버라를 욕하고 신에게 악담을 퍼부었다. 그것들은 그저 풀과 잉크와 종이로 이루어진 단순한 책들이 아니었다. 나의 '영혼'이나 다름없는 나의 역사, 내면의 음성, 초월과 관련된 것들이었다. 필립 풀먼Philip Pullman의 《황금 나침반 *Northern Lights*》에서 일종의 수호 영혼인 데몬daemon을 떼어 내는 수술을 받은 아이들이 시름시름 야위어 가다 죽었듯이, 바버라가 내게서 나의 정령을 도려낸 것이다. 전처들은 남편의 약점을 잘 알고 있기 마련이다. 바버라의 약탈 행위는 실로 정확하게 내 심장의 비밀 장소를 겨냥한 미세수술이었다.

그 책들은 결코 그녀의 관심사가 아니었다. 그것들은 내 것이었고, 고고학적으로도 내 소유물이었다. 그 속을 파고들어 가면 내 삶의 층들이 하나하나 드러날 것이다. 무엇보다 뼈아픈 것은 둘째 아이 버티의 젖먹이 시절에 내가 즐겨 보던 그레이엄 그린Graham Greene을 잃은 것이었다. 바버라는 첫아이 애너에게는 모유를 먹였지만, 6년 뒤 버티를 낳고서는 산모는 휴식을 취할 자격이 있다고 했다. 나도 그 생각에 동의했기에 기꺼이 한밤중에 일어나 버티에게 젖병을 물리곤 했다. 버티는 나를 보면 활짝 웃었다. 은색과 금색이 섞인 그 애의 머리는 달빛으로 엮은 듯 눈부시게 빛났다. 버티는 행복한 얼굴로 소리를 내며 젖병을 빨았다. 나는 솜씨 좋게 왼팔을 구부려 버티를 안고 그 애의 입에 조심스럽게 젖병을 물린 다음 오른손으로는 그레이엄 그린의 책을 잡고 있었다. 책을 15쪽쯤 읽으면 버티는 잠이 들었고, 중간에 깨거나 보채지도 않고 잘 잤다.

나는 훗날 그린에게 직접 그의 '전집' 한 질을 구입했다. 그린이 파리의 자기 아파트에 보관하고 있던 것으로, 스무 권 하나하나에 모두 친필 서명이 들어 있었다. 당연한 말이지만 그 책을 보면 버티가 떠올랐다. 그 책도 사라져 버렸다.

내 책이 모두 사라졌다. 그 후유증은 엄청났다. 육체적인 고통을 느낄 정도였다. 현기증과 구토감이 밀려와 진정시키려면 자리에 앉아야 했다. 내 책들이 사라졌다. 그 사실은 심리적이면서 형이상학적인 질문을 동반했다. 나는 아직 나 자신인가? '책이 없는 나는 대체 누구란 말인가?'

과잉반응이라고 생각할 사람도 있을 것이다. 사실 그랬다. 누가 죽은 것도 아닌데 나는 일종의 슬픔을 느꼈다. 고통과 의혹의 감정이 지나고 나자 쓰라린 상실감이 찾아왔다. 이런 반응은 좀 익살맞고 웅석 같은 면이 있었다. 내 격한 반응이 다른 근원, 그러니까 사랑의 상실이 야기하는 누적된 좌절감과 분노, 상처에서 비롯되었다는 점에서 말이다.

그러나 6개월쯤 시간이 흐른 뒤 내가 느낀 감정은 뜻밖에도 상실감이 아니라 해방감이었다. 그 모든 책들과 먼지, 책등이 벗겨져 가는 염가본과 표지가 찢기거나 없어진 잡다한 양장본들, 구석구석 쑤셔 넣은 지도와 여행안내서, 온갖 자질구레하고 시시한 책들이 선반에 빈틈없이 뒤죽박죽 채워져 있었다. 나는 희귀본 거래상치고는 개인 장서를 아무렇게나 취급하는 편이다. 책들을 선반에 쑤셔 넣고, 읽던 책의 책장 모서리를 접고 표지를 벗기고 나서는 잃어버리곤 했다. 대학에 몸담은 사람들이 흔히 그렇듯 나는 대부분의 책을 그저 쓸모 있는 물건쯤으로 여긴다.

책에서 위안을 구할 수 있을지는 몰라도, 아름답다고 할 수 있는 책은 거의 없다. 희귀본 거래상으로 시작해서 유명한 미술품 거래상이 된 앤서니 도페이Anthony d' Offay는 언젠가 내게, 자기가 아는 진지한 미술품 수집가 가운데 '단 두 사람' 만이 집안 곳곳에 책을 잔뜩 쌓아 두고 있다고 했다. 그의 말은 잘나가는 미술품 수집가들이 반문맹자라는 의미가 아니라, 그들 대부분이 장서 더미를 '보기 흉하다'고 여긴다는 뜻이다. 책 무더기를 바라볼 때 (머리를 한쪽으로 살짝 기울여 조심스럽게 봐야 하는데) 우리 눈에 들어오는 것은 기실 다양한 부식 단계를 거치고 있는 종이들이다. 종이는 시간이 흐르면서 노화로 인해 점진적으로 변색 과정을 거치며 곰팡내를 풍기고 산화되면서 휘어지거나 부서지기 쉬운 상태가 되어 언제든 분해될 태세를 갖춘다. 물론 종이는 사람보다 분해되는 데 더 긴 시간이 걸리지만, 과정은 똑같고 결과도 비슷하다.

저 유명한 필립 라킨Philip Larkin의 "책은 똥 덩어리"라는 말은 그저 사람들에게 충격을 주려고 한 말이 아닐 수도 있다. 어쩌면 그 역시 책을 물질적 대상, 곧 발생에서부터 부식되기까지 종이라는 속성을 가진 물질로서 파악했던 것이 아닐까? 나무가 몇 통의 역겨운 퇴비로 환원되면서 종이는 시작된다. 이런 과정을 거쳐 만들어진 하나의 사물인 책이 기름진 자양분이 되는 것은 분명한 사실이지만, 여기에는 불가피하게 물리적인 면이 있다. 부패와 죽음을 암시하는 어떤 것, 요컨대 혐오스러운 측면이 책을 에워싸고 있는 것이다.

나는 내 내면에서 차츰차츰 드러나는 기묘한 감정이 안도감이라는 사실을 깨달았다. 물론 똥 덩어리까지는 아니더라도 책이 짐인 것만은 분명했다. 사방에 선반이 달려 있고 책에 둘러싸여 있거나 책으로 경계가 나뉜 공간에 살지 않는다는 사실이 자유롭게 느껴졌다. 엄청난 양의 책은 공기 자체를 빨아들이는 것 같다. 책은 뭔가 호전적이면서 집요하게 요구하는 면이 있다. "나를 봐! 나를 읽어! 나를 기억해! 나를 참조해! 나를 인용해! 내 먼지를 떨어! 내 배치 좀 바꿔!" 아마도 그래서 도서관에서 일을 할 때면 늘 가슴이 조이는 느낌을 받았던 것 같다. 대학 친구들은 옥스퍼드 보들리 도서관의 듀크 험프리 독서실, 예일의 베이네크 도서관, 텍사스 대학의 랜섬 센터, 대영도서관의 저 유서 깊은 독서실에서 보낸 시간을 떠올리며 추억에 잠긴다. 나 역시 그곳에서 시간을 보냈지만, 사실 마음속으로는 탈출을 꿈꾸었다.

읽지 않은 책, 모르는 책이 너무 많았으며, 책을 쓰는 것이 쓸데없는 일이라는 느낌이 너무도 날카롭게 다가왔다. 대영도서관에 있는 수백만 권의 책 무더기를 볼 때마다 나는 충격을 받았다. 인간이 추구한 지식의 범위와 그 결의 때문이 아니라, 그 모든 어리석음과 허영심 때문이다. 그 자신이 도서관에 적지 않은 기여를 한 새뮤얼 존슨Samuel Johnson은 그 독특한 열정을 다음과 같이 설파했다.

자신의 시대를 경이로 채운 수많은 작가들, 동시대인에게 훌륭하다고 칭송받은 수많은 작가들의 작품이 오늘날 더 이상 보이지 않거나 발길이 뜸한 도서관의 한구석에 처박혀 있다. 그곳에서 그들은 기만당한 희망과 불확실한 명예를 보여 줄 뿐이다.

내 책들이 사라졌다고? 그야말로 마음 놓이는 일이다. 그것들은 제 할 일을 다했고, 나 역시 내 할 일을 다했다. 그러자 문득 몸이 가벼워지면서 새로운 기분이 들었다. 단지 그림을 걸 자리가 더 생겨서는 아니었다. 나는 나 자신의 역사에 둘러싸여 있다는 느낌에서 벗어났다. 나는 책을 좋아하는 사람이었다. 아니, 그 점은 지금도 마찬가지다. 다만, 책을 잔뜩 갖고 있지 않을 뿐이다. 그 사실은 현기증 나는 흥분을 불러일으켰다. 나는 뿌리를 끊고 떨어져 나온 것 같은 느낌이 들었고, 심지어 자유로워졌다.

이렇게 부담에서 해방된 감정을 느끼려면 어느 정도 나이를 먹어야 할 것이다. 그때 나는 쉰다섯 살이었다. 그보다 20년 전이었다면 아마 사태를 한층 나쁘게 받아들였을 것이다. 젊은 시절 나에게 책은 작업 도구일 뿐 아니라 자기규정의 대상물이기도 했다. 그러나 지금은 어떤가? 이제는 책이 죽음을 상징하는 '메멘토 모리memento mori'가 되었으며, 내가 그것들에서 눈을 돌린 것을 다행스럽게 여긴다. 맨 처음 바버라가 그 일을 만들지 않았더라도 내가 직접 그 일을 해치웠거나 또는 그래야만 했을 것이라고 생각한다. 곰팡내 나는 종속물에서 해방시켜 준 바버라에게 고마운 마음마저 들 정도이다. 바버라는 언제나 학문에 매진하는 삶은 어리석다는 식의 신랄한 태도를 취했다. 이제 그 모든 책은 '그녀의' 문제가 된 셈이다.

그래도 '읽기'는 중요하다. '읽기'는 내게 언제나 중요한 일이었다. 나는 먹는 것과 숨 쉬는 것을 멈출 수 없듯이 읽기를 그만둘 수 없다. 버스를 타거나 화장실에 있을 때, 혹은 치과에서 순서를 기다릴 때처럼 아주 짧은 시간 혼자 있게 될 때 뭔가 읽을 것이 없으면 마음이 정말 편치 않다. 지갑을 꺼내 신용카드라도 읽는다.(그중에는 숫자 7이 다섯 개나 있는 카드도 있다!) 나는 뭔가를 읽지 않으면 불안감과 무력감에 사로잡히고 만다. 그야말로 '나는 읽는다, 고로 존재한다'인 셈이다.

사람들은 습관적으로 자신의 '발전'에 '영향'을 미친 사물과 일에 대해 이야기한다. 부모의 지지나 학대의 영향, 재능 있거나 반대로 가학적인 교사들, 어떤 중요한 국면의 전환이나 장소의 변경, 사랑을 하면서 느낀 좌절과 기쁨, 이런저런 목표를 추구하며 겪었던 성공과 실패 등. 그런데 이런 경험들과 마찬가지로 독서가 우리 자신을 형성했다는 사실을 간과하는 경우가 많다. 내가 읽은 것에서 나란 사람을 추출해 낼 수 있을까? 나란 존재는 어떻게 형성되었을까? 지금 예순넷의 나이에 내가 읽은 책에서 받은 그토록 많은 영향과 무관한 나 자신을 뽑아내려 한다면 당혹감만 느낄 것이다. 내가 우주비행사가 되었거나 사자였다면, 방글라데시나 페루에서 자랐다면, 천사를 만났거나 외계인에게 납치됐다면 어땠을까를 상상하는 것과 비슷한 느낌일 것이다.

책이 없는 나는 상상할 수 없다. 누구도 나에게서 그 책들을 빼앗아 가지 못한다. 그것들은 나의 내면에 들어 있고, 바로 현재의 나 자신이기 때문이다. 그러나 책과 삶 사이의 관계를 생각할 때면, 종종 거론되는 안젤라 카터Angela Carter의 공식과 비슷하게 귀결되는 일이 많다. "소설 한 편에 지금까지 읽은 모든 책과 세상의 모든 경험을 쏟아 붓는다." 이 말은 그리 놀라운 이야기가 아니다. 그것 말고 도대체 뭘 소설 속에 쏟아 붓겠는가? 새우칵테일? 그러나 카터의 공식을 뒤집으면, 그러니까 '소설'에서 읽었던 모든 것을 '삶'에 쏟아 붓는다면(이는 엠마 보바리Emma Bovary식 명제인데), 훨씬 더 흥미롭고 덜 부자연스러운 일반 법칙에 이르게 된다.

책은 어떻게 우리를 형성하는가? 솔직히 그건 잘 모르겠다. 그 의문을 이런 수준의 추상 개념으로 바꾸는 것은 심리학자나 사회학자의 문제일 테고, 나는 그런 일반화에는 별 관심이 없다. 내가 알고 싶은 것은 내 책이 나를 형성한 과정이다. 내 마호가니 책장을 채운 책들을 상기하고 다시 읽고 다시 만나면서 끊임없이 현재의 나 자신을 채워 나가는 것, 그렇게 생각의 맥락을 짚는 일은 재미있다. (군데군데) 책이 있는 서재로 들어가 내면의 독서등을 켜고 반추하는 것, 그 얼마 안 되는 책을 보면서 그것들이 장식하고 있는 것이 방이 아니라 나의 자아임을 점점 또렷하게 인식하는 것 말이다.

OI
호튼과 메이지

HORTON AND MAYZIE

그러자 그들은 환호하고 '환호'하고 더더더 환호했다.
이런 것은 본 적이 없어!
"이런! 맙소사!" 그들이 소리쳤다.
"아이고머니! 완전히 새로운 거잖아! 코끼리새라니!"

닥터 수스Theodore Seuss Geisel, 《알을 품는 호튼*Horton Hatches the Egg*》

나는 몸집이 큰 것들을 좋아한다. 팔라디오Andrea Palladio가 지은 저택들, 마크 로스코Mark Rothkos의 대작들, 글라디올러스를 꽂은 화병, 독수리, 450그램짜리 티본스테이크를 찬미한다. 물론 아담한 오두막이나 인도의 세밀화, 골짜기의 백합, 기니피그, 구운 메추라기가 좋다는 것도 안다. 그러나 이것들이 조금만 더 노력을 기울인다면 훨씬 더 나은 모습이 됐을지도 모른다는 생각이 든다.

크기를 풍요와 고귀함과 연관시키는 생각은 다분히 미국적인 사고방식이다. 하지만 이런 사고방식이 형성된 이유를, 미국이 광활한 공간과 웅대한 풍광을 자랑하는 나라이기 때문이라고 설명할 수는 없다. 티베트 역시 광활하지만 티베트 인들이 허머(GM의 오프로드 차 상표—옮긴이) 자동차를 몰고 다니지는 않으니 말이다. 내가 성장했던 1950년대는 크기가 전후戰後 번영의 지표였다. 침실 네 개짜리 트랙트 하우스(규격형 주택—옮긴이) 단지가 커다란 버섯처럼 번성했고, 자동차는 지느러미를 달고 거주와 운송을 한꺼번에 감당할 만큼 커졌다.

나는 때때로 이런 것들로 고통을 받기도 했다. 그럼에도 커다란 물건을 좋아하는 나의 성향은 동화 작가 닥터 수스가 창조한 코끼리 '호튼'에서 비롯되었다. 내가 코끼리라는 동물을 처음 알게 된 것은 감수성이 예민했던 네 살 때다.(미국인의 상상 속에 등장하는 코끼리는 유럽인의 그것과는 다르다. 미국인들은 코끼리를 하늘을 나는 아기 코끼리 덤보처럼 작고 귀여운 동물로 연상한다.) 호튼은 크기 문화의 한 가지 징후인데, 나의 경우에는 반대로 호튼이 그 원인이 되었다.

나는 특히 《알을 품는 호튼》 이야기를 아주 좋아했다. 그 책은 수스의 책 중에서는 비교적 덜 알려졌지만 내게는 단연코 최고였다. 단지 내용 때문만은 아니었다. 이 책이 수스의 다른 책들보다 특별히 더 재미있지는 않았다. 그러나 나는 도저히 그 이야기를 잊을 수 없었다. 오랜 세월이 지나고 난 지금 돌이켜 보면, 그때 내가 어렴풋하게나마 이 특별한 이야기가 나랑 꼭 들어맞는다고 생각했던 게 아닐까 싶다.

이 책에는 매력과 애교가 넘치지만 변덕스러운 새 '메이지'가 나온다. 오랫동안 알을 품는 데 진력이 난 메이지는 팜비치로 놀러 가고 싶었다. 그래서 인정 많은 코끼리 호튼에게 새롱거리며 조그만 나무 위에 있는 자기 둥지에 올라앉으라고 설득한다. 호튼은 걱정이 태산 같다.

그건 말도 안 돼요!

나는 깃털도 날개도 없답니다.

그런 나에게 아줌마의 알을 품고 있으라고요?

도무지 말이 안 되잖아요. ……

아줌마의 알은 이렇게 조그만데 나는 덩치가 이렇게 크니 말이에요!

그러나 호튼은 메이지의 깜찍한 눈짓에 넘어가고 만다. 호튼은 금방 돌아오겠다는 메이지의 약속에 마음을 놓지만, 물론 메이지는 약속을 지키지 않는다. 그러기에는 노는 게 너무나 재미있다. 몇 달 동안 눈이 오나 바람이 부나 나무 위에 앉아 있던 호튼은 (메이지가 왜 그 일을 좋아하지 않았는지 이해했을 것이다.) 숲 속 동물들의 놀림감이 되고, 나중에는 둥지에 앉은 채 끌려가 순회 서커스단의 인기 스타가 된다.

"이 이상하고 우스꽝스럽게 생긴 동물 좀 보세요! 이 녀석은 자기가 새인 줄 알아요! 이렇게 뚱뚱한 걸 보니 임신을 한 게 분명하답니다!"

이렇게 호튼의 무한한 인내심 덕분에 부화하게 된 알에서는 땅과

하늘을 아우르는 잡종 동물이 나온다. 날개 달린 아기 코끼리가 나온 것이다. 메이지는 팜비치 근처에 들른 순회 서커스단에 구경하러 왔다가 자기 새끼를 보고 돌려받고 싶어 한다. 하지만 아기는 (조그만 코까지 달려 있어서 마치 고추 달린 메이지처럼 보인다.) 믿음직한 호튼의 품으로 곧장 날아간다. 아기는 호튼을 암수 양성 동물의 선조쯤으로 여긴다.

> 그럴 수밖에, 그럴 수밖에 그렇게 될 수밖에 없잖아!
>
> 호튼은 약속을 지켰으니까! 호튼은 줄곧 앉아 있었거든!
>
> 호튼이 한 말은 진심이었고
>
> 진심만을 말했거든……
>
> ……사람들이 호튼을 돌려보냈단다,
>
> 100퍼센트
>
> 행복하게!

나는 "또 읽어 줘요! 다시 한 번 읽어 줘요!" 하고 간청했다. 밤이 너무 깊었거나 그런 요구가 너무 잦아서 간청이 먹히지 않을 때면, 나는 이불을 바싹 당긴 채 정말 위안이 되는 마지막 구절을 몇 번이고 되뇌었다. "호튼은 약속을 지켰으니까! 호튼은 줄곧 앉아 있었거든……." 이 구절이 그토록 마음에 들었던 것은, 그 문구가 나의 아버지 버니를 연상시켰기 때문인 것 같다. 아버지는 집에서 책을 읽거나 오페라 방송을 보는 것을 더없이 좋아했다. 나의 어머니는 기질이 메이지 같았다. 어머니는 그냥 앉아 있는 것을 싫어했고, 술과 싸구려 궐련과 파티를 좋아했다. 여행하며 세상을 구경하는 일을 즐겼으며, 사람들과 어울리며 대화 나누는 것을 좋아했다. 어머니는 아이들을 무시할 만큼 싫어하지는 않았지만(그저 아이들이 재미가 없었을 뿐이다.), 당신이 낳은 아이들이 분별을 알고 제법 반응을 보일 정도가 되어서야 잘 지내게 되었다. 그러나 어머니 자신도 기꺼이 인정하는 대로 모성애는 그녀의 특기가 아니었다.

"아기들 말이니? 윽!"

어머니는 이렇게 말하곤 했다.

"그런 말을 들으면 내 기분이 어떻겠어요, 엄마?"

"넌 이제 아기가 아니잖아. 너하고는 대화를 할 수 있으니까. 나는 대화를 나눌 수 있는 아이들은 좋아한단다."

어머니는 산후 우울증을 호되게 앓았다. 아버지는 후회와 자랑이 섞인 어조로 수유와 목욕은 물론이고 밤마다 나를 침대에 눕히고 책을 읽어 주는 것까지 모든 육아를 당신이 도맡았다고 말하곤 했다. 아버지는 호튼 같은 코끼리였고, 어머니는 메이지 같은 새였다. 정말이지 대조되지 않을 수 없었다. 이런 구조에서는 얼핏 보면 호튼 같은 사람들을 두둔하게 되지만, 실은 메이지 같은 이들에게도 할 말이 많다. 우리 집 메이지는 웃음이 넘치고 대화를 좋아하며 남의 이야기도 잘 들어주고 활동적이며 스릴 넘치고 매력적이었다. 좋은 날에는 그랬다는 말이다. 그러나 대부분의 메이지들이 그렇듯이, 어머니 역시 자기 생각만 하고 변덕스럽기가 이루 말할 수 없어서 다정하고 도움이 되는 것 이상으로 가시 돋치고 비판적이었다. 문제는 어머니의 기분이 어느 쪽인지 도통 알 수 없었다는 것이다. 어머니는 나뭇가지에 가볍게 내려앉아 즐겁게 수다를 떨 수도, 아무런 이유 없이 눈을 쪼고는 발끈 화를 내며 날아가 버릴 수도 있었다. 이런 어머니와 함께 보낸 어린 시절 내내 나는 연결과 단절, 고양과 좌절 사이를 끊임없이 오락가락할 수밖에 없었다.

일상적인 변덕 말고도 어머니는 생리 전 증후군이 심해서 그때가 되면 집안은 물론이고 온 동네를 금방이라도 부서뜨릴 것처럼 차갑고 위태로운 분위기로 몰아넣었다.(오늘날까지도 나는 그 원인이 나였다고, 내가 어머니의 '모든' 생리 전 증후군의 원인이라고 확신한다.) 고통스러울 정도로 어린 나이에 얻은 이 교훈은, 나의 여성관 형성에도 영향을 미쳤다. 여자들이 평소보다 더 까다롭게 나오면 위층 벽장에 숨는 것이 상책이다. 그런 여자와의 관계만큼 즐거운 것도 위험한 것도 없다.

어느 날 갑자기 어머니가 사라졌다. 어머니는 점점 몸이 불어났다. 뱃속에 아기가 있는 것처럼 보였는데, 그 일이 내게는 너무나 터무니없게 여겨졌다. 어머니는 메이지처럼 내게 모호한 임무만 남겨 주고 훌쩍 날아가 버렸다가 너도나도 예뻐하는 낯선 존재를 품에 안고 돌아왔다. 태어난 지 일주일 된 동생 루시가 집에 왔을 때, 현관 탁자에는 오렌지색 글라디올러스가 꽂힌 커다란 꽃병이 놓여 있었다. 그것은 내 생애 가장 초기에 아로새겨진 시각적 기억 가운데 하나다. 나는 이렇게 쓸데없이 가족이 늘어난 것에 흥분하기는커녕 내 방에 틀어박힌 채 옷걸이를 구부려 '아기용 회초리'를 만들었다. 거기에다 나사나 못을 붙일 방도는 찾지 못했다. 아버지가 올라오더니 그것을 살펴보았다.

"멋진 회초리로구나. 잠깐 저리 치워 놓을까? 네가 원한다면 책을 읽어 주마."

완전하게 믿을 수 있는 사람과 관계 맺기. 호튼 같은 사람은 평온하고 변화가 없어서 좀 재미없을 수도 있다. 솔직하게 인정하자. 하지만 그들은 그저 즐기려고 외출을 하지는 않는다. 그들은 신뢰할 수 있다. 회계사에게 의지하는 식의 그런 시시한 믿음이 아니다. 호튼 같은 부류의 사람은 성숙하고 이치를 알며 사랑을 듬뿍 주고 책도 읽어 주는 것이다.

하지만 안타깝게도 평생 동안 남이 읽어 주는 책을 듣고만 있을 수는 없다. '직접 책을 읽는 법을 배우고 싶은가?' 나로서는 확신할 수 없는 문제였다. 남이 읽어 주는 책을 듣는 것이 훨씬 낫지 않을까? 속도도 더 빠르고 편안하니까. 그럴 때면 파도처럼 밀려오는 말소리에 부지불식간에 잠 속으로 빠져드는데, 마지막 몇 문장은 거의 의식에 남아 있지 않은데도 입술로는 그 문장을 달싹댄다. 그러고 나면 바로 아침이 되어 있다. 이보다 더 멋진 일이 있을까?

그보다 나쁜 일은 분명하다. 책 읽기를 배우면 언짢고 좌절감만 안겨 주는 두 가지 문제에 부딪히게 된다. 첫째는 '줄거리' 이상의 것을 얻을 수 없다는 것이다. 거기에는 아기 코끼리 바바르나 셀레스테 왕비, 꼬마 수녀, 헨젤과 그레텔, 닥터 둘리틀과 그의 동물 친구들이 없다. 이 마법의 땅에 살게 된 다음부터는 퇴보와 추락을 의식하게 된다. 이 땅에는 이야기도, 문장도, 단어 하나조차 없었다. 오직 다시 시작하고, 문제를 풀고, 처음 외국어를 대할 때의 좌절감 같은 날카로운 감각뿐이었다.

나는 철자를 소리에서 낱말로 바꾸어 의미를 전달하는 법을 익히기 훨씬 전부터 ABC 노래를 소리 내어 불렀다. 그렇게 관계와 소리와 연속성을 터득하면서 처음으로 즐거움을 맛보았다. 그것은 수를 헤아리는 법을 배울 때와 비슷했다. 1 다음에 2가 오듯이 A 다음에 B가 온다는 걸 확실하게 납득할 수 있었기 때문이다. 나는 몇 시간이고 엄마 뒤꽁무니를 따라다니며 1부터 100까지 반복해서 세고, 이어서 ABC 노래를 쉬지 않고 불렀다. 그것은 엄마를 미치게 만들었다.

그러다 처음 읽을 책이 생기면서 당혹감과 좌절, 그리고 해답 구하기가 되풀이되는 두려움에 가까운 과정이 시작되었다.

C–A–T

세 개의 소리를 처음엔 천천히, 그 다음에는 줄여서 좀 더 빠르게 내 봤다. 그런데 이 소리가 무슨 뜻이지? 읽는 일은 근심 가운데에서 시작된다. 해독하고 결정을 내리는 것이 나에게 달려 있다. '내가 이 일을 할 수 있을까?' 점점 인식이 모양을 갖추어 가면서 미소가 떠오르며 성취와 안도감을 맛본다. '알겠어! 고양이야!'

그리고 나서 다음 단어로 옮아갔고, 이 단어들을 조합해서 문장을 만드는 좀 더 창조적이고 복잡한 과정으로 나아갔다. 나는 잠옷

차림으로 침대 가장자리에 앉았다. 밤중이어서 등을 켜 놓았고, 침대 옆 탁자에는 우유와 과자가 놓여 있다. 나는 글자 하나하나를 무릎에 앉혀 끌어안고는 상호적이고 조직적인 리듬 속으로 조금씩 들어가면서 머뭇머뭇 손을 내밀어 만져 본다. 흥분감, 그리고 내면 깊숙한 곳에서의 지지와 격려가 느껴진다. 아버지 냄새는 엄마 냄새보다 나았다. 아버지 냄새는 담배와 벽장과 곰 인형 냄새다. 엄마에게는 그보다 강렬한 냄새가 난다. 쇠붙이와 마리화나, 동물원의 늑대 우리 냄새가 한데 섞인 것 같은 지독한 냄새가 날 때도 있다.

우리는 함께 단어를 소리 내어 읽었다. 싹트는 불안감을 극복하고 읽는 법을 배울 때 반복되는 승리의 순간은 온기와 밀착감, 그리고 육체적 안락감과 영원토록 결합되어 있을 것 같다. 평생 책을 읽어야 한다는 강박감 속에서 살아가는 나 같은 사람은 책장을 넘기면서 나도 모르는 사이에, 결국에는 책이 엄마의 젖이나 우유병을 대체하게 되는 낙원과도 같은 순간의 추억에 잠기게 된다. 괴테는 "사람은 언제나 자신이 사랑하는 대상에게만 배울 수 있다"고 하지 않았던가.

잠자리에 들기 전에 진부한 책을 더듬대며 읽다가 중간에 맥이 끊기거나, 예컨대 《닥터 돌리틀*Dr Dolittle*》의 한 대목으로 대체되는 일이 생기면 특히 힘들었다. 닥터 돌리틀이라니! 그 책은 끔찍할뿐더러 코끼리도 거의 등장하지 않았다. 《잭과 질*Jack and Jill*》? 그건 쓰레기였다. 여기서 얻은 교훈은 명확했다. 일찌감치 터득한 그 교훈은 어른이 되고 나서 내 삶의 중요한 지침이 되었다. 남이 더 잘할 수 있는 일을 직접 하지 말 것.

글쓰기도 마찬가지였다. 읽기를 배우는 건 쓰기를 배우는 것이기도 했다. 걱정할 이유가 뭐가 있겠는가? 남들이 나보다 글을 훨씬 더 잘 썼다. 그러면 글은 그 사람들한테 쓰라고 하고 나는 듣기만 하면 된다. 꼭 그래야 한다면 그들이 써 놓은 글을 읽으면 그뿐이다. 가장 초기에 내가 쓴 글은 내가 읽는 법을 배운 《잭과 질》보다도 재미가 없었다. 내가 처음 책을 쓴 것은 여섯 살 때였다. 그것은 자투리 종이 몇 장을 가위로 엉성하게 자른, 종이 조각보다는 토막에 가까운 가로세로 5센티미터짜리 종이를 스테이플로 묶은 것이었다. 표지에는 크레용으로 쓴 '미키의 친구'라는 제목이 붙어 있었다. 표지를 넘기면 네 쪽에 걸쳐 본문이 나왔는데, 역시 크레용으로 쓴 것이었다. 그 내용은 이랬다. '옛날 옛적에 한 아이가 친한 친구를 만나려고 거리를 따라 걸어가고 있었다.'

그것은 아마 힘들었던 어느 날, 엄마가 나의 저 가차 없는 숫자 세기와 이런저런 소동에서 잠시나마 벗어나고자 내게 부과한 과제였을 것이다. 나는 지시받은 일을 완수할 때 어떤 것에도 얽매이지 않고 허겁지겁 덤비는 면이 있다. 그것은 내 성격 중에서 변치 않는 부분으로 남았다. 엄마는 (그럼에도 불구하고) 내가 만든 조그만 책을 자랑스럽게 여겨 당신의 노후 보관용 상자에 담아 보관했다. 그 사실은 좀 의외였다. 1974년 어머니가 세상을 떠나고 난 뒤 '미키'를 발견한 나는, 유년기의 나에게 어떠한 고도의 지성이나 최소한의 창조적 불꽃을 전혀 찾아볼 수 없음을 명시하는 이 증거물에 당황했다.

그 책에는 그런 요소가 전혀 없었다. 〈미키의 친구〉에서 '유망한 점'은 전혀 찾아볼 수 없었다. 나중에 상상한 것이지만, 만약 그 책의 내용이 조이스가 쓴 《젊은 예술가의 초상》에서 아기 터쿠와 터쿠의 친구인 음매가 등장하는 앞부분을 어렴풋이 흉내 낸 것처럼 보인다고 해도 그건 기껏해야 혼자 있는 아이, 길을 따라 여행하기, 단짝 친구 찾기 같은 아주 원형적인 수준에 불과하다. 그랬다. 만일 내가 책이 삶의 일부가 될 수밖에 없는 운명을 타고났다 해도, 그건 다른 누군가가 써 놓은 책일 것이다.

그러나 일단 손에 넣을 수 있는 닥터 수스의 책을 모조리 읽고 나자(사실 모두 암기해 버렸지만), 그 다음에 어떤 것을 읽어야 할지 알 수 없었다. 그 작가의 책만큼 좋은 책이 '없었던' 것이다. 부모님은 내가 읽을 만한 책을 이리저리 찾아보았지만 좌절할 수밖에 없었다. 이것은 그분들이 속한 시대의 문화를 반영하는 면이 있다. 즉, 선택이 한정돼 있었던 것이다. 바바르가 있기는 했지만, 바바르(코끼리의 제왕!)와 왕비 셀레스테, 그들이 낳은 폼과 플로라와 알렉산더는 호튼에 미치지 못하는 코끼리들이었다. 그 코끼리들은 하나의 알도 부화시키지 못했다. 매들린과 수녀들이 나오는 멋진 그림책들이 한동안 내 흥미를 끌었지만, 닥터 수스의 책에 비해 내용이 따분했으며 매들린은 너무 조그맣고 어떤 이유에서인지 줄 세우기를 좋아했다. 그랬다. 아이들은 만화책에 더 쏠렸고(1949년에서 1950년 사이에만 '피너츠', '비틀 베일리', '포고', '개구쟁이 데니스' 같은 만화가 나왔다.), 한동안은 새로 등장한 매혹적인 매체인 텔레비전을 책보다 더 좋아했다.

1950년대 중반이 되자 텔레비전이 책 읽기에 미친 영향력이 명백히 드러났다. 아이들은 뻐드렁니에 주근깨투성이 빨간 머리를 했으며, 할 말이라고는 전혀 없는 풋내기가 등장하는 재미있고도 멍청한 TV 프로그램 '하우디 두디 쇼'를 좋아했다. 사실 할 말이 있을 필요도 없었다. 그 애는 '바로 눈앞'에 존재했으니까. 이제 겨우 사물을 인지하기 시작하고, 함께 먹기보다는 남이 주는 것을 받아먹을 줄만 아는 귀엽고 말이 없는 네 살배기 루시는 위층 아파트에서 옆에 앉은 사람이 디저트를 주며 젤리 롤을 좋아하느냐고 묻자 이렇게 대답했다.

"아주 좋아해요! 어느 채널에 나오는 거예요?"

1년도 되지 않아 우리 집에도 텔레비전이 생겼다. 나는 TV 앞에서 시간을 보내거나 TV 앞에 있게 해 달라고 빌면서 시간을 보냈지만, 사실 볼 만한 것은 거의 없었다. 그렇지만 그것이 책을 읽는 것보다 좋았던 것만은 확실하다.

1955년에는 루돌프 플레시Rudolf Flesch의 베스트셀러 《왜 조니는 읽지 못하는가*Why Johnny Can' t Read: And What You Can Do About It*》가 전 국민을 경악시켰고, 고급문화의 요새라고는 보기 어려운 〈라이프〉 같은 잡지에도 이에 대한 기사가 실렸다. 이 문제에 대한 해답은? 수스 같은 작가의 책이 더 필요하다는 것이었다! 1957년 이 자상한 박사께서는 《모자 속의 고양이*The Cat in the Hat*》로 응답했고, 당연한 일이지만 그 책은 엄청나게 팔려 나갔다. 아이들은 척 보면 뭐가 좋은지 안다. 오늘날까지도 미국 아동의 25퍼센트가 처음 읽는 책은 닥터 수스의 책이다. 사실 루돌프 플레시는 핵심을 놓쳤는데, 그는 미국 아동이 글을 읽지 못하는 이유를 부실한 교육에서 찾았으나 돌이켜 보건대 책을 읽는 행위 자체가 없어졌기 때문이다. 그러면 몇 세대가 지나지 않아 아이들뿐 아니라 부모들도 자신들이 책을 읽지 않았다는 사실을 별로 부끄러워하지 않고 인정하게 될 것이다.

닥터 수스의 책을 한 권도 읽지 않다니. 그것은 실로 대단한 손실이 아닐 수 없다! 그의 책에 나오는 등장인물들은 자유롭고 길들여지지 않아 너무나 사랑스러우며, 유년기의 무법성과 자기중심성을 완벽하게 구현했다. 그의 세계는 언제든 동요될 수 있는데, 그야말로 아동 엔트로피(무질서의 척도—옮긴이)의 찬미자인 셈이다. 《모자 속의 고양이》의 저 광적인 에너지나 《바다거북 예틀*Yertle the Turtle*》의 아이다운 무한대의 힘을 생각해 보라. 닥터 수스가 나의 어머니처럼 실제로는 아이들을 좋아하지 않았다는 것도 그리 놀라운 일이 아니다. 두 사람 모두 아이들 앞에서는 안심할 수 없다는 사실을 알았기 때문이다. 수스의 부인도 남편이 아이들을 두려워했다는 사실을 시인했다. 아이들이 다음에 무슨 짓을 할지, 무엇을 물을지 알 수 없어 걱정했다는 것이다.

나는 그런 일을 조금도 걱정하지 않는다. 사실 아동을 대상으로 글을 쓰는 작가나 아동을 다루는 작가들은 아이들을 그리 좋아하지 않는데, 부분적으로는 아이들을 속속들이 이해하고 평가하며 아이들이 저지를 수 있는 짓을 익히 아는 탓에 아이들 앞에서는 마음을 졸일 수밖에 없기 때문이다. 닥터 수스뿐 아니라 베아트릭스 포터

Beatrix Potter, 찰스 슐츠Charles M. Schulz, 루이스 캐럴도 마찬가지다.(반쯤 벌거벗고 있는 꼬마 계집애들이 아닌 한 말이다.) 그런데 우리가 우리를 형성하는 변함없는 전형과 관념 대부분을 얻는 대상은 바로 이 '아동공포증'이 있는 작가들이다.

나는 닥터 수스의 책에 나오는 아이들과 내가 같다고 여긴 적이 없다. 갓 태어난 아기 새처럼 곧장 호튼을 향해 날아가긴 했어도 내가 동질감을 느낀 것은 저 존경할 만한 코끼리였다. 그의 영웅적인 행동은 거의 황홀할 정도였다. "호튼은 줄곧 앉아 있었다!" 나는 내 두 가지 성향, 즉 평생 동안 행동하기보다는 앉아 있는 것을 더 좋아하는 것, 그리고 나 자신을 실제의 나보다 더 크고 중요한 존재로 보이게 하려는 성향이 호튼 이야기에서 비롯되었다고 여긴다. 그와 동시에 다른 방식으로 나를 진실되고 올바른 길로 이끌어 준 내 내면의 호튼에게 감사한다. 다만 평생을 이어 온 우리의 관계에서 한 가지 유감스러운 점이 있다면, 호튼의 내적인 존재를 받아들이면서 무의식중에 그의 허리 굵기까지 닮게 되었다는 것이다. 나는 체중을 줄이려 애를 써 왔다. 그래서 호튼만큼은 몸무게를 줄였는데, 문제는 평균적인 체구가 성에 차지 않는다는 점이다. 몸집이 큰 게 더 낫다.

O2 책에 물칠하기

SPRITZING OVER THE BOOKS

"나는 나 자신에게 성욕을 느낀다……."

마그누스 히르슈펠트Magnus Hirschfeld의 환자가 한 말,
《성적 변칙과 도착*Sexual Anomalies and Perversions*》에서 인용

프로이트에 따르면, 〈미키의 친구〉를 썼을 무렵에 나는 그가 '잠재기'라 일컬은 심리적 성性 발달 단계에 접어들고 있었다. 나는 나 자신을 자웅동체의 코끼리 새와 동일시한 것은 말할 것도 없고, 엄마보다는 아버지에게 더 애착을 느끼면서 이미 오이디푸스 콤플렉스 시험에 떨어졌는데, 이 단계에서도 더 나아진 점은 없었다. 잠재기에는 유아의 과장된 성의식(구순기, 항문기, 남근기)이 다른 관심거리

나 활동으로 승화되는 과정이 포함되고, 그러한 성의식은 사춘기에 이르러 다시 한 번 각성된다고 한다.

그러나 내 경우는 정반대였다. 유아기의 다양한 성적 쾌감과 호기심이 전혀 승화되지 않은 채 유년기의 후반까지 이어졌고, 덤불 뒤에서 그것이 누구이든 다른 아이와 함께 바지를 내린 채 고개를 숙이고 킥킥대는 내 모습이 다른 사람 눈에 자주 띄었다. 적어도 부모님은 내가 어디로 갔는지 걱정할 필요가 없었다. 그들은 당황하지 않고 나뭇잎을 묻힌 나를 유인해서는 집 안에 들어가 뭔가 먹고 책을 읽는 것이 어떠냐고 권했다.

엄마와 루시와 나는 미국 롱아일랜드 헌팅턴에 있는 외갓집 방갈로에서 여름휴가를 보냈는데, 하버하이츠 파크에 있는 그곳은 뉴욕 사람들이 여름철 휴양지로 즐겨 찾는 수수한 동네였다. 방갈로는 브라운스 비치에서 10분 거리에 있었고, 도중에 검은 딸기를 따먹을 수도 있었다. 해초로 덮인 그곳의 조류는 신뢰할 수 없었고, 기름기가 도는 수면은 다채롭고 눈부신 햇살을 반사했다. 해변의 모래밭은 더럽고 볼품없었으나 조그만 스낵바가 있어서 크림소다나 루트비어, 또는 더위에 딱딱하게 굳기는 했어도 맛좋은 녹색 드레싱을 얹은 핫도그를 사 먹을 수 있었다. 나는 점심 식사 후 한 시간 동안은 물에 들어갈 수 없었다. 그러면 쥐가 나서 물에 빠져죽는다는 것이었다. 나는 펄 할머니에게 다른 아이들은 곧장 바다에 들어가도 빠져죽지 않는다고 항의했다. 할머니는 콧방귀를 뀌고는(할머니는 상대의 말에 동의할 수 없거나 그것을 반박할 때 콧방귀를 끼곤 했다) 손목시계를 보며 "한 시간 후야!" 하고 말했다.

방갈로는 방음이 전혀 안 돼 있어서 사람들이 나누는 대화는 물론이고 트림이나 입씨름 같은 일상적인 소음까지 잘 들렸다. 방갈로에는 침실이 두 개밖에 없었다. 엄마는 현관에 놓인 소파베드에서 잠을 잤으며, 2주 후 아버지가 몇 주간의 휴가를 보내려고 왔을 때에는 아버지도 그곳에서 잠을 잤다. 루시와 나는 부엌 옆에 있는 방에서 한 침대를 썼다. 그 방의 큰 이점은 방과 부엌 사이에 놓인 벽이 어찌 된 영문인지 몰라도 천장에서 45센티미터쯤 떨어진 곳에서 끝난다는 것이었다. 침대 틀에 올라서면 벽 너머에서 일어나는 일을 엿볼 수 있었다. 루시는 키가 작아서 내가 보고 말해 주었다.

"할머니가 계셔." 내가 소곤거렸다.

"할머니가 뭘 하고 계신데?"

"아무 일도 안 해."

리키! 루시! 당장 자지 못하겠니?

기껏해야 벽장 정도밖에 안 되는 조그만 방이 하나 더 있었는데, 그곳에서는 '디 슈바르츠'가 잠을 잤다. 여름마다 뉴욕 시의 대행사에서 파견 나온 젊은 유색인 여자가 방갈로에서 지내면서 청소와 세탁, 설거지를 해 주었다. 할머니는 그 파출부 때문에 더 편해진 건지 더 힘들어진 건지 모르겠다고 화를 내곤 했다. 그 가엾은 여자들이 이런 일을 어떻게 생각했을지는 상상하기도 힘든 일인데, 우리 중 아무도 그 점을 헤아려 보려고 하지 않았다. 유대식 부엌 관리는 그들에게는 불가해한 일이었다. "아냐, 아냐! 식탁에 고기가 있을 때는 버터를 내면 안 돼. 이 접시들은 고기에 사용하는 게 아냐. 대체 몇 번이나 말해야 알아듣겠니?"

말년에 살이 찐 풍채 좋은 할머니의 가슴은 보기가 좋았고 엉덩이는 툭 튀어나왔으며 잿빛 머리는 둘둘 뭉치고 분을 바른 둥근 얼굴은 조바심치며 캐묻고 싶어 하는 표정을 짓고 있어서 최악의 사태가 남아 있다는 암시를 주었다. 나와 할머니 사이의 입씨름은 주로 음식에 관련된 것이었다. 점심을 먹었는지? 과일이나 캔디를 너무 많이 먹은 것은 아닌지? 캔디를 모두 집어 간 것은 아닌지? 혹시 열이 있는 것은 아닌지? 응가는 했는지? 그런 질문을 받으면 관장기의 유령이 눈앞에 떠올랐다. 나는 괜찮다고 했다. 항문이 제구실을 하는지에 대해 할머니가 강박감이 있다는 데 암묵리에 동의한 내 여 사촌들과 누이와 나는 덤불이나 나무 아래 들어가 주기적으로 서로의 엉덩이를 들여다보았다. 그러면 프레디 삼촌이 우리에게 고함을 쳤다. "얘들아! 쪼쪼를 보여 주고 싶으면 다른 데 가서 하려무나!" 우리는 그렇게 했다. 쪼쪼를 보여 주는 일은 쿠키를 먹는 일보다 훨씬 좋았다.('쪼쪼'와 '쿠키'는 둘 다 'cookie'라는 단어를 쓴다. —옮긴이)

나는 되도록이면 펄 할머니를 피했다. 노먼 아저씨와 달리 할머니는 야구에 대해서 아는 것도 없고, 차고 작업대에서 뭔가를 만들지도 못했으며, 캐딜락에 윤을 내는 법도 몰랐다. 나는 아저씨 곁에서 일하는 모습을 지켜보거나 거드는 일, 또는 뜰에서 소프트볼로 '잡기 놀이' 하기를 좋아했다. 아저씨는 아마추어 야구단 선수로 포수답게 체격이 다부졌다. 상체는 튼실하고 털이 나 있었으며 다리는 짧아서 몸의 무게중심이 아래쪽에 있었다. 그는 금요일 저녁을 좋아했는데, 그때가 되면 멋진 양복과 화려한 넥타이를 벗고 헌팅턴에 가서 방갈로 주변을 빈둥거리며 보냈다. 아저씨는 잠깐 동안은 잘 놀아 주었으나 아이들과 어울리는 일에 금방 싫증을 냈다. 그 점을 이용하면 돈을 벌 수도 있었다. "먼저 자는 아이에게 5센트를 주마!" 아저씨는 그렇게 제안을 했다. 그러면 아직 해가 넘어가지 않았더라도 나는 기꺼이 잠든 체했는데, 얼마 지나지 않아서 그 돈이 25센트까지 올랐다.

아이들 가운데 방갈로 주위에 낮게 둘러쳐진 하얀 말뚝 울타리(아저씨는 그 울타리를 따라 길게 늘어진 제라늄 화분을 놓았다.) 기둥에 올라갈 수 있는 것은 나뿐이었다. 거기에 올라가면 지붕 위로 올라설 수 있었다. 그러면 뒤쪽 현관에서 어른들이 나누는 대화를 엿들을 수 있었는데, 재미있는 얘기는 별로 없었다. 게다가 재미가 좀 있을라 치면 십중팔구 이디시어가 나왔다. 그러나 나는 할머니의 어휘(어리석음 narishkeit, 도둑ganif, 말도 안 돼mishigas, 미치광이meshuginah, 넝마주이shlepper, 뻔뻔함chutzpah, 투덜이kvetch, 말썽tsouris)가 시련을 겪게 하고 실망을 안겨 주는 삶의 무수한 방식을 구별해 준다는 걸 알았다.

경사진 지붕 뒤편에 몸을 숨긴 나는, 설탕을 가미한 아몬드 열매 한 줌을 들고 있는 신만큼이나 눈에 보이지 않았다. 한번은 내가 집단기억에서 완전히 사라진 덕분에 빛이 사라지고 달이 뜨도록 지붕에 누워 있었던 적이 있다. 서서히 깔리는 어둠 속에서 개똥벌레의 꽁무니가 별이 가득한 덮개에서 떨어지는 깜부기불처럼 빛났다. 대기가 서늘해지면서 인동덩굴의 향내가 강렬해졌다. 나는 고개를 들어 의미 없는 무한을 바라보았다. 불안할 정도로 줄어든 것 같은 느낌에 사로잡힌 나는 저 무한도 분명 어딘가에 끝이 있을 것이라고 생각했다. 아마도 벽 같은 것이 있지 않을까? 그러면 그 벽은 얼마나 높아야 할까? 그리고 두께는? 그 벽은 어느 것 위에 세워졌을까? 그 밑에는 뭐가 있을까?

나는 두 번 다시 그 경험을 하지 않았다. 너무나 불안했던 것이다. 그 대신 지붕을 나에게 맞게 바꾸기로 했다. 나는 종종 현관방에서 방석과, 저 무한한 공간의 고요함을 피하게 해 줄 책을 가지고 갔다. 그때 내가 어떤 책을 읽었던가? 지금은 기억하기 어렵다. 어린 시절 흔히 읽는 책일 거라고 생각하겠지만, 내가 어렸을 때 미국의 아이를 위한 읽을거리가 어떤 것이었는지는 떠오르지 않는다. 그것을 기억해 내려면 거의 돌이킬 수 없을 정도로 잃어버린 기억들을 되살려 내는 복잡한 과정이 필요하다.

같은 시기를 보낸 영국 아이, 적어도 중산층이나 상류층 영국 아이의 경우는 그렇지 않다. 19세기 후반과 20세기 초반의 영국에서는 적지 않은 아동문학이 탄생했는데, 에드워드 리어Edward Lear와 루이스 캐럴에서 비롯된 그 문학은 에드워드 시대라는 유별난 시기를 거치며 배리James Matthew Barrie, 밀른Alan Alexander Milne, 베아트릭스 포터, 케네스 그레이엄Kenneth Grahame 등의 작가를 배출했고, 그들의 문학은 영국 아이들에게는 공용어가 되었다. 20세기 전반부에 '다섯 악동Famous Five' 시리즈나 '개구쟁이 윌리엄Just William' 시리즈는 물론이고, 앨리스와 푸의 책들, 《정글북*The Jungle Book*》, 《피터팬*Peter Pan*》, 베아트릭스 포터의 책들, 《버드나무에 부는 바람*The Wind in the Willows*》 같은 책을 읽지 않고(실제로는 소유하지 않고) 영국 아이로 자란다는 것은 불가능한 일이었다.

이 책들이 전하는 메시지는 놀랄 만큼 비슷했다. 즉, 인생이란 약간 위험한 것일 수는 있지만 그렇게까지 위험하지는 않다는 것. 이런 위험과 맞서 싸우는 데에는 에너지도 필요 없다는 것. 무시해 버릴 만큼 사소한 불운에 불과하다는 것. 푸나 버티 우스터(우드하우스P. G. Wodehouse의 소설 《지브스*Jeeves*》의 주인공—옮긴이)만 생각해 봐도 알 수 있는 일이다. 만약 워털루 전투가 대영제국의 이후 몇 세대에 우수한 인적 자원을 제공한 이튼의 운동장에서 치러졌다면, 대영제국은 《곰돌이 푸*Winnie the Pooh*》 때문에 패하고 말았을 것이다.

앨프레드 올리반트Alfred Olivant의 《전쟁의 아들 밥*Bob, Son of Battle*》(개), 《보물섬*Treasure Island*》(앵무새와 갈고리), 《솔로몬 왕의 금광*King Solomon's Mines*》(다이아몬드), 《피터팬》(요정과 악어) 등이 희미하게 기억나지만, 그중에서 특별했던 것은 프랭클린 딕슨Franklin W. Dixon의 '하디 보이즈the Hardy Boys' 시리즈였다. 이 시리즈는 대단했다. 시리즈로 나온 책들이 산더미처럼 많았으며, 친구들과 얘기할 수도 있었고 함께 읽을 수도 있었다. 모두 하디 보이즈를 읽었다.(여자 애들은 예외다. 여자 애들은 그 대신에 '낸시 드루Nancy Drew'를 읽었다. 남자 애들은 그 책을 읽지 않았다. 낸시 드루는 멍청이라고 여겼다.)

하디 보이즈를 읽는 즐거움은 개개의 책이 특별히 재미있어서라기보다는 시리즈가 아주 방대하다는 데 있었다. 내용은 아주 비슷비슷했다. 열일곱 살과 열여덟 살이고 머리색을 제외한 모든 점에서 구분할 수 없을 정도로 닮은 두 형제 조와 프랭크는 유쾌한 짝이자 탁월한 탐정, 일격으로 상대를 때려눕힐 수 있는 협력자이자, 형사인 아버지의 강력한 보조자들이다. 그들은 비열한 외국인이 꾸민 어떠한 음모라도 해결할 수 있으며, 종종 훼방을 받거나 납치를 당하는 일이 생겨도 눈곱만큼도 해를 입는 일이 없다. 그 점은 외국인들도 마찬가지다. 기껏해야 주인공들에게 붙잡혀 감옥으로 끌려가면서 이렇게 투덜대는 것이 고작이다. "이런 젠장! 하디 녀석들한테 또 한방 먹었군!"

내가 어떤 책을 읽는지는 중요한 문제가 아니었다. 핵심은 내가 책을 읽는 광경을 남에게 보인다는 데 있었다. 지붕 위에 있지 않을 때에는 내 방에 틀어박히곤 했지만("나는 책을 읽고 있으니까 가만히 내버려 두고 조용히 했으면 좋겠어!"), 그럴 때면 반드시 문을 열어 두었다.("저 애는 책을 읽는 중이니까 가만히 내버려 두고 조용히 해 줘야겠구나!") 내가 읽고 있던 것은 책이었다. 그 책이 어떤 것인지는 중요하지 않았다. 나는 어느 책이 다른 책보다 더 낫다는 식의 생각은 조금도 없었다. 그러나 암묵적인 추천 사항이라는 점은 별도로 치더라도 명예와 인정을 위해서라도 내가 들고 있는 것은 책이어야 했다. 만화책은 통하지 않았다. 책을 읽는 것은 지적인 삶이 이루어지고 있다는 신호였다. 나는 단순히 책을 읽기만 한 것이 아니라 트로피처럼 전시했다.

나는 걱정이 많은 아이였다. 루시가 태어나기 전에 우리 가족은 아버지가 연방정부 변호사로 일하는 워싱턴 DC 근교 알렉산드리아의 정원이 딸린 아파트에서 살았다. 아버지는 얼마 안 되는 여가가 생기면 단편소설을 쓰기도 했다. 주말에 쇼핑을 나가서 각자 다른 볼일과 구매 일로 찢어지는 일이 생기면, 나는 자동차 열쇠를 갖고 있는 쪽에 붙었다.

아마 내가 걱정 많은 아이였다는 사실 때문에 부모님은 나를 알렉산드리아 시골에 개교한 지 얼마 안 된 진보적인 학교로 보냈던 것 같다. 버건디 팜 컨츄리 데이 스쿨('컨츄리 데이 스쿨'은 19세기 후반 미국에서 시작된 진보교육운동의 일환으로 설립된 학교이다.—옮긴이)은 행동으로써 학습한다는 호머 레인Homer Lane의 아동 중심 원리에 입각해 1946년 학부모 조합이 설립한 학교였다. 교사진은 모두 젊은 데다 동기가 확실하고 열성적이었으며, 성이 아닌 이름으로 불렸다. 옥외 수영장이 있었고, 염소를 비롯한 농장 동물들이 학교 안을 돌아다녔다. 학생들은 가축을 먹이고 이런저런 농장 일을 거들었다. 아마도 자연과 유기적인 관계를 맺게 하려는 의도였던 것 같다. 그 결과 나는 평생 허드렛일을 싫어하게 되었고, 고기 국물과 감자를 곁들이지 않은 동물과의 어떠한 관계에도 반감을 느꼈다.

나는 부모님을 '버티'와 '에디'라고, 이름으로 불렀다. 그분들은 1930년대의 산물이었다. 사회에 헌신적이고 진보 성향을 지녔으며 세상을 좀 더 나은 곳으로 만들고자 열성이었는데, 그 일환으로 자신들이 꾸린 가정을 모두가 존중하는 세계의 축도로 만들려고 했다. 아이들이라도 말이다. 펜실베이니아 대학에서 사회사업을 공부한 엄마는 스코틀랜드의 진보적 교육자인 A. S. 닐Neill과 호머 레인의 세례를 듬뿍 받은 반면, 아버지는 변호사라기보다는 작가나 대학교수 또는 정신분석가 쪽에 가까웠다. 아버지는 연방정부의 전원전력화 관리부 소속 변호사로 연방대법원에서 변론을 했음에도 수입은 많지 않았다. 엄마는 1948년 루시가 태어나고 나서 몇 년 동안은 주로 집에서 지냈다. 경제적으로 어려운 시기였음이 분명한데도 두 분은 그에 대해 불평한 적이 없었다. 이따금 엄마가 농담 삼아 집집마다 세계백과사전을 팔러 다니느라 발이 아팠다고 말했지만.

엄마가 발을 끌며 책을 팔러 돌아다닌 동안 나는 재미있게 놀았다. 학교는 정규 수업 시간은 적은 대신에 학생들로 하여금 자기가 좋아하는 책을 읽거나 관심이 있는 일을 하게 해 주었다. 시험도 없었고, 공예와 그림, 수영, 운동 같은 놀거리는 많았다. 아이들로 하여금 각자 제 목소리를 갖도록 하고 권위에 굴복하지 않으며 열의를 갖고 배우고 친구를 많이 사귀며 경쟁하지 않고 노는 법을 가르치는 것이 교육의 목적이었던 것이다.

1954년에 롱아일랜드의 헌팅턴으로 이사를 왔을 때 나는 그 이유를 몰랐다. 매카시 시대가 도래하고 하원의 반미활동위원회가 갈수록 더 많은 '공산주의자'들을 지목하고 추적하면서 정부에서 일하던 아버지의 입지도 점점 좁아졌다. 부모님은 모두 1930년대 '정식 당원' 이었는데, 그것은 그 당시 양심 있는 젊은 지식인들 대부분이 그랬다. 아버지가 추적을 받고 굴욕을 당하며 해고되는 것은 시간문제였다.

헌팅턴행은 당연했다. 노먼 아저씨와 펄 할머니가 여름마다 그곳에서 지냈으며, 그분들의 아들인 프레디 삼촌도 해군에서 퇴역한 이후 아내 엘레노어와 함께 그곳으로 이사를 왔다. 집안사람들과 활발하게 접촉했던 아버지는 일단 주州변호사 시험에 합격하자 몇몇 의뢰인을 확보할 수 있었다. 엄마는 그 지역 사회사업 기관에서 일할 수도 있었다. 한동안은 힘들겠지만 달리 선택의 여지가 없었다.

버건디 팜은 학생들에게 자립심과 자신감을 심어 주는 것을 목표로 했는지는 몰라도, 헌팅턴의 교육제도에 대한 준비를 시켜 주지는 못했다. 나는 여행자들이 낯선 지역에 들어갈 때 흔히 그러듯이 얼마간 주눅이 들긴 했어도, 동시에 어떤 매혹을 느끼며 우드베리 애버뉴 초등학교 4학년에 편입했다. 이 학교의 관행은 이상했고 의식은 별났다. 아침마다 국기 앞에서 충성을 맹세했는데, 그때 무슨 말을 해야 좋을지 알 수 없었던 나를 그들은 의혹의 눈길로 지켜보았다. 혹시 공산주의자가 아닐까, 하고 말이다. 원자폭탄 공격에 대비한 훈련도 했는데, 책상 밑에 숨는다면 낙진에 맞지 않는다는 것이다. 또는 온종일 서른 명쯤 되는 아이들과 함께 책상 뒤에 앉아서(정숙!) 사울 선생님이 말씀하시는 동안 선생님 말을 받아 적어야 했다.

한번은 수업 시간에 바빌론을 공부했는데, 나는 그곳이 롱아일랜드에 있는 도시인 줄 알았다. 그곳은 정말이지 흥미로운 곳 같았다. 그곳 주민들은 싸움도 꽤 하고 보물도 잔뜩 갖고 있으며 모두 숭배하는 왕도 있었으니까. 나는 손을 들었다.

"사울 선생님, 여기서 바빌론까지 가려면 얼마나 걸릴까요?"

나는 지금도 교실에 있던 아이들이 일제히 폭소를 터뜨리는 일이 가능한지 모르겠지만 그때 실제로 그런 일이 벌어졌다. 아이들은 이미 내가 자기들과 다르다는 것, 따라서 괴상하며 안심할 수 없는 녀석임을 알고 있었다. 나는 수학을 잘했고 엄청나게 많은 책을 읽었지만 과학에 대해서는 아무것도 모르며, 이제 보니 역사에도 깡통이었던 것이다. 수업이 끝나자 사울 선생님은 내게 《고대 바빌론 *Ancient Babylon*》이라는 책을 주셨다. 그 책을 얼마 읽지도 않아서 나는 그곳 사람들이 자기네 도시에 우리나라에 있는 마을과 같은 이름을 붙였다는 사실에 짜증을 냈다.(미국 뉴욕 주 롱아일랜드 지역의 서퍽 카운티에 '바빌론' 이란 도시가 있다.—옮긴이)

우리는 새로 지은 아파트로 이사를 했고 그곳에서 루시와 나는 방을 같이 썼지만, 채 1년도 지나지 않아 아버지가 변호사 사무실을 개업하고 의뢰인이 조금 생기면서 브룩사이드 드라이브에 있는 새 집을 샀다.(2만 달러라니 정말이지 엄청난 금액이었다.) 유복한 집 아이들만이 '새' 집에서 살았다. 어떤 아이가 가난한지 아닌지는 그 아이가 사는 곳을 보면 알 수 있다. 4학년 급우였던 주디 해크스태프는 엄청나게 크고 무지무지하게 오래된 집에서 살았는데, 베란다로 둘러쳐진 전면 현관의 흰 페인트는 벗겨지고 있었으며 괴상하게 생긴 탑들은 귀신이 나오는 성처럼 보였다. 내 눈에는 으스스하고 더러워 보이는 집이었다. 나는 그 애가 가엾어서 우리의 새 집으로 초대했다. 그러면 그 애가 자기 부모님께 부자들이 어떻게 사는지 말해 줄 수 있을 테니까.

루시와 나는 각자 방이 생겼으며, 사실私室 하나와 거실 두 개, 그리고 엄마가 비단향꽃무와 꽃창포를 심을 수 있는 정원도 있었다. 엄마는 밝고 향이 강한 꽃을 좋아했다. 그 거리에 있는 다른 집들도 우리 집과 똑같이 멋있었다. 빛깔만 달랐을 뿐이다. 그러나 우리 집에만 앞마당에 벚나무가 있었는데, 노란빛이 도는 빨간 버찌는 일단 그 맛에 익숙해지면 그다지 쓰지 않았다.

루시와 나는 침실에 쓸 색을 놓고 싸웠는데, 하고 많은 색깔 중에서 우리 둘 다 똑같이 푸른색 벽지를 골랐던 것이다. 물론 먼저 그 색을 선택한 것은 나였다. 한바탕 눈물 소동을 벌이고 나서 루시는 제일 좋은 푸른색 벽지를 차지하고, 나는 그 다음으로 좋은 것을 골랐다. 어떻게 된 일인지 루시가 제일 큰 방을 차지했는데, 그 일에 대해 나는 분개하기는 했지만 루시가 부모님의 사랑을 독차지했다는 결론에는 이르지 않았다. 소동을 크게 피우면 하고 싶은 대로 할 수 있다는 진리가 입증됐을 뿐이다. 우리 둘 다 진짜 발포 고무로 된 베개와 새 침대, 새 책상을 갖게 되었고, 벽에 걸 그림으로 미술관 상점에서 사 온 판화를 골랐다. 모든 것이 다 새것이었다. 흡사 모든 것이 처음부터 다시 시작되기라도 하는 듯했다. 엄마와 아버지는 부부 침실에, 뒤쪽에 붙박이 가구가 딸린 침대를 들여놓았는데, 긴 책꽂이가 달려 있는 그곳에는 미늘창으로 된 문이 붙어 있어서 문을 닫으면 베개를 기대어 놓을 수 있게 돼 있었다. 그것도 방과 같은 색(푸른색이 아니라 진회색)이었고, 우리 모두 매우 사치스러운 가구라고 여겼다. 그 침대에 감탄한 나머지 나도 같은 것을 갖고 싶다는 말을 하기도 했지만, 몽롱한 기쁨 속에 지낸 처음 몇 달 동안은 그 안에 들어 있는 책을 들여다볼 생각이 들지 않았다. 어쨌든 그 책들이 재미있어 보이지는 않았다. 청색과 갈색으로 된 두툼한 그 책들에는 주위의 새것과 어울리는 겉표지조차 없었고 일별할 만한 가치도 없어 보였다.

그러던 어느 날, 시샘 어린 눈길로 이 독특한 가구를 바라보던 나는 무심코 책의 제목들을 읽어 보았다. 그날은(나는 열두 살이었다.) 내 독서 항로가 완전히 바뀐 날이고, 그날 이후 독서는 내게 자극과 기쁨을 주는 주요 원천이 되었다. 일단 거기에 눈길을 주자, 그 따분해 보이는 책 제목에(사실 무슨 소리인지 어리둥절하고 모호하긴 했으나) 호감을 갖게 하는 뭔가가 있었다. 크라프트 에빙Richard Von Kraff-Ebing의 《성적 정신병질*Psychopathia Sexualis*》, 마그누스 히르슈펠트의 《성적 변칙과 도착》, 빌헬름 슈테켈Wilhelm Stekel 박사의 《성적 일탈*Sexual Aberrations*》. 온통 성性에 관한 것들이었다! 변칙(나는 그 단어를 찾아보았다.)에다 도착까지? 멋지군.

내가 쾌활한 어조로 "아빠, 이 책 좀 빌려 봐도 돼요? 아주 재미있어 보이는데요."라고 말한다고 해서 이 책들을 책꽂이에서 뽑아 줄 것 같지 않았다. 이 책들을 읽고 싶다면 몰래 해야 했다. 결과적으로 그런 은밀한 행위가 재미를 더해 주었다. 그 책들을 읽는 일은 하디 형제가 악질 외국인들을 상대로 모험을 벌이는 일처럼 흥미진진하고 '게다가' 위험할 것이다. 이 책들이 내 인생에 들어온 시기는 사춘기의 시작과 일치했는데, 사실상 이 책들이 사춘기를 시작하게끔 만든 셈이다. 이 책들은 이후 몇 년 동안 내 상상력에 연료를 공급해 주었다. 나는 너무나 자극을 받은 나머지 내 존재 자체가 당혹스러울 정도였다. 누군가 그 사실을 알아챘을까? 엄마라면 그럴 수도 있다. 엄마는 알았을 것이다. 나는 몸이 오그라들 만큼 욕정과 수치심과 희열과 방종의 폭발적인 순환을 겪었다. 내가 처한 상황처럼 토머스 칼라일Thomas Carlyle의 금언을 잘 구현한 예도 없을 것이다. '책이 주는 최고의 효과는 독자로 하여금 자발적으로 행동하도록 자극하는 것이다.'

나는 히르슈펠트가 가장 마음에 들었다. 도표가 그렇게 많지 않고, 의학 용어가 너무 많이 나오고 결정적인 순간마다 라틴어 문장이 등장해서 좌절하게 만들기는 해도 그 책 속에는 내 주의를 사로잡는 내용이 잔뜩 들어 있었다. 그 책에 나오는 등장인물들은 아주 흥미로웠으며 저마다 얘깃거리가 있었다. 물론 자세한 내용까지는 나오지 않았다. 이야기는 짜증이 날 만큼 간결했지만 그것만으로도 상상력에 불을 지피기에 족했다. 어쨌든 내가 원했던 것은 음란한 내용뿐이었다.

50년 후 그 책을 다시 읽어 본 나는 내 '기억력'에 경악했다. 이런, 바로 그 여자잖아! 아니, 이것은 그 남자로군! 이게 바로 '그것'이야!

> 그가 처음 자발적인 성적 흥분을 느낀 것은 사춘기 초기에 처음으로 전신 거울에 비친 자신의 모습을 보았을 때이다. …… 그 순간 성기가 발기하고 그는 흥분을 느꼈다. 그는 자신에게 용서를 구하며 거울

에 입술을 대고 거울에 비친 자기 입술에 키스를 퍼부었다. …… 그런 다음 이런 글을 남겼다. '나는 나 자신에게 성욕을 느끼며, 내 신체를 핥을 때 가장 큰 쾌감을 느낀다.'

'진정한 의미에서 여성 동성애의 유행을 볼 수 있는' 미국의 여자 기숙학교에 대한 보고서도 있었다. 엉덩이에 입 맞추기를 좋아하는 서른 살 난 의사, 전기로 채찍질하는 기계를 발명한 파리 시민, 사랑하는 연인들을 말처럼 올라타고 침실 안을 돌아다니면서 그들을 '응징하는 동시에 사랑하는' 심각하고 엄격한 성격을 가진 여자에 대한 이야기도 있었다. 자위 때문에 '뇌가 마비된다'는 가설은 입증되지 않았다는 자위 항목에서는 안도감을 느꼈지만, 그럼에도 히르슈펠트는 그가 자위의 사례로 들었던 사람처럼 음경을 혹사하며 쾌감을 얻는 행위는 권하지 않았다. '자위의 두드러진 결과는 우울증으로까지 변질될 수 있는 의기소침한 상태인데, 그것이 자살에 대한 생각이나 실제 자살로 이어질 수 있다.' 나는 그런 말에 겁먹지 않았다. 나의 뇌가 마비되지 않는 한, 내 음경도 혹사하든 하지 않든 마찬가지일 테니까.

히르슈펠트가 예로 든 사람들은 대부분 시공간상 멀리 떨어져 있기는 해도 변종이나 괴물이 아니었다. 명백한 회피 대상은 얼마 되지 않았으며, 가학성 변태성욕과 성교 살인에 관한 항목은 대충 건너뛰어 가며 읽었지만('그런 것'을 굳이 읽고 싶은 사람이 있을까?) 이 책에 등장하는 무명의 중부 유럽인들 대부분은 충분히 있을 수 있는 전형적인 인간이었다. 인간의 삶이 이처럼 괴상망측하고 수많은 가능성을 지녔으리라고 누가 짐작이나 했겠는가? 또, 저 냉담하고 위협적이며 화려한 치장을 하고 초세속적인 피조물인 어른들이 그처럼 거칠게 굴 수 있으리라고 어떻게 상상할 수 있겠는가? 나는 한동안 빈의 프티부르주아처럼 한껏 과열된 정신세계에 빠져 살았다. 나는 그 아래 코르셋 말고는 아무것도 입지 않은 색다른 모피 의상 차림을 한 여자를 찾으며 헌텅턴을 돌아다녔다. 나는 코르셋이 어떤 것인지 몰랐지만, 내가 읽은 책에 의하면 그것만으로도 사람들에게서 놀랄 만한 경의를 이끌어 낼 수 있는 그런 것이었다. 가슴이 크고 엉덩이가 튀어나온 여자들은 매혹적이었는데, 펄 헐머니가 바로 그 조건에 딱 들어맞는다는 사실을 알고는 적잖이 낙담했다.

성애性愛를 다룬 내용이 가득 담긴 아버지의 책들을 발견하면서 단지 문을 잠글 수 있는 공간에 들어가기만 해도 발기를 일으킬 수 있는 시절이 시작된 셈이다. 나는 아버지의 비밀 장서를 읽고 또 읽는 데 골몰했고, 오래지 않아서 (그때 막 발견하기 시작한) 나 자신의 필요와 욕구에 따라 자극적인 구절들을 내 것으로 만들고 가다듬고 확대했다. 그러면서 나만의 내적인 환상을 목록으로 작성하기 시작했는데, 그것들은 잠긴 공간 안에서 그 책들만큼이나 만족할 만한 효과를 발휘했다. 아니, 그보다 더 나았다. 책을 감출 필요가 없으니까.(두 권짜리 《성적 정신병질》을 셔츠 속에 감춘다고 생각해 보라.) 다급하게 몰두하는 동안 책을 위태롭게 들고 있어야 할 필요도 없었다. 환상은 책으로 촉발되었으나 책보다 더 나았다.

내 방문에는 기본적인 자물쇠가 달려 있었으나, 방 안에 있을 때 그렇게 자주 문을 잠가야 하는 이유를 설명할 도리가 없었다. 집이든 아니든 화장실이 가장 적합했는데, 그 안에 있는 이유에 대해 의문을 품을 사람이 없었기 때문이다. 하지만 그렇게 자주 화장실을 드나드는 이유에 대해서는 의아하게 여길 것이 뻔했다. 고질적인 설사병에라도 걸렸다고 볼 것이 분명했다. 게다가 화장실에서 곤란을 겪는 일만큼 유대인 부모와 조부모의 관심과 우려를 사는 일도 없다. "괜찮은 거냐?" 두 시간 사이에 세 차례나 화장실에 갔다 오는 나는 그런 질문을 받았다. "그럼요, 괜찮아요." 나는 그렇게 대꾸하고는 부끄러워하며 황급히 자리를 떴다. 사람들이 눈치를 챈 것은 아닐까?

펄 할머니는 눈치 챘을 것이라고 확신했다. 맨해튼 웨스트 86번가 브루스터 호텔에 있는 할머니의 조그만 아파트 거실에는 전면이 유리로 된 책장이 있고, 그 안에는 '노먼 콘블루에 도서관에서 훔친 것'이라는 장서표가 달린 아저씨의 잡다한 책들이 꽂혀 있었다. 내가 훔쳐 보고 싶은 책이 딱 하나 있긴 했지만, 그 책이 없어지면 눈에 띌 것이고, 더 나쁘게는 그것 때문에 야단을 맞을 가능성이 높았다. 크론하우젠Kronhausen이라는 두 명의 덴마크 심리학자Phyllis and Eberhard가 쓴 그 책은, 수수한 노란색과 주황색 종이 표지에 '외설물과 법 : 성 리얼리즘의 심리학과 '노골적인' 외설물Pornography and the Law : The Psychology of Erotic Realism and 'Hard Core' Pornography'이라는 제목이 붙어 있었다. 특별히 야해 보이지 않았지만, 제목만으로도 그 책이 외견상 진보적인 문제에 관심을 지닌 독자들에게 적지 않게 판매되었음을 확신할 수 있었다.

그렇지만 내가, 그리고 추측컨대 그 책의 독자들이 그 책에 끌리는 이유는 간단했다. 그 책은 진지한 지적 작업인 까닭에 논증과 분석을 하는 과정에서, 1950년대 미국에서 정상적인 판로로는 입수하기 어려운 광범위한 외설서를 인용할 수 있었다. 여기에는 《음탕한 위선자*The Lascivious Hypocrite*》, 《어느 벼룩의 자서전*The Autobiography of a Flea*》, 에렉투스 멘툴루스L. Erectus Mentulus의 《옥스퍼드 교수*The Oxford Professor*》 같은 19세기 후반 빅토리아 왕조 시대에 나온 고전적인 외설물에서 발췌한 내용이 실려 있었다. 그 책들은 그 당시 《율리시스*Ulysses*》, 《채털리 부인의 사랑*Lady Chatterley's Lover*》, 《해커트 카운티의 추억*Memoirs of Hecate County*》처럼 외설물이라기보다는 사실적인 성애문학으로서 '좀 더 고상한' 본격문학과 대비되었지만, 양자 사이에는 일반인에게 발매할 가치 여부를 구분지을 만한 명백한 기준 같은 것은 없어 보인다. 아버지에게도 이런 본격문학에 속하는 책이 몇 종 있었지만(나도 그중 몇 가지를 거칠게 훑어보았다.), 나는 본격적으로 음란한 쪽을 더 선호했다. 나는 불명예를 상쇄하는 예술적인 특질 따위에는 관심이 없었다. 그런 것은 오히려 성적인 장면에 방해가 되거나 그런 장면들에서 얻을 수 있는 감흥을 감소시킬 뿐이었다. 내가 원한 것은 순수한 음란물이었다. 그 등장인물들이 하고 있는 생각이나 그들의 출신, 침실 밖에서 그들의 포부가 어떤 것인지 따위에 누가 신경 쓴단 말인가?

그 음란물 자체도 순수하지는 않았는데, 크론하우젠의 책도 예외가 아니었다. 그들은 아주 외설스러운 구절들을 자유롭게 인용했지만, 의미론상의 예의범절만큼은 짜증스러울 정도로 지켰다. 음탕한 단어는 '단 한 마디도' 사용하지 않았던 것이다. 그 결과, 《이상한 컬트*The Strange Cult*》의 한 장면은 우스꽝스러울 정도로 삭제된 채 인용되었다.

> …… 저 아담한 침대에서 제가 당신께 멋진 (성교에 해당하는 말)을 해 드리죠. 그 다음에 물론 당신이 정말 좋다면 당신께 (구강성교에 해당하는 말)을 가르쳐 드리죠. 그런 다음 당신이 (오르가즘에 해당하는 말)에 이를 때까지 (여성 성기에 하는 구강성교에 해당하는 말)을 해 드리죠. 그 다음에 우리는 (성교에 해당되는 말)을 좀 더 할 겁니다!

나조차도 이런 (웃기는 농담에 해당되는 말)은 건너뛰었다. 그러나 그 정도로도 쪼쪼가 발기되기에 충분했다. 나는 할머니의 아파트 거실 의자에 앉아 그 책을 무릎에 올려놓은 채 몇 시간을 보냈는데, 책 표지나 내 흥분이 눈에 띄지 않도록 정기적으로 다리를 반쯤 절면서 화장실을 드나들었다. 엄마나 아빠가 나를 데리러 오면 할머니는 이렇게 말하곤 했다. "아, 리키는 온종일 책에다 물칠을 하면서 보냈다." 나는 죄의식을 느끼면서, 사태를 파악한 할머니가 일부러 그렇게 심술궂게 말한 것이 분명하다고 확신했다.(이디시어 동사 '물칠하다shpritz'는 보통 소다수를 약간 더한다는 의미인데, 오줌을 눈다거나 물을 뿌린다는 의미도 들어 있다.)

이렇게 숨어서 집 안의 성애문학을 읽어 치운 이 초기의 독서 경험이 나의 독서 행태를 완전히 바꿔 놓았다. 이런 책을 읽는 것을 들켰다면 재앙이었을 텐데, 그것은 이 책들이 내가 읽을 만한 책이 아니었기 때문만이 아니라 그 책들을 읽으며 흥분한 나에게 그 책의 내용에 나오는 이들과 같은 성도착자라는 낙인이 찍혔을 것이기 때문이다.(물론 그 사실이 나의 아버지나 할아버지가 그들과 유사한 비정상적인 인물이라는 의미는 아니다. 그분들은 지성인들이었다. 나는 어떻게 엄마나 할머니가 그 책들을 보지 않고 지낼 수 있는지 궁금했다.)

하디 형제들이여, 안녕. 이제부터 나는 훨씬 더 재미있고 흥미진진한 책을, 금서들을 읽을 참이었다. 나는 페이지를 훑으며 즉각 유방, 유두, 질, 궁둥이, 항문 같은 핵심어를 파악하는 법을 익혔다. 아버지가 갖고 있던 소설책 전체가 갑자기 눈에 들어오기 시작했다. 나는 그것들을 하나하나 훑어 나가기 시작했다. 어떤 것은 한순간 흥미를 돋우다가 실망만 안겨 주기도 했다. 판 더 펠더Theodoor Hendrik van de Velde의 《이상적인 결혼: 그 생리와 기술*Ideal Marriage: Its Physiology and Technique*》이라는 책이 있었는데, 나는 그것이 기묘하게 돌려 말한 제목이라는 것을 알아보았다. 성적 환상을 불붙일 만한 삽화와 보기 같은 것이 없는지 책장을 뒤적거리려던 나는 책 앞쪽 면지에 들어 있는 엄마가 아빠에게 쓴 다음과 같은 헌사에 가로막혔다. '버니에게, 우리의 결혼 생활이 이렇게 되기를 바라며.' 나는 상상조차 되지 않는 그 헌사가 암시하는 바를 머릿속에서 지우고자 필사적으로 노력하면서 손가락을 움직일 만한 것을 찾아 페이지를 훑어 나갔다. 왠지 역겨워 보이는 월경과 임신에 관한 내용은 모두 무시했다. 클리토리스라고 하는 것, 그리고 여성의 오르가슴에 관한 내용도 모두 건너뛰었다. 그런 것은 내게 없는 것들이었고, 있는 것이라고는 소년 오르가슴이라고 할 만한 것뿐이었다. 이런 것에 호기심을 느끼지 못한 것은 실수였으며, 내가 처음 사귀었던 여자 친구들은(그리고 나 또한) 그 대가를 치르게 되었다.

유대 성년식 때 나는 '이달의 추천서'를 구독하겠다고 신청했는데, 조숙한 학문적 요청이라는 오해 속에 허락을 받았다. 물론 그것은 음란한 내용이 있는 책을 구하는 새로운 원천이었다. 맥킨리 캔터MacKinlay Kantor의 《앤더슨빌*Andersonville*》에는 몇 군데 그럴싸한 장면이 있었지만 굳이 찾아볼 만한 가치가 있는 것은 아니었으며, 이달의 추천서로 곧잘 올라오는 것들은 《뱀이 말을 한다*The Snake Has All the Lines*》라거나 《떨이로 사기*Cheaper by the Dozen*》처럼 기분 좋고 깜찍한 책들이었다.

어쨌든 이미 집안의 성애문학에서 공상의 재료를 충분히 소화한 터라 그 이상의 책을 구하기도 어려웠다. 열기는 가시지 않았으나(그 이후로 한 번도 그런 적이 없었다.) 누그러졌고, 하디 형제들보다 좀 더 실속 있는 것을 받아들일 여지가 생겼다. 마침내, 제대로 된 책을 읽을 때가 된 것이다. 문학서를 읽을 시간이 왔다.

03
파수꾼과 포효

CATCHING AND HOWLING

내 어린 시절은 책 속에 나오는 소년과 똑같았으며,
그 당시에 대해 말하게 되어 적지 않은 안도감이 들었다.

J. D. 샐린저Salinger, 《호밀밭의 파수꾼*The Catcher in the Rye*》에 대한 대담에서

놀라워라, 영혼의 저 불가사의하고 특별하며 찬란하고 지적인 호의는!

앨런 긴즈버그Allen Ginsberg, 《포효*Howl*》의 각주에서

'고등학교.' 오늘날까지도 이 말은 '인종청소'라든가 '치아 신경치료', '조지 부시' 같은 말을 들었을 때처럼 가슴 조이는 듯한 반감을 불러일으킨다. 고등학교라면 진저리가 난다. 전적으로, 뼛속 깊은 곳에서부터 싫은 나머지 불만의 원인이 무엇인지조차 깨닫지 못할 정도이다. 10대 특유의 불퉁함에다 특권 의식이 지나친 나머지, 나는 내가 극도로 비참하다는 생각에 부글부글 끓어올랐다.

지은 지 얼마 안 되는 헌팅턴 고등학교는 학교에 다녀야 하는 학생들을 제외한 모든 이의 경탄의 대상이었다. 꾸밈이 없고 약간 음산해 보이며, 측면을 따라 복도들이 끝없이 이어진 야트막한 벽돌 건물, 금속 물품 보관함, 특유의 회색과 녹색 페인트, 리놀륨이 깔린 바닥, 형광등, 지나치게 끓는 보일러. 그곳은 흡사 가학적인 심리 실험을 벌이는 영화 속의 실험실 세트장처럼 보였다. 하루의 시작과 끝, 그리고 수업 사이사이에 이 복도들은 뛰거나 잡담을 나누거나 흥분한 학생들로 채워지지만, 수업 중에는 무단결석생을 찾아내어 우리 속에 몰아넣으려고 혈안이 된 학급 반장과 매 같은 눈매를 한 교사들이 순찰을 도는 황량한 출입금지 구역으로 바뀌었다. 화장실에 갈 때에도 통행증이 있어야 했다. 메시지는 간단했다. 이 장소에서 탈옥하기는 어렵다. 굴복하는 쪽이 편했다.

복장 규정도 있었다. 청바지 금지, 운동화 금지, 반바지 금지, 그리고 드레스와 스커트는 '적절한' 길이일 것. 머리카락은 정반대였다. 머리카락은 '반드시' 짧아야 했으며, 가능하다면 상고머리여야 했다. 한번은 어머니가 내 목덜미에서 고수머리의 흔적을 보고는 트집 잡는 어투로 그러다가 곱을지 모른다고 했던 것이 기억난다. 나는 그 머리를 난폭하게 잘라 버렸다. 따라서 그 뒤로 곱을 일이 있었다면 그것은 순전히 내면적인 것이었다.

이상하게도 적지 않은 만족감이 느껴졌다. 나는 다른 아이들이 열망해 마지않는 삶을 영위하고 있었던 것이다. 나는 110연승을 거둔 테니스 팀의 주장이었다. 나는 뛰어나게 이쁘고 귀여운 여학생과 데이트를 하면서 그 애와 더할 나위 없이 재미있게 지냈다. 수업도 고루하지 않았는데, 자기는 역사도 생물도 프랑스어도 모른다고 고백한 샘 쿡Sam Cooke의 노래 〈원더풀 월드〉에 나오는 인물처럼, 나는 버건디 팜의 후유증으로 이상하리만큼 무식하다고 판명되었다.

나는 똑똑하다고 평가됐지만 쿡의 노래 속 주인공처럼 A등급은 아니어서, 교사들은 나에게 '성취 미달생'이라는 딱지를 붙였다. 그럼에도 학업 성적은 우등생 등급(음란물의 암호라도 되듯 XX라고 불렀다.)으로 분류되었는데, 여기에는 학년 말이 되면 평점 'C'를 'B'로 셈하는 기분 좋은 보너스 효과가 작용했다. 이런 이점에 편승하여 최종적으로는 정확히 평점 3.0(연속 B)을 달성할 수 있었는데, 그 덕에 졸업반에서 상위 10퍼센트 안에 들어가게 되었다. 이런 추가점을 빼고 내 성적 증명서를 보면 평범했다. 특히 영어가 형편없었다.

교육 자체는 열성적이고 충분했으나 교재는 따분했다. 거기에는 베이첼 린지Vachel Lindsay의 〈콩고 강 : 흑인 연구The Congo : A Study of the Negro Race〉라는 말도 안 되는 시도 실려 있었다.

> 나는 콩고 강을 보았지, 그것이 검은 땅을 기는 것을, 황금빛 길로 정글을 관통하는 것을.

백인 학생이 99퍼센트를 차지하는 헌팅턴 고등학교에 다니는 나조차도 그것이 헛소리라고 단언할 수 있었다. 그리고 스티븐 빈센트 베네Stephen Vincent Benet의 흐물거리는 작품, 로버트 프로스트Robert

Frost의 저 거친 지혜들이 잔뜩 수록되어 있었는데, 이 시인은 숲으로 난 서로 다른 두 길이나 벽 쌓기 같은 것을 가지고 소란을 피웠다.

그러나 상급 학년에서 들은 위드 선생님의 XX 영어 수업은 문학과는 별개였다. 영리하고 욕구불만에 찬 고등학교 교사가 흔히 그렇듯이 잔인하리만큼 고상한 위드 선생님은 1년짜리 서구 문학 및 철학 속성 강좌를 꾸렸다. 호메로스에서 시작하여 플라톤과 아리스토텔레스를 거쳐 고대 그리스 비극 작가들을 돌아 재순환의 저 광대한 거류지를 경유하여 조이스의 《피네간의 경야*Finnegans Wake*》로 끝맺는 강좌였다. 아버지의 몽롱한 예찬자였던 위드 선생님은(당시 아버지는 그 지역 예술위원회 회장이었다.) 나를 자기 강의의 스타로 만들려고 작심했다. 그녀는 교실 뒷자리에 구부정하게 앉아 〈뉴욕 타임스〉에 실린 십자말풀이를 풀고 있던 나를 일으켜 세워 예리한 질문을 던지곤 했다.

"릭, 더들리 피츠Dudley Fitts의 이 번역은 질이 어떤 것 같니?" 위드 선생님은 그리스어 문맹자나 다름없는 내게 이런 질문을 던졌던 것이다. 문제의 그리스어 구절에 대해서는 몇 가지 번역 개요만 갖고 있을 뿐 정식 번역본조차 읽어 본 적이 없었다.

"이 부분은 저 고대의 구절을 잘 구현한 것처럼 보입니다만……." 위드 선생님은 기대에 찬 눈길로 나를 쏘아보았다. "……더들리가 그렇게 잘 맞는다면 입으면 된다고 생각합니다."('피츠Fitts'라는 이름을 가지고 '옷이 맞는다fits'는 말장난을 한 것—옮긴이)

"나가!" 위드 선생님은 교실 문을 가리켰다.

나는 그때 이미 교장실 가는 일에 익숙해져 있었다. 말장난만으로도 보내질 만큼 그곳을 뻰질나게 드나들었던 것이다. 교장 선생님이 피곤한 얼굴로 나를 바라보았다.

"이번에는 또 무슨 일이냐?"

"네, 교장 선생님." 나는 되도록 깊이 뉘우치고 있다는 어투로 말했다. "위드 선생님 수업 시간에 더들리 피츠를 모욕했습니다."

교장 선생님은 고전문학자가 아니었다.

"뭐라고 했는데?"

"이름을 가지고 장난을 쳤습니다, 교장 선생님."

"흠." 교장 선생님이 엄한 어조로 말했다. "지금 당장 교실로 돌아가서 더들리에게 사과하거라. 우리 학교의 명예 규정에 따르면 학생들 사이에 예의를 지켜야 한다는 것을 너도 알고 있을 테지?"

"기꺼이 그렇게 하겠습니다, 교장 선생님." 저녁 식탁에서 그 이야기를 하면서 나는 아버지가 내 재치를 칭찬해 주리라고 여겼으나, 아버지는 내 행동을 사과하러 학교에 오는 일에 이미 넌더리를 내고 있었고, 사실 나로서도 그런 일이 달갑지는 않았다.

"위드 선생님은 당연한 응보를 받은 거야." 나는 줄곧 그렇게 말했으나 실제로는 약간 가책을 느꼈다. 위드 선생님은 다른 많은 교사들처럼 얼간이도 엉터리도 아니었던 것이다. 내가 이런 건방진 말투를 배운 상대는 내 동년배인 열일곱 살짜리 홀든 콜필드였는데, 그는 나와 아주 친한 사이였다. J. D. 샐린저의 《호밀밭의 파수꾼》의 주인공이자 화자인 그를 다 기억할 것이다. 당시 그 작품은 내가 가장 좋아하는 책이었다.

홀든은 부유한 예비학교들에서 연이어 중퇴당하지만, 나와는 달리 잘난 체하는 인간이 아니다. 분명 공손하며 학업상의 수많은 결점들(그 역시 영어만은 좋아했다.)을 공공연히 자신의 잘못으로 인정하려 드는 홀든은, 속으로는 자신을 가르친 거의 모든 교사들을 신랄하게 경멸한다. 진정한 의미에서 걸어 다니는 헛소리 탐지기인 그는 모든 상투성과 위선, 교육받은 자들의 은어에 민감하다. 그에게 실망한 또 다른 영어 교사에게 '제대로 게임하는 법'에 대한 조언을 들은 홀든은 그 말에 넘어가지 않는다. "게임이라고? 웃기는군. 대단한 게임이지. 모두 유식한 자들 편에 서면 그건 분명 게임일 거야. 나도 그건 인정해. 하지만 유식한 자들이라고는 찾아볼 수 없는 그 '반대편'에 있는 거라면 무슨 게임 같은 것이 있겠어? 그런 건 없어. 게임 같은 건 없다고."

어쨌든 나 역시 반대편에 섰다. 홀든과 나, 우리는 얻어듣는 지혜를 받아들일 줄 모른다는 점에서, 자칭 더 낫다는 인간들의 조언 따윈 듣고 싶어 하지 않는다는 점에서 반대편에 서 있었다. 나는 홀든이 보인 모범을 글자 그대로 본받아서 격렬함과 공평한 감정을 혼동했다. 10대들은 그러게 마련이다. 하지만 어른들에게는 그런 것이 저능아의 표시가 된다.

그러나 내가 그에게서 배우지 못한 것이 두 가지가 있었다. 하나는 입을 닥치는 법인데, 그것은 그리 중요한 것이 아니다. 내가 배우지 못한 중요한 두 번째는 낙오하는 법이었다. 홀든은 자신이 믿지 않는 일은 하지 않고, 흥미가 없는 과목을 공부하려 들지 않고, 자신의 필요에 부응하지 않는 충고는 듣지 않는다. 그것이 연이어 학교에서 낙오하는 것을 의미한다면, 그는 그것에 부끄러움을 느끼지 않는다. 여동생 피비가, 또다시 낙오하면 아버지가 그를 '죽일' 것이라고 말하는데도 그는 낙오하고 만다. 여기에는 어떤 정직한 면이 담겨 있다. 선의를 가진 교육자들이 그가 제공받는 교육의 가치에 대해 칭찬을 늘어놓으면 그는 그럴수록 그것을 거부한다. 홀든은 자신만의 불완전한 방식으로, 사람들이 자화자찬을 늘어놓는 것이 자기애의 특징적인 형태임을 안다. 사기꾼. 그것이 바로 홀든이 '사기'라는 말로 표현하는 의미다. 하지만 사기가 '아닌 것'이 무엇일까? 그는 자신이 사기꾼이 아니라는 분명한 인식만 있을 뿐 그것이 무엇인지는 알지 못한다. 다만 주어진 게임을 하고 싶어 하지 않는 그의 태도는 그의 내면에 들어 있는 비타협적이고 진정한 면을 확인시켜 준다.

심리학자 앨리스 밀러Alice Miller는, 야심 많은 부모에게서 억압받는 아동에게는 낙오가 자주성을 주장하는 유일한 길일 수도 있다고 말한다. "내면의 무엇인가가 좋은 성적을 받기를 거부하고 있는 것일지도 모른다. 그런 아동은 사랑의 결핍을 은폐하는 행위에 동참하기 싫어하며, 나쁜 성적으로 위선에 항의하고 진실을 옹호한다."

홀든은 낙오를 선택하고 그 때문에 불안해 하지도 않는다. 하지만 그것 때문에 다른 사람들이 괴로워하는 일은 (분명 가볍게나마) 안타깝다고 여긴다. 그는 낙오를 겁내지 않고 낙오하고 기꺼이 낙오를 선택한다. 낙오는 그의 완전성을 확인해 준다.

그러나 홀든 콜필드가 처한 상황은 나와는 전혀 달랐다. 우리는 둘 다 찌무룩한 고등학생이었지만, 홀든은 불만을 품을 합당한 이유가 있었다. 엘리엇이 '객관적 상관물'이라고 일컬은 바로 그것이다.(T. S. 엘리엇의 시론에 나오는 개념. 어떤 특별한 정서를 나타내는 일련의 사물이나 사건으로, 그 정서를 즉각 환기시키는 외적 사실—옮긴이) 그는 뿌리 깊게, 명백하게 억압되어 있고, 유일하게 애정을 느끼는 대상은 여동생 피비와 홀든이 열세 살 때 죽은 좋아하던 남동생 앨리에 대한 기억뿐이다. 앨리가 죽던 날 홀든은 차고 유리창을 깨다 손을 부러뜨렸다. 3년이 지났지만 손은 여전히 아프고 분노는 여전히 남아 있다. 하지만 그 분노는 그동안 일그러지고 내면화되었다. 소설 말미에서 정신병원에 수용된 홀든이 자기 치료의 한 방편으로 이 글을 기록한 것으로 나온다.

그는 여전히 비탄에 잠겨 있다. 내가 그의 상황에 그처럼 공감할 만한 어떤 경험을 했을까? 내게 상실감이라는 것이 있다 해도 그저 모호할 뿐이다. 아동 중심적인 환경의 산물인 나는 천진난만한 자기중심적 상태에서 '나'를 '그것'에 맞춰야 하는 세계로 전락했다. 하지만 내가 슬픔(그런 것도 슬픔이라고 할 수 있다면)을 가질 만한 이유가 홀든 콜필드가 가진 이유와 비교할 만한 점이 없다 해도, 그것은 비슷한 증상을 낳았다.

《호밀밭의 파수꾼》은 만성적인 신음 소리인데, 홀든에게 정말로 필요한 것은 포효이다. 나의 것과는 너무나도 다른 그의 상실감은 공감을 불러일으키고 자의식적이고 압도적이다. 그는 마비된 분노, 흘리지 않은 눈물로 가득 차 있다. 그런 그를 제대로 도와주는 사람은 없는 듯하다. 호의를 가진 많은 어른들, 교사들, 부모, 친구 가운데 어느 누구도 앨리의 죽음을 언급하는 것이 적절하다고 여기지 않는다.(피비만이 그럴 뿐이다.) 홀든에게는 더 나은, 더 현명하며 심리적이고 문화적으로 좀 더 근원적인 조언이 필요했다.

그에게 앨런 긴즈버그가 필요했던 것은 아닐까? 홀든은 긴즈버그의 장시 《포효》를 읽을 수 없었지만(그 책이 나온 것은 《호밀밭의 파수꾼》이 나온 지 5년이 지나서다.), 나는 운 좋게도 1960년에 두 권의 책을, 그것도 올바른 순서대로 읽었다. 《포효》는 《파수꾼》이 끝난 자리에서 시작한다. 고통받고 영리한 정신병원 환자가 세상과 평화롭게 지내려 하지만 실패한다. 보통 '포효'로 알려져 있지만, 긴즈버그가 쓴 작품의 원제는 '칼 솔로몬의 포효Howl for Carl Solomon'다. 미친 친구에 대한 비가인 이 작품은 이렇게 시작된다.

> 광기와 기아, 병적으로 노출되며 파괴되고 만 나의 세대에서
> 가장 탁월한 인간을 보았네.
> 그들은 동틀녘 어둑한 거리를 발을 끌며 걸어갔지,
> 분노를 붙일 대상을 찾으며……
> 그들은 광기 때문에, 그리고 두개골의 창유리에 음란한 시를 썼다 해서 추방되었네,
> 속옷 바람으로 면도하지 않은 방에 웅크린 채……

이 현란한 문체의 깡패가 누구일까? 전에는 이런 것을 읽어 본 적이 없었다. 페이지마다 운은 고사하고 분리할 수 없는 리듬, 제멋대로이고 자유분방한 언어가 춤을 추었다. 거칠고 반복적이며 놀랄 만큼 거리낌이 없었다. 실제로 이 작품은 과장되었고 정확성과는 거리가 멀다. 칼 솔로몬은 훗날 그 작품 때문에 자신이 신비화되었다고 주장했다. "그가 어쩌자고 그런 시를 썼는지 모르겠다. 나는 그저 휴식이 좀 필요했고 담배를 끊고 싶었다. 이 대대적인 가극은 전혀 이해가 되지 않는다." (앨런 긴즈버그는 뉴욕의 정신병원에서 작가인 칼 솔로몬을 만난 뒤 이 장시를 썼다. —옮긴이)

이것이 무엇이든 시가 아닌 것만은 분명했다. 이것은 시보다 훨씬 나은 것이었다. 당시 시라고 하는 것은 저 요란스런 베이첼 린지 선생과 세련미 없는 프로스트 선생을 의미했다. 시는 미국 최초의 여성 보컬 그룹인 더 셔를스가 불렀던 〈내일도 나를 사랑해주겠어?Will You Still Love Me Tomorrow?〉처럼 물 흐르듯 하고 유명한 것을 의미했다. 하지만 이 긴즈버그라는 사람의 글을 읽고 안락한 기분을 느낄 사람은 없다. 그의 시를 인용하는 사람은 누구나 어물어물하다 도중에 입을 다물어야 했다.

만약 긴즈버그의 시가 홀든 콜필드를 연상시킨다 해도(학교 중퇴, 초라한 뉴욕 호텔 방에서 술에 취하는 것, 분노와 좌절, 서부의 쓸쓸한 광야로의 탈출을 꿈꾸는 것) 그것은 동시에 홀든을 완전히 넘어서는 것이기도 하다. 홀든과는 관계를 맺을 수도 있고, 그를 친구로 내면화시킬 수도 있다. 그를 창조한 사람조차 그랬다. 당시 그의 여자 친구였던 사람의 말에 따르면, 샐린저는 이 소설을 쓰면서 홀든 콜필드의 말을 열정적으로 길게 인용하곤 했다고 한다. 나도 그랬다. '이 말도 안 되는 소리를 들으면 홀든은 뭐라고 생각했을까?' 나는 자리에 앉은 채 거만하게 교사들의 부족한 면을 비판하며 그렇게 생각했다. 그러면 내 친구 홀든은 장황하게 내게 이야기를 들려주곤 했다.

하지만 앨런 긴즈버그였다면? 그는 친구도, 내적으로 의견을 나눌 상대도 아니었고, 그의 음성은 투사하기가 쉽지 않았다. 홀든이 편한 친구라면, 긴즈버그는 나를 자극하는 동시에 불안하게 만들었다. 도발이 그의 목적이었으며, 그가 내게 도발한 것은 강렬한 탈출 욕망이었는데, 그 충동은 생기자마자 반사적으로 기각돼서 그런 충동을 느꼈는지조차 기억하지 못할 정도였다. 정말 용의주도한 방어기제가 아닐 수 없다. 긴즈버그는 나로 하여금 덫에 걸린 동시에 애처로운 감정을 갖도록 만들었는데, 그 궁극의 효과는 이상할 정도로 상쾌했다. 긴즈버그와 그의 비트족Beat 친구들(《포효》는 케루악Jack Kerouac, 버로스William Seward Burroughs, 캐서디Neal Leon Cassady에게 헌정되었다.)은 물론 미국의 오랜 전통에 따라 황무지의 내면과 외부를 탐구했다. 샐리 아주머니('나를 입양해서 교화시키려고 한')의 형태를 취한 인습의 폭력에서 달아나고, 언제든 그 영토로 도망칠 만반의 준비를 하고 있던 허클베리 핀을 상기해 보자. 허크에게 이 은유적이고 타락 이전의 영토에는 뭔가 더 바람직하고 구속받지 않는 요소가 있어 보였다. 앨런 긴즈버그에게도 분명 그랬다. 비록 그가 마음속에 그린 자유의 속성은 자유로운 정신의 소유자인 허크조차 놀라게 했을 테지만 말이다. 그들은 정신이 번쩍 들도록 나를 놀라게 만들었다. 긴즈버그는 잡식성이었고 탐욕스러울 정도로 성적 매력을 풍겼으며, 이성애적이면서 (우리가 까다롭고도 불안하게 일컫는) '동성애적'인 요소도 있었다. 실제로 오간 것이 무엇이든 주고받는 식의 결말은 행복해 보였다. 윌리엄 카를로스 윌리엄스William Carlos Williams는 《포효》를 언급하며 이 점을 완벽하게 표현했다. "그는 아무것도 회피하지 않고 끝까지 경험한다. 그는 그것을 퍼 담는다. 그러고는 자기 것이라고 주장한다. 그는 그것을 조롱하면서도 여유를 갖고 뻔뻔하게도 자신이 고른 상대를 사랑하고 그 사랑을 균형 잡힌 한 편의 시로 기록한다."

이 장시가 철두철미 현대 시처럼 보이긴 해도 《포효》의 중요한 선례들은 19세기에 나온 것들이다. 제임스 페니모어 쿠퍼James Fenimore Cooper와 《허클베리 핀의 모험*The Adventures of Huckleberry Finn*》, 그리고 특히 월트 휘트먼Walt Whitman의 《나의 노래*Song of Myself*》가 있는데, 긴즈버그는 이 작품을 뉴저지에서 고등학교를 다닐 때 읽었다. '나는 군중을 담고 있는 거대한 나'라는 월트의 단언은 젊은 긴즈버그의 주문이 되었다. 한눈에 봐도 애정이 깃든 《포효》는 사회에서 매장된 자, 버림받은 자, 거부당한 자, 가난한 자, 흑인, 억압받는 자들을 끌어안는다.('받아들인다') 단순히 수용하는 정도 이상으로 한계를 시험하고 편견을 공격하고 법을 어기는 행위를 적극적으로 포용한다.('찬미한다') 휘트먼의 저 위대한 말을 들어 보자.

> 대지와 태양과 동물을 사랑하라, 부자를 경멸하라 …… 어리석은 자, 미친 자들을 옹호하고, 너의 수입과 노동을 다른 자들을 위해 바쳐라, 폭군을 증오하라, 신에 관해서는 논쟁하지 말라, 사람들에게 인내심을 갖고 사람들과의 관계에 탐닉하라 …… 학교나 교회, 책에서 들은 말은 모두 재검토하라, 네 영혼을 모욕한 것은 그것이 무엇이든 잊어버려라.

열일곱의 나이에 이런 고상한 감정을 생각해 본들, 정확히 '영혼'을 모욕하는 것이 무엇인지, 이를테면 자아에 대한 모욕과 비교해서 어떻게 다른 것인지 감이 오지 않았다. 분명히 영혼에 대한 이야기를 들어 보기는 했으나 내가 영혼을 갖고 있는지, 아니 실제로 내가 영혼이라는 것을 원하는지조차 확실치 않았다. 이 영혼이라는 것은 왠지 강아지처럼 성가신 것으로 느껴졌다. 끊임없이 졸라 대고, 자양물에 굶주리고, 지나칠 정도로 요구가 많아 보였다.

영혼이 있든 없든 앨런의 등장은 홀든과의 동일시에 종말을 고하는 신호탄이 되었다. 홀든과 나는 아직 '건방 떨기'의 부정적인 면을 넘어서지 못한 상태여서 가혹하리만큼 자애심이 부족했다. 긴즈버그는 좀 더 크고 풍부하며 훨씬 위험한 길을 가리켰다. 이는 세상에 대해 무조건 '좋다'고 말하고 싶을 때 일어나는 일로, 그것이 바로 긴즈버그가 권하고 체현한 것이다.

10대 때 휘트먼에게 깊은 감명을 받은 긴즈버그는 블레이크 William Blake와 맞닥뜨릴 일만 남겨 두고 있었다. 1948년 마침내 그 일이 일어났다. 이제 막 인생을 빚으려고 하는 스물여섯 살의 긴즈버그 앞에 시인 블레이크가 나타난 것이다. 긴즈버그는 신의 방문이라는 경험에 빠졌다가 막 헤어난 참이었다. 훨씬 훗날, 나는 운 좋게도 긴즈버그가 평생의 동료이자 연인인 피터 오를롭스키Peter Orlovsky와 함께 무대에서 블레이크의 시 《순수와 경험의 노래*Songs of Innocence and Experience*》를 낭송하는 것을 들을 기회가 있었다. 나는 시인을 방랑하며 노래하는 자라거나 (그보다 더 나쁘게는) 무당이라는 식으로 바라보는 견해에 늘 회의적인 태도를 취해 왔다. 그런 것들은 손쉬운 은폐 구실이며, 남용하기도 쉽고 지나칠 정도로 자기 확대적인 면이 있다. 그런데 그날 내가 본 긴즈버그는 완전히 설득력이 넘쳤으며 청중들은 열중했다. 그것은 내 인생을 통틀어 가장 감명 깊은 경험 가운데 하나였다. 나는 그전까지는 블레이크나 긴즈버그를, 또는 짐작컨대 나 자신에 대해서도 제대로 이해하고 평가하지 못했다.

그 경험은 나로 하여금 나 자신을 좀 더 이해하도록 부추겼다. 나는 그 당시 워릭 대학에서 영문학을 가르치고 있었는데, 긴즈버그의 낭송회가 바로 그곳에서 열렸다. 낭송회가 끝났을 때 여전히 감동에 사로잡혀 있던 나는 우연히 그와 나란히 서서 소변을 보게 되었다. 내가 그에게 빚진 것이 있음을 털어놓을 기회, 유일한 기회였다. 대체 어떻게 말해야 할까?

"고맙습니다." 내가 말했다.

"천만에요." 그가 미소를 지으며 대꾸했다.

축복받은 느낌에 달아오른 채로 집에 가서 바버라에게 내가 경험한 일을 이야기해 주었다. 그녀는 즉각 내 반응에서 위험을 감지했다. 언젠가 그녀는, 어느 날 내가 떠난다고 쓴 메모를 보게 되더라도 그렇게까지 놀라지는 않을 것이라는 말을 한 적이 있었다. 다른 여자를 만나 떠난다거나 다른 아파트로 떠나는 것이 아니라 정말로 떠난다고 해도 말이다. 어딘가로 떠나는 것이 아니라 목적지도 없이 떠나는 것, 그곳이 어디든지 일단 떠난다면 아주 오랫동안 내 소식을 듣지 못하게 될 거라고 했다. 그것은 그녀를 버리는 것이 아니라 시험해 보지 않은 방식으로 나 자신을 찾는 나만의 환상이었다. 바버라는 그 환상을 정확하게 간파했지만, 동시에 내가 생각 이상으로 그런 일을 행동에 옮기기에는 너무 성실하고 인습적이며 겁이 많다는 것을 알았고, 그렇다는 것은 나 자신이 더 잘 알고 있었다. 내게는 슬픔의 내적 목록이 있었고, 길 위에서의 삶에 대한 희석된 환상이 있었다. 그 일은 판에 박힌 삶에서 다른 삶으로 옮겨 가는 환상이기도 했다. 무개차를 타고 끝없는 길을 정처 없이 달리는 것, 밤이면 온갖 짐승과 야생 조류가 울부짖는 서부의 광야, 술에 취한 채 상대가 없는 여자들이 있는 술집, 쓸쓸한 모텔……. 모두 이른바 누아르 소설에나 나오는 케케묵은 비유들이다. 너무 까다롭거나 정말로 격하거나 진심으로 상상한 것은 없었다. 이국적인 것도 색다른 점도 없었다. 모두 앨런 긴즈버그의 재능에서 나온 부산물들이었으며, 그는 이런 상투적인 요소에 새로이 활력을 불어넣어 내가 좀 더 살아 있다고 느끼게 했다.

앨런과 홀든은 안내자가 되었지만, 그들의 목소리는 결국 나 자신의 것으로 변화되는 과정에서 녹아 없어졌다. 그들은 충성심을, 그리고 그런 종류의 순진한 동일시를 자극했다. 우리는 무심결에 우리 친구들의 태도를 비롯해서 그들의 습관, 호불호, 음성, 마음가짐을 모방하는 과정에서 자아를 발견한다. 한동안은 나의 내면에서 홀든과 앨런 긴즈버그를 구별해서 알아볼 수도 있었지만, 결국은 그들이 서로 동화되고 점점 다른 수많은 목소리와 섞이면서 나 자신의 목소리, 나 자신으로 바뀌고 말았다.

소설 《유령 퇴장*Exit Ghost*》에서 필립 로스Philip Roth의 주인공 나단 주커만은 이를 완벽하게 표현한다. "내가 확실하게 말할 수 있는 것은 내게 …… 자아가 없다는 것, 그리고 나 자신으로서는 자아를 웃음거리로 만드는 짓은 하고 싶지도 않고 할 수도 없다는 것입니다. 그 대신에 내게는 맡을 수 있는 여러 가지 배역이 있습니다……."

결국 주커만은 반어적으로, 자아라는 개념 자체를 인정하지 않으면서도 그 개념을 사용하는데 그것은 그럴 수밖에 없기 때문이다. 그 개념은 정신언어학적 구조와 맞물려 있어 우리는 옴짝달싹도 할 수 없는 것이다. "나 '자신'으로서는 자아를 웃음거리로 만드는 짓은 하고 싶지도 않고 할 수도 없다는 것입니다." 그것은 자크 데리다Jacques Derrida가 '삭제 행위'라는 개념으로 일컬은 과정으로서, 우리가 그것을 인정하지 않는 바로 그 순간에도 그것을 쓰지 않을 수 없는 일을 피할 방도는 없다.

찰스 램Charles Lamb은 빈번히 인용되는 구절에서 자신은 '다른 사람의 정신 속에서 자신을 잃는 과정'을 좋아했노라고 했는데, 그것이 바로 내가 한 일이지만 램이 의도한 그런 의미에서는 아니었다. 그는 그 과정에는 편안한 면이, 이음매가 없는 고양高揚이 있다고 보았다. 그렇지만 콜필드와 긴즈버그의 음성에 대한 나의 동화 과정에는 위조와 비슷한 면이 있었다. 나는 그들에게서 그 음성들을 배우는 데 그치지 않고 내 경험으로 정당화되지도 발생하지도 않은 태도와 신념을 송두리째 착복했던 것이다. 요컨대 나는 사기꾼을 경멸했다! 무법의 존재가 되고 싶었고, 만인을 포용하고 싶었다!

하지만 아마도 그것이 핵심일 것이고, 저 가엾은 위드 선생님이 우리에게 가르치려고 했다가 좌절하고 만 것이리라. 문학은 우리에게 낯선 음성을 들려주며, 우리로 하여금 그 음성에 동화되도록 해줄 뿐 아니라 그렇게 하도록 촉구한다. 물론 그 방식은 우리에게 달려 있다. 누구와 어떤 방식으로 교제를 이어 갈지는 신중을 기해 정해야 한다. 매슈 아널드는 '명성과 평판에서 최고'를 내면의 모범으로 삼으라고 했지만, 그 역시 융Carl Gustav Jung이 '정신적 팽창'이라고 일컬은 위험이 그 과정에 수반된다는 말은 하지 않았다. 그는 그 과정이 인간을 겸허하게 만들어 준다고 생각한 모양이지만, 자기 힘으로 이루지 못할 세계관과 자신을 동일시하고 그것을 착복하는 행위가 반드시 겸양으로 이어지지는 않는다.

여기에 역설이 있다. 우리는 '타인의 정신'을 쐬지 않고서는 세계관을 형성할 수 없으면서도, 그렇게 함으로써 간접적이 되고 진정성을 잃을 위험을 갖게 된다. 문학은 우리의 경험인 동시에 경험의 대체물이 되기도 한다. 결국 실제로 케루악과 캐서디 같은 인물이 되어 방랑을 하는 것과, 그들이 쓴 글을 읽고 그들과 동일시하고 자신을 그와 비슷하게 무법자라고 여기는 것 사이에는 결정적인 차이가 있다. 법의 테두리 밖에 있으려면 케루악이나 캐서디처럼 정직해야 하며, 그들의 수많은 찬미자나 열광자와 같아져서는 안 되는 것이다.

자발적 행위에 대한 앨런 긴즈버그의 평가, 성적 자유에 대한 욕망, 정치적 절차라는 인습과 소시민적인 삶에 대한 그의 혐오는 내게 감동을 주고 나를 압도하여 이러한 태도에서 나 자신을 자유롭게 해방시킨 적이 없었고 그런 것들에서 벗어나고자 한 적도 없다. 그렇지만 그것들은 내게 평생 동안 지속될 성향을 남겼다. 바로 나를 실제의 나 자신보다 더 큰 존재, 더 흥미롭고 중요한 존재로 여기고 그렇게 자처하려 했다는 것이다. 필립 로스의 주커만처럼, 단순히 여러 곳에서 나온 소리들이 서로 엉킨 채 울리는 공명실室 이상의 자아가 결여된 것이다. 바로 이런 이유 때문에 문학에 빠진 사람들에게서 마치 원래 자기 것이 아닌 음성으로 부풀어 오르기라도 한 것처럼 제어하기 어려운 건방짐이 느껴지는 것일까? '찰스 램도 한마디 하기를 좋아했으니까.' 그들은 그렇게 말하는 것이다. 내가 곧 찰스 램이거든.

나는 인용한다, 고로 나는 존재한다고? 이 과정에는 정말이지 우스꽝스러운 면이 있다. 아주 탁월한 사례를 들어 봐도 강박적인 인용은 간접적일 수밖에 없다. 존경하던 남편 존 그레고리 던John

Gregory Dunne의 갑작스런 죽음에 대해 조앤 디디온Joan Didion이 기록한 저 감동적인 수기 《상실*The Year of Magical Thinking*》을 예로 들어 보자. 본문 곳곳에 디디온이 찬탄해 마지않은 통찰이나 위안을 준 작가들에 대한 언급이 등장한다. 그것을 읽으면서 나는 짜증이 났다. 이렇게 문학서를 잔뜩 인용하지 않고는 슬퍼할 수도 없다는 것일까? 그러나 조앤 디디온의 경우 그 과정에 간접적인 면은 들어 있지 않다. 그들의 음성, 그 권위자들, 그 친구들은 바로 그녀의 존재와 본질의 일부이기 때문이다. 자아가 들어 있지 않은, 온통 인용으로 채워진 이 방은 대체 무엇이란 말인가?

내가 고등학교 시절 열심히 만들기 시작했던 자아라는 것이 무엇이었든지 간에, 그것이 진심에서 우러난 도피가 아니라면 최소한 차이와 불만을 드러내는 근원적인 방식이었다. 그런 항변은 실패나 낙오, 통상적인 재담의 도를 넘는 대결, 옷깃 위로 흘러넘치는 두발 같은 것이 아니라 포착하기 어려운 어떤 과정이어야 했을 것이다. 마침내 나는 멋진 의사표시 수단을 찾아냈다. 졸업반 1년 동안 매일같이 스포츠 재킷과 타이를 매리라! 공식적이고 우월한 차림으로써 면직 바지에다 체크무늬 셔츠, 브이넥 스웨터를 입는 다른 아이들로부터 나 자신을 분리하면서도 암시로라도 내가 그렇게 하는 이유를 말하지 않으리라.

그것은 쉬운 일이 아니었다. 내게는 녹색과 금색 실로 짠 재킷이 한 벌, 버튼다운 흰 면셔츠가 두 벌, 밝은 가로줄 무늬가 있는 폭 좁은 타이 세 개뿐이었다. 그러나 나는 꿋꿋하게 버텼다. 동급생들은 어리둥절해 했으나 교사들은 내 복장이 보기 좋다고 여겼다. 그들은 내가 비꼬는 뜻으로 그렇게 입었다는 것을 알아차리지 못했지만, 앨런 긴즈버그였다면 알아차렸을 것이다. 나는 긴즈버그라면 그런 나를 자랑스럽게 여기리라고 생각했다.

졸업하던 해 여름에는 그 지역 C. W. 포스트 칼리지를 맡은 번즈 보안업체의 교내 경비원에 채용되어 차림이 달라질 수밖에 없었다. 당시 그 학교는 그 일대 고교 졸업생들이 진학하던 지극히 평범한 학교였다. 나는 챙 달린 캡과 카키색 셔츠에 꽂을 배지를 지급받았다. 내가 맡은 일은 행정관 주차장에 외부인이 주차하지 못하도록 막는 일이었다. 점심 시간 30분을 제외하고 아침 7시 30분부터 오후 3시 30분까지 찌는 듯한 포장도로 위에 서 있어야 했다. 일은 고되었고 햇빛 때문에 두통이 생겨 결국 선글라스까지 사야 했다.

그렇게 지루해 본 적도 없었다. 나는 이제 한 시간쯤 지났으리라고 확신하며 몇 분에 한 번씩 시계를 들여다보곤 했다. 도저히 견딜 수 없었던 나는 소설책을 한 권씩 들고 갔다. 그해 가을 입학하기 전에 읽을 책으로 펜실베이니아 대학에서 권장도서 목록을 보내 주었는데 그 목록에 나오는 소설들이었다. 하루에 소설 한 권씩 읽을 수 있다는 사실을 알게 된 나는 회사에서 의자를 마련해 주었으면 좋았으리라고 생각하며 오히려 그 일을 즐기기 시작했다. 그때 그곳 학장이 근엄한 얼굴로 다가왔다.

"지금 무슨 일을 하고 있는 건가?"

"주차장 경비를 맡고 있습니다, 학장님."

"아니, 그렇지 않아. 자넨 책을 읽고 있잖아!"

"믿지 않으실지 몰라도 저는 동시에 두 가지 일을 할 수 있습니다."

"그러면 좋은 인상을 주지 못하네. 지금 당장 독서를 그만두게!"

나는 짜증스럽게 잭 케루악의 《길 위에서*On The Road*》를 주머니에 집어넣었다.

"이런 말씀을 드려도 좋을지 모르겠지만, 이 학교에서 정말로 독서를 하고 있는 사람은 저밖에 없는 것 같은데요. 제가 모범을 보이는 것이라고 생각해 주시면 안 될까요?"

학장은 그런 생각을 할 수도 없었고 그런 말을 재미있게 여기지도 않았다. 나는 그해 여름 나머지를 애써 열의를 짜내며, 이따금씩 금지된 자리를 훔치려는 용감하거나 멍청한 학생들을 돌려 세우며 지글거리는 햇빛 아래 서서 보내야 했다.

그해 여름, 나는 대학에 다닐 돈을 좀 더 마련해 볼 요량으로 저녁나절을 그 지역 상점가에 있는 메이시 백화점 스포츠 용품점에서 일했다. 내 전문은 볼링공에 구멍을 뚫는 일이었는데, 그 일을 꽤나 잘해서 고객들은 덕분에 게임을 잘할 수 있었노라는 말을 하곤 했다. 중간 휴식 때에는 골프채를 측정하거나 운동화나 테니스 라켓을 파는 동료들과 잡담을 나누었다.

그러다 그중 한 명이 C. W. 포스트의 서머스쿨 학생이라는 사실을 알았다.

"C. W. 포스트라고? 그러면 총장관 옆 주차장을 아니?" 내가 열을 내며 물었다.

"아, 그럼, 알고말고. 지난주에 거기에다 차를 세우려고 했는데 험상궂게 생긴 경비가 있지 뭐야. 그래서 그냥 꽁무니를 빼고 말았지."

그때가 그해 여름 중에서 가장 즐거웠던 순간이다.

04
읽는 법 배우기

LEARNING TO READ

교육의 첫 단계는 문학에 대한 사랑이 아니라
한 작가를 뜨겁게 찬미하는 일이다.
지적 사춘기를 회고할 때 대부분의 사람들은,
처음 자신에게 문학의 향유 능력을 밝혀 준
어떤 작가와의 우연하고도 예기치 못한
만남이 있었음을 고백할 것이다.

T. S. 엘리엇, 〈취향의 교육The Education of Taste〉

"자, 이렇게 시작해 봅시다." 영문학 개론 교수가 말했다. "여러분은 오늘 수업을 위해 《황무지*The Waste Land*》를 읽었을 겁니다. 그 첫 줄을 암송할 수 있습니까? 여러 줄이 아니고 단 한 줄 말입니다. 여러분은 당연히 그 줄을 암송할 수 있어야 합니다. 정말 유명한 구절이어서 이제는 거의 진부한 표현이 됐을 정도니까요."

강의를 듣던 학생들 대부분은 의심의 눈길로, 그리고 나는 경멸의 눈길로 교수를 쳐다보았다. 너무 뻔하잖아, 안 그래? 뭐 그렇게 대단한 일이라고. 우리는 그것을 잘 알고 있었고, 갓난애 때 듣던 자장가만큼이나 잘 암송할 수 있었다. "4월은 가장 잔인한 달……".

"아니 틀렸습니다." (믿지 못할 테지만, 우리는 틀리지 않았다.) "다시 잘 생각해 보세요."

아무리 생각해도 뭐가 틀렸는지 알 수 없었다. 이 양반, 바보 아냐?

"그럼 여러분의 교재를 보세요!" 그런데 거기에는 첫 줄이 이렇게 되어 있었다.

> 4월은 가장 잔인한 달, 키우나니

"어째서 이 시는 이런 식으로 시작될까요?" 교수가 반문했다. "그 행은 여러분이 기억하고 있는 것과 어떻게 다른가요? 그는 왜 그렇게 써 놓은 걸까요? 거기에는 어떤 효과가 있나요?"

우리는 그 다음 줄을 읽어 보았다.

> 죽은 땅에서 라일락을, 뒤섞나니

두 번째 줄은 1행의 패턴을 반복하고 있잖은가? 그 미적거리는 능동사는 다산多産과 성적인 관심을 암시했다. 어째서 하필이면 '라일락'을 키우는 것일까? 엘리엇이 첨부한 주는 없지만, 거기서 처음 연상되는 것은 휘트먼이 에이브러햄 링컨에게 바친 비가悲歌 〈지난

번 라일락이 앞뜰에 핀 것이 언제였을까?〉였다. 결국 봄날의 새 생명은 가장 뛰어나고 가장 눈부신 것의 파멸을 암시한다는 의미일까? 그래서 4월이 잔인하다는 것일까? 그것과 뒤에 나오는 '히아신스 아가씨'와, 그리고 그녀와 연관된 저 현현의 순간과 무슨 관련이 있는 걸까? 히아신스는 시각적으로 라일락과 유사하며 강한 향기를 낸다는 점도 비슷하다.

내가 언제 T. S. 엘리엇을 처음 읽었는지는 기억이 나지 않는다. 이것이, 그가 언제나 나와 함께 있었던 것 같은 기분이 드는 이유일지 모르는데, 엘리엇은 다른 어느 작가보다도 끊임없이 판단의 기준이 되어 왔기 때문이다. 나는 그의 시를 읽고 다시 읽고 또 한 번 생각하고 다시 상상하면서 사실상 재음미했는데, 그것은 그 시가 여러 방식과 목소리로 암송될 수 있기 때문이다. 거의 50년 동안 엘리엇은 항시적이면서도 변화를 겪어 온 내 자기규정의 일부였다. 마치 내 독서 생활의 어느 한 시기에 엘리엇이라는 재료로 만든 요소가 나 자신을 구성하는 본질적인 요소가 되기라도 한 것 같다. 마찬가지로 나 자신에 대한 관념이 변모하며 엘리엇에 대한 내 반응도 달라졌다.

어쩌면(설혹 이것이 사실이 아니라 해도 내게는 중요한 사실인데) 내게 엘리엇을 소개한 사람이 아버지가 아니었을까? 아버지가 주석을 잔뜩 달아 놓은 그 시인의 '전집'은 아버지의 서가에서 눈에 잘 띄는 자리에 꽂혀 있었고, 아버지는 일상적인 대화에 툭하면 엘리엇의 한 구절이나 이미지를 끼워 넣곤 했다. 파티에서는 '여자들이 미켈란젤

로를 이야기하며 서성거리고', 4월이 '가장 잔인한 달'이라는 사실을 상기하지 않고는 봄을 맞기도 어려웠는데, 나는 그것이 분명 사실과 다르다고 여겼다.(아버지는 바로 그 점이 핵심이라고 말했다.)

나는 아버지가 내게 엘리엇을 소개했다는 식의 생각이 마음에 드는데, 왜냐하면 내 성격과 야망은 10대 시절의 아버지를 고스란히 반영했기 때문이다. 집안의 총애를 받는 맏이이자 여동생의 우상, 책을 많이 읽은 진지한 젊은이, 포부가 대단한 작가였던 열여덟 살의 버니 게코스키는 1930년 고등학교를 졸업하고 펜실베이니아 대학의 신입생이 되었다. 그는 이미 프로이트도 얼마간 읽고 언젠가는 정신분석의가 되리라는 희망을 품고 있었으나, (그러려면 의학이나 심리학을 전공해야 한다는 사실을 알고) 그 대신에 영문학 교수가 되려고 했다. 설사 그렇게 못 되더라도 양심적인 젊은이 눈에는 더할 나위 없이 덕망 높은 직업으로 보인 변호사가 되면 된다고 여겼다.

세월은 흘러 1962년이 되었으나, '버니'라는 이름만 '릭'으로 바뀌었을 뿐 나머지는 그대로였다. 나는 깊이 생각해 본 적은 없었으나 우리 사이에는 유사점이 있다는 것을 깨달았고, 이를테면 아버지의 삶을 고스란히 본뜬 삶을 추구할 의도는 없었다. 그러나 아버지와 내가 다닌 펜실베이니아 대학은 필라델피아의 고상한 속성과 아이비리그 체계라는 면에서 연속성이 있었을지 몰라도, 영문학 전공자에게는 그 분위기가 판이하게 달라져 있었다. 아버지가 그곳을 다닌 시절 이래로 읽는다는 행위 자체와 그 본질이 재규정된 것이다. 아버지를 가르친 사람들은 역사주의자에다 순문자주의자들(그리고 신사이자 이교도들)이었다. 그들에게는 텍스트를 이해하는 것이, 텍스트를 그것이 나오게 되고 또 그 텍스트가 대표한다고 주장되는 역사적이고 문화적이며 지적인 환경 속에 갖다 맞추는 일이었다. 존재의 큰 고리에 대한 지식 없이 셰익스피어William Shakespeare를 읽는다거나 계몽시대의 전제를 이해하지 못한 채 포프Alexander Pope를 접하는 일은 서투른 행위, 그저 재미 삼아 읽는 행위로 간주되었다. 설령 그 텍스트를 제대로 이해했더라도 배경 지식이 결여된 상태에서 얻어진 이 같은 즐거움은 얄팍하고 신뢰할 수 없는 결과물이었다.

엘리엇을 읽는 행위가 호의적인 환경에서 이루어졌을 가능성은 별로 없다. 《황무지》는 동시대 미국 비평가들에게, 특히 펜실베이니아 대학과 같은 미국의 학계에서 욕을 먹었다. 물론 1962년에는 더 이상 그렇지 않았으나, 1930년만 해도 이 시는 전위였다. 아버지는 미소를 지으며, 당시 놀랐던 느낌을 전하듯이 고개를 저으며 이 시가 자신에게 미쳤던 영향을, '그런' 작품을 읽는다는 것이 얼마나 자극적이었는지를 회상했다. 현대적이었느냐고? 현대라는 말은 드라이저Theodore Dreiser와 싱클레어 루이스Harry Sinclair Lewis, 중서부식 억양의 칼 샌드버그Carl Sandburg, 안목이 높았던 이디스 워튼Edith Wharton과 헨리 제임스Henry James 같은 자연주의 소설에나 맞는 말이었다. 《황무지》는 그런 것들과는 다른 전혀 새로운 개념을 필요로 하는 작품으로서, '현대주의자modernist'라는 말이 어울렸다. 이 용어가 처음 나온 것은 1879년이지만, 이것이 20세기 초 문학과 회화 및 음악에서 폭발하듯 분출된 창조적 혁신을 가리키는 의미로 사용된 것은

《황무지》의 발표와 시기적으로 어느 정도 일치한다. 글을 쓰고 그림을 그릴 때 이 새로운 방식으로 '창작'을 했다면, 예술의 본질뿐 아니라 그것이 서술되고 논의되는 방식까지 재규정한 셈이다.

독서의 관점이 이렇게 바뀌게 되는 데 중요한 역할을 한 인물은 케임브리지 대학의 학장 I. A. 리처즈Richards였는데, 그의 《실천비평 : 문학적 판단 연구*Practical Criticism : A Study of Literary Judgment*》는 시를 읽는 이 새롭고 비역사적인 접근법의 미학을 규정해 놓았다. 리처즈는 강의를 듣는 학생들에게 시를 쓴 작가나 시대 배경을 밝히지 않은 채 시의 본문을 나누어 주곤 했다. 종이에 적힌 것은 시뿐이었으며, 가능한 한 세밀하게 시를 '읽는' 것은 학생 각자의 몫이었다. 이와 같은 지도를 받은 탁월한 학부생 윌리엄 엠프슨William Empson은 얼마 지나지 않아 《애매성의 일곱 가지 유형*Seven Types of Ambiguity*》이라는 책을 출판했는데, 그것은 오늘날에도 정밀한 독서가 달성할 수 있는 성과를 보여 주는 훌륭한 사례다.

미국에서는 '신비평new criticism'(앨런 테이트Allen Tate의 책 제목에서 따온 용어)이 '실천비평practical criticism'이라는 용어보다 선호되었으나, 크게 보아 이 두 가지는 같은 것이다. 해석과 형식 분석이 유행했다. 피카소와 브라크가 비평가들에게 새로운 시선을 요구하고 그에 수반되는 새로운 어휘와 개념 도구를 요구했던 것처럼, 조이스와 파운드Ezra Pound, 엘리엇도 기존의 것과는 다른 렌즈와 비평 도구 세트를 필요로 했다. 그들을 이해하려면 읽는 기술 자체를 새롭게 교육받아야 했다. 그러려면 어떻게 읽으면 안 되는지 역시 배워야 했다.

처음 《황무지》를 읽었을 때 내가 보인 반응은 엄청난 흥분과 함께 문학적 불안발작이라고 할 만한 것이었다. 엘리엇도 말했다시피 '진정한 시는 이해에 앞서 소통할 수 있는 것'이다. 이 시는 나를 앞뒤로 잡아당겼고, 시에 나오는 이미지(엘리엇이 시인, 그리고 독자가 맞붙어 싸우는 저 '낙지 또는 천사'라고 일컬은 것)가 흡사 악몽이라도 꾸고 난 것처럼 반복해서 떠오르며 다시금 점화되었다. 이 시는 십자말풀이나 문학 퀴즈 같았는데, 재미는 있었으나 감정적으로 동화되기는 실로 어려웠다. 이 작품은 엘리엇 자신의 신경쇠약은 물론이고, 제1차 세계대전에 이은 저 거대한 붕괴 과정에서 나왔다. 그것은 깔쭉깔쭉한 사금파리 조각, 일부만 알아들을 수 있는 메아리, 얼핏 보기는 했지만 의미를 거의 알 수 없는 장면들, 현재와 과거의 혼동, 육체와 정신과 영혼의 삐걱거림 같은 시적 음성을 지키려 애쓰는 '부서진 이미지 더미'를 남겨 놓았다.

《황무지》는 부연 설명을 요구하지도 허용하지도 않았다. 거기에는 사상이나 단일한 음성(휘트먼이나 긴즈버그의 시처럼)이나 뚜렷한 구조도 없었다. 해당 페이지에 나오는 글자에만 우리 자신을 국한시켜야 마땅했지만, 우리는 살그머니 반 펠트 도서관(펜실베이니아 대학 중앙도서관—옮긴이)으로 향했다. 그 도서관은 내가 1학년 첫 학기에 자주 드나들던 곳으로, 나는 거기에서 처음 집을 떠난 데 따른 외로움과 방향감각의 상실에 대한 위안을 찾았다. 나는 도서관의 조용한 구석에 편한 의자를 가져다 놓고 그 자리를 내 자리로 삼았으며, 틈만 나면 그곳에 가서 책을 읽었다. 처음에는 카뮈Albert Camus의 소설들,

이어서 카프카Franz Kafka의 작품 전부, 그런 다음에는 사르트르Jean-Paul Sartre의 주요 작품들을 읽었다. 당시 실존주의(나는 고등학교 때 '실존주의existentialism'의 철자가 'existentionalism'인 줄 알았다.)가 유행이었고 매력 있어 보여서 그것에 대해 좀 더 알고 싶었다.

이 새로운 철학에 열중한 나머지 아버지와 언쟁까지 벌였는데, 그런 일은 극히 드물었다. 솔직한 대화를 좋아했던 아버지는 실존주의를 옹호하는 내 주장이 모호하다고 여겼다.

"정확히 그게 무슨 의미냐?" 아버지는 증인을 반대 심문할 때나 쓸 법한 어조로 그렇게 물었다.

"그건 장 폴 사르트르에게서 나온 말이에요. 프랑스 철학의 한 가지 형태죠."

"그건 잘 알겠다. 그 철학에 대해 말해 보거라."

"핵심은 존재가 본질에 우선한다는 겁니다. 어떤 사람인지는 스스로 선택하는 것이지 어떤 본성이 있는 것이 아니라는 말이죠. 자신을 어떻게 만드는지는 전적으로 자유입니다. 선택을 잘못하는 것은 잘못된 신념 때문이고 따라서 그 책임은 전적으로 자신이 지는 거죠."

아버지는 그 말을 잠시 생각해 보았다.

"집단수용소에서 죽은 유대인들에게 그 말을 해 보거라." 아버지의 어조는 신랄했다. "그들이 그것을 선택했느냐? 흑인이 인종차별을 선택한 거냐? 그들에게 자신들이 원하는 대로 자신을 이룰 그 '자유'라는 것이 있었을 것 같으냐?" 미국시민자유협회 회원인 아버지는 차별과 관련된 사건들을 맡아 전적으로 약자의 편에 서서 무료로 변론했고, 일상적으로 세상에 참여하는 현실이 제거된 '철학'에 신경 쓸 시간이 없었다.

"사르트르가 그런 문제에 관심을 가졌을 것 같지는 않은데요. 그는 프랑스 부르주아 쪽에 좀 더 관심이 있어요……."

"당연히 관심을 가져야 하고말고! 그도 전쟁을 겪지 않았느냐? 하지만 나는 어째서 네가 프랑스 중산계급에 그렇게 관심을 갖게 된 것인지에 더 관심이 가는구나. 바로 지금 이곳에도 걱정해야 할 절박한 문제들이 잔뜩 있는데 말이다."

아버지는 정말 성이 난 것이다. 우리는 그쯤에서 언쟁을 멈추기로 했다. 이렇게 앙심을 품은 듯한 분위기로 아버지와 맞선 적이 거의 없었는데, 이런 일이 몇 해 뒤 내가 옥스퍼드에서 혹시 있을지도 모르는 가족을 찾아 폴란드 여행을 생각하고 있다는 편지를 아버지에게 써 보냈을 때 재발했다. 나는 모진 어조로 씌어진 답장을 받았다. 아버지는 우리 가족의 일원이 그때까지 살아 있으리라고 생각하는 이유가 무엇인지, 그리고 나의 조부모가 가까스로 탈출한 그 야만적인 반유대주의 국가를 방문하고 싶어 하는 이유가 무엇인지 따졌다. 나는 계획을 바꿨다.

내가 대학 1학년 때 도서관에서 책을 읽은 것은 어느 만큼은 아버지의 주장을 반박하려는 의도가 있었던 것 같지만, 오히려 아버지의 주장이 옳았음을 확인하는 결과로 이어졌다. 사르트르는 아버지가 내세운 바로 그런 이유들 때문에 자신의 원래 입장을 철회했던 것이다.(나는 아버지에게 그 사실을 말하지 않았는데, 어쩌면 아버지가 관련 서적을 이미 읽었던 것이 아닐까 하는 생각이 들었다.)

차라리 우리 둘 다 갖고 있던 T. S 엘리엇에 대한 관심에 합류하는 편이 나았다. 아버지는 이상하게도 엘리엇의 반유대주의만큼은 용서해 주었는데, 나는 그 이유를 알아내려고 《황무지》에 달라붙었다. 엘리엇이 얼마나 난해한지를 입증하는 책은 많았지만 '서간집'은 없었다. 그의 에세이는 부자연스러울 정도로 감정이 들어 있지 않았으며, 그의 인간성에 관한 부분은 추측의 영역에 남아 있었다. 영국의 사교 및 지성계에 별다른 알력 없이 순응한 중서부 출신의 격식 있는 젊은이였던 엘리엇은, 형식과 관습을 중시하며 내향적인, 이른바 고교회(전통성과 권위, 의식을 중요시하는 교회 일파—옮긴이)적이고 상석에나 어울리는 사람으로 바뀌었다. 어쨌든 사람들에게 널리 알려진 엘리엇의 인상은 그랬다. 전기를 전혀 찾을 수 없었는데, 1965년 임종 시 엘리엇은 자신의 전기를 쓰지 못하게 막아 달라는 확실한 지침을 남겼다. 1984년 피터 애크로이드Peter Ackroyd가 전기를 쓰자 엘리엇 유산관리단은 엘리엇이 자신의 전기를 원치 않았다는 표면적인 이유를 내세우며 작품 인용을 허락하지 않았다. 그럼에도 애크로이드가 쓴 엘리엇 전기는 하이네만상과 휘트브레드상을 받았다.

그러나 금지의 수준은 이 이상이어서, 사실상 우리는 오늘날 부적당한 자료가 삭제된 상태로 엘리엇을 읽고 있는 셈이다. 여전히 남편에게 도취되어 있는 미망인 발레리가 주도하는 엘리엇 유산관리단은 우리에게 성자 엘리엇의 면모만 제시하며, 엘리엇의 초기작인 '볼로 킹King Bolo'(유쾌하고 음란한 작품) 시들의 공표를 방해하고 툭

하면 그의 작품 인용을 금지한다. 나도 얼마 전 BBC 4라디오에서 호가스 출판사에 관한 프로를 진행하면서 유산관리단에게 엘리엇의 짤막한 시 〈하마The Hippopotamus〉를 낭독할 수 있게 해 달라고 요청한 적이 있다. 그 요청은 거부되었다. 성이 나고 곤혹스러워진 나는 BBC 방송국에 엘리엇 부인을 상대로 법정 대결을 벌이라고 요구했다.

그러자 담당 프로듀서가 말했다. "지금 농담하신 거죠? 방송국에서는 선생님보다 엘리엇 부인 쪽에 필요한 것이 더 많거든요!"

대학 1학년 때 《황무지》를 읽었을 무렵, 나는 그 시인이 사람들이 추측하는 것 이상으로 재미있는 성품의 소유자라는 사실을 알지 못했다. 뮤직홀의 애호가, 막스 형제들Marx brothers(미국의 코미디언 가족—옮긴이)의 팬, 상습적으로 짓궂은 장난을 즐겼던 그는 파버 출판사에 근무할 때 동료 직원들을 늘 재미있게 해 주었다. 소문에 의하면, 아침에 남자 화장실에서 돌아올 때면 바보 같은 말이 적힌, 기름이 배지 않는 저 구식 화장지 조각을 들고 오곤 했다고 한다. 다음과 같은 내용이 적힌 화장지 조각이 이사회 자리에서 나돌기도 했다. 'T. S. 엘리엇 씨가 파버앤파버 출판사의 이사 여러분께 인사를 드리는 바입니다.' (나도 전에 그런 쪽지를 하나 갖고 있다가 100파운드에 판 일이 있다.) 크리스마스 파티 석상에서는 술을 몇 잔 걸치고 다양한 영국식 억양을 해 보이며 동료들을 즐겁게 해 주었는데, 그 소리가 너무 귀에 거슬려서 그가 보지 않는 사이에 몰래 자리를 빠져나온 사람들도 있었다.

어쨌거나 그는 꽤나 재미있는 인물이었는데, 1962년 영문학 개론 시간에는 그런 사실을 알기 어려웠다. 학생들은 어리둥절한 얼굴로 도움을 구하고자 고개를 들었다. 교수는 짓궂은 어조로 (아치볼드 매클리시Archibald Macleish의 격언을 인용하여) 이렇게 말했다. "아, 시라는 것은 의미하는 것이 아니라 존재하는 것이죠." 그다지 도움이 되는 말은 아니었다. 《황무지》의 의미가 전혀 파악되지 않는다는 데에는 의견의 일치를 보았다. 하지만 이 작품에 의미가 '있는지' 여부를 알려면 어떤 도움이 필요할까? 이 작품에 의미가 없다면 그 자리를 떠나면 그만이지만, 이 작품이 '존재'한다면 과연 거기에 어떤 존재가 들어 있다는 것일까?

우리는 시의 본질에 관해 다양한 의견을 내놓으며 토론을 벌였다. 하우스만은, 만약 시가 면도를 하다가 그 칼날에 베일 만한 기쁨으로 우리를 자극하지 못한다면 시적 성질이 결여된 것이라고 했다.(그런 식의 비유에 여학생들은 이의를 제기했다.) 그리고 심미적 이론가들로 하여금 '존재한다'는 동사를 동원하게 만든 결정적인 흡인력을 지닌 워즈워스William Wordsworth는 '시는 강력한 감정의 자발적인 범람'이라고 주장했다. 《황무지》에도 강력한 감정은 많이 있었으나, 그것이 자발적인지 혹은 범람해서 나온 것인지를 입증하는 증거는 찾아보기 어려웠다. 사실상 그 대부분은 꽉 조여드는 필사적인 느낌을 주었다.

자기 아내가 이웃집 남자와 한 침대에 들어 있는 광경을 목격한다면 분명 거기에는 '강력한 감정의 자발적인 범람'이 있지 않을까? 워즈워스가 서둘러 덧붙인 대로 설혹 이 감정이 나중에 가서 '평정 상태에서 회고한' 것이라 해도 어떻게 기억으로 필수적인 시적 요소들을 넣을 수 있다는 것인지는 알기 어렵다. 엘리엇은 이 점에 대해 가차 없이, 워즈워스가 어설픈 학부생처럼 '모든 것'을 엉망으로 만들어 버렸다고 말한다.

> ……'평정 상태에서 회고한 감정'이라는 것은 부정확한 공식이다. 왜냐하면 그것은 정서도 아니고 회상도 아니고, 의미의 왜곡이 없는 평정 상태도 아니기 때문이다. 시는 집중이며, 엄청난 경험의 집중에서 파생되는 새로운 어떤 것이다. …… 이러한 경험들은 '회상'의 대상이 아니며, 해당 사건에 수동적으로 관여할 때에만 가능한 '평온한' 분위기 속에서 최종적으로 결합되는 것이다.

바로 이것이 엘리엇을 설명해 준다. 그리고 엘리엇 씨는 우리를 도와줄 만반의 태세가 되어 있었다. 1923년 이 시가 영국에서 레너드와 버지니아 울프 부부가 만든 호가스 출판사에서 처음 출간됐을 때, 엘리엇은 거기에다 설명의 유용성이라는 면에서는 제한적이긴 해도 일련의 주해를 달았다. 거기에는 너무 얇은 시집의 두께를 늘리려는 목적도 있었다. 그런데 이상하게도 시 자체보다 이 주해에서 시인 개인의 목소리가 한층 뚜렷하게 나타난다. 《황무지》는 덧칠해서 쓴 양피지 사본처럼 여러 사람의 목소리와 언어, 이미지, 참조문, 장소들이 겹쳐져 있어 거기서 한 사람의 진술을 뽑아내기 어렵지만, 쉽게 보이지 않으면서도 왜곡된 그 주해들은 엘리엇이 제 자신을 진지하게, 그러나 도가 넘칠 정도는 아닐 만큼 생각하고 있으며, 《황무지》가 실은 얼마나 개인적인 작품인지를 기꺼이 인정하는 엘리엇이라는 인물을 드러낸다. 타로 카드에 관한 주해는 그 완벽한 보기가 된다.

> 나는 타로 카드의 정확한 구성을 잘 알지 못하지만 원래의 타로 카드를 왜곡하여 내 편의에 맞춰 사용했다. …… 나는 '세 개의 지팡이를 가진 남자'(타로 카드의 원래 그림)를 임의로 피셔 킹Fisher King(아서 왕 전설에 나오는 성배 보관인—옮긴이)과 연관지었다.

그는 훗날 자신의 이 걸작을 '그저 운율을 붙인 투덜거림일 뿐'이라고 평했는데, 그런 어투를 알아볼 수 있는 것은 시 자체가 아니라 바로 그 주해에서다. 그리고 주해와 마찬가지로 그런 논평 역시 사태를 밝혀 주는 것만큼이나 독자를 오도한다. 만약 《황무지》의 저 삐걱거리며 이어지는 비참한 상태가 한낱 '투덜거림'이라면, 그가 정말로 불행할 때에는 어떤 시를 썼을지 상상하기 어렵다.

나는 엘리엇이 제안한 대로 제시 웨스턴Jessie Weston의 《제식에서 로망스로*From Ritual to Romance*》를 읽고, 프레이저James George Frazer의 《황금가지*The Golden Bough*》를 참조했으며, 피셔 킹과 관련한 문헌들로 머릿속을 채우고, 불구와 갱생에 관련된 신화들을 뒤졌다. 마침내 다시 이 작품으로 돌아온 나는 이 시의 구조와 문화적 배경에 대해 박식하게 대화를 나눌 수 있었다. 마치 훗날 '하이퍼텍스트'라고 불리게 된 것을 머릿속에 구축하기라도 한 것처럼 말이다.

《황무지》는 도전거리를 던져 놓았고 지금도 그 일은 계속되고 있다. 나는 이 시를 평생의 동반자로 삼았다. 5,6년쯤 지나 옥스퍼드에서 철학사를 준비하면서 《황무지》를 다시 읽었을 때, 나는 시가 너무도 달라진 걸 알고 깜짝 놀랐다. 아마 그 사이에 나 역시 달라졌으리라. 엘리엇이 〈전통과 개인의 재능Tradition and the Individual Talent〉에서 적절하게 지적했듯이, 텍스트는 독자의 상황이 달라지면 그 의미가 바뀐다. 나는 바바라와 함께 치료를 받으면서 억지로 프로이트와 융을 읽고 있었는데, 모든 언표를 정신 상태의 징후로 볼 정도로 적지 않게 읽은 셈이다. 《황무지》를 쓰는 동안 직접 정신분석을 받기는 했어도 엘리엇은 이 시가 단순히 개인적인 고뇌의 징후가 아니며, 시에 나오는 황폐한 풍경은 자기 혼자만이 아닌 일반적인 정신 상태의 '객관적 상관물'이라고 주장했다.

> 실제로 나쁜 시인은 흔히 의식적이어야 하는 부분에서는 무의식적이고, 무의식적이어야 하는 부분에서는 의식적이다. 그 두 가지 오류 때문에 그는 '개인적'이 되는 경향을 보인다. 시는 감정 해방이 아니라 감정으로부터의 일탈이다. 시는 개성의 표현이 아니라 개성으로부터의 일탈이다. 하지만 물론 개성과 감정이 있는 사람만이 그런 것에서 일탈하고자 하는 것이 어떤 의미인지를 안다.

이런 고압적인 엘리엇의 발언을 접할 때면 혹시 그가 감추는 것이 있는 게 아닌가 하는 생각이 든다. 여기에는 놀라운 인식이 들어 있기는 하지만 동시에 말도 안 되는 오해도 들어 있다. 개성과 감정이 '결여'된 인간은 어떤 존재, 얼마나 기형적인 존재일까? 새로 엘리엇 부인이 된 인물은 이 두 가지 요소를 잔뜩 갖추었다. 엘리엇은 1915년 매력적이고 아주 지적이며 눈에 띄게 불안정한 비비언 헤이우드와 결혼했다.(그는 그 사실을 부모에게 알리지 않았다.) 이 무렵 엘리엇의 창작의 한 시기도 끝난다. 《프루프록*Prufrock and Other Observation*》(1915)의 느른한 울적함은 《황무지》의 지속적인 비참한 심경으로 점차 대체된다. 그 비참함은 《황무지》에서 절정에 달한다. 비비언은 이 작품의 예리한 독자이자 종종 작품의 유인誘因 역할을 했으며, 〈체스 게임A Game of Chess〉의 원고 여백에 '훌륭함'이라고 쓴 것도 그녀였다. 《황무지》에는 두 연인 사이의 의사소통이 비참하게 실패하는 내용이 나오는데, 그 연인을 시인과 그 부인으로 짐작하기는 어렵지 않다.(《황무지》는 제1부 〈죽은 자의 매장〉, 제2부 〈체스 게임〉, 제3부 〈불의 설교〉, 제4부 〈익사〉, 제5부 〈천둥이 한 말〉로 구성되어 있다. —옮긴이)

실제로 《황무지》에는 그녀의 존재가 그림자처럼 드리워져 있다. 이 작품에 등장하는 여인들은 대부분 그녀다. 그녀는 히아신스 아가씨이고, 느른한 태도로 슬픔에 잠겨 있는 체스 게임자이며, 성적으로 둔감한 타이피스트이기도 하다. 《황무지》가 씌어진 시기는 시인이 신경쇠약을 앓고 있던 기간과 일치하는데, 이 속에 나오는 마게이트 해변('나는 무Nothing를 어느 것과도 연결할 수 없다')과 레만 호수('나는 앉아 울었네')는 1921년 그가 방문했던 곳과 관련이 있다. 이 부분에 등장하는 '나'는 이 시의 어느 곳보다도 개인적이라는 느낌을 준다. 당시 엘리엇은 제네바에서 정신과 치료를 받고 있었는데, 그런 사실을 모르더라도 시를 읽으면 이 작품을 극도의 개인적 고통을 일반화한 증거 문서로 읽고 싶은 강한 유혹을 느끼게 된다.

정확히 무엇이 문제였는지를 추론하기는 어렵지만, 엘리엇 부부의 성 관계가 돌이킬 수 없을 만큼 파국으로 치달았을 거라는 정도의 추측은 널리 퍼져 있다. 이 시들고 불모인, 화해할 수 없을 만큼 비인간적인 풍경에 대한 반복되는 이미지들 때문에 독자는 메마르고 둔감한 질膣을 상상하게 되는 것이 아닐까? 그리고 엘리엇의 치료사는 쥐가 들끓는 소름 끼치는 뒷골목이 어딘지, 죽은 자들이 뼈를 잃어버린 곳이 어디인지를 묻지 않았을까? 피셔 킹(본문 여기저기에 등장하는 성적으로 불구인 인물)이 '무딘 수로에서 고기를 낚는 행위'를 독자들은 무엇이라고 생각할까? 심리학 해석에 일가견이 있는 사람이라면 누구나 이를 실습하고 싶어질 것이다.

《황무지》는 엘리엇이 그동안 읽고 감명을 받은 것의 반향과 억양으로 채워졌는데, 이 시의 자아관(독서와 사유에서 파생된 단편들과 부서진 이미지들로 채워진)은 아주 알아보기 쉬웠으며 차츰 나 자신의 것이 되었다. 나는 이 불행한 엘리엇이라는 시인에게 이상하리만큼 친근함을 느꼈다. '내 닮은꼴, 나의 형제여.' 그 결과 T. S는 당시 막 생겨난 내 자아의식이라는 공명실에 들어 있던 홀든과 앨런, 월트, 그리고 앨버트와 프란츠와 장 폴, 그리고 '실존주의자existentionalist'만은 아닌 다른 새로운 목소리에 더하여 그 공명실에 들어오게 되었다. 내가 그 시에 그토록 격렬하게 반응하고, 그것의 영향과 음성과 운율, 견고한 자기확인을 흔드는 혼란의 엄습을 느낀 것은 별로 놀랄 일이 아니다. 그 짧고도 자극적인 시간 동안《황무지》는 바로 나 자신이었다.

지금 이 글을 쓰고 있는 사무실에는 내 자리 맞은편에 최근 구입한 물건 하나가 놓여 있다. 바로 제이콥 엡스타인이 제작한 T. S. 엘리엇의 청동 흉상이다. 1951년에 제작된 여섯 개의 복제품 가운데 하나인데, 이 놀라운 예술품은 엡스타인 청동상 특유의 야수성이 배제된 채 섬세하면서 감동적일 만큼 평온한 분위기를 띠고 있다. 시인은 주의 깊게 귀를 기울이기라도 하듯 고개를 살짝 앞으로 숙이고 있다. 넥타이 매듭은 굵게 마치 목울대처럼 튀어나와 있다. 그 모습은 거의 기쁨이 넘치는 듯 위엄 있는 나의 아버지를 연상시킨다.

엘리엇의 흉상을 처음 받았을 때 나는 아침마다 인사 겸 그의 볼을 토닥일까 생각하기도 했으나 그런 짓이 너무 무례하다고 생각했다. 그렇게 친밀한 행위를 할 수 있는 사람은 엘리엇 부인뿐일 것이다.(그녀도 이 흉상의 복제품 하나를 갖고 있다.) 언젠가 대영도서관 신관을 건축한 콜린 세인트 존 윌슨이 부인에게 도서관 로비에 놓을 사본을 하나 제작하기 위해 흉상을 빌리고 싶다고 했다.

그러자 부인이 이렇게 대꾸했다. "그런 일은 허락할 수 없어요!"

"그렇게 오래 걸리지 않을 겁니다." 세련되고 구변 좋은 윌슨이 말했다. "이틀 정도면 돌려드릴 수 있습니다. 그러면 부인께서 도서관에 오실 때마다 남편 분이 자랑스러운 자리에 계신 것을 보게 될 겁니다. 그 이상의 찬사가 어디 또 있겠습니까?"

"절대 안 될 말이에요! 난 그이가 필요해요. 낮 동안에는 그이와 줄곧 대화를 나누고 자러 가기 전에는 굿나잇 키스를 한다고요."

윌슨은 손을 들고 그 자리를 물러났다. 나는 엘리엇 부인의 그런 충동을 충분히 이해한다. 한동안 나도 사무실 문을 닫을 때 시인에게 굿나잇 키스를 할까 했으나 그것은 좀 난처한 일이어서 그 대신 가볍게 손을 흔드는 것으로 작별 인사를 대신했다. 그는 내 사무실 한구석 선반 위에 조용히 군림하고 있다. 내 사무실을 찾아온 이들이 이 흉상을 주목하는 경우도 있으나 대개는 그렇지 않다. 나는 그 사실이 놀랍고, 그 때문에 좀 충격을 받았다.

05

데카르트, 흄, 그리고 사랑의 기적

DESCARTES, HUME AND THE MIRACLE OF LOVE

그리하여 나는 지고의 선이며 진리의 원천인 신이 아니라
악의를 품은 악마이며 아주 힘이 세고 사람을 속일 줄 아는 신이
온갖 책략을 다 구사하여 나를 속이는 것이라고 가정할 것이다.
또한, 하늘과 대기와 땅, 색채, 형태, 소리 같은 모든 외적인 요인들은
한낱 꿈같은 환각일 뿐이며, 그런 것들을 동원하여
이 존재가 쉽게 믿는 내게 덫을 놓은 것이라고 가정할 것이다.

르네 데카르트Rene Descartes, 《명상록*Meditations*》1권

1961년 히트곡인 더 셔를스 그룹의 〈내일도 나를 사랑해 주겠어?〉는 완벽하고도 분별 있게 당시의 만연된 성적 관행을 포착했다. 그 노래에서 여성 가수는 남자 친구와의 성 관계를 앞두고 그가 자신의 육체 때문만이 아니라 바로 자신이기 때문에 사랑해 주는지 확신하고 싶어 하는 듯 보인다. 노래는 이렇게 끝난다.

오늘 말하지 않은 말로
당신은 내가 세상에서 하나밖에 없다고 하지만
밤이 아침 해와 만날 때쯤
내 가슴이 찢어지는 것은 아닐까?

나는 알고 싶어, 당신의 사랑이
내가 확신할 수 있는 사랑인지.
그러니 지금 말해 줘. 다시 묻지도 않을 거야.
내일도 나를 사랑해 주겠어?

여성 화자는 바가지를 긁을 생각은 없지만 남자들이 아침이면 달라질 수 있다는 사실을 안다. 나는 언제나 그래 왔다는 것을 알지만, 1961년에는 좀 더 심했다. 여자들은 사랑을 위해 몸을 허락했고, 남자들은 여자를 얻고자 사랑을 했던 것이다.

우리는 셔를스 그룹의 애조 띤 울부짖음에서 철학자들이 추구해 온 확신하고픈 욕구의 변형을 알아보았다. 즉, 미래가 과거와 공통점이 있으리라고 어떻게 확신할 수 있다는 말인가? 내일 태양이 뜨리라고 전적으로 확신할 수 있을까? 셔를스 그룹은 해가 뜰 것이라는 것을 알고 있는 모양이지만('밤이 아침 해와 만날 때'에도 나는 사랑해.), 그들의 인식론적 고뇌는 단순히 철학만으로는 그럴 수 없을 만큼 강하게 내 마음을 사로잡았다.

물론, 고등학교 졸업반 시절에는 머릿속에 그 비슷한 생각도 떠오른 적이 없다. 〈내일도 나를 사랑해 주겠어?〉는 인생을 달콤하게 만드는 저 느릿느릿하고 짜릿한 수많은 히트곡 가운데 하나에 불과했다. 그랬다, 내가 이런 생각을 하기 시작한 것은 1962년 펜실베이니아 대학 1학년 때 '철학 101강 : 합리론과 경험론'을 수강하면서부터다.

나는 고등학교 때 위드 선생님과 함께 철학이라는 것을 접하며 고대 철학자와 몽테뉴, 에라스무스를 읽고 선이라든가 신의 존재 같은 중요한 철학적 문제들을 만지작거린 적이 있다. 그리고 대학에 들어가서는 다른 1학년 철학 수강생들과 달리 생의 의미를 추구하지도 않았고, 나 자신을 개선시키려는 희망을 품고 일련의 저술들을 탐구하는 활동에 참가하지도 않았다. 그랬다, 나는 철학이 관념적이고 논리적이며 비인격적인 것이어서 내가 듣고 있던 영문학 강의들과 상충되리라는 사실을 알았다. 문학서를 읽는 행위는 자기 지성과 판별력은 물론이고 감정을 탐구하는 일이지만, 철학은 세계를 이해하는 방식에 준엄하고도 비인간적인 방식으로 질문을 던진다. 적어도 하나를 전공으로, 다른 하나는 부전공으로 선택해야 하는 3학년이 될 때까지는 이 두 가지 중 어느 하나를 골라야 할 뚜렷한 이유를 찾지 못했다.

재기가 번뜩이고 학생들을 고무시킬 줄 아는 조교 바네도(그는 결국 나의 지도자이자 평생 친구가 되었다.)는 개강 무렵에 우리가 독자로서 훈련을 '쌓지' 않는다면 '철학이라는 감자'를 경작한다는 것이 가망 없는 일이라고 충고했다. 우리는 스피노자Baruch de Spinoza의 《윤리학*The Ethics*》 독해부터 시작했는데, 나는 나 역시 아버지처럼 그 책에 감동받고 싶었으나 그렇지 못했다. 그 다음으로는 세계가 단일 개체들(해설자들은 단자單子를 집짓기 블록에 비유하며 탁구공으로 상상할 수도 있다고 했다.)로 이루어져 있다고 여기는 라이프니츠Gottfried Wilhelm von Leibniz를 읽었다. 말도 안 되는 이론처럼 보이는 그것을 바네도는 원자가 아닌 하나의 생각으로 여기라고 했다. 그러자 의미는 통했지만 그래도 별로 마음이 끌리지는 않았다.

내가 강한 흥미를 느낀 것은 《명상록》을 읽었을 때이다. 데카르트는 상상할 수 있는 모든 의혹을 말끔히 씻어 내지 못하는 한 그 어떤 것도 지식으로 간주해서는 안 된다는 제시문으로 논증을 시작했다. 그는 자신이 모든 것을 의심할 것이며 다른 사람들도 그렇게 하라고 권했다. 의심을 하는 동시에, 인정보다는 악의를 품은 전능한 존재가 그렇지 않은 것을 사실로 믿게끔 계획을 짜 놓았다는 것도 상상해야 한다고 했다.

나는 오렌지를 먹고 있는 것일까? 그렇다면 어떻게 그 사실을 알까? 내 감각이 나를 기만할 수는 없을까? 어쩌면 꿈을 꾸고 있는 것은 아닐까? 야비한 도깨비나 심술궂은 악마가 어떤 식으로든 사과를 가지고 오렌지처럼 보이고 맛을 내게 만들어 나를 놀리고 있는 것은 아닐까? 어쨌든 감촉하고 맛을 보면서 결론을 내리는 '나'라는 것이 실제로 있기는 한 걸까? 어쩌면 나를 꿈꾸고 있는 것은 아닐까? 아니면 내가 다른 누군가의 꿈속에 나온 허깨비는 아닐까? 그럼에도 불구하고 데카르트는 이 의심의 독기 속에서조차 무엇인가가 남아 있다고, 그것은 생각이 이루어지고 있다는 사실인데, 생각하고 있는 '내'가 바로 나 자신이라고 주장한다. 내가 생각하고 있다는 사실은 내가 틀림없이 존재한다는 의미다. 여기에서 저 고전적인 공식, '나는 생각한다, 고로 존재한다'가 나온 것이다.

재미있고도 멋있었다. 논증에 뭔가 오류가 있는 것이 분명한데 그런 것은 중요하지 않았다. '생각'의 자각이 실제로 바탕으로 삼고 있는 것은 '생각을 하고 있다'이지, '나'이거나 하물며 생각을 하고 있는 '나'는 아닐 것이었다. 나는 그 결론만큼이나 방식 하나하나가 모두 마음에 들었다. 광신자가 신을 찬미하는 바로 그런 방식으로 의심한다는 것이 좋았다. 나는 홀든 콜필드의 정신이 꿈틀거리며 새롭게 되살아나는 것을 느꼈다. 그가 나와 함께 대학에 입학하기라도 한 것 같았다. 우리 둘 다 마침내 자유로워졌다는 것을 느꼈다. 이제 사기꾼 노릇을 하는 것이 사람이 아니라 사상과 신념들이었다. 나는 나도 모르게 활발하며 고집 센 고등학교 시절의 반항적 태도에서 좀 더 강력하고 흡족한 쪽으로 옮아갔다. 그것은 감정이 아니라 이성에 근거해서 의심하는 능력이었다.

데카르트에게서 자극을 받았다면, 흄David Hume의 《인간 오성에 관한 논고*An Enquiry concerning Human Understanding*》를 처음 읽고는 기겁할 듯이 놀랐다. 이 책은 데카르트 학도로 하여금 외부 세계에 대해 알고 있다고 생각하는 사실들을 경험론적으로 의심하게 함으로써 깊이 생각지 않았던 기본 진리들에 회의적 분석이라는 불빛을 들이대도록, 전혀 새로운 차원으로 의심하도록 해 주었다. 버트런드 러셀Bertrand Russell은 《논리적 원자론 철학*The Philosophy of Logical Atomism*》에서 그 방법을 명료하게 설명해 놓았다. '철학의 핵심은 말할 가치도 없을 만큼 간단한 사실에서 출발하여 도저히 믿어지지 않을 만큼 불합리해 보이는 사실로 귀결된다.' 이런 식으로 흄은 하얀 당구공으로 빨간 당구공을 치면 빨간 공이 튕겨져 나갈 것이라는 싱거운 관찰로 시작하여, 논의의 여지없이 필연적인 것은 아무것도 없다는 놀라운 결론으로 끝맺는다.

> 왜냐하면 그 결과는 원인과 전혀 다르기 때문이며, 따라서 결과는 결코 원인 속에서 밝혀질 수 없다. 두 번째 당구공의 운동은 첫 번째 당구공의 운동과 완전히 별개의 사건이며, 후자의 어떤 것도 전자에 관련하여 최소한의 암시를 주지 못한다.

이러한 논의와 고찰이 내가 세계를 보고 참여하고 묘사하는 방식을 완전히 바꿔 놓았다고 해도 과장이 아니다. 나는 중세의 사제가 환생하기라도 한 것처럼 사색의 퀴퀴한 공기에 잠긴 채 교정 안을 돌아다녔다. 여자가 물고기를 낳거나 나무에서 떨어진 사과가 다시 나무 위로 올라간다면 어쩌지? 그렇게 되지 말라는 법도 없지 않을까?

이 생각은 불가피한 감정적 결과를 도출했다. 어느 토요일 오후 여자 친구와 함께 잠을 잤는데, 그녀가 내 어깨에 고개를 파묻더니 자기를 영원토록 사랑할 것인지 물었다. 바로 그 순간에는 사랑하지 않는다는 것이 생각도 할 수 없는 일처럼 여겨졌지만 그래도 나는 그 질문에 합당한 숙고를 했는데, 그런 질문이 숙고의 대상이 될 줄은 몰랐다.

"뭐라고 말할 수 있을지 모르겠어." 내가 말했다.

그녀가 고개를 번쩍 들었다. 두 눈에는 눈물이 그렁그렁했다.

"왜지? 무슨 일이야?"

"그건 확신할 수 있는 그런 일이 아니잖아, 안 그래?" 나는 상대를 짜증나게 만드는 저 잘난 체하는 목소리로 그렇게 반문했는데, 나는 그 즈음 학술 토론 때 그런 어투를 쓰기 시작했다.(그것은 지금도 여전하다.)

"다른 누가 있는 거야?"

"천만에!" 정말이지 대단한 오해였다!

나는 흄의 귀납법 논증을 그녀에게 설명해 주었다. 그러면 어째서 내가 철학적 성실성을 지킬 경우 장담할 수 없는 일을 약속하지 못하는지를 해명할 수 있으리라고 확신했다.

그녀는 주의 깊게 귀를 기울이더니 내 공들인 설명이 끝나자 벌떡 일어나 옷을 입기 시작했다.

"저녁 먹으러 가자. 배가 고파졌어."

그 주제는 두 번 다시 거론되지 않았고, 그녀는 다시는 내일도 자기를 사랑해 줄지를 묻지 않았다. 셔를스의 노래를 듣고 자란 여자는 바가지 긁지 않는 법을 알게 된다. 그녀는 한동안 약간 쌀쌀맞게 굴었지만, 나는 여자들은 얼마든지 불합리하게 나올 수 있다는 걸 알고 있었다. 여자 철학자가 없는 것도 이상한 일이 아니다.

그렇지만 이 사건이 감정상의 재난에 불과했다면(당시 나는 그 일을 그런 식으로는 보지 못했으나), 흄의 학도 노릇을 하던 내게는 그 이상의 굴욕이 남아 있었다. 나는 2학년 때 에번스라는 이름의 성직자가 강의하는 '종교철학'을 수강했다.

우리는 신의 존재를 놓고 전통적인 논쟁을 벌이면서 고대와 중세에서 시작하여 흄의 에세이 〈기적론Of Miracles〉으로 마무리짓는 광범위한 독서를 했다. 논쟁은 이런 식으로 이루어졌다. 기적이 일어났다는 것과, 기적에 대한 인간의 증거가 불완전하다는 것 가운데 어느 쪽이 더 가능성이 높은가? 합당하게 증명된 기적의 사례가 없다는 사실로 보아 기적이 가능하다고 믿는 것은 바보 같은 짓이 아닐까? 자연의 법칙을 어기는 일이 일어났다고 믿는 것은, 이른바 '기적'이라는 것을 목격한 이들과 그들의 증언을 믿는 이들이 그것을 너무도 쉽사리 믿는 데 달려 있다.

이러한 논증은 평범하기는 해도 현명해 보였는데, 그런 논증을 제시하는 방식이 좀 더 내 흥미를 끌었다. 이를테면 딱딱하고 실리적이며 내내 특별할 것이 없는 로크John Locke의 산문과 달리, 흄은 힘차고 이해하기 쉬우며 언제나 독자를 만족시키려 한다. 독자와 직접 소통하려 애쓰는 그에게서는 천진함마저 느껴진다. 흄은 우리의 자연스러운 반응을 증거로 모으고 공통된 인간적인 경험으로 동의를 구한다. 그는 틸롯슨John Tillotson의 '그리스도의 실재'에 대한 반론의 인용으로 〈기적론〉을 시작하며 이렇게 덧붙인다. '나는 내가 현명하고 박식한 이들에게 제대로 적용될 경우 모든 종류의 미신적인 망상을 영원히 저지할 수 있으며, 그 결과 세계가 존재하는 한 영원토록 유용하게 쓰일 일종의 유사자연에 대한 논증을 발견한 사실을 기쁘게 생각하는 바이다.'

느릿느릿 쌓여 나가는 조목들 하나하나가 독자로 하여금 동의하도록 부추기고 탐구에 동참하도록 권유하는데, 단순히 결론에 동의하도록 하는 것이 아니라 흄을 인도자로 삼아 독자 스스로 그러한 결론에 이르도록 만든다.

그러나 아무리 그 어조가 마음에 들고 논증이 흡족하더라도 이 글에는 뭔가 이상한 점이 있었는데, 그것이 《논고》의 한 부분으로 출간되었다는 사실을 감안했을 때 어딘가 기묘하게 핵심을 놓치고 있는 듯이 보였다는 것이다.

나는 손을 번쩍 들었다.

"이 글을 이해할 수가 없군요." 내가 말했다.

"무슨 말입니까?"

"흄이 이 모든 부수적인 논증을 필요로 하는 이유를 알 수가 없어요. 기적 같은 것은 있을 수가 없다는 그의 인식론적 입장에 비추어 볼 때 자명한 사실을 놓고 말입니다.……"

에번스 씨는 곤혹스러운 표정을 지었다.

"비록 흄은 기적을 '자연법'의 위반으로 말하고 있기는 해도, 그의 추론을 따르자면 자연법이라고 할 수 있는 모든 것은 두 개의 사건 사이에 존재하는 일련의 길고도 연속적인 시공간적 관계입니다. 우리는 일련의 경험을 하고 나서 바다는 갈라지지 않고 태양은 계속 뜰 것이라고 가정하지요. 그렇지만 어느 날 그런 일이 일어난다면, 그것은 그런 일이 일어날 것을 알 만큼 우리의 경험이 충분치 못했다는 사실을 의미할 뿐일 겁니다. 천체에 문외한인 관중이 일식을 기적이라고 간주하듯이 말입니다. 결국 기적 같은 것은 존재할 수 없습니다. 왜냐하면 기적적인 현상은 사물들 사이의 관련이 깨진다는 의미이기도 한데, 이러한 관련이 반드시 보여야 한다는 법이 없기 때문이죠."

나는 힘차게 말을 쏟아냈다.

"학생 말이 맞을 것 같군요." 에번스 씨가 잠시 생각해 보고 나서 말했다. "그것은 아주 흥미로운 사고방식입니다." (내가 틀렸듯이 그 역시 틀렸다. 흄은 내 반론에 대답을 하지 못할 만큼 모호하지도 어리석지도 않다.)

몇 주 후 기말시험을 치를 무렵 나는 아주 자신만만했다. 나는 그 강의가 좋았고 관련 문헌을 강박적으로 읽어 치웠으며 시험에 나올 만한 문제를 복습한 상태였다. 그러나 6번 문제를 본 나는 좀 놀랐다. '흄의 기적론이 그의 인식론에 비추어 불필요한 이유를 설명하라.' 아홉 개의 문제 가운데 세 개를 풀어야 했다. 나는 문제 가운데 적어도 일곱 개는 완벽하게 풀 수 있었으나, 이 예기치 못한 문제를 풀기로 했다. 나는 처음 교실에서 주장했던 내용을 다시 한 번 거론하며 내용을 덧붙이고 나서 다른 두 문제를 풀었다. 그 결과는 'A'였다. 정말 멍청한 짓이었다. 말 잘 듣는 귀여운 강아지에게 제공된 뼈다귀 따위는 무시하는 편이 훨씬 세련된 행동이었을 것이다. 나는 여느 때는 이렇게 무시하는 태도를 자랑스럽게 여겼는데, 정작 내게 그런 일이 일어나자 슬프게도 그러지 못했다. 나는 그 과정에 꼴사나운 면이 있다는 것을 의식하지도 못한 채 게걸스럽게 경품에 달려든 꼴이 되고 말았다. 그때 일을 생각하면 지금도 당혹스러운 감정에 사로잡힌다.

내 생각에, 내가 이 너그럽게 주어진 조그만 먹이에 달려든 이유는 그때 이미 철학이 내게 너무 어렵다는 사실을 의식하고 있었기 때문이다. 일단 중요한 철학자들의 저서를 읽고 나자 그들이 나보다 '훨씬' 뛰어난 사람들이라는 것, 따라서 나는 그들의 사유를 제대로 좇아갈 수도 없으리라는 것이 분명해 보였다. 철학도 수학이나 물리와 마찬가지로 우리의 이해력과 지능의 한계를 시험하고 규정짓는다. 철학을 공부하게 되면 자신의 한계를 깨닫게 된다.

이러한 자기인식이 결코 긍정적이기만 한 것은 아니다. 철학은 겸허하게 만드는 능력이 있지만, 동시에 과도한 공격성으로 제 결점을 가리는 도구를 마련해 주기도 한다. 나는 그 이후로 기호논리학, 윤리학, 미학, 형이상학, 과학철학 같은 과목들을 수강했다. 1차 및 2차 문헌까지 폭넓게 읽었다. 나는 분석 기술을 숫돌에 연마했다. 여기서 '숫돌에 간다'는 것은 위험한 은유인데, 어설픈 솜씨로 칼을 휘두르는 사람이 그런다면 정말 문제이기 때문이다. 외과용 메스나 푸주한의 칼을 날카롭게 벼리면 산 자나 죽은 자를 대상으로 한 정교한 수술이라는 경이로운 일을 해낼 수 있다. 그러나 기술도 없고 사용법도 모르는 사람이 그 칼(더욱 나쁘게는 잘 갈린 칼)을 쥔다면, 그 결과는 엉뚱한 난도질이 될 수밖에 없다.

나는 현학적이고 논쟁적이 되어 갔으며, 엉성한 추론이나 아둔한 귀납식 추리를 경멸했고, 토론 상대에게 용어를 정의하고 쓰라고 요구했다. 나는 곧잘, 당신들 같은 평균치의 사람은 논증과 주장을 구별하는 능력도 없다고 말했다. 어떤 사람이 다른 사람에 비해 더 옳은 것이 경험적 · 철학적 사실이기에, 나는 나 자신을 전자의 범주에 동화시키고 후자의 범주에 드는 사람들을 상대로 일종의 암묵적인 전쟁을 치렀던 것이다.(그 결과에 대해, 그리고 그 때문에 일상적으로 사람들을 들볶았던 일에 대해서는 내 전처와 아이들이 증언해 줄 것이다.)

간단히 말해서 나는 빠른 속도로, 대학교수가 되려는 부류의 인간이 돼 가고 있었다. 그렇지만 철학 교수는 아니었다. 비록 새로 친구가 된 바네도 씨는 철학을 전공으로 삼으라고 내게 촉구했고, 실제로 활기차게 철학 문헌을 읽어 치우기는 했어도 나는 처음부터 철학이 내 분야가 아니라는 걸 분명히 알았다. 나는 독창적인 업적을 남길 만큼 똑똑하지 못한 데다 어쨌든 철학적 담화에는 뭔가 무미건조하며 불합리한 면이 있어 보였던 것이다. 알베르트 아인슈타인Albert Einstein은, '철학서를 읽을 때면 입안에 들어 있지 않은 뭔가를 삼키는 기분'이라고 말했다. 나는 문학 책을 읽을 때면 그런 기분이 들지 않았다. 결국 철학이 아니라 영문학을 전공으로 결정짓는 일은 간단했다.

앨런 긴즈버그의 포괄성과 풍요함과 대조적인 사고방식을 상상할 수 있다면 바로 학문으로서의 철학이 그러했다. 나는 이미 이 두 개의 학문이, 회의론과 상상력이 서로 대립하고 있음을 알 수 있었다. 그것은 홀든의 음성과 앨런의 음성 사이에서 처음으로 겪은 대립이었다. 하지만 두 분야는 편의적인 학문적 구분으로 보통 짐작하는 것 이상의 공통된 영역이 있다. 상상력을 사용하는 작가는 물론이고 철학자들도 독자에게 확신을 주려면 제대로 된 용어를 사용해야 하며, 양자 모두 가장 중요한 문제라든가 진선미의 본질을 찾고 밝히는 시도에 종사한다.

나는 영문학과 철학의 합동 지도 아래 영문학 연구과정 논문을 썼는데, 당시만 해도 그것은 나의 다분야적 관심사를 충족시키는 이례적인 방식이었다. 나는 키츠John Keats의 〈그리스 항아리에 부치는 노래Ode on a Grecian Urn〉에서 그리스 항아리가 '의미'하는 바를 해명하는 것을 논문 주제로 삼았다.

> '아름다움이 진리이고, 진리는 아름답다.' -그것이 너희가
> 지상에서 아는 모든 것이며, 알 필요가 있는 모든 것이다.

시인은 분명 여기에 뭔가 중요한 것이 있다고 믿지만(항아리는 '인간의 친구'이다), 그 친구가 주장하는 바가 아주 선명하게 나와 있지는 않다.

나는 이 주제에 관련된 비평들을 읽고 그것을 몇 가지 범주로 분류하기 시작했다. 여기에는 중요한 질문 두 가지가 필요했다. 이 언설言說이 참인가? 그리고 그것이 중요성이라는 면에서 문제가 되는가?(어쨌든, 저 불멸의 예술인 그리스 항아리에는 참인 것이 일회적인 삶을 영위하는 인간

에게는 참이 아닐 수도 있다.) 그 결과, 도출 가능한 명제는 네 가지였다. 즉, 참이면서 중요하다, 참이면서 중요하지 않다, 거짓이지만 중요하다, 거짓이면서 중요하지 않다. 나는 비평가들이 이 네 가지 관점 하나하나에 매달려 있다는 사실을 발견하고 그 사이를 중재하려 했다.

이런 과정에 껄끄러운 면이 있기는 해도 내 미학 지도교수는 결과를 도출하려는 분석을 마음에 들어 한 반면, 영문학과 우등학사위원회Honours Committee는 내 논문을 마음에 들어 하지 않았다. 문학적 분석이 결여돼 있다는 것이다. 이것은 내가 해당 과정을 우수한 성적으로 이수하지도 못하고 우등상장을 받지 못한 채 졸업할 것임을 의미했으며, 어쩌면 내가 이 분야에 종사해도 미래가 없다는 신호일 수 있었다. 나는 그러리라고 확신했다. 영문학 대학원 과정을 준비하며 대학 시절의 마지막 1년을 보낸 내게는 적지 않은 충격이었다.

나는 저주하고 애원하고 호소했으며, 내 수많은 미덕을 내세워 보기도 했다. 논문을 다시 읽어 보라고 요구했다. 그러나 정중한 태도로 일관하는 학과에는 어떠한 공격을 퍼부어도 소용이 없었다. 그들은 논문을 읽은 당사자 한 사람 한 사람에게서 보고를 받고, 새로운 사람에게 논문을 읽도록 위촉까지 한 끝에 처음 내린 판단이 옳았음을 입증했다. 이 철학적인 게코스키라는 학생은 영문학 우등상장을 받기에 충분치 못했던 것이다. 그 결과 나는 아주 이상한 처지가 됐는데(아마 유일무이한 사례였을 것 같다.), 학과는 최우등으로 졸업하고도 장학의 영예는 받지 못한 것이다.

나는 학과장에게, 다른 여러 대학과 재단들이 내게 박사학위 과정과 장학금을 제안한 상황에서 유별난 것은 내가 아니라 펜실베이니아 대학 영문학과라는 점을 지적했다. 학과장은(친절한 사람이었다.) 내가 잘될 것이며, 본래의 영문학에 한정해서 공부한다면 훨씬 더 성과가 좋을 것을 확신한다고 말했다.

나는 그에게 제출한 학력과 전망에서 내가 예일 대학 박사과정을 신청했다가 거부당한 사실은 밝히지 않았는데, 그랬다면 나에 대한 그의 의혹만 확인하는 결과가 됐을 것이다. 예일 대학에서는 신청서에 두 가지 사항을 요구했다. 하나는 문학을 주제로 한 정식 논문을 제출하는 것(나는 내가 기존에 썼던 좀 더 나은 논문을 제출했다.)이고, 다른 하나는 예일 대학 대학원생으로서의 전망을 담은 '1천 단어짜리' 추가 논문을 작성하는 것이었다.

이것은 멍청한 요구처럼 보였다. 그들은 이미 내 성적과 수강서 사본, 세 장의 지도교수 추천장과 강의 중에 작성한 논문을 받은 상태였다. 순례에 참가한 회개자처럼 자신의 장단점을 기록하는 이 같은 자기평가서를 작성할 때에는 정직해야 한다고? 고맙지만 사양하겠다. 내가 최종적으로 제출한 서류의 내용(이른바 '1천 단어짜리')은 다음과 같다. '예일 대학 대학원생으로서의 저의 전망은 한결같이 우수하다는 것입니다.' 예일대 대학원 입학처는 자신들의 분별 있는 요구 사항을 지지하는 것과 이 반항적인 지원자를 받아들인다는 두 가지 선택지 중에서 전자를 택했다. 어쨌든 별로 그곳에 가고 싶지 않았던(수업료가 너무 비쌌다.) 나는 그 대신에 옥스퍼드로 가서 새로운 유행이 된 영문학 철학학사를 '공부read'하기로 했다.

나는 영문학 학부 편람에 나온 '공부한다'는 단어가 마음에 들었다. 이 단어는 머튼 칼리지 안내문에도 다시 등장했는데, 안내문에는 '신사 분들은 각자 도기 찻잔을 지참할 것'이라는 조언도 들어 있었다. 그 표현이 아주 마음에 들었던 어머니는 내가 옥스퍼드로 가기 전 몇 달 동안 그 말을 반복해서 쓰곤 했다.(잉글랜드 옥스퍼드 시에 있는 종합대학인 옥스퍼드 대학교는 머튼을 비롯하여 38개 칼리지로 이루어져 있다. —옮긴이)

"그 애는 도기 찻잔을 가져가야 한대." 어머니가 친구들에게 말했다.

"도기 찻잔이라는 게 뭔대?"

"나도 몰라. 어쨌든 그 애한테 머그잔을 하나 사 주었지."

나는 그것을 가지고 옥스퍼드로 갔는데, 머튼 가 21번지에 있는 대학원생 기숙사 바로 옆방의 비자야 사마라웨라가 스리랑카의 실론에서 한 궤짝 가득 차를 가지고 오면서(대체 그런 일을 누가 상상이나 하겠는가?) 유용하게 쓰였다. 나는 그에게 도기 찻잔을 보여 주었고, 우리는 즉각 친구가 되었다.

옥스퍼드로 간 것은 올바른 결정이었다. 그곳은 철학과가 번성했고, 영문학과 역시 적정한 수준이었다. 나는 해리스 트위드 재킷과 머튼 스카프와 넥타이를 사고, 중심가에 있는 홀 브라더스 상점에서 스리피스짜리 세로줄 무늬 양복도 샀다. 조지 구역의 실내 상점가에서 차와 사과 크럼블과 커스터드를 먹고, '멋진jolly'이라는 형용사를 입에 달고 살았으며, 대학원생 전용 휴게실에서 오후의 차를 마시고, 지도교수를 이름으로 부르고, 교회의 저녁기도에 참석하고,

대학 테니스 클럽에도 가입했다.(정기 대회 때에는 시합 사이사이에 차를 마시는 시간도 있었다.) 당시 칼리지에서 졸업을 1년 앞두고 있던 내 약혼녀 레이철은 이듬해인 1967년 우리가 결혼한 직후 옥스퍼드에 합류할 예정이었다. 정말 거창한 계획이었다. 저 회의적인 셔틀스 그룹과 흄 선생이 뭐라고 하든지 간에, 사랑은 기대할 만한 일이었다.

06
예이츠와 보낸 세월

YOUNG AND OLD WITH W. B. YEATS

나는 결코 레다의 족속은 아니지만
한때 아름다운 깃털이 있었어–그거면 충분했어,
모든 미소에 미소로 답하면서,
늙은 허수아비가 얼마나 편한 건지 보여 주는 거야.

W. B. 예이츠, 〈어린 학생들 사이에서Among School Children〉

첫사랑을 떠올릴 때면 예이츠William Butler Yeats가 생각난다. 이렇게 오랜 세월이 지나 그녀가 이 말을 듣는다면 아마 어리둥절할 테고, 나 역시 다소 난감한 기분이 든다. 그것은 아마 내가 갖고 있는 예이츠 시집 때문인데, 이 책은 그녀가 내게 남긴 유일한 물건이다. 이 시인의 시집 초판본 대부분이 그렇듯이, 청색 천 표지에 금박으로 제목이 찍힌 이 책의 디자인에는 본래의 기품이 보이지 않는다.

나는 별로 호감이 가지 않는 이 책을 1963년 펜실베이니아 대학 2학년 때 구입해서 이후 옥스퍼드에서 썼고, 나중에는 워릭 대학에서 강의할 때에도 사용했다. 46년 동안 줄곧 갖고 있었던 셈인데, 딱 한 번 칼리지 수업 때 예이츠를 공부하던 레이철에게 빌려 준 적이 있다.

그녀에 대한 기억, 그녀의 생김새라든가 몸짓, 목소리는 이제 거의 퇴색해 버렸고, 1967년 4월 그녀가 쓸쓸한 옥스퍼드 교정에 나를 남겨 둔 채 칼리지 영문학 교수의 곁으로 떠났을 때 그녀가 쓴 편지도 모두 버렸다. 바로 그녀에게 '예이츠'를 가르치던 교수였다. 그녀가 '내' 책으로 수업을 들었던 바로 그 예이츠 교수 말이다. 이런 배신행위에는 서지학적인 불신감, 까닭을 알 수 없는 악의까지 들어 있는 듯 보였다. 자신의 영문학 교수와 바람을 피울 거면 약혼자의 책을 매개로 사용해서는 안 되지 않을까? 그 일은 약혼자의 침대를 쓰는 일과 비슷하다. 아니, 그보다 더 나쁘다. 이 경우에는 영원히 지워지지 않는 얼룩을 남기는 셈이니까. 이 《시 전집 *Collected Poems*》 여러 곳에 그녀가 메모한 주석이 붙어 있는데, 내가 좀 더 일찍 그것을 보았더라면 어쩌면 앞으로 다가올 일을 예견했을지도 모른다.

그녀가 붙인 주석 자체는 대수롭지 않고 기본적으로는 시시했다. 나 역시 그 시집에 주석을 잔뜩 달았는데, 내 주석 역시 읽는 이의 감정이나 지적 태도를 전환시킬 정도는 아니다. 추측컨대 그녀가 붙인 주석들은 대개 그 페이지를 강의하는 교수의 말을 옮겨 적은 것들이다. 그러나 의심을 품고 보면 그녀의 주석은 다가오는 배신행위까지는 아니더라도, 적어도 열정에 찬 교수 앞에서 그녀의 상상력이 얼마나 달아올랐는지를 보여 주는 은연중의 고백이다.

나중에 보니 〈레다와 백조Leda and the Swan〉에서 남자의 성욕에 순결을 정복당하는 이야기에 붙인 그녀의 주석은 정말이지 앞날을 예견한 듯 보였다. '제우스-정열적임. 레다-무력하고 겁에 질려 있음.' 결국 내가 사랑하던 여자는 신과도 같은 교수(그 짐승!)에게 정복당했지만 그것은 그녀의 잘못이 아니었다. 그 사실이 어느 정도 위안이 되기는 했지만 〈비잔티움Byzantium〉 여백에 붙인, 정열의 불꽃의 정화 작용을 강조하는 그녀의 주석은 그 일이 (나까지는 아니더라도) 그들 둘에게는 잘된 일일 수도 있음을 암시하는 듯이 보였다.

물론 그렇게 생각한다는 것은 웃기는 넌센스다. 그것은 감정이 부당하게 개입할 때 얼마나 텍스트를 오독할 수 있는지를 보여 주는 멋진 보기일 뿐이다. 그러나 그것과 비교할 때 내가 붙인 주석은 성적 감정은커녕 개인적인 감정조차 섞이지 않은 평범한 메모이다. '위트!' 이런 식으로 달아 놓았는가 하면, '상징주의!'라고 써 놓기도 했으며, 셸리Percy Bysshe Shelley와 키츠, 아널드에 대한 참조라든가, 이런저런 부연 설명을 붙이거나, 선회운동이라든가 켈트 신화에 등장하는 지극히 재미없는 퍼거스나 쿠클린 같은 인물들에 대한 참조를 적어 놓은 정도였다. 정말이지 따분하리만큼 학자연했던 것이다. 귀엽고 정열적인 애인의 것과 대비하면 얼마나 생기가 없는지 모를 정도다.

우리는 1961년 내가 헌팅턴 고등학교 졸업반일 때(당시 그녀는 2학년이었다.) 만나, 1966년 내가 옥스퍼드로 떠날 때까지 한시도 떨어지지 않았다. 나는 그녀의 보조개를, 물결치는 머리를, 편안하게 미소 짓는 그녀를 세상에서 가장 아름답다고 생각했다. 내가 그렇게 말하자, 매사 정확하게 말하기를 좋아하던 아버지는 그녀가 '그런대로 예쁜 아이'라고 대꾸했다. 나는 그 말에 성이 나서 며칠 동안 아버지와 말도 하지 않았다.

아버지의 눈에는, 아직 미숙하고 끝없이 동조적인 이 여자애(우리 사이에 성난 말이 오간 기억이 거의 없는데, 나라는 인물은 정기적으로 여자들을 짜증나게 하는 사람이다.)가 강한 애정을 불러일으키는 그렇게 곰살맞은 사람으로 보이지는 않았을 것이다. 나는 그녀에 대한 강렬한 욕망에 흠씬 취해 있었지만, 그 반대(나에 대한 그녀의 욕망이라니?)의 가능성은 있을 법하지 않은 일처럼 여겨졌다. 그 시기의 젊은 여자아이는 성욕 따윈 없는 듯 그저 반응하기만 했으니까. 그것도 운이 좋은 경우에 그렇다는 말이다. 사랑에는 갖가지 몰두할 거리가 있어야 한다. 키스, 언약, 한 사람만 만나기, '우리만의 노래' 갖기, 반지, 멋진 팔찌와 발찌, 정절 선언, 장래 계획 등등. 그러나 일단 규칙에 합의하고 그에 따르자, 성적인 가능성은 놀랄 만큼 자극적으로 바뀌었다.

사춘기 전에 아버지의 서재에서 읽었던 책 덕분에, 나는 성적인 사랑은 '행위'를 기하학적으로 확장하는 것으로 이루어진다는 소모적인 추측을 하게 되었다. 이렇게 해보았으니 이제 저렇게 해보면 자극적이지 않을까? 당시의 성적 관행은 선을 긋고 경계를 설정하는 것에 대한 집착으로 요약되는데, 이런 모든 금지(키스는 해도 되지만 혀를 넣으면 안 된다든지, 허리 위는 허용되지만 그 아래는 안 된다든지, 허리 아래는 되지만 삽입은 안 된다든지)의 목적이 대담하고 양심의 가책이 따르는 죄와 만족감의 가능성을 증대시키는 데 있기라도 하듯이 여겨지기 시작했다. 선을 그어 놓고 숨 가쁘게 넘어가고는 다시 선을 긋고 다시 넘어갔다. 이렇게 갈망과 성적 탐험의 몽롱함에 잠긴 채 몇 달이 흘러갔다.

1961년 롱아일랜드에는 달리 할 일도 없었다. 우리는 에드 설리반 쇼(1948년부터 1971년까지 방영된 CBS 프로그램—옮긴이)에 나오는 엘비스를 보고 웃어야 할지 울어야 할지 알 수 없었다. 몸을 떨거나 흔들며 추는 춤을 보고 즐거워하기에는 우리가 너무나 고지식했다. 나는 지르박을 출 수도 그럴 생각도 없었으며, 내 방 침실 거울 앞에서 트위스트를 추려고 해 보았으나 너무나 창피했다.(엄마가 내 처비 체커 레코드판에 맞춰 필사적으로 몸을 흔들어 댔던 것을 떠올리면 나는 아직도 움찔한다. "바로 이거야! 이제야 알 것 같네!" 엄마는 그렇게 외쳤다.) 우리의 다른 취향과 오락 역시 똑같이 촌스러웠다. 미니 골프를 즐기고 새로 생긴 기발한 맥도날드에서 먹었으며(1달러어치를 다 먹을 수도 없었다!), 라켓 클럽에서 가족 테니스를 치고 해변에서 죽쳤으며 자동차를 빌려 밤에 상영하는 드라이브인 극장에 갔다. "극장에서 뭘 보았니?" 우리가 자동차 뒷좌석에서 했을 짓을 상상한 엄마가 비난 섞인, 그러면서도 장난기 어린 어조로 묻곤 했다. 우리는 한 장면이나 최소한 제목만이라도 기억해 놓기로 했다. 간혹 친구 중 누군가가 부모와의 길고 긴 협상 끝에 파티를 열면 우리는 맥주를 손에 넣어 차에 가서 마시고는 다시 돌아와 조니 마티스와 팻 분의 노래에 황홀해 하곤 했다. 나중에 단순한 애무 이상으로 진전되자 우리는 대학 기숙사와 아파트에서 성행위를 나누었는데, 그것은 마침 밥 딜런이나 비틀스, 롤링 스톤스의 새로운 음악이 퍼지는 것과 시기적으로 맞아떨어져서 흡사 시대가 정말 변하고 있다는 생각을 확인해 주기라도 하는 듯했다. 이따금 우쭐한 기분에 나는 우리의 성행위가 새로운 시대를 일깨우고 점화시키기라도 한 것 같은 느낌이 들었다. 그 당시에는 많은 사람들이 그런 식으로 느꼈으며 충분히 그럴 만했다.

나는 황홀했다. 그렇게 몇 해를 섹스와, 섹스의 기억과 예감에 취해 살면서, 우리 둘 다 이제는 새로운 단계로 넘어가는 것이 옳으리라는 확신이 고개를 드는데도 별로 신경을 쓰지 않았다. 육체의 열정에는 그와 같은 정도의 감정적 강도와 호기심이 따르지 않았다. 내게는 히르슈펠트와 같은 내면생활이라는 것이 없었다. 우리는 둘 다 갇힌 기분에 잠기고 지루했으며, 깨닫지 못하는 사이에 육체적으로나 감정적으로 미리 정해 놓은 것 같은 태도와 의식을 수행하고 있었다. 다행히 나보다 먼저 그 사실을 깨달은 그녀가 용기를 내어, 1967년 여름으로 예정된 결혼 약속을 깨뜨렸다.

나는 (어떻게 해서였는지는 기억할 수 없지만) 얼마 지나지 않아서, 레이철의 선생이 예이츠의 초기 시 〈갈색 동전Brown Penny〉을 보내 그녀에게 구애한 사실을 알아냈다. 그 시는 다음과 같이 시작된다.

난 속삭였지, '나는 너무 젊어.',
그러고는 이렇게 속삭였어, '아니, 충분히 나이를 먹었어.'
그래서 나는 동전을 던졌어,
내가 사랑하게 될지 알아보려고.
'가서 사랑하게, 가서 사랑하라고, 젊은이,
그 여인이 젊고 어여쁘다면.'
아아, 동전, 갈색 동전, 갈색 동전이여,
나는 그녀의 머리카락 고리에 매여 있네.

나는 예이츠의 가장 나쁜 작품에 흔히 보이는 저 우쭐대는 듯한 허세에 질겁했다. 여기에는 소리가 의미를 짓누르며 유사 클라이맥스를 날조한다는 특징이 있다. 움찔할 정도로 진부하고 마지막의 반복구는, 미래의 연인(즉, 그녀의 선생)이 이런 조언이나 뒤적이고 그에 따르는 공상에 빠진 얼간이임을 암시할 뿐이었다. 레이철이 곤경에 처한 것이 분명했으며, 그녀에게 이 무분별한 구애자를 쫓아버리라고 말해야 할 것 같았다. 나는, 그 친구가 감정적인 면과 문학적인 면에서 모두 지진아라고 결론을 내렸다.

나와는 달랐다. 내 사랑이 이처럼 부당하게 구애를 받아야 한다는 사실에 격분한 나는 그녀에게 훨씬 더 좋은 예이츠의 시 〈방황하는 잉거스의 노래The Song of Wandering Aengus〉를 보냈다. 그 시는 숭고한 감정의 크레센도로 끝맺는다.

나는 공허하고 험한 땅을
방랑하느라 늙었지만
그녀가 간 곳을 알아내리,
그녀의 입술에 키스하고 손을 잡으리,
햇살 얼룩진 긴 풀밭 사이를 걸으리,
시간이 다하도록
저 달의 은빛 사과와
해의 금빛 사과를 따며.

이것이면 될 터였다! 잃었던 사랑을 되찾는다면(그녀에게 이처럼 멋진 시를 보냈는데 어떻게 되찾지 못하랴?) 함께 저 헤아릴 수 없는 밤낮의 과일을 맛보리라. 우리는 재결합할 것이다. 그리고 나는 그녀로 하여금 그토록 어설픈 선택을 하도록 만든(혹은 잘못 읽게 만든) 한순간의 무분별함에서 그녀를 구해 주리라.

틀리게 읽은 것은 나였다. 적어도 〈갈색 동전〉이 욕망에 가득 찬 젊은이의 목소리라면, 〈방황하는 잉거스의 노래〉는 잃어버린 것에 대한 회오로 가득 찬 노인의 목소리였다. 우리는 이 시를 읽으면서 방랑하는 잉거스가 자신의 연인과 재결합하게 되리라고 믿지 않는다. 잃어버린 생명력에 대한 갈망은 노년의 특징일 뿐이다. 어쩌자고 나는 레이철에게 이런 시를 보낼 생각을 했을까? 나는 무의식중에 그녀의 결정을 인정하고 받아들이고 있었던 걸까? 그리고 그렇게 함으로써, 그녀가 옳았다는 사실도 인정한 것일까?

의기소침한 채 그녀의 답변을 기다리면서 몇 달이 지나갔다. 나처럼 감수성이 예민한 사람이 틀림없이, 내가 옥스퍼드로 떠난 사이에 바보같이 골라잡은 저 후임자, 저 유혹자보다 더 나았을 것이다. 정열을 가득 담아 〈방황하는 잉거스의 노래〉를 보낸 남자보다 〈갈색 동전〉이나 보내는 따분한 놈팡이를 선택할 여자가 없다는 것은 분명한 사실 아닌가? 그리고 만약 내 사랑이 그런 선택을 한다면(이것은 놀랄 만큼 섬뜩한 생각이었다.) 그 여자는 내게 맞는 여자가 아닌 것이 아닐까? 상처를 입은 데다 잠을 못 이루고 지나치게 감정적이 된 나는 옥스퍼드 주임교수에게 내가 깊이 상심한 상태여서 '최소한 한 학기 동안'은 논문 같은 것은 기대도 하지 말라고 했다.

오히려 다행이었다. 그 당시 문학비평은 내가 잘하는 분야가 아니었다. 어쨌든 블레이크 이래 가장 짜증나게 하는 예이츠에게 난 언제나 유보 조항을 달았다. 예이츠는 블레이크를 숭배했고, 1893년에는 (에드윈 엘리스Edwin Ellis와 함께) 블레이크의 저서를 편집하기도 했다. 블레이크는 우주론과 자기 예언서에 나오는 인물들을 창조했다. 그 예언서는 우의적인 작품이다. 요컨대 느슨하게 말해서 '인물' 하나에 그 인물이 대표하는 힘을 일대일로 상응시켰다. 기이하게도 '세세한 명세明細'로서의 선에 대한 강조와, '일반화는 백치가 되는 짓'이라는(내가 좋아하는 일반화) 그의 신조는 모순되는 듯이 보인다. 예이츠가 여기에 마음이 끌린 이유는 알 수 있지만, 거기에는 기묘하게도 상상력과 무관한 면이 있는 듯이 보인다. 추측컨대 그것이 블레이크를 칭송한다고 하는 사람들이 블레이크의 시(집) 《순수와 경험의 노래》와 《천국과 지옥의 결혼*The Marriage of Heaven and Hell*》에 그토록 열광하는 이유일 것이다. 특히 후자에 들어 있는 작품들은 아주 모호해서 대체로 자칭 '블레이크 팬'이라고 말하는 괴짜들이나 읽을 뿐이다.

예이츠는 그 정도까지 지루하지는 않은데, 그는 출발부터 다르다. 예이츠는 초기작인 《아일랜드 농부의 옛날이야기와 민담*Fairy and Folk Tales of the Irish Peasantry*》(1888)과 《아일랜드 옛날이야기*Irish Fairy Tales*》(1891)를 편집하면서 켈트족의 구비문학에 빠져들었다. 그는 이것들을 주제로 삼아 적지 않은 희곡을 썼는데, 예이츠가 아일랜드 국민연극운동을 주도하면서 만든 애비극장에서조차 이 희곡들이 상연되는 일은 별로 없다.(다행한 일이다.) 드루이드(고대 켈트족의 성직자 겸 예언자—옮긴이)와 켈트족의 신화적 인물들에 대한 이런 강박감은 뇌연화증의 원인이 될 수도 있는데, 알려진 바에 의하면 노래를 부르지 않고는 못 배긴다든지 극단적인 경우 채식주의를 유발하기도 한다.

펜실베이니아 대학에서 예이츠에 관한 강의를 들었을 때 강의 내용을 잘 알아서 돋보이려는 야심만만한 학부생 특유의 방식으로 이 과목에 미친 듯이 매달렸던 기억이 난다. 그러나 지금 그 내용 가운데 남아 있는 것은 없다. 이제는 이러한 민속적인 주제를 생각하기만 해도 마치 에스페란토어로 된 장황한 일기예보를 듣고 있기라도 한 것처럼 공허를 들쑤시는 듯한 기분이 들 뿐이다.

예이츠가 만년에 했던, 기독교 신비주의는 물론이고 동방의 종교와 철학에 관한 좀 더 따분한 연구는 그러한 전통에 통달하려는 욕구 때문이라기보다는 그것들에서 새로운 은유와 시적 영감의 원천을 모색하려는 소망에서 나온 것이었다. 자료를 거르는 기준은 '그것이 참인가'의 여부가 아니라 '과연 쓸모 있는 것인가'였다.

'이미지로 가득해지고 싶은 …… 열망'과 결합한 추상적 사고에 대한 이 같은 광적인 태도는 예이츠 시에 기묘한 영향을 미쳤다. 세계 전체를 조망하려는 욕망이 너무 강한 나머지 어느 것 하나도 제대로 보지 못했다. 좀 더 신중하게 표현해서, 세계를 그 세부까지 표현한 경우가 별로 없다. 예이츠가 쓴 개별 시에 나오는 인물이라든가 순간, 목소리가 거의 기억에 남지 않는다.(이를테면 《황무지》의 경우와는 다르다.) 예이츠는 (그 자신이 종종 '의식적ceremonial'이라는 용어를 사용하는) 원형적 광휘를 얻으려고 애썼지만, 환상의 속성을 일상생활의 평범성 가운데로 끌어들이는 방식이 결여된 경우가 많다.

내 생각에 바로 이것이, 뭔가 중대한 일이 위태로워지면 사람들이 성경에 손을 뻗듯이 예이츠 시에 손을 뻗는 이유인 것 같다. 옥스퍼드 시절 이래, 아마도 스물두 살 때 내 삶에서 예이츠가 차지했던 기억에서 암시를 받아 나는 반의식적으로 점점 더 그의 시에 시선을 돌리게 되었던 것 같다. 정확히 말하자면, 위안을 구하기 위해서가 아니라 그의 후기 시의 특징인 저 자신감에 넘치고 권위 있는 깨달음을 구하기 위해서 말이다.

이제는 초기의 예이츠 시를 대할 때면 불편한 느낌이 든다. 〈방황하는 잉거스의 노래〉까지도 그런데, 이 작품 역시 〈갈색 동전〉과 동일한 결점을 적지 않게 갖고 있는 듯이 보인다. 이런 시들은 이제

질색이다.(나는 여러 선집에 수록된 〈이니스프리의 호도The Lake Isle of Innisfree〉를 특히 싫어한다.) 어쩌면 그것이 내 나이에 찾아오는(아직 오지 않았다면) 노망의 징후일지도 모르겠다.

물론 위대한 낭만 시 대부분은 요절한 시인들(바이런, 키츠, 셸리)이거나 젊어서 시를 썼으나 만년에 이르러 시를 덜 쓰면서(또는 작품이 덜 좋고) 비평으로 옮아간 이들(코울리지Coleridge, 워즈워스, 아널드)에 의해 씌어졌다. 흡사 더 이상 위대한 시를 쓰지 못하게 되자 최소한 자신이 한 일의 본질을 반추하기라도 하겠다는 듯 말이다. 예이츠는 이 점에서 놀랄 만큼 예외적인 존재다. 그는 만년에 쓴 시에서도 젊은 시절의 사유와 감정의 강렬함을 그대로 유지하고 있을 뿐 아니라, 오히려 그것을 더 풍부하고 깊고 넓게 만들어 놓았다. 예이츠는 젊은 시절의 영감의 원천을 반추하는 산문으로 옮아가는 대신, 이러한 반추를 시를 쓰는 과정의 일환으로 삼았다.

그는 좀 다른 방식이기는 해도 젊다는 것만큼이나 노년이 돼 가고 있다는 사실에 마음이 움직이거나 영감을 받지 않는다. 물론 예이츠는 육체의 쇠퇴에 관한 가장 인상적인 이미지들을 적지 않게 제시했다. 그의 시 가운데 내가 가장 좋아하는 작품인 〈비잔티움 항해Sailing to Byzantium〉를 보면 이 사실이 명확하다. 이 시는 보편적인 삶의 다급한 흐름에 대한 놀라운 환기로 시작된다.

노인들을 위한 나라는 없다. 서로의 품에 안긴
젊은이들, 나무 속의 새들

> 그 죽어 가는 세대들은 노래하고
> 연어가 뛰어오르는 폭포, 고등어가 가득한 바다,
> 물고기, 짐승, 새들은 여름 내내 찬미하지.
> 잉태하고 태어나고 죽는 모든 것들을.
> 저 관능의 음악에 사로잡혀 모두가
> 나이 들지 않는 지성의 기념비를 무시하고 있네.

그러나 이 생식 행위의 범람, 왔다가 가는 이 굽이침은 젊음의 기운을 경험한 동시에 이제 자신들의 물러남을 성찰할 시간이 충분한 이들의 의식을 고려하지 않거나 그런 자리를 마련하지 못한다. 그 결과, 거의 필연적인 귀결로서 바로 두 번째 연이 이어진다.

> 노인이란 하찮은 것,
> 막대에 걸친 누더기 외투

나뭇가지에서 나무조각 하나를 떼어 내면 그 조각은 죽고 수액은 말라붙고 나무의 생명과의 유기적인 연결이 끊어지는데, 그때 막대 하나가 생기는 것이다. 인간이 생명의 원천에서 느릿느릿 분리되는 과정을 이해하는 일도 이와 마찬가지다. 아니, 그보다 훨씬 아픈 일이다.

> …… 욕망에 병들고

죽어 가는 짐승에 묶이는 것

비참하면서도 머릿속에서 지워지지 않는 이미지다. 인간의 의식에 속한 이 표현이 인간의 의식을 규정짓고 순화시킨다. 욕망은 결코 떨어져 나갈 수도, 극복할 수도 없는 것이기 때문이다. 그것은 기억으로 되살리게 된다. 그리고 영혼 또는 상상력, 요컨대 시의 힘으로 변형되지 않으면, 그것은 다른 어느 것으로도 대체하지 못한 채 잃어버리고 만 것으로 우리를 고문한다. 〈비잔티움 항해〉의 네 번째 연에서 예이츠가 이에 대해 마련한 답변은 전적으로 만족스럽지는 못하다. 시인은 자신을 '지나간 것, 지나가고 있는 것, 다가올 것'을 노래하는 비잔티움의 황금새로 상상하여 자신에게 영원성을 부여한다. 이 마지막의 예술적 화신은 '꾸벅꾸벅 졸고 있는 황제를 깨우지' 못할 정도로 무기력하고 평범해 보인다.

그러나 시인은 초월의 필요성을 고집하지 않는다. 육신과 정신, 젊음과 노년, 무상과 영원, 관능적 경험과 예술의 세계 사이에는 피할 수 없는 갈등이 있다. 이 긴장을 없앨 수는 없으며, 풀 수도 없다. 오직, 종종 그 과정이 아무리 부적절해 보일지라도 상상력의 변형력으로 이러한 갈등을 예술의 원천으로 이용하고 그럼으로써 얼마간의 위안을 얻게 되기만 바랄 수 있을 뿐이다. 예이츠를 당대의 가장 위대한 시인으로 여겼던 T. S. 엘리엇은 이 점을 완벽하게 설명했다.

> 젊음의 가장 생기 있고 바람직한 감정이 회상 가운데에서 그 충만하고 합당한 표현을 수용하도록 보존된 느낌이다. 노년의 홍미로운 감정은 단순히 다른 감정이 아니라, 젊음의 감정이 완전한 것으로 통합되는 감정이다.

내 경험으로도 알 수 있듯이, 엘리엇의 표현대로 기억과 욕망을 섞는 것은 쉬운 과정이 아니다.

레이철에 대해 내가 기억하고 있는 것들 상당수는 너무 강렬하고 생생해서 첫사랑의 기쁨을 내면의 비디오로 돌려 보기라도 하는 느낌이다. 사십 몇 년이라는 세월이 지났는데도 그것은(혹시 노인성치매에 걸려 떠올린 감정이라고 할 수도 있을까?) 너무나 싱싱하고 종종 너무나 자극적이어서 그 사실을 인정하기에 곤혹스러울 정도이지만, 그것이 바로 시간의 흐름에 대한, 그 눈부신 광휘와 비애와 불가피성에 대한 증거다.

첫사랑은 제대로 된 촉매가 있을 때 비로소 기억난다. 의미 있는 노래를 듣거나 옛 친구와 대화를 하거나 옛날 사진을 보는 일이 촉매가 될 수 있다. 또는 W. B. 예이츠를 읽거나. 어쩌면 내가 틀린 것인지도 모른다. 나로 하여금 예이츠를 상기시켜 주는 것이 레이철이 아니라 그 반대일지도 모른다. 예이츠는 우리로 하여금 첫사랑을, 젊음의 발랄함을 생각하게 만드는데, 우리는 결코 그 상실감에서 벗어날 수 없을 것이다. 예이츠는 그것이 바로 시인의 본령이라고 여기게 되었다. 요컨대 영원토록 '지나간 것, 지나가고 있는 것, 다가올 것'을 노래하는 저 황금새가 되는 일 말이다. 예술에 들어 있는 것은 위안이 아니라 공식이다. 불가피한 생명력의 상실이 주는 고통이 예술가의 중재로 완화되는 것이 아니라, 주의 깊게 귀를 기울였을 때 미소를 지으며 힘차게 생동하던 젊었던 시절과 사랑에 빠졌던 순간을 떠올리게 되는 건지도.

첫사랑은 지속되기보다는 추억의 대상이 되는 편이 낫다. 레이철이 첫사랑을 떠난 것은 옳았다. 여기서 아이러니는(나는 그것을 예상하기에는 너무 어렸다.) 흔히 쾌감이 활력을 떨어뜨리는 것과 마찬가지로 고통은 활력을 방출한다는 점이다. 몇 달 동안 과장된 슬픔에 푹 젖어 있던 나는 그 사이에 나의 고난에 대해 장장 200쪽이나 되는 글을 쓴 다음에 내버렸다. 얼마 지나지 않아 다른 여자들을 만나기 시작했고, 나를 자신의 첫사랑 감이라고 판단한 레이철의 매력적인 급우 한 사람과 이스키아 섬에서 낭만적이고 목가적인 연애를 나눈 뒤 행복하고 충전된 기분으로 옥스퍼드로 돌아왔다. 머튼 칼리지의 내 정리함에는 대학에서 보낸 통상적인 통지문과 여러 모임에 참여를 권하는 초대장들이 쌓여 있었는데, 그 사이에 레이철이 보낸 편지 한 통이 섞여 있었다. 나는 그 편지를 앞가슴 주머니에 넣어 아파트로 돌아온 다음 책상 위에 꺼내놓고 자리에 앉아서 마음의 준비가 될 때까지 몇 분 동안 편지를 뜯지 않았다. 편지에 무슨 내용이 적혀 있을까? 아니, 내가 거기에 무슨 내용이 적혀 있기를 바라는 것일까?

레이철은 선생과의 관계가 끝났으며, 그 일은 실수였지만 필요한 일이기도 했다고 썼다. 그녀는 그동안 우리가 '아주 어린' 관계를 가졌다고 인정하며, 우리의 관계가 잠시 끊어졌던 것은 우리에게 좋은 일일 수도 있다고 했다. 그러니 이제 다시 한 번 서로를, 전보다 더 나은 방식으로 알아 가도록 노력하는 게 어떠냐고 물었다. 그것은 바로 내가 그토록 받고 싶었던 편지, 〈방황하는 잉거스〉로 촉구하려 한 편지였다. 그 편지에 담긴 주저하는 듯한 어조가 마음이 아팠지만 너무 늦었다. 나는 며칠 동안 생각한 끝에 감사와 후회가 담긴 고별 편지를 써 보냈다. 그것은 현란하고 이기적인 편지였다. 4월은 우리에게 가장 잔인한 달이지만, 나는 죽은 땅에서 라일락을 키워 냈다고 했다. 그것은 어느 정도는 우리의 관계가 덜 성숙했다는 그녀의 말을 확인하는 편지이기도 했다.

그리고 그때도 여전히 그랬다. 그녀의 편지가 온 것은 우리가 결혼하기로 한 날로부터 석 달이 지난 때였다. 짐작컨대 그 결혼은 그리 오래가지 못했을 것이다. 그보다는 평생 첫사랑의 기쁨으로 추억되는 편이 나았다. 슬픔과 상실감과 더불어.

07
달달한 맛과 시큼한 맛

SWEET AND SOUR

그래도 옥스퍼드에서, 이 아름다운 곳의 미와 감미의 한복판에서
가르침을 받은 우리는 진리를 포착하는 데 실패하지 않았다.
미와 감미가 완벽한 인간의 완성에 본질이라는 진리를.

매슈 아널드, 《교양과 무질서 *Culture and Anarchy*》

만일 굳이 워즈워스와 아널드 사이에서 골라야 한다면 아널드여야 할 것이다. 옥스퍼드의 영문학 학사과정에서는 둘 중 하나를 전공으로 선택하게 했는데, 나는 이미 학부 시절 낭만 시 강의에서 워즈워스라면 신물이 날 정도로 공부한 상태였다. 나는 그의 '자연'에 대한 경의에 공감하지 못했고, 그 걸인과 거머리 수집가와 침 흘리는 농부들(워즈워스의 시에 나오는 인물들—옮긴이)의 손에 향상되고 싶은 욕구도 없었다. 나와 같은 유대계 미국인에게 자연은 위험한 것으로, 신플라톤주의적인 관조로써 향상되기보다는 곰에게 잡아먹힐 가능성이 더 큰 곳이다. 나도 풍경을 좋아하지만, 그것은 어디까지나 그 속에 발을 들여놓지 않는다는 조건에서다. 자연과는 창유리를 사이에 두고 보호받을 필요가 있다는 생각이다.

그렇다고 해서 내가 매슈 아널드에 대해 많이 알았던 것은 아니다. 나는 그의 시 〈도버 해변Dover Beach〉을 읽고, 라이오넬 트릴링Lionel Trilling의 박사학위 논문과 첫 번째 저술의 주제가 아널드에 관한 것이며, 그것이 좀 읽을 만하다는 것 정도만 알았다. 일단 선택이 끝나자 나는 자홍색과 크림색 줄이 들어간 다소 화려한 머튼 칼리지 스카프를 벗어던지고 미리 계정을 터 두었던 브로드 거리의 블랙웰 서점으로 향했다. '머튼-R. A. 게코스키'라고 적기만 하면 한 학기 동안 신용으로 책을 살 수 있었으며, 그 사실을 증명할 필요도 없었다. 책 한 권을 들고 나오든 한 아름 안고 나오든 '머튼-R. A. 게코스키'라고 서명하면 끝이었다. 괜찮은 방식이었다. 내 책꽂이는 순식간에 채워졌다. 아널드의 《시전집*Collected Poems*》과 《교양과 무질서》가 선반 맨 꼭대기를 차지했다.

그 학기 내 지도교수인 휴고 다이슨Henry Victor Dyson Dyson은 비평가 아널드에 관한 논문을 써 보라고 했다. 나는 그에게 깊은 인상을 심어 주고 싶었다. 그는 잉클링(옥스퍼드 대학의 비공식 문학회—옮긴이) 회원 출신이고, 정확히 말해서 다작은 아니었으나 주목받는 학자이며 인생을 즐길 줄 아는 사람이고, 얼마 전에는 톱스타 줄리 크리스티가 나오는 〈당신Darling〉이라는 영화에서 단역으로 교수 역을 맡은 적도 있었다. 나는 논문에 열심히 매달려 개별 지도일을 며칠 앞두고 그에게 논문을 보냈다. 그날이 되자 나는 허접스러운, 분명 창피스러웠을 저 '코머너스 가운Commoner's Gown'이라 불리는 검정 넝마(그 학사 가운은 간달프가 입어도 될 정도로 풍성했다.)를 홱 두르고, 우산을 쳐든 채 개별지도를 받으러 머튼 가의 미끈거리는 자갈길을 걸어 내려갔다.

그 논문은 아널드의 핵심적인 비평 개념 가운데, 시금석touchstone 이용에 관한 하나를 해체하려는 시도였다. 여기서 '시금석'이란 그저 그것과 비교하기만 해도 다른 시의 장점을 표시하게 되는 속성을 지닌, 기존에 암기된 시행들을 말한다. 나는 그의 중요한 평론 두 편, 〈오늘날에 있어서 비평의 기능The Function of Criticism at the Present Time〉과 〈시의 연구The Study of Poetry〉를 읽었는데, 그 글들에서 극도의 자신감에 방법론상의 느슨함이 한데 결합된 것을 보고 어리둥절했다. 다음에 인용한 부분이 그 전형적인 보기로서, 짜증스럽게 만드는 모범 사례다.

> 실제로 진정으로 뛰어난 범주에 속하는 시를 발견하는 데 대가들의 시행과 표현을 외워서 다른 시에 대한 시금석으로 쓰는 것 이상으로 도움이 되는 일도 없으며, 따라서 그것만이 쓸모가 있는 방법이라 할 수 있다. 물론 이 다른 시가 반드시 그 위대한 작품들과 닮아야 할 필요는 없으며 실제로 전혀 닮지 않았을 수도 있다. 그렇지만 재치만 있다면, 요컨대 충분히 내 것이 될 만큼 그것들을 암송해 두었다

면 그 위대한 작품들이, 다른 시에 고도의 시적 품질이 있고 없고를 가리는 데 의심의 여지가 없는 시금석이 되리라는 사실을 알게 될 것이다. ……

그가 염두에 둔 시행들은 어떤 것일까? 그는 열한 개의 사례를 들어 놓았는데, 호메로스와 단테, 밀턴John Milton의 것이 각각 세 개, 셰익스피어의 것이 두 개다. 그것이 더할 나위 없이 진지한 '대가의 시행과 표현'이라는 것이다. 그중에는 햄릿이 죽어 가며 호레이쇼에게 한 말과, 페르세포네의 죽음에 대한 비탄을 비롯하여 다음과 같은 밀턴의 명령도 포함되어 있다.

그리고 불복하거나 포기하지 않을 용기
그리고 또 하나 정복당하지 않을 용기……

그것은 완벽하게 전성기 빅토리아 시대의 감수성에나, 또는 모병과 스모 선수, 미국 해병에나 호소력을 갖는 것이다.

이 시행들을 챙겨 넣고 여기에다 단테의 몇 가지 일필휘지를 더한 다음 '재치'를 갖춘다면 그 시행들이 '알아서' 시를 적절히 이해하고 평가하도록 인도해 주리라는 것이다. 확실히 '재치'라는 용어에는 적지 않은 비중이 실려 있는데, 그것은 분명 '감수성'을 의미한다. 그렇지만 그 정도의 감수성이 있다면 굳이 도움을 청할 시금석이 든 쇼핑백을 들고 다닐 필요가 있을까? 이미 독자적인 질質의 기준, 측정자, 시의 본질에 대한 나름의 이해력을 갖춘 셈인데 말이다.

아널드는 '시'는 '인생 비평'으로 이루어진다고 했는데, 이는 흡사 그가 의미하는 바를 잘 아는 청중 앞에서 말하기라도 하듯 아무런 정의도 없는 공허한 개념에 불과했다. 나는 그가 의미하는 바를 알 수 없었다. 좀 더 알아보려고 아널드의 공식을 파고들자 사태는 한층 악화되었다. '인생 비평은 시적 진실과 시적 아름다움의 법칙에 의한 비평에 한정된다는 조건에 부합되어야 한다'는 것이다. 이 정도면 도저히 이의를 제기하지 않을 수 없는데, 나는 실제로 12쪽짜리 면밀한 반론을 작성했다. 나는 그것을 다이슨 교수에게 보냈고, 그도 동의하리라 여겼다.

그의 방은 어질러져 있어 주인의 사랑을 받지 못하는 듯이 보였다. 나는 그때까지 꾀죄죄한 고상함이라는 개념과 대면한 적이 없었다. 어쨌든 거기에는 안락의자가 있었고 쌉쌀한 셰리주도 피할 수 없었는데, 그 톡 쏘는 술에 대해서는 아무런 사전 경고를 받은 적이 없었다. 나는 대학에서 강론이 있을 때마다 그 술을 지나치게 많이 마셨다. 그 술은 나를 세련된 사람으로 만들어 주는 듯했다. 아몬틸라도였거나 잘하면 피노였을지도 모르지만, 절대로 브리스톨 크림(셰리주 중에서도 독한 종류—옮긴이)은 아니었다.

내가 제출한 논문은 탁자 위, 셰리주 병 옆에 쌓인 논문 무더기 틈에 들어 있었다. 나는 목을 빼고 보았으나, 내 논문 표지에는 아무런 표시나 평가가 적혀 있지 않았다.

"자, 학생, 이제 마거릿 시편을 볼까?"

나는 《시전집》을 펼쳤다.
"어떤 시를 말씀하시는 건지요?"
"〈마거릿에게To Marguerite〉를 읽어 보게나."

그래, 우리 사이에 메아리치는 해협이 가로놓여
인생의 바다에서 작은 섬이 되었지.
해변도 없는 물의 황무지에 점점이 박힌 채
우리, 수많은 인간들은 '홀로' 살아가지.
섬은 조여드는 흐름을 느끼고는
저 경계가 무한함을 깨닫지.

그러나 달이 그 골짜기를 비추면
그리고 봄의 향유에 씻기면
그러면 별이 가득한 밤, 그 좁은 계곡에서
나이팅게일이 성스럽게 노래하지.
해안에서 해안으로 그 사랑스러운 선율이
좁은 해협과 수로를 가로질러 쏟아지지.

아, 그러면 절망과도 같은 갈망이
그곳 가장 먼 동굴에까지 이르나니!
섬들은 분명 한때는 우리가
같은 대륙의 일부였음을 느끼고 있지.

이제 우리 주위에는 물의 평원이 에워싸고 있어—
아, 우리의 물가가 다시 만날 날이 있을지!

그 갈망의 불꽃을 켜들자마자 식도록
명령한 이가 누구였을까?
그 깊은 욕망을 헛되게 한 이가 누구일까?—
어느 신, 그 신이 단절을 결정했지.
그리고 명했지, 그 해변 사이에
깊이를 알 수 없는 짜디짠 바다로 떼어 놓으라고.

나는 그 시를 읽고 다시 한 번 더 읽은 다음 고개를 들었다.

"이 작품 전체에서 진짜 시는 딱 한 줄뿐일세." 그가 잠시 말을 멈춘 사이, 나는 불안한 눈길로 시를 들여다보았다. "그것이 어느 것인가?"

나는 원문을 들여다보았다. 서두부는 가능성이 없었다. '작은 섬이 되었다'라니, 그것은 끔찍했다! 머릿속이 꽉 막히는 느낌이었다.

그런데 대체 무슨 개별지도가 이런 식일까? 전에는 이런 질문을 받아 본 적이 없었던 나는 어디서부터 시작해야 좋을지 알 수가 없었다. 어쩌면 행들을 '분류'해야 할지 몰랐다. 아널드와 옥스퍼드 모두 등급을 매기는 데 강박적이었다. 1등 또는 A플러스를 매긴다는 식이다. 어느 쪽이든 내게는 새로운 영역, 완전히 이질적인 영역이었다. 옥스퍼드에서는 시를 이런 식으로 읽는다는 것일까?

다이슨 교수는 차분한 눈길로 나를 바라보고 있었다. 내가 답을 맞히기를 바란다는 듯이, 아니 어쩌면 맞히지 못하기를 바라는 것은 아닐까? 아널드에 대한 나의 공격은 과도하고 자기과시적인 것이었는데, 아널드는 옥스퍼드에서는 숭배의 대상이었다. 그는 이곳을 '꿈꾸는 정상의 도시'라고 명명했다. '잃어버린 명분, 버려진 신념, 인기 없는 이름, 불가능한 충성의 고향'이라고 했다. 나는 셰리주를 조금 마셨다. 아니, 셰리주가 '필요'했다. 그런 다음 원문을 다시 한 번 들여다보았다. 애가 탄 나는 셰리주를 홀짝거리며 시간을 벌었다. 나는 순식간에 옥스퍼드의 '잃어버린 명분'이 되고 있었다.

"'깊이를 알 수 없는 짜디짠 바다로 떼어 놓으라고'야말로 순수하고 아름다운 시라고 할 수 있지." 그가 기운찬 어조로 말했다.

우리는 나머지 시간을, 겁이 날 만큼 친밀한 시간을 보냈다. 이 일대일 개별지도 체제는 얼핏 보기에는 고상했으나 실제로는 창시합과 시험과 경쟁, 탐색의 무대였다. 비슷비슷하게 어설프게 이루어지는 탐색 말이다. 그것은 '재치'의 시험이었는데 나는 시험에 실패하고 있었다. 나는 화가 치밀었다. 다이슨 교수가 또 다른 시를 들이대며 시금석이 될 만한 가치가 있는 행을 찾아보도록 했을 때(하지만 나는 그가 무슨 생각을 하는 것인지 도무지 알 수가 없었다.), 나는 한시바삐 내 논문을 집어 들고 그 자리를 떠나고 싶었다. 나는 종료를 알리는 종이 울리자 벌떡 일어났다. 휴고가 내가 쓴 논문을 건네주었다.

"꽤 흥미로웠네, 고맙네." 그가 상냥한 어조로 말했다. 나는 몹시 기뻤다. 나는 영국식 영어에서 '꽤quite'가, 대개의 경우 만족했다는 사실을 강조할 때 덧붙이는 미국식 용법대로 쓰이지 않고 '별로'라는 의미로 쓰인다는 사실을 알지 못했다. 대학 내의 테니스 '클럽'에 가입하려 했을 때도 이와 비슷한 언어상의 곤란을 겪었지만, 그때는 결과가 좋았다. 그 클럽에는 토니 빌링턴이라는 '비서'가 있었는데 그도 팀의 일원이었다. 내가 그에게 메모를 남기자 이언 휴이트라는 신입생과 시합을 해 보라는 답장이 왔다. 그러면서 그가 '그런대로 쓸 만한 선수'라고 표현했다. 며칠 후 이언과 나는 잔디코트에서 시합을 벌였는데, 비록 그런 코트에서는 시합을 한 적이 없었지만 비교적 즐거운 경험이었다. 나는 그가 '그런대로 쓸 만한' 선수였으므로 큰 기대는 하지 않았고 실제로 비교적 가볍게 시합을 이겼다. 즉시 나는 대학 팀에 초청을 받았는데, 얼마 가지 않아서 이언이 주니어 윔블던 선수이고 햄프셔 소속이라는 사실을 알게 되었다. '그런대로 쓸 만하다'는 표현은 '끝내주게 잘한다'는 의미였던 것이다. 결국 이언은 팀의 주장이 되었으며, 대학 시합에서 단식 1번 선수로 뛰었다. 나는 6번으로 시합을 했는데, 두 번 다시 그에게서 세트를 따지 못했다.

같은 언어를 쓰는 두 나라가 다르다는 것인가? 그것은 단지 억양과 용법과 어휘의 차이 문제가 아니었다.(그런 것은 익힐 수 있으니까.) 더 복잡하고 읽기 어려운 것은 미국식 영어와 영국식 영어의 음색 차이였다. 나는 매슈 아널드처럼 쓰는 사람의 글을 읽어 본 적이 없었고, 장난기와 진지함이 기묘하게 섞여 그만의 독특한 품위를 나타내는 글을 접해 본 일도 없었다. 무엇보다 '명성과 평판에서 최고'의 것, '교양'이라는 것에 전념했던 아널드에게선 이를테면 트릴링에게서 볼 수 있는 것 같은 성실성이 보이지 않는다. 그 대신에 위엄 있게 굴고 농담을 하며 놀리는가 하면, 잠재적 적수에게는 자신만의 교묘한 표현을 구사해 가며 붙임성 있게 굴었다. 《교양과 무질서》 제3장 서두를 예로 들어 보자.

> 철학이 없는 사람에게 철학적 완성을 기대할 사람은 없다. 따라서 우리의 귀족계급과 중산계급과 노동계급을 구분하는 개념을 세우는 과정에서, 권력의 핵이 되고자 하는 이들이 각 계층의 주장을 시험하는 와중에, 지금에 와서야 발견한 사실이지만, 깜박 잊고 내가 적용하려고 했던 저 구식의 분석법을 완결짓지 못했음을 말한다 해도 부끄럽지 않다. ……

'교양'의 본질과, 그것과 영국의 계층구조 사이의 관계를 보는 아널드의 관점은 명료함과 엄밀성이 결여돼 있다는 이유에서, 그리고 체계적 성찰이라는 충분한 바탕이 없다는 면에서 비판을 받아왔다. 그는 또한 대중의 고통을 완화시키는 문제를, 몇 가지 변명을 내세워 지나치게 간과했다는 비난을 받았다. 이러한 비판에 대한 그의 반응은 거의 언제나, 상대의 말을 인정하고 외견상의 회개를 과시함으로써 적수를 질식시켜 버리는 것이었다.

> 최종적으로 아주 점잖으면서도 재치 있는 풍자를 구사하고 있는 프레더릭 해리슨 씨는 준엄하다고 할 만큼 도덕적 성마름에 가까운 태도를 보이는데, 이를테면 그는 이렇게 말하고 있다. '죽음, 죄악, 잔인함이 우리들 사이에서 활보하며 순수와 젊음으로 밥통을 채운다.' 그리고 시련의 한복판에 선 나로 말하자면, 내가 가진 향수통을 건네는 바이다.

나는 이 글을 읽자마자 아널드가 해리슨 씨를 극도로 경멸했으며, 그를 필리스틴(속물적인 비평가 무리를 우스갯소리로 비꼰 말—옮긴이)으로 분류한 다음 어깨를 한 번 으쓱해 보이고는 미소를 지으며 무시하지 않았을까 하고 생각했다. 그런데 정반대였다. 아널드는 자신에 대한 해리슨의 야유에 조소를 퍼부었음을 고백했다. 그가 가한 반격은 사실상 취미 수준이었다. 장난기 어린 괴롭힘과 조롱에 빠지는 성향이 있던 아널드가 추천하는 감미와 가벼움은, 마치 그것이 논의 양식과 논조가 말하고자 하는 바의 성실성을 확립시켜 준다는 듯이 그의 태도와 문체에 곧잘 나타난다.

결국 매슈 아널드에게서는 배울 것이 별로 없었다. 아널드를 읽는다고 해서 어느 특정 시인에 대한 이해력이 높아지는 것도 아니며, 오히려 영국 계급 체계에 대한 그의 분석은 아둔하고 우스꽝스러울 정도다. 그러나 문제는 이런 것이 아니다. 문제는 우리가 그의 음성, 그의 기질, 그의 어조 가운데에서 살고 있다는 것이다. 우리가 아널드를 즐기는 이유는, 그에게서 매력을 느끼고 그와 함께 있는 것이 배울 바가 있고 유쾌하다는 사실을 알고 새로 사귄 친구라도 되듯 그를 권하고 싶어지기 때문이다. 독특해서 금방 알아볼 수 있는 그의 음성은 흡수할 만한 가치가 있으며, 그의 품행은 전적으로 그 자신만의 것이다. 여기서의 열쇠는 아널드가 구사하는 용어들이 기본적으로 대체할 수 있는 것들이라는 점이다. 교양, 감미, 가벼움, 명성과 평판에서 최고의 것, 사심 없는 태도 등등. 그것들은 실제로 같은 것이다. 이 같은 용어와 표현들을 반복함으로써, 마치 이런 개념과 관념을 써서 생각하지 않기란 불가능하다는 듯이 얼마간의 필연성을 갖출 때까지 문체를 발효시키는 것이다. 체계적 사고에 대한 그의 반감이야말로 내게는 더할 나위 없이 유쾌했다.

그러나 아널드가 옥스퍼드에서 칭송의 대상이었다면, 20세기에 그의 주된 신봉자였던 리비스Frank Raymond Leavis는 그렇지 못한 것이 분명했다. 내게는 그렇게 놀랄 일이 아니었다. 나는 그때까지 F. R. 리비스라는 이름은 들어 본 적도 없었던 것이다. 월드컵에 대한 나의 무지(당시 영국이 우승한 참이었다.)에 동급생들이 경악했던 것처럼, 이 일도 내 지도교수들을 경악하게 만들었다. 미국인들의 문화적 편협성에는 끝도 없다는 걸까? 옥스퍼드에서 리비스의 작품이 거론되는 경우는 극히 드물었으며 그 경우에도 별로 대수롭지 않게 다루어졌지만, 사실상 그의 존재는 부재 상태에서도 강력했다. 그는 언급될 때에도 기묘하게 경멸조의 호칭인 리비스 '박사'로 호칭되었다. 옥스퍼드에서는 박사학위(DPhil)를 받을 생각만 해도 출세나 노리는 이류의 징후로 간주되었는데, 이러한 성향은 미국인들에게는 흔히 나타났다. 전통적으로 정말 똑똑한 최우등 졸업생에게는 강의를 맡겼으며, 그 정도는 아니더라도 하위 논문학위(BLitt) 정도만 받아도 연구를 하는 데에는 충분하다고 간주되었다.

이러한 박사들 가운데 하나였을 뿐 아니라 케임브리지에서 강의를 한 리비스는 옥스퍼드 출신들이 보기에는 뭔가 불미스럽고 믿을 수 없는 면이 있어 보였다. 그는 옥스퍼드 학회에 임시 연사로 나서서 강의하기도 했으나, 그의 방문은 언제나 뭔가 은밀한 분위기를 풍겼다. 마치 무슨 밀회라도 치르듯 구석진 장소에서 이상한 시간에 일정이 잡히고 제대로 고지되지도 않는 그 강의는 전공자들과 모험심 강한 학생들이나 참석할 수 있는 것처럼 보였다. 'F. R. 리비스 박사께서 키블 칼리지 지하 강의실에서 강연할 예정임. 시간은 추후 공지될 것임.' 이런 식이었다. 우리 같은 유순하고 모범적인 대학 종사자들에게 리비스는 위험한 존재였다. 그는 언제나 누군가와 언쟁을 벌이거나 누군가를 비난하는 사람처럼 여겨졌다. 1978년 〈가디언〉지에 실린 리비스의 사망 기사는 이를 단적으로 보여 준다. '그의 가장 무시무시하고 과소평가된 무기는 조롱인데, 그는 그 무기를 강의 중에 흡사 뮤지컬 스타가 묘기를 부리듯, 거의 과대망상증에 가까울 정도의 무감각한 태도로 구사했다.' 그가 적의 다리를 깨물었다 해도 놀랄 사람이 없었을 것이다. 그는 언제든 물어뜯을 준비가 돼 있는 사람 취급을 받았다.

그에게는 배타적이라는 평판이 붙어 있었고, 그의 학생들은 불안해 보일 만큼 열광적으로 그를 숭배했다.(휴고 다이슨에게 이런 식으로 느끼는 사람은 없었다.) 활자화된 리비스의 글은 답답할 정도로 무거워 보일 수 있지만, 지도와 강의 중에는 도발적이고 짓궂었으며, 심지어는 자신이 가장 존경하는 작가들에게조차 예상을 뛰어넘을 정도로 불손하게 굴었다. 그는, T. S. 엘리엇을 두고(자신의 사타구니를 가리키며) '창고에서 뭔가 없어진 사람 같다'고 했으며, 밀턴은 '벽돌공처럼 기계적'이라고 표현했고, 셰익스피어 비극의 주인공들인 오셀로와 안토니, 클레오파트라에게는 '큰 애기들'이라는 조롱을 퍼부었다. 이런 불경한 말투는 놀랄 만큼 상쾌했으며, 일단 그것에 관한 소문을 잔뜩 듣고 난 뒤에는 대학의 저 경건한 분위기를 떠나 개인적으로 판단을 내리는 일이 훨씬 자유로워 보였다.

내가 개별지도를 받을 때 수치를 당했던 저 매슈 아널드와 관련해서는 특히 더 그랬다. 나는 실제 비평의 경건함에 사로잡혀 있었다. 완결된 텍스트는 어떤 면에서는 완성된 것으로 간주되어, 비평가는 해석학적으로 그 시가 작용하는 방식을 보여 줄 뿐이다. 그러나 그렇지 않은 시들도 있다. 〈마거릿에게〉는 시시한 시어로 가득한 쓰레기이며, 존경심이라는 저 반사적인 사고방식에서 벗어나면 비평 도구를 써서 그 이유를 밝힐 수 있다. 아널드의 시 가운데 정말 성공적인 작품은 아주 드문데, 좋은 작품을 해석하는 것만큼이나 나쁜 작품을 분해하는 일도 재미있을 수 있다.

리비스는 아널드에게 배웠고, 자신이 배운 바를 확장했다. 단일한 시행을 시금석으로 사용하지 않고(정말 바보 같은 짓이고, 너무나 한정된 방법이다!), 그는 '작가들'을 총동원했다. 이를테면 '이' 작가는 제인

오스틴Jane Austen이나 조지 엘리엇George Eliot, 조셉 콘래드, D. H. 로런스가 설정한 인생에 대한 진지한 참여라는 표준과 어떻게 비교되는가? 그리고 분명 여기에는 뭔가 뒤틀렸으면서 동시에 현명한 면이 있다. 내가 다이슨에게 제출했던 논문이 그렇듯이 평범한 의미에서는 뒤틀린 것이지만, 어떤 것이 좋다고 말할 때 '저것보다는 낫지만 이것만큼 대단하지 않다'고 암시할 수밖에 없다는 면에서 볼 때는 현명한 방식이다. 우리는 은연중에 어떤 암묵의 계급에 따라 점수를 매기고 비교하고 순위를 정하는 것이다.

심술궂은 만행에 대한 그의 평판이 아무 근거 없이 생긴 것은 아니지만, 내가 실제로 리비스를 읽어 보니 거기에는 감탄하고 배울 점이 적지 않았다. 그에게 아널드만큼의 감미가 없다 해도 그것을 상쇄하고도 남을 만큼의 경쾌함이 있었다. 나는 특히 〈문학비평과 철학Literary Criticism and Philosophy〉(《공동의 모색*The Common Pursuit*》에 수록)이라는 놀라운 논문에 매료되었는데, 거기에서 리비스는 자기 책에 대한 르네 웰렉Rene Wellek의 서평에 장난기 넘치는 반응을 보인다. 리비스는 웰렉에게 '철학자'라는 딱지를 붙이기를 주저하지 않았으며, 그것은 리비스가 즐거움 섞인 경멸로 분류해 놓은 범주였다.(실제로 웰렉은 '신비평new criticism'의 유망한 인물로서, 신비평의 이론적 토대를 마련하고 싶어 했다.) 리비스는 아널드가 프레더릭 해리슨 씨를 장난거리로 삼았듯이 웰렉을 장난거리로 삼고 있다. 웰렉은 재치라고는 전혀 찾아볼 수 없는(리비스라면 감수성이라곤 전혀 없다고 했을 테지만) 지루하기 짝이 없는 이론가였던 것이다.

웰렉은 리비스에게, 문학적 판단을 내리기에 앞서 그 판단들이 근거하고 있는 전제를 해명하고 항변해 달라고 요청했다.(루이스Clive Staples Lewis 역시 리비스가 '관련성'과 '성숙도'에 기초한 가치 체계를 몰래 도입했다고 비난하며 비슷한 요구를 한 바 있는데, 리비스는 그것을 설명하거나 옹호하려 들지 않았다.) 그러나 이 비평에 대한 웰렉의 서술은 극히 평범했다. 그는 리비스가 암묵적인 '규범'을 갖고 그것으로 모든 시인을 판단한다고 주장했다. 웰렉은 잔뜩 흥분한 어조로 이렇게 말했다. "나는 당신이 세워 놓은 가정들을 좀 더 명백하게 하고 그것들을 체계적으로 옹호했으면 하고 바라는 바입니다." 이런 비평적 어눌함을 가지고 스키틀(볼링핀처럼 생긴 스키틀 병을 세워 놓고 공을 굴려 쓰러뜨리는 놀이—옮긴이)을 하고 싶은 유혹을 받았을지 모르지만, 리비스는 이것을 자신의 비평적 실제를 날카롭게 진술할 기회로 삼았다. 내가 보기에 그것은 그 자체가 일종의 시금석이었다.

> 시어는 우리에게 '생각'하고 판단할 것이 아니라 '느끼거나, 되라고', 단어에 들어 있는 복잡한 경험을 실감으로 느껴 보라고 권유한다. …… 내 모든 노력은 구체적인 판단과 정밀한 분석이라는 면에 집중되었다. '이것은 저것과 이러한 관계를 갖고 있다, 그렇지 않은가? 이런 종류는 저런 것보다 훨씬 쓸모가 있다, 당신은 그렇게 생각하지 않는가?' 등등.

이런 식으로 보면 비평은 ('진정하다'는 면에서) 공유된 판단에 대한 상호 간의 탐색이다. 비평적 가설들은 분명 배경 어딘가에 숨어 있는데, 그 배경이 바로 가설들이 머물러 있어야 할 자리다. 어리석게도 리비스는 비평적 실제에 대한 이 중요한 진술에 바로 이어서 자신의 기본적인 신념을 서술한다.

> 전통 혹은 널리 행해지고 있는 인습이나 습관들은, 일반적으로 시를 직접적이고 통속적인 삶과 실제에서 분리시키거나 시인으로 하여금 자신의 시에 자기 시대 성인들의 가장 진지한 관심사를 집어넣기 어렵게 함으로써 생명력을 빼앗는 결과를 가져온다.

이것은 너무나도 답답하고 모호하고 틀에 잘못 맞춰진 진술이어서, 리비스가 그런 말을 하면서 저항감을 느꼈다 해도 이상할 것이 없다. '일반적인' 시란 어떤 것을 말하는가? 어째서 삶이 '통속적인' 것으로 묘사되어야 하는가? '실제적인' 삶이란 누구의 삶을 말하는 것인가? 무엇에서, 또는 누구에게서 '생명력을 빼앗는 결과'라는 것인가? 케임브리지의 중산층 집안에서 자라서 사교육을 받고 평생 대학 총장으로 지냈던 그의 노동계급에 대한 (통속적인?) 지식은 주로 자신의 계급을 일찍 벗어날 수 없었던 D. H. 로런스에게서 나온 것이다.

리비스는 선동하고, 논쟁거리를 제공하기를 좋아했다. 그는 분명 함께 공부할 상대로는 무서우리만큼 재미있었을 것이고, 진정한 시행들을 알고 있던 저 고상하고 거만한 다이슨에 비하면 분명 더 자극적이었을 것이다. 그러나 저 멀리 떨어진 미국 변두리 해안에서 이제 갓 이주해 온 스물두 살내기였던 나로서는 이런 방식을 중시한다는 것이 불가능했다. 세련된 아널드와 난폭한 리비스 사이를 항행하면서 이 철두철미 영국식으로 진행되는 일에서 실질적인 결과를 이루는 것 말이다. 그보다는 테니스 코트로 돌아가 이언 휴이트를 한 번 더 이기려고 애쓰거나, 훨씬 유순하지만 그래도 제법 건방진 한 무리의 영국 중고생들을 상대로 맞서는 편이 낫다. "아**리스**토크래트aristocrat라고 발음하면 안 돼요. 그건 **아리**스토크래트라고요!" 적어도 아이들에게는 꺼지라고 말할 수 있었지만 그러지 않았다. 그러기에 나는 너무 소심했다.

하지만 바드웰 로드의 아래층 아파트에 사는 여자애 앞에서는 소심하지 않았다. 내가 아파트 룸메이트인 비자야의 약혼녀 디넬리와 함께 막 집을 나서려는데, 매혹적인 여자가 1층 문을 열고 있었다. 그녀는 줄리 크리스티보다 더 줄리 크리스티처럼 생겼다. 입술은 더 도톰하고 더 날씬했으며 광대뼈도 더 높았다. 그녀가 입은 옷(흰 바탕에 까만 물방울무늬가 있는 드레스 차림이었던가?)이 별로 노력하지 않아도 우아한 그녀를 예쁘게 감싸고 있었다.

나는 재빨리 방향을 바꾸어서 그 방의 문을 노크했다. 바버라 페이퍼(그것이 그녀의 이름이었다.)가 바로 문을 열었다.

"성가시게 해 드려 죄송한데 방금 이사 온 사람입니다. 쓰레기통이 어디 있는지 좀 알려 주시겠어요? 아무리 찾아도 보이지 않네요."

그녀가 알려 주었다. 나는 나와 디넬리를 소개한 다음에 호감을 사려고 잠시 잡담을 나누고는 표면상 쓰레기통을 찾으러 그 자리를 떠났다.

"저 여자와 결혼할 거야." 내가 말했다.

디넬리가 웃음을 터뜨렸다.

"제정신이야? 그게 무슨 소리니?"

"우리 아이들에게 내가 엄마를 어떻게 만났는지 들려주고 싶어."

"너 미쳤구나."

다음 날 저녁, 나는 손에 머그잔을 들고 바바라의 방문을 노크하고는 차를 마시려는 데 재료가 부족하다면서 물 한 컵만 빌려 주겠느냐고 했다. 그녀는 한숨을 쉬긴 했으나 나를 들어오게 해서 주전자에 물을 끓였다. 그런 다음 우리는 사교적인 분위기에서 차를 같이 마셨다. 그 주말에 바바라는 우리가 연 친목 도모 파티에 참석했다. 우리는 마테우스 로제를 한 상자 샀는데, 파티에 그런 '고급 와인'을 내놓는 것이 지나치게 사치스럽다고 생각한 친구에게 한 소리를 들었다. 최신 유행인 짧은 스커트에 빨간 가터벨트로 한층 돋보이는 차림(그 덕분에 그녀는 쾌활한 동시에 새침해 보였다.)으로 참석한 바바라는 술을 몇 잔 마시고 춤을 추면서 이런저런 화제에 대해 매혹적이고도 지적으로 이야기했다.

그 다음 일요일 아침이 되자, 바바라가 내게 산책을 하겠느냐고 물었다.

"좋아요. 어디로 가는 거죠?"

"공원요."

"그게 어딘데요?"

"무슨 소리예요? 나무와 강이 있죠. 아주 좋아요."

"거기서 뭘 할 건데요?"

"아무것도 하지 않아요. 그저 걷는 거예요."

정말 낭만적인 생각이었다! 나는 산책이라는 것을 해본 적이 없었다. 골프 코스를 돌기도 하고 쇼핑몰이나 교정이나 시내를 걷기도 하고 학교에서 집까지 걷거나 테니스 클럽에 걸어가기도 했지만 모두 목적이 있었다. 그저 걷기 위해서 걷는다는 것은 생각해 본 적도 없었다.

좀 산만하기는 했어도 산책은 꽤나 유쾌했다. 나는 줄곧 커피를 마실 만한 곳을 찾아보았지만 그곳은 그저 공원일 뿐이었다. 바버라라는 멋진 동반자가 없었다면 약간 실망스러웠을 정도다. 나와 마찬가지로 그녀도 최근에 남자 친구와 심각한 관계를 끝낸 참이어서 우리는 고통과 상실감에 대해 세세하게 이야기를 주고받았다. 그녀는 처음부터, 자신은 '두 번 다시 미국인과는 관계를 갖지 않겠다'고 다짐했노라고 장담했는데, 그녀의 이전 남자 친구는 나처럼 미국 출신 대학원생에다 대학 테니스 선수였고 신형 스포츠카를 몰고 다녔다. 옥스퍼드 보호관찰소장 비서로 일하고 있던 그녀가 몇 번인가 아침에 출근하면서 내 청색 모건 차를 발길질했다. "응석받이 미국인들 같으니라고." 그런 말을 들으면 그녀가 무슨 생각을 하는지 알 수 있었다. 나는 '관계'를 생각하기에는 너무 이른 시기라고, 내 의도는 고상한 것이라고 그녀를 안심시키곤 했다. 사실은 그렇지 못했다. 그렇게 눈부실 정도로 매력적인 여자 앞에서 어떻게 고상한 의도만을 품을 수 있겠는가?

산책을 하는 도중에 흡사 리비스의 축소판 같은 조그맣고 사나운 개가 요란하게 짖어대며 내 발목을 물려고 했다. 곧이어 노스옥스퍼드 일대를 사실상 점령하다시피 한 부류인 단정치 못하고 꼿꼿한 미망인인 그 개의 주인이 나타났다.

"저 개한테 사과하세요. 불안해 하잖아요." 그녀가 말했다.

"불안한 건 나도 마찬가지입니다." 내가 성이 나서 대꾸했다. "더구나 난 저놈을 물려고 하지는 않았다고요."

부인은 나를 노려보았고 바버라는 미소를 지었으며 우리는 가던 길을 계속 걸어갔다.

08
언어의 형식과 삶의 형식

FORMS OF LANGUAGE AND FORMS OF LIFE

모든 사람의 삶은 시시각각, 가장 황당한 책보다 더 황당해지고 있다.
제기랄, 그건 완전 사기다.
…… 그렇지만, 미스토……
이제 얼마 있으면 홍진이 옴처럼 당신 몸에 옮기 시작할 것이다.

톰 울프Tom Wolfe, 《전기 쿨에이드 산성 실험*The Electric Kool-Aid Acid Test*》

설혹 사자가 말할 수 있다 해도
인간은 그 말을 이해할 수 없을 것이다.

루트비히 비트겐슈타인Ludwig Wittgenstein, 《철학적 탐구*Philosophical Investigations*》

그동안 열심히 공부했으니 이제 재미를 볼 시간이다. 나는 1968년 초여름에 BPhil(명칭은 학사학위지만, 옥스퍼드에서는 박사학위를 받기 이전 과정을 의미한다.—옮긴이) 시험을 끝내고 휴일을 보내러 미국으로 돌아갔다. 내 머릿속에는 매슈 아널드와 루이스 캐럴, 아서 코난 도일Arthur Conan Doyle을 비롯한 기라성 같은 빅토리아 시대 작가들이 쓴 구절들이 북적대고 있었다. 그 당시 내게는 짧은 시간에 많은 분량의 텍스트를 암기해서 시험 때 적절하게 이용하는 것이 그리 어려운 일이 아니었다. 성적이 발표되고 나서 시험관 한 사람이 의심과 경외심이 한데 섞인 어조로 어떻게 사진을 찍는 것 같은 기억력을 가졌는지를 물었다. 사실 어느 정도는 그랬는데, 나는 엄청난 분량의 텍스트를 눈으로 보면서 마음속으로 읽어 들였다. 그러나 사진과도 같은 영상은 순식간에 사라졌다. 그때쯤 한여름에 접어들며 후텁지근한 롱아일랜드의 열기가 자리 잡았다. 내가 기억할 수 있는 것은 우연히 떠오른 구절 정도였다. 나는 그것을 다행으로 여겼는데, 왜냐하면 연애를 하던 그 두 번째 여름에 매슈 아널드를 잘 소화하기는 어려웠기 때문이다.

'하고 싶은 대로 행동하는 것이 가장 중요한 권리이자 행복'이라는 믿음은 빅토리아 시대 자유주의에 늘 붙어 다니는 오류로서, 교양의 총력을 모아 단지 개인의 문제로 한정된 이 성향에 맞서 싸워야 한다는 것이 《교양과 무질서》의 중요한 전제이다. '올바른 이성'과 사심 없는 마음이 명하는 대로 따라야 하며, 그러지 않으면 무정부 상태가 만연할 것이다. 약에 취하고 음악에 빠졌던 그해 여름이 그랬다. 아널드의 저 백 년 묵은 비난의 위력에도 꿈쩍하지 않고, '자기가 하고 싶은 대로 한다는 것'은 멋진 일이었다.

나는 마약을 피우고 끊임없이 책을 읽고 밥 딜런의 〈블론드 온 블론드〉와 제퍼슨 에어플레인, 그레이트풀 데드, 그리고 그해 여름 롱아일랜드에서 연주했던 컨트리 조 앤드 더 피쉬를 들으며 빈둥거렸다. 우리는 시속 100킬로미터로 바로 옆 차선을 달리는 차에 탄

우호적인 사람들과 창문으로 마리화나를 주고받으며 고속도로를 달려 연주회장으로 갔다.

그중에서 압권은 도어스였다. 〈디 엔드〉는 죽음이 손에 만져질 듯한 노래이면서 새로운 존재의 길로 접어드는 은유이기도 했다. 1967년 이 그룹은 저 잔인하고 지독하게 무능한 에드 설리반 쇼에서 라이브로 공연했는데(그것은 롤링 스톤스에게도 주어진 영예였다.), 〈라이트 마이 화이어〉에서 '이봐, 그랬다면 우리는 완전 뿅가지 못했을 걸'이라는 가사를 바꾸라는 지시가 떨어졌다. 마약에 빠졌다는 암시를 주면 안 된다는 것이다.(맙소사!) 그러든 말든 짐 모리슨은 원래 가사대로 노래를 불렀다. 그 점이 믹 재거와 달랐는데, 재거는 '우리 함께 밤을 보내자'를 '우리 함께 시간을 보내자'라고 고치는 데 동의했던 것이다. 격노한 설리반은 두 번 다시 도어스가 복귀할 수 없게 만들겠다고 단언했다. 어쨌든 도어스도 그럴 생각이 없었다. 그 점은 스톤스도 마찬가지였을 것이다.

신문학은 음악만큼이나 좋았으며, 현재 진행되고 있는 일을 이해한다는 것이 얼마나 요원한 일인지를 우리에게 설명해 주었다. 공기 중에는 미친 듯한 새로운 기운이 감돌았다. 우리는 '신저널리즘'이라고 불리는 형식으로 씌어진 일련의 주목할 만한 책들을 통해 그 사실을 알게 되었는데, 거기에서는 작가가 달라지는 무대에 참여하면서 소설과 자기 자신을 줄거리 삼아 이야기를 풀어 나갔다. 나는 헌터 톰슨Hunter S. Thompson의 오싹할 정도로 매혹적인 '이상하고 무서운 모험담' 《지옥의 천사들*The Hell's Angels*》과, 중서부의 일가족 살인 사건을 소설화한 트루먼 카포티Truman Capote의 짜릿한 《인 콜드 블러드*In Cold Blood*》를 좋아했는데, 두 책 모두 1966년에 나왔다. 그리고 노먼 메일러Norman Mailer가 있다. 그는 펜타곤으로의 행진을 환기시키는 《밤의 군대들*The Armies of the Night*》에서 당대의 거친 힘을 잘 포착했다.

히피적인 캘리포니아에 대한 냉정한 기록물인 조앤 디디온의 《베들레헴으로의 배회*Slouching Towards Bethlehem*》는 새로이 잠식하고 있는 삶의 형태에 대한 메일러의 열광을 진정시키는 유용한 해독제 역할을 했다. 그보다 덜 수사적이면서 훨씬 기백이 넘치는, 동일한 장소와 시대를 무대로 한 톰 울프의 취재물은 켄 키지Ken Kesey와 그의 '즐거운 장난꾸러기들Merry Pranksters' 무리에 초점을 맞추었다. '전기 쿨에이드 산성 실험'이라는 제목이 붙은 이 책에 대한 소식을 처음 접한 것은 〈뉴욕 타임스〉지 1968년 8월호에서였는데, 거기에서 울프는 이 책의 바탕이 된, 이 작품을 쓸 때의 경험담을 풀어 놓았다. '이 글을 쓰는 동안은 무시무시했다. …… 저 '장난꾸러기들' 모험에서 줄곧 느낀 것은 섬뜩할 정도의 4차원 세계였다. 원고 대부분을 단숨에 써 버려서 책이 나왔을 때 과연 어떤 모양이 될지 오늘까지도 감이 오지 않을 정도다.'

나는 켄 키지가 쓴 《뻐꾸기 둥지 위로 날아간 새*One Flew over the Cuckoo's Nest*》를 이미 읽었지만, 이 '장난꾸러기들Pranksters' 이야기는 처음 들었다. 현대판 '트릭스터Trickster와 바보' 신화의 화신인 그들은 1964년 환각적으로 꾸며진 데이글로 버스(형광색으로 오렌지색, 노랑색,

녹색, 분홍색을 칠한 버스—옮긴이)를 타고 큰 음악 소리와 환각제에 완전히 취한 채로 미국을 횡단했다. 있는 것이라고는 순전한 열광뿐이었고, 규칙 같은 것은 '전혀 없었다'. 그 덕에 《길 위에서》가 엘크클럽(자선과 동물 보호를 위한 일종의 친목단체—옮긴이)의 피크닉만큼이나 활기에 넘쳐 보이게 됐지만, 그 버스의 제어장치 역할을 한 것은 케루악의 오랜 뮤즈이며 여행 동반자인 닐 캐서디였다.(1962년 출판된 케루악의 소설 《길 위에서》는 케루악의 화신인 샐 파라다이스와 캐서디의 화신인 딘 모리아티가 미국 대륙을 횡단하며 겪는 이야기로, 캐서디는 톰 울프의 《전기 쿨에이드 산성 실험》에도 등장한다.—옮긴이) 그리고 숲 속에 있는 키지의 집에는 닐의 오랜 친구 앨런 긴즈버그와 그의 새 단짝들인 지옥의 천사들이 나타나게 된다. 그리하여 모든 이야기가 화해에 이를 것처럼 보이지만, 이와 관련된 원리는 모호하기만 하다. 여기에 융의 《공시성 : 비인과론적 연결원리*Synchronicity, an acausal connecting principle*》가 인용되었다.(융은 이 논문에서, 불가사의한 현상을 단순히 우연의 일치로만 볼 수 없으며 미지의 관련을 갖는 심리적 평행 현상, 즉 '공시성synchronicity'이라고 했다.—옮긴이) 바로 그것이었다!

나는 마리화나를 말며 그 책을 읽고 또 읽었다. 레코드판을 갈고 맥주와 샌드위치를 먹고 마리화나 대신 파이프에 발칸 소브레인을 채워 넣을 때나 손에서 책을 내려놓았다. 울프는 계시였다. 이 책은 밥 딜런의 노래를 처음 들었을 때처럼 사로잡힐 만큼 신선했다. 전적으로 진정에 넘치며, 새로운 음을 창조함으로써 자신도 그렇게 생각하고 말할 수 있고 '노래 부를 수 있다!'고 여기도록 만들었다. 삶의 이 기묘하고도 새로운 형식을 전달할 정확한 언어를 찾는 일은 켄 키지를 괴롭힌 문제이기도 했다. 이 무리의 공인된 지도자인 키지는 자신이 어떤 식으로든 '우두머리'라는 사실을 부인했는데, 그럼으로써 오히려 그가 지도자임을 확인시켜 주는 결과가 되었다. 그는 즐거운 장난꾸러기들의 진행 중인 실험을 어떻게 전달하는 것이 좋을지 확신이 없었다. 미치광이 같은 미국 횡단 버스 여행, 음향 장치에 대한 요란한 애착, 그리고 도어스가 표현했듯이 '저쪽으로 뚫고 넘어가려는' 끊임없는 욕구를 지닌 무리를 말이다. 그 이상 어떻게 이 '약물'의 경험을 널리 접할 수 있도록 하고, 그 환상적이면서도 영적인 본질을 전달할 수 있을 것인가?

> 맙소사! 이전의 수많은 운동도 바로 이것과 똑같은 문제에 부딪혔다. 최초의 ... 순환에 대한 ... 모든 비전, 모든 통찰은 '새로운 경험' ... '카이로스Kairos'(고대 그리스인은 시간을 크로노스Chronos(연대기적 시간)와 카이로스(의미 있는 시간)로 나누어 생각했다.—옮긴이)에서 나왔다. ... 그것을 어떻게 말해야 좋을까! 그것을 어떻게 아무것도 경험해 보지 못한 대중에게 전할 것인가! 도저히 '그것을 말로 표현할' 방법이 없다.

키지는 글쓰기를 중단했다. 미국의 위대한 젊은 작가로 인정받고 있으면서도 그가 지금 경험하고 있는 것은 언어를 앞지르는 듯이 보일 만큼 강력했다. 그는 이제 더 이상, '사람이 만든 규칙에 갇히거나 ... 눈에 보이지 않는 교사가 빨간 펜으로 사소한 규칙 위반에도 A마이너스를 매기는 ... 구문론 따위에 갇히고 ...' 싶지 않다고 했다.

그러나 키지가 새로운 방식의 글쓰기를, 그 맥을 짚는 방법을 찾지 못했거나 그럴 생각이 없었다면, 톰 울프는 그럴 수 있었다. 그러려면 유효한 언어를 되살려야만 했다. 그는 실제로 감탄부호를 재창조하고 마침표를 있는 대로 늘여 썼는데… 그것은 텍스트의 생략을 지시하기 위해서가 아니라… '그런 것' 이 아니라… 반영하는 대로 사고하고 경험하고 멈추는 정신의 율동을 재연하기 위함이었다… 우리의 정신은 스스로 반복하며… 지각의 스타카토식 운동으로 전진하는 것이다. 이러한 지각이 얼마나 빈번하게 *이탤릭체*나 **대문자**를 요구하는지! 그는 신경 접합부를 가로지르며 판단이 윙윙거리는 문장을, '전기를 띤 산문'을(윙윙대는 그 소리가 들린다!) 창조한다. 그 안에서 스타카토식 율동이 세계를 이해하고 '창조'하는 데 골몰한, 약에 취한 정신의 활동을 재현하는 듯이 보인다.

키지가 생각하고 느끼는 방식의 범위를 확장하는 데 열중한 것과 마찬가지로, 울프 역시 단순히 그것을 전달할 뿐 아니라 유사한 자극과 변위를 일으키고 그럼으로써 독자로 하여금 도취된 상태에서도 상쾌함을 맛볼 수 있게 할 언어를 찾아내야 했다.

> 당신은 그들을 무아경에 빠지게 할 필요가 있었다. …… 단식과 명상을 통해 우주적 사랑에 몰두하는 불교의 중들. 신에게 사로잡힘으로써 우러나오는 뜨거운 사랑인 박티Bhakti에 정신을 잃은 힌두교도. 크리슈나 신과의 성교 파티나 주신제에 몰입함으로써 얻는 무아경의 범람. 그노시스 교도의 수음이나 예수성심 혹은 고름이 흐르는 아기

예수를 이용하는 저 주변 도시의 기독교인들…… 또는 **약물 실험**.

이것은 밥 딜런이 "모두가 약에 취해야 한다"고 권했던 것보다 한 걸음 더 나아간 것이다. 그건 쉬웠다. 우리 모두 하고 있는 일이었으니까. 그러나 약을 한다고? 또는, 최초의 약물 실험, 요컨대 스트로보라이트가 번쩍이고, 음악이 쿵쿵 울리고, 장난꾸러기들이 우글거리고, 모두 약에 취해 제정신이 아닌 대규모 대중 집회에서처럼, 나도 모르는 사이에 약을 하는 것이다. 공짜인 데다가 전혀 무해한 쿨에이드Kool-Aid는 LSD 첨가품이었다. 의심하지 않는 사람들이 무리 지어 최초의 여행을, 그 가운데 일부에게는 파괴적이 될 수 있는 여행을 떠나는 것이다. 그것이 무시무시한 선례를 만들었다. 이 '장난꾸러기들'은 무엇이든 할 수 있었으니까! 어느 누구도 안전하지 못했다! 조마조마할 정도로 특권을 누리고 있던, 버클리에 인접한 캘리포니아 피드몬트의 시민들은 놀란 나머지 어떤 미치광이가 자신들의 식수에 LSD를 타지 못하도록 큰돈을 들여 시내 급수탱크에 덮개를 씌웠다.

트리핑(환각 증상이 지속되는 현상—옮긴이)은 아무리 저 멋지고 지적인 티머시 레어리 교수(LSD를 이용한 환각 작용을 실험에 이용한 미국 심리학자—옮긴이)와 함께하더라도 무서웠으며, 만약 키지의 방식을 택해서 현재와 과거에 알고 있었던 모든 지식을 버리기로 한 것이라면, 자신의 내면에 있는 피드몬트의 성소聖所를 포기하고 인식의 문들을 활짝 열었다면 특히 더 그렇다. 윌리엄 블레이크는 당대에 빈번하게 인용된 한 구절에서, '천공의 길을 가로지르는 모든 새가 당신의 오감이 닫아 놓은 저 엄청난 기쁨의 세상이라는 것'을 어떻게 아느냐고 물었다. 그 사실을 어떻게 알고 있는 걸까?

나는 내가 그것에 대해 꽤 많이 알고 있다고 생각했다. 나는 그것에 대해 읽었고 생각하고 글을 썼으며 휘트먼과 예이츠와 긴즈버그를 통해 블레이크를 본 셈이지만, 키지가 무슨 생각을 한 것인지는 이해가 되지 않았다. 많은 사람들이 그랬다. 노먼 하트웨그라는 필름 편집자가, 엄청나게 뒤엉킨 필름을 편집하는 '장난꾸러기들'을 도울 일이 있을까 싶어 LA에서 차를 몰고 왔다. 그것은 버스 횡단 여행을 담은, 환각적으로 뒤엉킨 45시간짜리 필름이었다. 울프는 그 일의 전말을 이렇게 설명했다.

> 얼마 후 그는 실상은 그들이 흔히 통용되는 지식에는 전혀 관심이 없다는 사실을 깨닫게 된다. …… 일반적인 화젯거리, 책, 영화, 새로운 정치운동 등등. 그와 그의 모든 친구들은 오랫동안 지적인 결과물들, 이념, 음모, TV 오락물, 삶의 대용품으로서의 그늘진 삶에 대한 이야기만 했다. 정말 그랬다. 이곳에서는 지적인 단어조차 사용하지 않았다. 대개의 경우 그저 '그것'이라고 말한다.

옥스퍼드의 머튼 칼리지로부터, 대학 스카프와 셰리주가 나오는 개별지도로부터, 매슈 아널드로부터 한참 멀리 왔다. 불과 몇 달 사이에 나는 마리화나를 피우고 청바지에 작업복과 작업용 셔츠 차림을 하고 이후 몇 달 동안 무성하게 자라게 될, 긴즈버그를 닮은 턱 수염을 기르기 시작했다. 나는 순식간에 이 새로운 삶의 적격자처럼 보였다. 그러나 나는, 그저 히피처럼 옷차림을 했을 뿐 분명 히피가 아닌 다른 많은 온건한 중산층 출신 아이들이 그렇듯 그저 어설프게 이해한 유행을 추종하는 데 불과했다. 그들은, 우리는, 나는 위험부담을 감수하고 약에 취해 정신을 잃을 준비가 돼 있지 않았다. '약물 실험'도. 새로운 삶의 형식도, 새로운 언어도 말이다.

이 환각적인 새로운 이상향이 내게는 기만이었다. 그해 여름을 어머니 집에서 보내는 것이 너무 스트레스를 받는 일이어서 일상적인 충돌을 피할 길을 찾아낸 것이 고마울 따름이었다. 부모님은 별거 중이었고, 아버지는 우리 집에서 1.6킬로미터 떨어진 소박한 아파트에 가야 만날 수 있었는데, 그는 그런 삶이 '만족스럽다'며 베레모를 쓰고 염주를 걸고(당시 염주를 거는 일은 반체제의 상징이었다.—옮긴이) 눈에 띄게 현대적인 새로운 삶을 영위하고 있었다. 집에 있던 어머니는 암에 걸려 겁에 질린 데다 과민해져 있었고, 갈수록 분별력이 떨어진 채 불만에 가득 차 있었다. 어머니는 자신이 아버지에게 '고상한 착취'를 당했다면서 루시와 내가 그 사실을 인정하도록 강요했을 뿐 아니라, '고상한 착취'라는 말을 복창시키기까지 했다! 우리가 시키는 대로 하지 않으면 어머니는 원한에 찬 어조로, 우리가 중립을 표방하는 것은 아버지가 자신을 버린 사실을 인가하는 것이나 다름없다면서, 필사적인 어조로 아버지를 돌아오게 만들라고 고집을 피웠다.

그 일은 내게 힘든 일이었지만 루시에게는 살인적이었다. 나는 이따금 미국을 찾아오는 방문객이어서 나름대로 존중을 받았으나 누이는 어머니의 암과 별거 후유증의 고통을 고스란히 감당해야 했다. 어머니는 딸이 자신의 불행을 '덜어 줘야' 하며 무조건적인 사랑과 지지의 위안으로써 자신의 고통을 완화시켜 줘야 한다고 주장했는데, 그것은 열아홉 살의 젊은 여성에게는 잔인하고 비현실적인 요구였고 해낼 수도 없는 일이었다. 루시는 6학년 동급생들에게 '타잔'이라는 소리를 듣던 멍한 소녀에서 상당한 미녀로 변신했으며, 배우 나탈리 우드와 닮았다는 소리도 들었으나 그만큼의 자신감은 없었다. 어머니의 끊임없는 히스테리성 요구가 루시의 자신감을 훼손시킨 것이다. 루시는 조용함 속에 숨어들었는데, 낯선 사람들, 특히 남자들은 그런 동생을 신비스럽게 여겼다.

루시와 나는 아버지의 아파트로 몰려가서 비록 성의 없는 태도이긴 했어도 어머니가 처한 상황을 설명했다. 아버지는 괴로워했으며 우리를 약골이라고 비난하지도 않았고, 우리에게 이런 일을 겪게 해서 미안하다고 말했다. 물론 아버지는 돌아갈 생각이 없었다. 우리는 그것을 알고 있었고, 아버지가 옳다고 여겼다. 우리는 할 일을 다 하고는 다시금 즐거운 기분으로 아버지의 집을 찾았다.

우리는 음악을 틀었으며(아버지는 비틀스의 〈서전트 페퍼〉를 좋아했다.) 어느 날 밤에는 아버지와 루시와 그녀의 남자친구 보비가 함께 약을 하는 동안 나는 마리화나를 피우기도 했다. 나는 정신을 잃고 싶지 않았으며 약간 기분이 좋아질 정도면 충분했다. 그때 아버지가 내게 최근에 여행을 하면서 기록한 노트를 보여 주었는데(아버지는 언제나 조직적인 분이었다.) 온통 횡설수설이었다.

"이해하려면 환각 상태가 필요할 것 같구나." 아버지가 말했다.

나는 환각 상태가 아니었다. 나는 새로 대안이 된 삶의 양식과 음악과 언어와 마약을 구분해서 그것들을 여가 때나 하는 일로 바꿔 놓았다. 학사 가운을 입을 수 있듯이 히피 차림도 할 수 있었다. 물론 약에 취할 수도 있지만 빠져나올 수도 있었다. 요컨대 참여하거나 그렇지 않거나의 문제였다. 간단히 말해서 나는 마음이 끌렸다. 재미있게 놀았지만 어느 것 하나 배운 것은 없었다.

어쨌든 그때는 그랬다. 결국, 그로부터 10년쯤 지나서 루트비히 비트겐슈타인의 책을 읽었을 때 톰 울프가 그에 대해서 가르쳐 준 것이 있다는 걸 알게 되었다. 그리고 비트겐슈타인 역시 소급해서, 톰 울프가 글을 쓴 이유를 이해하도록 거들어 준 셈이다. 이 '예기치 않은 결말의 법칙'의 사례는 별일 아닌 것처럼 보일 테지만, 그 당시에는, 그리고 지금 돌이켜 생각해 봐도 내가 지금 그레이트풀데드(미국의 사이키델릭록 밴드—옮긴이)에게 느끼는 것만큼이나 그 두 사람에게 고마운 마음이 들게 한다. 나의 가짜 히피 시절에서 이삭 줍듯 얻게 된 이 통찰은 분명, 내가 지금이나 과거나(약에 취해 살았던 시절에조차) 향정신성의약품의 위험을 감수하는 부류가 아니라는 사실을 확인시켜 준다. 내게는 새로운 종류의 삶에 대한 욕구가 없었으며, 해이트애시버리(미 캘리포니아 샌프란시스코의 한 구역으로 1960년대 히피문화의 본거지—옮긴이) 타입처럼 말하고 생각하고 싶지도 않았다. 나는 내 어휘록에 '멋지다cool'는 단어를 겨우 편입시켰을 뿐, '죽인다groovy'거나 '쌈박하다far-out', '끝내주는 파동good vibrations'처럼 '기분을 몽롱하게' 만드는 그 수많은 변형어들은 잃어버린 지 오래다. 나는 이제 그런 식으로 말하지 않으며, 그렇게 말해야 하는 종류의 삶을 영위하지도 않는다.

그런 종류의 언어는 10대 극성 팬과 그들의 (몰이해한) 부모들, 나쁜 팝송(좋은 팝송도 일부 포함), 시시한 기자들이나 쓰는 것으로, 실재하는 현실을 균일화하고 상업화시킨 형태다. 새로운 언어(그 모든 '죽인다'거나 '쌈박하다'는 말)는 당시 '헤드 코믹'(마리화나를 피우며 읽는 저질 만화—옮긴이)에 그려진 인물들, 즉 '미스터 내추럴 앤드 플레이키 푼트', '허니번치 카민스키', '패블러스 퍼리 프릭 브라더스'가 사용한 것이다. 아니다, 진정한 환각 경험에서 우러나온 언어를 들으려면 그곳에서 실제로 약을 했어야 한다. 그렇지 않으면 좋은 기자가 있어야 했다. 톰 울프가 있어야 했다. 울프는 이렇게 말한다. "나는 단순히 '장난꾸러기들'이 한 일을 전할 뿐 아니라 그들이 처한 정신적 상황이나 주관적 현실을 재창조하려고 했다. 그것 없이는 그들이 겪은 모험을 이해할 수 없을 것이라고 생각한다." 까놓고 말해서, 그 상황을 제대로 전달할 언어를 찾아야만 LSD로 정신 나간 사람들의 내적 현실을 이해할 수 있었다는 말이다. 왜냐하면 경험하는 것이 말할 수 있는 내용을 결정짓고, 말할 수 있는 것이 경험할 수 있는 것을 결정하니까.

쉽게 잊기 힘든 시적 인식으로 가득한 《철학적 탐구》에서 비트겐슈타인은 '설혹 사자가 말할 수 있다 해도 인간은 그 말을 이해할 수 없다'고 했다. 이것이 의미하는 바는 선명하지 않은데, 대부분의 시어가 그렇듯이 이 말 역시 해석을 요구하면서도 해석에 저항한다. 여기에 주석을 단다면 이 놀라울 만큼 암시가 풍부한 은유가 평범한 문장으로 변질되고 만다. 비트겐슈타인은 자신의 의도를 이렇게 밝혔다. "실제로 철학은 오직 시의 형식으로 씌어져야 한다." 그가 의미하는 바는 바로 그가 말하고 있는 내용 '그대로'이다. '설혹 사자가 말할 수 있다 해도 인간은 그 말을 이해할 수 없다.' 하지만 사자가 하는 말뿐이 아니다.

말하는 사자가 있다고 상상해 보자. 사자와 대화를 시도해 보라. 이런 대화는 어떤 장소에서 어떤 방식으로 이루어질까? 사자와 나에게는 어떤 공통 관심사가 있을까? 사자는 어떤 경험을 하고, 어떤 삶을 영위하며, 어떤 것을 원하고 어떤 말을 할 필요를 느낄까? 나는 사자에게 무슨 말을 하고 싶을까? 그 말을 사자가 이해할까?

얼마나 열심히 노력하는지는 중요치 않다. 사자가 하는 말을 이해하지 못할 테니까. 상대는 사자이고 나는 그렇지 않다.(또는, '장난꾸러기들'이 표현하듯, '버스에 탄 사람이거나 버스에 타지 않은 사람이거나'.) 우리는 블레이크의 시를 읽고 있을 수도 있고, 오스카 와일드Oscar Wilde나 리처드 브라우티건Richard Brautigan의 소설을 읽고 있을 수도 있다…… 아니, 어쩌면…… 제퍼슨 에어플레인의 노래를 듣고 있을까? 아니면 피터 폴 앤드 메리를 듣고 있을까? 혹은 인크레더블 스트링 밴드를? 뭔가 화끈한 것을?

그러나 나는 말하는 사자를 상상할 수 있다. 그 사자는 동화책에 나오는 저 무수한 동물들처럼 이야기할 테고, 우리가 쓰는 언어로 말을 하며 우리를 이해할 것이다. 거북, 산토끼, 화이트 래빗, 피터 래빗, 곰돌이 푸. 그들이 하는 말을 이해하지 못할 사람이 있을까? 그들은 자신들에게 부과된 바로 그 언어를 사용하여 그 사실을 부인함으로써 자신들이 동물임을 전달한다. 만일 사자가 옆으로 다가와 "어이, 친구, 오늘은 맛있어 보이는걸" 하고 말한다면, 나는 그의 말을 완전히 이해할 것이다. 그와 동시에 내가 잡아먹히지 않으리라고 추정한다. 사자는 그런 식으로 말하지 못하기 때문이다. 바로 그 때문에 아이들은 아무리 사나운 동물이라 해도 말하는 동물에게는 겁을 먹지 않는다. 그들은 사실 동물 옷을 입은 사람이다.

따라서 비트겐슈타인이 말한 사자는 분명 진짜 사자의 말(그것을 '사자어'라고 하자.)을 하는데, 이를테면 라트비아어와는 다른 것으로서, 라트비아어라면 우리들 대부분이 통역의 도움을 받아 이해할 수 있다. 사자가 '으르렁' 하는 소리를 내면 우리는 그 욕구를 가정해서 그의 의도를 추측할 수 있지만(이를테면 나 역시 햄버거를 주문할 때도 그런 말을 한다.), 그 보조적인 의미는 전혀 알 길이 없다.

사자어語는 비트겐슈타인의 말대로, "언어의 '발화'가 행동의 일부, 또는 삶의 형식의 일부라는 사실을 돋보이게 만드는" 이른바 '언어유희'의 한 가지 사례이다. 사자에게 삶의 형식은 어떤 것일까? 사자가 힘없는 동물을 죽일 때 도덕적인 갈등을 겪을까? 사자가 이 동물이 아니라 저 동물을 먹잇감으로 선택하는 이유는 무엇일까? 사자가 살생을 할 때 그 일에서 쾌감을 느낄까? 새로 구한 먹이가 지난번에 먹은 것보다 더 맛이 있을까? 먹이를 나누어야 한다는 생각은 할까? 사자는 코끼리를 두려워할까? 사자가 '으르렁!'이나 '그르렁!'이라고 할 때 우리 인간이 그 의미를 안다고 하는 것은 부당한 일일 것이다. 우리는 공통점이 거의 없는 사자에게 감정이입을 할 수 없다. 사자가 겪은 경험을 직접 해보지 않고는 사자어를 이해할 수 없다. 비트겐슈타인이 주장하는 대로, 언어의 형식은 삶의 형식과 분리할 수 없는 관계인 것이다. 의미는 상황context의 문제다.

나는 '장난꾸러기들'이나 다른 약에 취한 이들이 사자라고, 따라서 이해할 수 없는 존재라고 암시하려는 것이 아니지만, 그들은 종종 직접 약을 해보지 않고는 자기들과 같은 경험을 공유할 수 없다고 말했다. 그것은 마치 사자를 이해하려면 사자 무리에 들어가 웅덩이에서 물을 마시고 영양을 밀렵하고 밤중에 포효해 봐야 한다는 것과 같은 말이다. 설혹 직접 할 수 없다 해도 그저 상상해 보는 것 정도는 '할 수 있다'. 키지는 결국, 무아경과 한계를 돌파하는 경험은 마약 없이도 가능하며, 이것을 목표로 삼아야 한다는 결론에 이르렀다. 비록 그는 그 경험을 언어로 전달하는 데에는 관심이 없었지만("나는 지진계보다는 피뢰침에 가깝다."), 그 일이 가능하다는 사실을 전적으로 부정하지는 않았다. 단지 그 일에 흥미가 없었을 따름이다. 닐 캐서디와 마찬가지로 그 역시 더는 '생각'하지 않으려 했다.

'이 기묘하고 새로운 삶의 형식을 전달하는 데 적합한 언어'를 찾아내는 것이 울프의 과제였다. 그러한 생각의 줄기는 전적으로 비트겐슈타인에게서 나온 것이다. 처음《철학적 탐구》를 읽고 당혹해 하며 비트겐슈타인이 말하는 바의 사례들을 생각하려 했을 때 톰 울프에게, 그가 명백히 이질적이고 요원하며 불가해한 사실을 이해시키려고 찾아낸 해법에 생각이 미쳤다. 물론 그것은 작가의 임무인데, 혹시 비트겐슈타인이 위대한 글쓰기가 무엇이며 어떤 일을 해낼 수 있는지를 약간 과소평가한 것은 아닌가 하는 생각이 든다. 우리가, 사자의 말을 이해할 수 없는 것은 사자가 어떻게, 또 무엇을 느끼는지 알지 못하기 때문이다. D. H. 로런스나 테드 휴즈Ted Hughes의 동물 시를 읽어 보면 적어도 소나 곰이나 까마귀의 감정을 생생하게 이해하고 있다는 인상을 받게 된다.

그것이 바로 작가들이 하려고 애쓰는 일이다. 우리에게 동물들의 감정을 말한다는 것이 아니라, 다른 사람들의 감정을 전달하려고 한다는 것이다. 아무튼 사자에 대한 주장은, 요컨대 사자의 삶의 형식이 우리에게 너무나 이질적이어서 사자가 하는 말을 이해하지 못한다는 주장은, 이를테면 1968년 여성과 흑인들이 자신들의 영토와 권력과 언어의 반환을 요구할 때 나온 주장이기도 하다. 백인 남성이 어떻게 자궁과 월경이 있는, 또는 피부가 검은 사람의 경험을 이해할 수 있겠는가? 두 집단 모두 그동안 차별을 받아 왔다. 이해하려는 노력조차 파렴치하게 이루어졌다. 그런 일은 여성 작가와 흑인 작가에게 맡겨 두어야 한다는 것이다.

이것은 공감이 가거나 변호할 만한 견해는 아니지만, 여기에는 일말의 진실이 담겨 있다. 프로이트 역시 자기에게는 여성이 사자나 다름없다는 사실을, 오랜 세월 관찰했음에도 자신은 여성이 원하는 바가 무엇인지 이해할 수 없었음을 인정하지 않았던가? 여기에 얼마간의 보편적 진리가 숨어 있는 것이다. 만약 사자와 여성과 흑인들이 무리 바깥에서 이해받지 못한다면 그 진리는 남성이나 백인의 경우에도 적용되는 것이 아닐까? 아무튼 대부분의 남자들을 몰아붙이는 저 공격성과 경쟁의식과 불안감과 욕망이 한데 섞인 질척한 혼합물을 여자들이 어떻게 완전히 이해할 수 있겠는가?

이것이 암시하는 바는 명확하다. 내가 어떻게 당신을 이해하는가? 또는, 당신이 어떻게 나를 이해하는가? 우리는 모두 내면의 사바나를 배회하며 자기만의 별을 좇으며 자신만의 얼룩말을 사냥하고 있는 것이다. 가장 친밀한 관계에서도 종종 상대방 마음과의 순전한 거리감을 느끼고 충격을 받는 일이 빈번하다. 그 시절에는 곧잘 홧김에 "너는 내가 무슨 생각을 하는지도 모르잖아" 하고 말했다. 마치 의지력만 있으면 배우자나 친구가 서로 간의 틈을 메울 수 있기라도 하듯이 말이다. '사람'과 '사람'이 대화를 나눈다고 해도 과연 그 말을 이해하지 못할 수가 있는 걸까?

아마 소설을 읽을 때를 제외하면 그럴 것이다. 허구에 그토록 탐닉하게 되는 것은, 그것이 우리가 다른 사람의 내면세계를 파악하고 그것과 관계할 수 있는, 따라서 완벽하게 이해할 수 있는 유일하게 신뢰할 만한 것이기 때문이다. 그들이 처한 삶의 형식과, 그들이 사용하는 언어 사이의 관계를 파악한다는 것이다. 이런 의미에서 나는 내 아내보다도 레오폴드 블룸(조이스의 《율리시스》 주인공—옮긴이)을 더 잘 아는데, 그것은 비록 제한적인 것이긴 해도 만족스럽다. 그에 대해서는 모르는 것이 없고, 책 속에는 그가 품은 모든 동기와 감정이 고스란히 드러나 있다. 그것은 만족스럽기는 해도 충분치는 않다. 물론 그것이 사람들이 문학보다 삶을 선호하는 이유다. 안다는 것은 알지 '못한다'는 것보다 덜 자극적이고 덜 만족스럽기 때문이다.

이것이 의미하는 바는 반어적이면서도 재미가 있다. 톰 울프는 극단적인 삶의 형식, 즉 마약 경험을 처리하고자 자극적인 산문을 창조해 냈다. 그 경험은 너무나 이질적이어서 파악조차 할 수 없어 보인다. 그런데 그 과정에서 울프는 우연히 보편적인 진리와 맞닥뜨리게 된다. 약에 취한 인간은 우리와는 다른 존재이며 일상생활과 사자만큼의 거리를 두고 움직이는 듯이 보이지만, '일상생활 같은 것은 없다는 것이다'. 우리는 모두 치유가 불가능할 정도로 이질적이고 분리되어 있다. 그럼으로써 단지 '장난꾸러기들'뿐 아니라 다른 모든 사람들에 대해서도 쓸 수 있으며, 또 그럴 필요도 있다. 울프의 후기 작품들도 그와 비슷한 산문체를 동원하여 좀 덜 과격한 인물들, 요컨대 '보통' 사람들을 묘사한다. 이렇게 일단 손을 대기 시작하자 보통 사람들도 다른 사람들처럼, 저 '장난꾸러기들'처럼 활력이 넘치는 존재가 되는 것이다.

톰 울프를 읽는 경험은 너무나 강렬해서 독자들은 '장난꾸러기들'이 되고 싶어 했다. 즉, '버스에 올라타고 싶어진' 것이다. 비틀스가 원곡을 본떠 상업적으로 희석시킨 저 〈마법과 신비의 여행 Magical Mystery Tour〉에서 부르게 될 바로 그 여행에 뛰어들고 싶어졌다. 위대한 글은 바로 나에게, 나를 위해 그런 일을 한다. 키지가 애지중지하던 단어 하나를 쓰기로 한 것은 멋진 착상이었다. '자유롭게' 풀어놓을 것, 모든 경계를 밀어낼 것, 일상보다는 도취를 요구할 것, 하고 싶은 일만 할 것, 약물 실험을 통과할 것.

> 약물 실험은 새로운 스타일 혹은 새로운 세계관을 창조하는 불법행위이고 '스캔들'이다. 모두가 나쁜 취향, 나쁜 품행, 무례함, 야비한 언동, 유치한 짓, 광기, 잔인성, 무책임, 사기 행위에 혀를 차고 발끈하고 이를 가는데, 실제로는 자신들이 풀어놓지 못하는 그 흥분 상태, 그 갈망 때문에 소동을 부리는 것이다. 그 일이 완벽한 강박이 된다.

결국 비난의 이 모든 이유들에는 설득력이 있었으나, 나는 나만의 도취 상태를 즐기고 있었다. 나는 나의 내면에 있는 '장난꾸러기들'이 순전히 환상으로 만들어 낸 것이며, 그것으로 살아갈 것이 아니라 그것은 관조의 대상, 그리고 아마도 거기에서 뭔가 배워야 할 대상임을 알았다. 내가 할 수 있는 일과 할 수 없는 일, 나의 본질과 본질이 아닌 것에 대해서.

아니다, 내가 진정으로 원한 것, 성공하리라는 희망이 없는 채로 간절하게 원했던 일은, 톰 울프처럼 글을 쓰는 일이었다. 경험에 완전히 몸을 내맡기고 거기서 배우는 일이었다. 판단의 독립성을 잃지 않고 감정이입을 하는 일이었다. 비록 앨런 긴즈버그의 계획에 대한 열광이 남아 있더라도 그 자리에는 홀든 콜필드도 있는데, 그것은 내가 이따금 '사기phoney'라는 용어를 까다롭게 사용하는 것을 보면 알 수 있다. 비록 나는 내가 '그렇게' 글을 쓸 수 없으리라는 사실을 완전하고도 명확하게 알고 있었지만, 그럼에도 톰 울프에게 배울 것이 많았다. 이를테면 눈으로 보고 글로 쓰는 대상에 참여하고 헌신해야 한다는 것이 그렇다. 그 안에 있는 동시에 밖에도 있을 것. 관찰하고 참여하는 삶의 형식을 포착하려면 정확한 언어, 납득이 가는 언어를 찾아낼 것. 어느 정도는 모험을 감수할 것. 사자의 말에 귀를 기울일 것. 그리고 무엇보다도 '그 일을 즐길 것'.

그것은 큰 교훈이었는데, 나는 곧 그 교훈을 잊었다. 나는 내 남은 생애 동안 내내 그 교훈을 끊임없이 상기하며 살았어야 했다. 왜냐하면 읽고 쓰기를 작업 형식(학자들이 선택한 삶의 형식과 관련 언어에 고유한 것이기도 하다.)으로 여기라는 압력 자체가 없어지는 것이 아니기 때문이다. 1968년 여름이 끝날 무렵 옥스퍼드로 돌아간 나는 수염을 기르고 조셉 콘래드의 도덕관에 관한 박사학위(DPhil) 논문을 쓰기 시작했다. 이런 계획에 특별히 재미있는 점은 없었다. 굳이 재미있는 점을 찾으라면(그 당시의 나보다 더 자유로운 정신의 소유자에게는 당연한 일일지도 모르지만) 내가 재미있는 점을 찾지 못했다는 것, 진지함과 재미 사이에 아무런 공동 작업도 이루지 못했다는 정도일 것이다. 어쨌든 선택을 해야만 했다. 옥스퍼드는 톰 울프의 짜릿한 방전이 아니라 매슈 아널드의 음산한 시의 무대였으니까.

09
옥스퍼드에서 분열된 자아

A DIVIDED SELF IN OXFORD

우리의 생각과 행동의 범위는
우리가 인지하지 못하는 것에 제한된다.
그리고, 우리가 인지하지 못하고 있음을
인지하지 못하기 때문에
바꾸기 위해
할 수 있는 일은 없다,
인지하지 못하는 것이
우리의 사고와 행위를 형성한다는 사실을
인지하기 전에는.

랭Ronald David Laing, 《매듭*Knots*》

중수감重水坎(물) 괘. 얼핏 흔치 않아 보이는 그 괘에는 재앙이 숨어 있는 것 같았다. 바버라와 나는 우리가 결혼할지 말지를 놓고 주역 점막대를 던졌다. '우리 머리로는' 판단이 서지 않았기 때문인데, 고대 동방의 지혜가 어쩌면 올바른 방향을 제시해 줄지 모른다고 여겼다. 괘의 내용은 명백히 경고를 발하는 듯했는데, 특히 내게 그랬다.

야망이 높아서 위험이 올 상…… 위험에 처하면 반발이 가장 적은 길로 나아가야 하며, 그럼으로써 목표에 이른다. 극도의 위험에 처하여 길을 잃거나 구제할 길 없이 죄에 빠진 사람은 빠져나갈 가망이 없다.

꽤나 무시무시한 소리였지만 구제책은 명백했다. 분명 뭔가 알지 못하는 동양의 착오 같은 것이 있지 않을까. 우리는 점막대를 한 번 더 던졌다. 이번에도 '중수감'이었다. 같은 점괘가 연속으로 나올 확률보다 그렇지 않을 확률이 높았다. 하지만 괘의 내용에는 해석의 여지가 있는 것이 아닐까? 대체 '심연의 물'이 의미하는 바는 무엇일까? 꿈을 해몽할 때처럼 맨 처음 머릿속에 떠오른 생각은 '축축하고 오염되고 썩고 불결하며 마시면 안 되는 물'이었다. 그렇지 않으면 닥치는 대로 사람들을 익사시킨다는 쓰나미와 같은 급류와 직면한다는 얘기일지도 몰랐다. 그렇다면 무엇이 우리를 구해줄 수 있을까?

우리는 둘 다 하계로의 여행, 요컨대 무의식의 어두운 상징(심연의 물) 속으로 내려간다는 것이 시련과 고난을 가져오는 원형적인 양식임을 잘 알고 있었다. 그렇다고 해서 노력해 볼 가치가 없다는 의미는 아니었다. 물을 빼거나 물길을 돌리면 오히려 운이 상승할 수도 있으니까. 《주역周易》은 도전과 기회를 제시하고 있었다.

진실하게 난관에 직면하면 마음으로 역경의 의미를 꿰뚫어 볼 수 있다. 일단 마음으로 난관을 극복하면 취하는 행동은 자연히 성공으로

이어질 것이다.

우리는 1969년 10월 11일 옥스퍼드 등기소에서 결혼했다. 구애가 요란했던 만큼 결혼은 더 불안정할 것 같았다. 어쨌든 명백한 행복과는 거리가 있는 순간이었다. 바버라는 어리벙벙한 표정이면서도 자락이 길게 늘어진 아주 보기 좋은 실크 드레스 차림을 하고 있어 놀랄 만큼 아름다웠다. 빨간색과 검정색이 들어간 그 드레스는 해러즈 백화점 근처의 상점에서 산 것인데, 그 후에는 낸시 아주머니가 그걸 입고 선박 여행에 나섰다. 세로줄 무늬가 들어간 청색 스리피스 정장 차림의 나는 머리 손질이 좀 필요한 수습 변호사처럼 보였다.

바버라의 부모님은 친절한 태도로 나를 환대해 주었으며, 우리의 결혼으로 얼마간 안도하는 듯이 보였다. 그때 바버라는 스물여섯 살이었는데, 장인은 장모에게 걱정스러운 어조로 바버라가 나와 결혼하지 않았다면 '흠 있는 물건'이 됐을 것이라고 말했다. 장모는 그녀답게 그 말을 딸에게도 했는데, 그러자 바버라는 큰 소리로 웃으며 나를 만나기 전에 자기는 이미 흠 있는 물건이었노라고 대꾸했다. 보수주의적 소시민 생활의 요새라고 할 수 있는 케닐워스의 수수하고 좁은 도로에 있는 연립주택으로 그녀의 부모님을 처음 방문했을 때 모건 컨버터블을 몰고 간 나는 빨간 아랍식 아바야 차림에 턱수염은 무성하고 해포석 파이프에는 독한 담배를 잔뜩 채운, 마치 걸어 다니는 들불 같은 모양새였다. 얼마 후 워릭의 연구과정에서 강의를 할 때 학생들은 내게 창을 좀 열어 달라고 부탁하곤 했다. 그때 타다 남은 담뱃재에서 턱수염으로 불이 옮겨 붙었다. 그런데 그 냄새가 악취가 나는 라타키아 담배 냄새와 별반 다르지 않아서 나는 바로 코밑에서 불꽃이 보이기 전까지 아무것도 모르는 채 강의를 했다. 나는 하던 말을 멈추지 않은 채 한 손으로 불을 껐다. 그 광경에 웃은 사람은 아무도 없었지만, 강의실에는 그래도 싸다는 식의 분위기가 감돌았다.

우리는 스탠리 로드에 있는 작은 플랫(스튜디오 형태의 공동주택—옮긴이)의 온실에 처박혀 지냈다. 그녀는 새로 찾아낸 정신분석가를 만나러 갈 때만 외출했다. 그 정도가 심해서 그녀를 나약하게 만드는 불안증은 내가 보기에는 개인적인 문제가 아니라 그녀가 처한 생활환경에서 만들어진 의식에 가까워 보였다. 그녀는 나쁜 집안과 환경에 잘못 들어간 바뀌 치기 된 아이였다. 호기심 많고 감수성이 섬세하며 신중했던 그녀는 자기에게 부당하게 주어진 편협한 생활에 마음이 편치 않았다. 청소년기에 독학을 한 그녀는 케닐워스 도서관에 있는 예술사와, 사르트르와 카뮈 같은 정선된 작가들, 다수의 영국 시인들, 그리고 일련의 현대 작가들을 섭렵하며 한편으로는 비서직에 필요한 속기술을 익혔다. 더 크고 자유로운 세상을 갈망한 끝에 열여섯 살에 집을 나와 런던으로 갔다가 옥스퍼드로 돌아온 다음에 다시 의욕적으로 지속적인 관계를 맺으려고 노력했다. 애초에 자기에게 주어졌어야 마땅한 세계에 입문하고자 그녀가 치른 대가는 너무 비싸고 지독한 것이었다.

제구실을 할 수 있는 건강한 모습으로 그녀를 돌려놓는 일이 우리의 합동 계획이자 무엇보다 중요한 일이었다. 우리는 외출을 중단하고 친한 친구들과도 연락을 끊은 채 정신분석의 독기와 밀실공포, 자의식과잉에 빠져들었다. 일상생활 자체가 안정에 핵심이었기 때문에 섬세하게 균형을 유지해야 했다. 아침이면 우리는 다정하게 쇼핑을 하거나 동네 카페에서 커피를 마시면서 돌아다녔다. 그러나 이웃집 개 때문에 이 일이 지체되기도 했다. 흡사 스테로이드를 먹은, 셜록 홈스의 소설에 나오는 '바스커빌 가의 개'처럼 악의에 찬 독일산 셰퍼드 종인 그 개는 행인이 정원 문 앞을 지날 때까지 나무 뒤에 숨어 있다가 와락 달려들며 사납게 짖어 댔다. 금방이라도 문을 뛰어넘어 겁에 질린 행인을 먹어 치울 기세였다. 처음 그 일을 당했을 때 나는 공포로 기절할 뻔했다. 그리고 이내 격분했다.

나는 그날 저녁 바바라에게 복수 계획을 설명했다. "큼직한 우둔살 스테이크를 하나 사서 쥐약을 바른 다음 그 집 정원에 던져 넣을 거야."

"그러면 안 돼!" 바바라가 정색을 하고 비난했다. 그녀는 개를 좋아했다.

"당신 말이 맞는 것 같군. 그러면 타바스코 소스를 뿌리는 건 어떨까?"

"안 돼. 그보다 더 지독한 방법이 생각났어. 개가 저녁때 집 안에 들어가면 그 집 정원으로 살그머니 들어가서 수선화를 가위로 잘라 버리는 거야!" 우리가 관찰한 바에 의하면, 그 개는 저녁나절이면 몇 시간씩 집 안에 들어가 있었는데, 아마도 다른 고양이들과 함께 밥을 먹기 위해서였을 것이다.

"수선화를 자르겠다고?"

"효과가 있을 거야!"

그러나 우리는 이 철두철미 영국적인 보복을 하고자 그 집에 잠입하지도 않았고, 내가 말한 전형적인 미국식 방법도 쓰지 않은 채 스탠리 로드의 다른 길로 돌아가는 방법을 택했다. 그 개는 여전히 우리에게 달려들었으나 겁을 주기에는 거리가 멀었다.

플랫에서는 프로이트와 융과 A. S. 닐의 주요 저서를 함께 읽었고, 한동안은 우리 둘 다 R. D. 랭에게 열광했다. 닐은 갑작스럽게 숭배 대상으로 부상한 인물이었다. 그의 첫 저서인 《분열된 자아*The Divided Self*》는 60년대의 온갖 속임수가 난무하기 전인 1960년에 간행되었다. 그렇게 시대에 앞선 것도 아니지만, 어느 정도 그 속임수의 원인이기도 했다. 이 책은 엄청난 영향력을 발휘했다. 랭은 가장 극단적인 정신분열증도(정신분석학에서는 불치로 간주한) 이해와 치료가 가능하다고 했다. 정신분열증 환자들은 미치거나 광기가 있거나 착란 상태가 아니며(그런 범주들은 단지 관찰자의 몰이해를 입증할 뿐이다.), 개개의 환자들은 극도로 상반된 일련의 요구에 창조적으로 순응하려 한 사람으로 이해받아야 한다는 것이다. 그레고리 베이트슨Gregory Bateson의 이중구속 이론(유년기에 상반되는 두 메시지를 지속적으로 받았을 때 생기는, 아무것도 할 수 없는 심리적 위기 상태—옮긴이)을 이용하여 랭과 그의 초기 동료들은 정신분열적 세계의 합리적인 면을 이해하려는 작업에 착수했다. 얼핏 보기에 특정 정신분열증 환자가 드러낸 증상들이 불가해 보이더라도 합리적인 면이 있다는 것이다.

세상에 대한 무반응 혹은 일련의 반응들은 그것이 성실하고 정직하게 보고될 경우에는 특별 취급을 받아서는 안 된다는 현상학에 대한 편향이 이런 일련의 개념들로 정립된 것이다. 분열증 환자의 내적 음성과 내적인 경험은 그 환자에게는 현실이다. 그것이 진정한 것이다. 현실은 지각 행위로 생성되는 것이다.

60년대 히피 세대의 부상과 함께 왜 정신분열증에 관심을 가졌어야 하는지, 그것이 어떻게 간주되고 취급받아야 하며 또 어떻게 하면 안 되는지 궁금할 수 있다. 실제로 우리는 그러지 못했다. 《분열된 자아》가 이토록 영향력을 갖게 된 것은 그 책이 극단적인 대안을 공인된 지식으로 삼고, 설득력이 있는 반체제적 이론을 전개했기 때문이다. 이 책은 아무리 정상에서 벗어난 것이라 하더라도 사람들로 하여금 제 목소리를 갖도록 허락해 주었다. 그것은 유난히 관대한 교우 형식을 취하는 선까지 나아갔다.

우리가 보기에 그건 꽤 멋진 이론이었다. 진정한 자아실현은 훌륭한 목표이다. 어쨌든 나는 영감의 결과물에 대한 신봉자였고, 고전주의자가 아니라 낭만주의자였다. 바버라는 유년기에 자신이 받았던 서로 뒤엉킨 메시지와 이중구속에서 벗어날 출구를 찾기로 단호히 결심했다. 내면생활이 받는 억압을 부정하지 않는 랭은 그것을 '흥분할 만한 것'으로 만들었다. 내면의 목소리에 귀를 기울여라! 영혼이 깃들게 하라! 일찍이 블레이크도 과잉이야말로 지혜의 궁전으로 나아가는 길이라고 말하지 않았던가. 그 당시 나는 주로 프로이트를 읽고 있었고 내 생활 역시 프로이트 신봉자의 그것이었지만, 랭은 프로이트보다 좀 더 위험을 감수하며 덜 인습적인 방향을 제시해 주는 듯이 보였다. 어느 날 오후, 프로이트 학파의 정신분석가를 만나고 온 바버라는 그 사람이 자기에게 "자기 아내처럼 선하고 분별 있는 여성이 돼야 한다"고 말했다고 했다. 그가 언급한 심사가 사나워 보이는 그 여인을 본 적이 있는 나는 지금의 바버라 쪽이 더 낫다고 확신했다.

그러나 치료는 그녀에게 도움이 되었다. 오랜 시간 용감한 내면의 노력을 기울인 끝에 삶의 경계가 확장되기 시작했다. 우리는 더 자주 외출했으며, 그만큼 많은 사람들이 우리에게 다가왔다. 우리는 괴짜부터 진짜 위험한 사람들에 이르기까지 많은 사람들과 친구가 되었다. 옥스퍼드 시장 쓰레기통에 들어 있는 채소로 살아가는 존은 단 한 번도 머리를 감지 않았다. 레그는 머리는 좋았지만 분열증을 앓고 있는 건달로서, 술집에서 일어난 살인 사건 때문에 브로드무어 병원에 수감된 경력이 있고, 그 후 옥스퍼드 아트센터의 창립 회원이 되었다. 욕구불만에 찬 화가이자 목각사이며 술주정뱅이인 존 프레스턴은 노스 퍼레이드에서 현대 도자기 화랑을 운영했다. 그는 노스 옥스퍼드의 하위문화에 정확하게 들어맞는 부류의 인물이었다. 재능이 있긴 했으나 충분치 않았으며 불행한 몽상가였다.

그는 아름답고 열성적이며 붙임성 좋은 바버라가 처음 자신의 화랑에 나타났을 때부터 그녀와 사랑에 빠졌다. 바버라는 자신의 뛰어난 취향을 만족시킬 만큼의 수입이 없었음에도 이것저것 사들였는데, 심지어 식품비를 줄여서까지 그렇게 했다. 노란색의 아름다운 루시 리의 주발이라든가 그웬 핸슨의 커다란 갈색 주발 따위였다. 이따금 존은 자신이 요리한 맛있는 저녁 식사와 포도주를 내놓으며 자기 얘기를 늘어놓았다. 그는 10센티미터 높이에 대좌까지 달린, 마디가 있는 과수목으로 만든 바버라의 목각상을 조각했는데, 그녀의 벌거벗은 몸을 불안할 정도로 정확하게 묘사해 놓은 것이었다. 그는 종종 그녀를 만나려고 우리 플랫에 들러 결혼 생활의 구속에 대해, 엄마 편만 드는 자기 아이들에 대해 불만을 늘어놓았다.

한번은 주말에 존이 화랑 문을 닫고 우리 집에 들렀다. 그는 심한 두통에 시달렸는데, 그 전달보다 도가 심해졌다. 그는 그것이 결혼 생활이 안겨 준 불행의 징후라고 말했고, 우리도 그 말에 동의했다.

"이따금 더는 결혼을 견딜 수 없을 것 같은 생각이 들어요. 이대로 미쳐 버릴 것 같아요."

우리는 가엾이 여기며 그의 말을 들어 주었다. 우리는 미친다는 말에 겁먹지 않았다.

"이런 생각도 한답니다. 아니 줄곧 하는 생각이지만, 어느 날엔가 총으로 우리 가족을 모두 죽여 버리고 말 것 같아요.……" 그는 양손에 고개를 파묻었다. 내가 차를 끓이러 간 사이에 바버라가 그를 위로했다.

"알아요. 사람들은 곧잘 그런 공상을 하죠. 그런 말씀을 하셔서 기뻐요. 당신은 미친 게 아니니까요. 죄의식을 느낄 필요는 없어요."

그는 고개를 저었다. "제가 그 짓을 하는 것이 똑똑히 보인답니다. 엽총을 들고 위층으로 올라가서…….”

“그만하세요! 그런 생각은 잊어버리세요. 좋을 게 없다고요.”

저녁 식사가 끝날 때쯤 기분이 좀 나아진 그는 그날 밤을 우리 집에서 보내고 이튿날 아침 교외에 있는 자기 집으로 돌아갔다.

그 주 후반에 바버라가 눈에 눈물이 고인 채, 내가 해외 체류 미국 고등학생들에게 현대 영문학을 가르치던 세인트클레어 칼리지 밖에서 나를 기다리고 있었다. 그녀의 손에는 〈가디언〉지가 들려 있고, 1면에 기사가 실려 있었다. 존이 정말 아내와 아이들을 총으로 쏜 다음 집에 불을 지르고 나서 자살한 것이다.

“그의 말을 좀 더 심각하게 생각했어야 했어. 그를 도와주었어야 했다고.” 검시 결과 뇌종양이 발견되었는데, 그것이 검시관이 그 참극을 설명하는 데 도움이 안 될지는 몰라도 우리로서는 책임감을 느끼지 않을 수 없었다. 우리의 문제는 진지함이 결여된 데 있는 것이 아니라 엉뚱한 방향으로 진지하다는 데 있었다. 그 당시로서는 명확하고 적절한 반응(즉, 두통에 대해 진단을 받아 보는 게 좋지 않겠어요?)을 보이기가 불가능했다. 의사들은 불신의 대상이었다. 그들은 엄마의 경우처럼 약간의 도움이 되는 발륨(진정제 상표—옮긴이) 같은 약품을 조달하고, 야만적인 전기요법을 남용하는 의사들은 원인보다는 증상을 치료했으며, 표출시키는 쪽이 아니라 억제하는 쪽을 믿었다.

존 프레스턴의 일로 심리학의 전제에 대한 나의 믿음이 흔들렸을 수는 있지만 완전히 사라지지는 않았다. 그로부터 겨우 몇 년이 지난 1973년 어느 날, 나는 대학에서 가르치는 일을 그만두고 정신분석가 수련을 받기로 결심하고, 랭의 후원 아래 1965년 창립된 필라델피아 협회 회원과 면담을 하고자 런던으로 향했다.

하야 오클리는 직무에 꼭 필요한 현상학적 성향을 지닌 이스라엘 치료사였다. 비록 이 같은 견해가 실제 효과가 있고, 대체 현실에 빠져 있는 환자와의 대화가 유용할 수 있기는 해도, 나는 그녀가 직업으로 삼고 있는 일을 본인이 실제로 '믿는지'에 대해 회의적인 태도를 보였다.

"물론 믿어요." 그녀가 말했다.

"만일 환자가 진찰실까지 분홍색 코끼리가 따라왔다고 믿는다면 그 분홍색 코끼리가 진찰실에 실제로 있는 건가요?"

"그 환자에게는 그렇죠."

"맨체스터 유나이티드 축구팀이 따라왔다고 여긴다면요? 아니면, 로열필하모닉 오케스트라는? 노트르담의 꼽추라든가 클리프 리처드라면요?"

"어느 경우든 그래요." 그녀가 가시 돋친 어조로 대꾸했다. "만약 환자가 지각하는 내용이 그렇다면 그것이 진찰실에 있는 거죠."

"환자에게는 그렇다는 말이군요." 내가 그 말에 수긍하며 말했다. "하지만 그 말은 틀린 거잖아요."

"꼭 그렇진 않아요. 그에게는 코끼리든 뭐든 있는 거니까요. 내게는 없는 것이고 말이죠. 둘 다 틀린 건 아니죠. 아니면 둘 다 맞는 건 아니라고 해도 될지 모르겠군요."

"그렇지만 그 환자의 상상 속에 있는 분홍색 코끼리를 몰아내는 것이 치료사로서 당신이 해야 할 일이 아닌가요?"

"정반대예요." 그녀가 단호한 어조로 말했다. "환자가 지각한 내용에 대해 이렇다 저렇다 판단하는 건 내가 할 일이 아니죠."

"그렇다면 꿈의 경우는 어떻습니까? 만약 내가 노트르담의 꼽추와 관계를 갖는 꿈을 꾸었다 해도 그 일이 실제로 일어난 일을 의미하지는 않잖아요."

그러자 그녀가 갑자기 흥미를 느낀 듯한 눈으로 나를 쳐다보았다. 그녀가 내 결혼 생활에 대해 물어볼 것 같은 기분이 들었다.

"단지 철학적 트집에 지나지 않는 것이지만 꽤 멋진 반박 사례로군요. 책을 충분히 읽지 않아서 그럴지 몰라요. 임상 경험이 필요할지도 모르고 말이에요. 로니와 얘기해 보는 게 좋겠군요." 그것이 그녀가 나를 처리하려는 방식이었다.

나는 지금도 이런 극단적인 현상학은 잘못이라고 여기고 있지만, 그녀의 견해는 내 흥미를 끌었으며 두 가지 면에서 유용했다. 첫째, 그것은 정신분열증 환자의 내면세계를 신뢰하고, 따라서 이런 사람들을 대화가 가능한 세계로 성공적으로 맞이한다. 그들을 미쳤거나 미망에 빠졌거나 틀렸다고 여겨서는 안 된다. 그렇다고 해서 그들에게 그들만의 현실을 갖도록 허락한 것이 아니라(그랬다면 생색내기로 보였을 것이다.), 그저 그들에게 내적 현실이 있다는 것을 인정한 것이다.

랭은 《분열된 자아》에서 이 점을 명쾌하고도 인상적인 방식으로 설명한다. 그는 환자의 '실존적 견해'를 이해하는 일은 머리만 써서는 안 되는 일이라고 말한다. "왜냐하면 '이해'는 곧 사랑이라 할 수 있으며", 이런 사랑은 환자가 자신과 세계를 경험하는 방식에 대한 신뢰 없이는 이루어질 수 없기 때문이다. 비정상적인 내적 현실은 전통적인 형식의 치료에 저항할 수 있지만, 개별 환자는 본인의 내적 현실을 그것과 상충하는 세상의 주장에 순응시키도록 도움을 받을 수 있다.

둘째는 그 당시가, 종잡을 수 없고 극단적인 상상력의 활동(그중 일부는 다양한 형태와 효능을 가진 마약으로써 유발되었다.)이 과거 어느 때보다도 중산층 문화의 주류에 근접한 시기였다는 점이다. 예전에는 극단적인 환상의 추구가 음유시인과 예언자들의 특권이었다면, 이제는 한 무리의 아이들도 쉽사리 환각을 체험하며 듣고 보고 생각하고 느끼고 경험하는 것의 한계에 도전할 수 있게 되었다. 약물검사를 받으라. 정신분열증 환자들이 미쳤다고? 미쳤다는 것은 저쪽에 있다는 것, 미쳤다는 것은 멋진 일이었다.

랭은 《분열된 자아》의 1965년 보급판 서문에서 정신치료가 억압적일 필요는 없으며, 유별난 지각 활동이나 비정상적인 사고방식을 굳이 부인할 필요가 없다고 말했다. 정신 치료는 '일부 치료사들이 그런 것처럼 초월, 진정한 의미에서의 자유, 참된 인간적 성장의 편에 설 수 있다. …… 따라서 나는 우리의 정상적인 '순응' 상태가 황홀경의 기권이며 우리의 진정한 잠재력을 저버리는 짓이고, 우리 대부분은 능히 거짓된 자아를 획득함으로써 거짓된 현실에 순응하지 못하는 경우가 많다는 것을 강조하고 싶다.'

요컨대, 랭은 단순한 상대론자가 아니었다. 그는 아무리 제정신이 아닌 것처럼 보이더라도 다른 사람의 관점을 알고 있다고 주장했다. 그렇다, '거짓'에서 '진짜'와 '참'을 구별하는 일을 끊임없이 반복할 뿐이다. 여기에서 급진적인 부분은 전자와 후자를 구분짓는 기준을 바꾸었다는 점이다. 진정성과 참된 믿음에 대한 실존적 개념을 포괄하는 기준, 그리고 자기를 표현하고 초월과 즐거움을 추구하려는 개인의 의지를 신뢰하는 기준이 그것이다.

랭과 면담 약속을 잡기까지 시간이 좀 걸리긴 했지만, 마침내 우리는 벨사이즈 파크에 있는 그의 진찰실에서 만났다. 그는 나한테 관심이 있다는 느낌을 강하게 풍겼다. 그는 채 1미터도 떨어져 있지 않은 안락의자에 나를 앉혔다. 그는 책상 뒤가 아니라 책상 옆에 앉아 있었다.

"당신 자신에 대해 말씀해 보세요." 그가 말했다.

나는 이미 필라델피아 협회에 지원서를 내면서 정식으로 나에 대한 얘기를 쓴 바 있었고, 지원서는 그의 책상에 놓여 있었다. 나는 내가 그의 관심을 끌지 못하는 것은 아닌지 불안했다. 그의 업무 상대는 정신이상자였는데, 나는 순수한 신경증 환자였다. 게다가 글이 써지지 않고 여자들과의 관계가 불확실하며 일에 전념하지 못한다는 나의 증상들이 중증 광기를 다루는 사람에게는 흥미가 없지 않을까 염려가 되었다. 그를 만난다는 생각에 몹시 들떠 있던 나는 나 자신에 대해 이야기할 때에는 가능한 한 솔직하고 정확하게 말하리라 결심했었다. 허풍도 떨지 말고 '학구적인' 말은 아예 꺼내지도 않을 생각이었는데, 어쨌든 내가 달아나려는 대상이 바로 그것이기도 했다.

"내가 하는 일에 대해 알고 있다는 확신이 없어요. 그동안 잘못된 선택만 잔뜩 한 셈이죠. 아무튼 미심쩍은 선택들을 했던 겁니다.……"

그는 눈썹을 추켜올린 채 깜박이지 않는 눈(그 눈이 성을 낸 적이 있을까?)으로 내 눈을 지켜보며 기이할 정도로 침착한 태도로 동요하지 않고 내 말에 귀를 기울였다. 그런 그에게서는 조용한 위엄과 현자의 태도가 느껴졌다.

그는 자기 자신에 대해 공개적이며 솔직했다. 자신이 새로운 존재 방식을 익히고 독학으로 올바른 호흡법을 익혔으며 명상을 통해 거듭나게 되었다는 것, 생각할 수 있는 모든 금지 물질을 쓰면서 새로운 본보기를 모색했다고 했다. 그 결과는 인상적이었다. 나는 이토록 강력하게 자제력이 발휘된 고요함을 대한 적이 없었지만, 한편으로는 그것이 어느 정도 상대에게 깊은 인상을 주려고 의도된 것이라는 느낌도 받았다. 단순히 내면의 지혜를 추구할 뿐 아니라 상대를 선도하고 싶은 것이다. 그는 상대가 자신을 믿어 주기를 바랐다.(그의 아들 에이드리언은 비꼬는 투로 자기 아버지를 글래스고 출신의 도사라고 말했으며, 나중에는 아버지가 죽고 나자 전보다 관계가 나아졌다고 했다.)

"…… 나는 박사학위 과정을 밟지 말았어야 했어요. 그 과정을 이수하지 말았어야 했던 겁니다. 내게 용기가 더 있었다면 그만두었을 거예요. 그랬다면 미국으로 돌아갔을 테죠. 그리고 내 아내 바버라 문제도 있습니다. 아내와의 일이 잘 풀리지 않고 있어요."

"어째서죠?"

"나는 아내의 정신분석가를 시샘합니다. 그 자리를 내가 대신 맡고 싶어 합니다. 나는 아내에게 모든 것이 되고 싶어 해요. 치료사, 보호자, 조언자, 연인……. 하지만 그녀를 뒷받침하고 사랑하려고 하면 할수록 제대로 되지 않는 겁니다."

"부인도 당신을 사랑합니까?"

이상하게도 나는 그때까지 그 점은 별로 생각해 보지 않았다. 그녀는 나를 '필요'로 했는데, 그것은 사랑과는 다른 것이다. 과연 아내가 나를 사랑할까? 그녀는 그렇다고 말하곤 했다.

랭은 아무 말 없이, 움직이지 않고 가만히 있었다.

"그래요, 이 일 때문에 앞으로 문제가 생기겠죠. 아니, 이미 문제가 생긴 거예요. 나는 사랑에 대해서는 어떤 것도 배우지 못하는 것 같아요."

"무슨 책을 읽고 있나요?"

"별로 도움 되는 건 없어요. 도움을 주려는 의도로 씌어진 책을 읽으면 읽을수록 상황이 나빠집니다. 진지한 독서는 질렸어요. 나는 지식이 싫어졌어요. 그런 책을 읽으면 기분이 나쁘고 머리가 굳는 느낌이에요. 요즘 무슨 책을 읽고 있냐고요? 주로 애거사 크리스티Agatha Christie의 책을 읽어요. 잘 쓴 책은 아니지만 에르퀼 포아로(크리스티 소설의 주인공 탐정—옮긴이)가 정말 좋거든요."

그는 미소를 지었다. "나도 좋아해요."

"내 문제는 작은 회색 세포(에르퀼 포아로가 애용하는 표현으로 두뇌를 의미—

옮긴이)를 쓰는 동시에 쉬게 만들 방법을 찾아야 한다는 겁니다. 그런데 어떻게 해야 좋을지 모르겠어요. 한 가지 여쭤 봐도 되겠습니까?"

"물론입니다."

"박사님의 양성 프로그램은 실제로 어떻게 구성되어 있나요? 문헌에도 명확히 나와 있지 않더군요. 그저 학술적인 내용만 잔뜩 나오는 게 아닌지 걱정이 돼서요.……"

"그건 정해진 프로그램이 없기 때문입니다. 훈련 세미나에는 모두 참석해야 하지만 그 나머지는 각자에게 달렸죠. 그가 어떤 사람이고 또 무엇을 필요로 하는지에 따라 다릅니다. 요컨대 프로그램은 심오한 정신분석 치료에서부터 중국 춤까지 아주 다양하답니다.……"

중국 춤이라고? 내가? 그러자 그 순간, 장삼을 입고 황제 앞에서 우아한 춤동작을 하고 있는 비참한 내 모습이 눈앞에 떠올랐다.

그는 잠시 말을 멈추었다가 이렇게 말했다. "당신이 우리와 함께 하기로 마음을 정하신다면……." 그것은 너무도 멋진 표현이어서 나는 내 협회 가입 신청이 방금 받아들여졌다는 사실을 알아차리지 못했다. "6개월 내에 환자를 보게 될 겁니다."

6개월이라니! 그러면 몇 해 안에 개인 진료실을 열 수 있을 것이고, 시간제 강사 직을 그만두고 학계에서 완전히 탈출할 수도 있는 것이다. 나는 고맙고 기쁜 심정으로 랭과 작별하고, 그의 동료인 휴 크로포드와 존 히튼이 이끄는 주 세미나에 참석하기 시작했다.

세미나는 별 재미가 없었다. 나는 진행 중인 과정과 무리에 난데없이 끼어든 꼴이 되었는데 사람들과 사귈 시간도 없었다. 우리 모두 그렇지 않아도 복잡한 삶 속에 주마다 열리는 세미나를 끼워 넣기에 급급했던 것이다. 나를 포함해서 아무도 세미나 전이나 후에 한잔할 시간도 의욕도 없었다. 아니면 그들이 나만 빼놓고 자기들끼리 갔던 것일까?

그러나 내가 곤혹스러운 기분이 든 주된 원인은 사교가 아니었다. 내가 들어간 무리는 메를로퐁티Maurice Merleau-Ponty와 후설Edmund Husserl에 크게 빚진 용어를 마음 편히 구사했는데, 나도 그것을 잘 알았지만 내색은 하지 않았다. 하지만 내 귀에 그 말들은 설득력도 없고 껄끄럽게만 들렸다. 그러나 이 무리가 현상학의 지도자들에게 바치는 경의는 랭에게 바치는 경의에 비할 바가 아니었다. 사람이 앞에 있는 것도 아니고(랭은 너무 바빠서 훈련 세미나에 참석하는 일이 거의 없었다.) 부재중인데도 그랬다. 그들의 말은 광범위하고 무비판적으로 인용되었다. 어떤 문장이든 "로니('로날드 랭')가 말하기를……"로 시작되면 그것은 곧 진리를 열거하는 것이라는 게 하나의 사실로 간주되었다. 아마 초창기 프로이트 학파들도 이렇게 신자처럼 굴었을 것이다. 그들 가운데 누군가가 '프로이트 교수님께서 이런저런 것을 믿는다고 하셨지만 그것은 틀린 말입니다'라고 말하는 장면은 상상하기 어렵다. 그런 말이 나오면 침묵이 감돌고, 프로이트에게 잠재적 추방 대상자로 보고가 올라갔을지도 모를 일이다.

몇 개월이 지나 우리는 세미나에서, 제1차 세계대전으로 뇌가 심하게 손상된 사람이 자아와 세계의 의미를 되찾는 과정을 기록한 루리아Alexander Luria의 《지워진 기억을 쫓는 남자*The Man with a Shattered*

World》에 대해 토론했다.

내가 말했다. "이 책에는 문제가 많아 보이는군요. 이 책은 어떤 사람에 대해서가 아니라 그 사람의 뇌에 대해 쓴 것처럼 보이는데, 그런 구분이 가능하다고 해도 어느 쪽인지 구분이 명확치 않습니다.……"

언제나 열심히 경쟁적인 태도로 토론에 참가하는 열성적인 연수생 하나가 비난하는 눈으로 나를 쳐다보았다.

"로니께서 말씀하시기를……." 그가 입을 열었다.

"로니가 뭐라고 하든 알 바 아닙니다." 내가 짜증스럽게 대꾸했다. "당신이 하는 말을 듣고 싶은 겁니다." 나는 로니라면 내 말에 동의하리라고 여겼지만, 그들 무리는 그렇지 않았다. 나는 입을 닥치기로 했다. 그러자 그들은 기뻐하는 눈치였다.

서둘러 집으로 향하던 나는, 워릭셔로 이어진 고속도로를 달리면서 내내 씩씩댔다.

"빌어먹을 로니. 아니 로니 패거리들이 더 하지! 대체 그런 자들을 어디에 쓴담?"

그런데 운이 좋다고 해야 할까, 이 무렵 어머니가 돌아가셨다. 유방암을 앓고 있던 어머니는 유방 절제술을 받고는 고통스럽고 힘겨운 투병 생활을 보냈는데, 2년도 채 되지 않아서 암이 간으로 전이되었다. 바버라와 나는 남은 몇 주를 어머니와 함께 보내려고 롱아일랜드로 향했다. 그 시기에 우리의 유일한 위안거리는 여섯 달 된 애너였다. 우리는 부산하고도 눈에 띌 정도로, 이유기가 지난 그 애를 떠받들었다. 엄마는 애너가 윈스턴 처칠을 닮았다고 했는데 듣기 좋으라고 한 소리가 결코 아니었다.

엄마는 아기와 속닥거리고 그 애를 껴안고 어르는 우리를 약간 비난기가 섞인 멍한 눈으로 바라보았다.

"나는 너를 그런 식으로 사랑한 적이 없지." 엄마가 내게 말했다.

나는 엄마가 그 일을 후회했던 것인지 알지 못하며 물어보지도 않았다. 어머니는 최후의 진실을 토로한다든지, 디킨스 소설에 나오는 저 눈물 젖은 고별을 할 기분이 아니었다. 때때로 기분이 돌아오면 자신의 장례식 때 우리가 어떤 옷을 입을 것인지 물었다. 그러면서 자신을 유명한 빈민 묘지인 포터스 필드에 묻어 달라고 했다. 그러나 임박한 죽음에도 단념할 생각이 없었던 그녀는 어떻게 위로할 방도가 없을 만큼 화를 냈다.

나는 그런 일을 도저히 견딜 수가 없었다. 엄마와 몇 분간 앉아 있기만 해도 안절부절못했고, 제대로 된 말이나 어조를 찾아낼 수도 없어서 자리에서 일어났다 앉았다가, 핑계거리를 만들어서 그 자리를 떠났다가 다시 돌아오곤 했다. 나는 공포로 마비돼 있었으며, 엄마는 내가 곁에 있어 주기를 바라는 눈치가 역력했지만 그저 잠자코 앉아 있을 수가 없었다. 그때 내가, 나에게는 죽음을 본 경험이 없다는 것, 그래서 어떻게 해야 좋을지 모른다고 생각했던 기억이 난다. 나는 구원이나 위로, 지혜라도 찾아볼 생각으로 그동안 내가 읽은 책을 점검해 보았다. 조앤 디디온처럼 굴어 보려고 말이다. 그런데 도움이 될 만한 것이 전무하다는 사실을 알았다. 성경,

셰익스피어, 던, 키츠, 디킨스Charles Dickens를 막론하고 말이다. 전무했다. 그저 달아날 생각밖에 들지 않았다.

문학은 도움이 되지 않았다. 사실상 인간을 무능하게 만드는 것이 문학이었다. 또는 아마도, 이미 감정적으로 무능한 인간이 문학에서 부차적인 향상을 기대한다고 해야 맞을까? 책에서 강렬한 감정과 맞닥뜨리기라도 하면 감정이입을 하면서 얼마간의 눈물을 흘리거나 때로는 웃고 기뻐하다가 원하는 순간에 책을 덮고 도덕적으로 고양된 느낌을 받으며 자리를 뜨면 그뿐이었다. 그런 것은, 쇠약해진 채 울면서 죽어 가는 어머니의 임종을 지켜보는 훈련이 될 수 없었다. 그렇게, 내게는 메이지였던 엄마는 쉰일곱의 나이에 영원히 사라졌다.

F. R. 리비스나 T. S. 엘리엇이었다면 나보다 더 잘 대처했을까? 아마, 나보다 더 심했을 것이다. 《황무지》를 생각해 보라. 나는 책을 많이 읽고 글을 많이 쓰는 행위가 실생활의 감정적 시련에 적합하지 않은 인간, 거북스럽고 정신적으로 나약하며 융통성 없고 언어와 허구에 빠지고 이기적이고 정신이 산만한 인간을 만든다는 생각이 들기 시작했다. 소설이 흔히 불행의 기록이라는 사실은 그리 이상하지 않다. 문학에 대한 깊은 몰입이 도움되는 일일까? 그것이 감정의 시련에 대처하게 도와줄까? 전문가들이 아니라 그들의 아내와 자식, 부모에게 물어보라.

그런 반면, 나처럼 죽음을 접한 경험이 적지만 전문적인 독서의 영향을 덜 받았던 바버라는 마음속에 비축돼 있던 평온함의 에너지를 찾아내서 오랜 시간 동안 어머니와 잡담을 나누었다. 무슨 얘기를 했느냐고? 그저 아기와 의복, 쇼핑, 우리가 집에서 하는 일들, 그날 누가 오는지, 저녁 식사로 무엇을 먹고 싶은지, 차를 한 잔 들겠는지 같은 평범한 이야기였다.

"그분은 아직 당신 어머니셔." 바바라가 조용한 어조로 내게 말했다. "겁먹을 필요는 없어. 어머님 본인도 겁을 잔뜩 먹고 계시거든. 우리가 어머니를 도와드려야 해."

어머니에게는 마지막 소원이 한 가지 있었는데, 그것은 당시 스물다섯 살인 루시가 남자 친구인 의대생과 결혼하는 것, 그것도 우리 집에서 '지금 당장!' 해야 한다는 것이었다. 그대로 두었다가는 엄마를 물리칠 수 없겠다고 생각한 루시는(그녀는 본인의 성향에 반해 사회복지사가 되도록 '유도'되었다.) 단호하게 안 된다고 말하고는 주장을 굽히지 않았다. 엄마의 부추김을 받은 친구와 친지들이 루시에게 굴복하라고 다그쳤다. "그러면 엄마가 얼마나 기뻐하시겠니! 게다가 아주 괜찮은 청년이잖아! 의사가 될 거고 말이야!" 싫어요! 엄마의 마지막 의지를 끝내 거부한 이 일은 훗날 그녀의 삶을 승리로 이끄는 원동력이 되었다.

마지막 순간이 다가왔을 때 나는 아래층에 앉아, 의식이 오락가락하는 엄마와 마지막 몇 순간을 함께 있었다. 지상에서 자신이 보낸 시간에 대한 엄마의 마지막 평가는 강경했다.

"인생은 똥이야." 엄마가 말했다. 그런 다음 채 두 시간도 되지 않아서 엄마는 이를 악물고 입을 꾹 다문 채, 우리에게서 고개를 돌린 채 세상을 떠났다.

그 일 이후 나는 내게, 랭의 부류든 아니든 치료사 훈련을 다시 시작하고 싶은 욕구가 없다는 것을 알았다. 어떻게 설명할 수는 없지만 그 일이 끝난 것이다. 별다른 이유도 없었다. 내 경험상 인생의 중요한 변화는 이성과 논증에 바탕을 두고 합리적으로 이루어지는 것이 아니라 무의식적으로 일어난다. 나는 그때 내게 일어난 일을, 그리고 진로와 초점의 이 큰 변화가 내게 일어난 이유를 제대로 설명할 수 없었다. '의자에 앉아 사람들의 푸념을 듣는 쪽과 소파에 누워 푸념하는 쪽 중에서 하나를 고르라면 나는 후자를 택하겠다'는 말은 둘러댄 것이었지만 그것이 내가 대답할 수 있는 최선이었다. 어머니가 돌아가시고 나 자신이 부모가 되고 나자 내면의 위상이 달라졌다.

그 점은 루시도 마찬가지였다. 우리 둘 다 그 일로 인해 해방되었던 것이다. 그로부터 2년쯤 지나서 루시는 코끼리 호튼처럼 착하고, 같은 사회복지사인 로이 그린버그와 결혼했다. 결혼식을 치르고 몇 달 후 그는 다발경화증 진단을 받았다. 그는 죽기 전까지 20년 넘게 성경에나 나올 만큼 무자비한 온갖 증상에 시달렸는데, 그 하나만으로도 평범한 사람의 삶을 완전히 망가뜨릴 만한 증상들이었다. 그는 비참하리만큼 쇠약해졌지만, 그런 가운데서도 기쁨을 짜내면서 결코 불평하지 않고 루시와 두 아들 매슈와 제시를 받들며 행복하다고 말했다.

그러나 로이가 체질적으로 자신이 진 짐에 대처할 능력이 있었다면, 루시는 그럴 수 없을 애였다. '나'라면 틀림없이 그런 상황에 대처하지 못했을 것이다. 몇 년이 지나지 않아 그녀는 가장 겸 엄마 겸 간호사가 되었다. 그것은 고통스러울 정도로 어렵고 무자비한 일이었는데, 그녀는 자신이 살아야 할 필요가 있는 그 공간만큼 자기 자신을 성장시켰다. 그녀가 무너지면 그들 모두 무너질 터였다. 나라면 시련 받는 은총에 이토록 많은 눈물과 콧물, 절망과 용기가 포함되리라고는 짐작도 하지 못했을 것이다. 그것은 헤밍웨이Ernest Hemingway의 주인공들이 전쟁이나 사자들을 대하면서, 또는 바다에서 고기잡이를 하면서 하는 일과 비슷해 보였다.

20년쯤 지나 로이가 죽었을 때, 루시는 시련에서도 살아남았을 뿐 아니라 시련으로 단련되어 있었다. 그녀는 더욱 자신감에 넘쳤고, 방안을 눈물의 폭포는 물론 웃음소리와 활기로 가득 채웠다. 비통한 심정으로 틀어박혀 있던 조그만 여자애에게서 아무도 예상하지 못했던 방식으로 성장하고 성숙한 것이다. 로이의 장례식 때 루시는, 이보다 더 좋은 남편과 가족, 인생을 바랄 수 없었노라고 말했다.

어쨌든 어머니의 죽음을 경험하고 나자, 랭과 관련된 그 모든 일들이 얼빠진 짓으로, 한낱 제스처에 불과해 보였다. 나는 그 일에서 슬픔의 위안을 얻지 못했다. 분홍색 코끼리, 거듭나기, 중국 춤이라고? 언제든 내게 저 구식의 '평범한 불행'을 던져줘 보라. 바로 그것이 프로이트가 성공적인 정신분석의 성과라고 여긴 것이 아닐까?

IO

뭘 할 것인가?

WHAT WILL YOU DO?

해방 전략의 열쇠는 상황을 까발리는 데 있으며,
그렇게 하는 가장 간단한 방법은
더할 나위 없이 뻔뻔한 말과 행동으로
학자와 전문가를 격분시키는 것이다. ……

저메인 그리어Germaine Greer, 《거세된 여자*The Female Eunuch*》

워릭 대학에 영문학 강사로 임용되고 나서 몇 주 후인 1970년 가을, 학과장인 조지 헌터 교수가 내게 새 학기가 시작되기 전에 대학 구경을 시켜 주겠다고 했다. 불과 몇 년 전에 개교한 워릭 대학은 아직 땅을 파내고 있었고, 건물 부지처럼 보이지도 않았는데 그나마 건물은 하나뿐이었다. 잭 버터워스 부총장과 그가 지명한 건축가 요크 로젠버그는 점점 흰 타일에 대한 광적인 취향을 드러내고 있었다. 영문학부가 있는 최근 완공된 도서관이 그 멋진 본보기였다. 그것은 흡사 거대한 소변기처럼 보였다.

헌터의 사무실은 무슨 시설처럼 보이는 황량한 복도 한쪽 끝에 있었다. 우리는 내 방과 바로 이웃한 철학 및 문학부의 존 뉴턴 교수와 짤막하고도 소득 없는 만남을 가졌다. 온통 까만 옷차림을 한 뉴턴은 대체로 말이 없고 감수성이 예민한 리비스 부류로서, 이전에 공부하고 가르쳤던 케임브리지에서 벗어나자 어쩔 줄 몰라 하는 것이 분명했다. 잘 알아들을 수 없는 목소리로 불완전하게 떠듬거리며 단어 하나하나 의미심장한 문장을 말하는 그의 태도는 그의 감수성이 얼마나 예민한지뿐만 아니라, (고의는 아니지만 암암리에) 그의 대화 상대가 얼마나 아둔한지를 보여 주는 듯했다. 나는 그토록 위압적인 상대를 만난 적이 없었다. 나중에 그가 케임브리지에서 권투를 했다는 것, 그리고 그 자신이나 상대방이 나가떨어질 때까지 거친 공격을 퍼붓는 것이 그의 방식이라는 것을 알게 되었다.

나는 그런 자리에서는 주절대는 버릇이 있다. 내가 떠들수록 뉴턴은 움츠러들었고, 헌터는 불안하고 나무라는 표정을 짓기 시작했다. 나는 시간표에 대한 의견을 대강 추려서 말하고, 어느 정도까지 새로운 강의가 가능한지를 제시하고, 독서 목록에 대해 우려를 표하고, 새로운 시험 방식을 명시하고, 혁신적이고 다양한 평가 방법을 제안하고(교사에 대한 평가를 포함해서), 아버지의 칠면조 테트라치니 요리법을 추천하고(반드시 셰리주를 넣어야 해요!), 차기 영국 축구팀을 선발하고, 핵 확산에 대한 견해를 간단히 설명했다. 뉴턴은 미친 사람이라도 보듯 나를 빤히 쳐다보았다. 나는 좀 더 떠들었다. 내가 그의 주먹을 맞지 않은 것은 행운이었다.

헌터가 단호한 어조로 말했다. "우리, 아래로 내려가서 샌드위치를 먹는 게 어떻겠습니까?" 뉴턴은 안도하는 표정을 지으며 자기는 할 일이 있다고 했다. 나는 주절거리는 내 입을 틀어막을 것이 절실하던 차였다.

입은 곧 다물어졌다. 그러던 입이 다시 벌어질 일이 일어났다. 우리가 복도로 나가 엘리베이터로 향했을 때 아주 놀라운 인물이 성큼성큼 우리 쪽으로 다가왔던 것이다. 흡사 시대정신 자체의 힘으로 움직이기라도 하듯 자주색 스웨이드 바지 차림을 한, 대담한 균형미를 갖춘 여인이었다. 그 바지를 '가우초'라고 불렀던 것 같다. 우리를 향해 돌진하고 있는 그녀를 보자 남녀 양성의 매력이 뚜렷이 드러났다. 오목하고 강인한 턱, 높은 어깨, 교묘하게 헝클어진 검은 머리 타래, 튀어나온 엉덩이. 마치 튜턴족 신화에서 불가사의하게 빠져나온 인물이거나 젊은 시절 여장을 한 로버트 미첨 같았다.

헌터가 사납게 다가오는 그녀에게로 걸음을 옮겼다.

"저메인." 그녀의 무례해 보이는 태도를 은연중 나무라는 듯한 굳은 어조로 그가 말했다. "우리의 새 동료 릭 게코스키를 소개해도 되겠소?"

그녀가 우뚝 멈춰 섰다.

"아시는지 모르겠지만." 조증 환자와도 같은 강렬한 눈길로 쳐다보는 그녀를 보자 차라리 존 뉴턴 쪽이 더 낫겠다는 생각이 들었다. "제가 방금 바지에 똥을 쌌거든요."

그 말에 대체 뭐라고 대꾸하겠는가? 그러고 나서 저메인은 빠른 걸음으로 가 버렸다. 나는 정말로 이런 일이 일어난 것인지 확인이라도 하듯 헌터를 쳐다보았다. 그는 보일락 말락 어깨를 으쓱여 보였다.

"저 사람이 저메인이랍니다." 얼마 전 출간된 《거세된 여자》의 저자가 여자 화장실 쪽으로 달려가는 동안 헌터가 침착한 어조로 말했다.

나는 백치처럼 그 자리에 멍하니 서 있었다. 그 일은 너무나 순식간에, 예기치 못한 순간에 일어나서 그 일을 제대로 처리하고 그녀를 태연하게 대하려면 적지 않은 자신감과 세련미가 필요했을 것이다. 그런데 내게는 둘 다 없었다. 그녀는 나와 전혀 다른 부류였으며, 설혹 그것이 임종의 자리라 해도 단호하게 자신이 나와는 다른 부류임을 내세웠을 것이다. 나는 더듬거리다 아무 말도 못한 채 바닥으로 시선을 떨어뜨렸다. 교훈은 분명했다. 그녀는 설혹 바지에 똥을 쌌다 해도 권위와 지배와 대담함의 화신이었다. 나는? 나는 시골뜨기였다.

정말 대단한 학과였다! 헌터는 나보다 강인했고 뉴턴은 더 예민했으며, 저메인은 더 팔팔하고 더 히피처럼 보였다. 더 이상 다른 사람을 소개받지 않은 것이 다행스러울 정도였다.

곧 알게 된 사실이지만, 저메인이 한 말은 전형적인 사례였다. 그녀는 충격을 주고 상스러운 호주인 행세를 하기를 좋아했는데, 분명 상스러운 호주인은 아니었다. 그녀는 압도적인 성적 매력의 소유자로서 머리가 좋았고, 사람들 앞에서는 우월함을 시위하거나 혹은 상대가 자기와 같은 부류인지(그런 사람은 극소수였지만) 아닌지를 판단하려 했다. 자기 패거리 앞에서는 호감 가는 태도에 민주적이면서 균일하게 태평스러운 태도를 취했다. 《거세된 여자》가 출간된 직후 그녀는 친구인 연극 비평가 케네스 타이넌 부부에게, 자신이 신문사들에게 너무 인기가 좋아서 "내가 종이에다 오줌을 싸면 그 얼룩을 인쇄할 판"이라고 말했다고 한다.

나는 아마도 '퍼리 프릭 브라더스'에 나오는 털보 히피 프리휠링 프랭클린처럼 보였을 것이고, 내가 보인 반응은 지역 교구 목사에게나 인정받았을 것이다. 나는 충격을 받았다. 그것은 실로 장난기 넘치는 분뇨에 대한 언급 때문만은 아니었다. 그것은 네 살짜리라도 증명할 수 있는 일인데, 사람들 앞에서 응가라든가 궁뎅이라는 말을 하면 즉각 반응이 나오게 마련이다. 내가 충격을 받은 주된 원인은 전후 맥락 때문이었다. 그녀처럼 총명하고 입이 건 사람이 워릭 대학에서 무엇을 하고 있는 것일까? 어째서 하필이면 나까지는 아니더라도(나도 같은 부류로 보였을 테지만) 저 딱딱하고 엄격한 학과장 앞에서 그런 말을 하는 것일까? 신중함 따위는 아예 없는 것일까?

오스트레일리아 멜버른 태생인 그녀는 박사과정을 밟으려고 케임브리지에 왔는데, 저 영리하며 난폭하고 조롱하기 좋아하는 호주인 세대, 요컨대 배리 험프리스 · 리처드 네빌 · 클라이브 제임스 · 로버트 휴즈와 같은 부류로서, 그들은 60년대 중반 신선한 방귀처럼 런던을 강타했다. 어릿광대이며 연예인, 사상가, 술꾼, 마약쟁이인 그들은 타파와 선동을 열망했다. 저메인은 이렇게 썼다. '권위 앞에서 경의를 표하는 짓으로는 진정한 사태의 변화를 꾀하지 못한다.' 이 호주인들을 묘사하려면 형용사를 줄줄이 늘어놓고 모순어법을 잔뜩 동원해야 할 판이었다.

나는 사실상 그녀가 누구인지도 모른 채 저메인과 맞닥뜨렸던 것인데, 그녀는 네빌의 〈오즈〉지에서 '닥터 G'로, 〈프라이빗 아이〉에서는 '로즈 블라이트'라는 필명으로 활동하고 있었다. 하지만 나는 그녀가 레드 제플린의 숨은 애호가라는 영예를 누리고 있다는 사실도 알지 못했다. 분명 성과 마약과 로큰롤을 자신이 좋아하는 자연스러운 환경이라고 여기면서도 동시에 재능 있는 대학인이기도 한 그녀는 이 두 세계에서 모두 살기로 마음먹었다. 그녀는 1971년 〈롤링 스톤〉지에, 자신을 잠입자로 여기고 있노라고 말했다. '나는 여전히 고지식한 사람들을 개종시키는 데 관심이 많다. 그것이 내가 강단에 서는 이유다. 내가 보기에 대학 측에서는 내가 관여하고 있는 일들을 전부 다 알지는 못하는 것 같다. 나는 그것을 그 수준까지 끌어내릴 생각은 없다.'

그것은 그녀 나름의 로큰롤이었지만, 대학인으로서는 이러한 사실이 암시하는 것만큼 파괴적이지 않았다. 오히려 그 반대였다. 똑같이 재능 있고 아름다우며 사교적이고 성적인 면에서 대담한 그녀의 동료 게이 클리포드와 마찬가지로, 저메인 역시 대학 내에서 이루어지는 학술적인 대화의 규칙에 까다로웠다. 학점이 짜고 대학

규정을 고집했으며, 규칙이나 규정 혹은 학생의 권리 같은 문제가 도마 위에 오르면 십중팔구 우파에 설 사람이었다. 우리의 동료 베르나르드 베르곤치가 명언을 남겼다. "저메인이 히틀러였다면 게이는 무솔리니 역을 맡았다."

그러나 《거세된 여자》가 출간되면서 저메인은 총명한 연예인 애호가이자 대학인 이상의 존재가 되었다. 명사가 된 것이다. 타블로이드판 신문사에서 나온 기자들이 카메라와 노트를 준비한 채 그녀가 나타나기를 기다리며 연구실 앞에 진을 쳤다. 갑자기 그녀가 온갖 신문, TV, 라디오에 나오기 시작했으며, 한 무리의 사람들이(누구보다도 그녀 자신이) 그녀의 말을 끊임없이 인용해 대기 시작했다.

《거세된 여자》의 기본 견해는 비교적 단순하다. 여자들이 가부장적 문화에 의해 무자비하게 무력화되고 거세되었다는 것이다. 여자들은 집단적이고 개별적으로 남자들과의 '평등' 제의를 거부해야 하는데, 그것은 그들에게 제시된 본보기라는 것이 그럴 만한 가치가 없기 때문이다. 그 대신에 여자들은 이 책의 키워드들인 자립과 긍지, 자발성, 무례함, 거침없는 의견 토로를 계발해야 한다. 또한 결혼과 소비사회, 핵가족의 밀실 공포증 같은 원자론을 거부해야 한다.

저메인 그리어가 그린 이상 사회는 이탈리아 남부의 농경사회에 기반을 두고 있었다.

저 칼라브리아의 더러운 두 칸짜리 집이 생각난다,

> 사람들은 그 집을 거리낌 없이 드나들었고,
> 아플 때 이외에는 아이의 울음소리가 들리지 않았으며
> 열두 살 난 고모는 우물가에서 빨래하며
> 노래를 하고, 늙은 아버지는
> 손자를 안고 올리브 숲 속을 거닐었다.

이 목가에서 주목할 만한 점은 거의 모든 것을 간과하고 있다는 사실이다. 뼈아픈 가난, 근친상간, 험담, 가족과 마을 간의 불화, 외부인에 대한 불신, 결혼을 제외한 모든 성행위에 대한 증오심, 마피아와 가톨릭교회의 악영향, 젊은 사람들의 가차 없는 집단 이동 등이 빠져 있다. 그것만 아니라면 꽤 유쾌한 느낌을 주는데, 그리어 박사는 그곳에 그리 오래 체류하지는 않았던 것 같다.

아무려나 상관없는 일이다. 이 책의 장점은 거부적인 견해, 생색을 내며 던져진 찌꺼기를 순순히 받아먹는 데 대한 비판이기 때문이다. 이 책에 제시된 바람직한 문화 및 사회의 본보기는 그리 설득력은 없어 보였다.

저메인은 논의를 전개한 것이 아니라 단언했다. 《거세된 여자》에는 학문적 요소가 들어 있긴 했지만 그것에 대한 뒷받침이 없어 학술적 담론의 가치를 손상하고 무력화시켰다. 이 책은 객관적으로 씌어진 것이 아니라 정반대로, 무자비할 만큼 불순한 동기가 가득 차 있다. 강력하게 주장해야 할 문제가 있었던 이 책은 목적을 위해 온갖 수사적 과잉을 마다하지 않았다. 저메인 그리어는 과장의 여

왕이었다. 그녀는 이런저런 내용이 과장이 아닐지, 혹은 오류는 아닐지에는 관심이 없었다.

> 여자들은 남자들이 자신들을 얼마나 싫어하는지
> 모른다. …… 남자들도 자신들이 품고 있는 증오의 깊이를
> 모른다.

> 자유롭다는 생각이 든다면,
> 월경의 피를 찍어서 맛본다고 상상해 보라.
> 구역질이 날 것이다. 아기를 낳으려면
> 머나먼 길을 가야 하는 것이다.

> 자신의 성기를 가득 채웠을 때 느끼는 음핵 오르가즘은
> 성기가 텅 빈 채 느끼는 음핵 오르가즘보다 멋진 일이다.
> (줄잡아 말하더라도 그렇다.)

《거세된 여자》는 놀랄 만큼 자기애적인 책이다. 그것은 공표하는 내용에 대한 실물 교육서이다. 나처럼 되라고 이 책은 말한다. 하고 싶은 말을 하고, 살고 싶은 삶을 살고, 자고 싶은 사람과 자라, 그것도 자랑스럽게, 부끄러움 없이 말이다. 그리고 저메인은 그 일을 내가 너에게 그렇게 하라고 말했기 때문이 아니라 바로 너 자신을 위해 그렇게 하라고 역설한다. 나는 사람들을 이끌고 싶은 생각

도 없고 본보기가 되고 싶지도 않다.(그런 말을 믿는 사람은 아무도 없었다.) 그녀의 견해는 주목받은 만큼의 메시지를 주지 못했다. 그저 주목받기만을 요구했다. 《거세된 여자》는 (여자들을 조롱할 때 흔히 사용되는 표현인) 귀에 거슬리고 도발적이고 주목을 받고자 스스로 꾸민 연극이고, 강렬하고 강제적이고, 그런가 하면 종종 비논리적이다. 그런데도 '옳았다'. 전체적으로 볼 때 이 책의 내용은 더할 나위 없이 옳았던 것이다.

그것이 곤혹스러운 부분이었다. 핵가족의 밀실 공포증, 가정주부의 저 움츠러들고 인정받지 못하고 소모적인 역할, 그리고 평균치 남편의 거만하며 성적으로 권력을 휘두르는 역할은(비록 선의를 품고 있고 자유주의적 성향을 가진 우리 부부의 경우, 아니 '특히' 그런 부류의 경우) 좀 극단적이긴 해도 스물여섯의 나이에 레밍턴 스파 외곽의 외딴 시골집에 살고 있는 바버라와 내가 겪고 있던 삶을 정확히 묘사해 놓은 듯이 보였다.

우리의 삶은 엄청나게 불안정했다. 바버라는 학교 시절 우울한 경험을 한 워릭셔로 돌아간다는 일이 걱정스러운 눈치였고, 부모 형제가 지척에 살고 있는 곳에서 삶을 꾸려 나간다는 사실에 애증이 엇갈리는 심정이었던 것이 분명했다. 새로 맡은 세 과목(처음 몇 년간 맡았던 영시, 유럽 소설, 문학 개론 강의)을 준비하고 있던 나는 대학 동료와 학생들에게 좋은 인상을 주고 싶었다. 나는 아침 일찍 떠났다가 불안하면서도 상쾌한 기분으로 돌아오곤 했으며, 다음 날 강의와 한 주 동안 해야 할 강의에 필요한 책들을 읽으면서 저녁나절을 보내야 했다.

바버라는 운전을 하지 않았는데, 우리 집은 가장 가까운 작은 상점에서 걸어서 10분 거리에 있었고 이따금씩 레밍턴까지 들어가는 버스가 왔다. 밤이 되어 집에 와 보면 책을 읽고 산책을 하고 저녁에 먹을 음식을 요리하고 TV를 보고 음악을 들으며 하루를 보낸 그녀가 불안하고 침울한 기분에 잠겨 있곤 했다. 아름다운 정원과 온전히 우리 소유의 집을 마련할 기회라는 데 현혹된 우리는 좀 성급하게 외딴 곳에 위치한 집을 구하기로 결정을 내렸던 것이다.

그것은 큰 실수였다. 강풍에 나뭇가지가 침실 창문을 때리던 어느 날 밤, 외계인들이 밖에 있으며 이제 곧 침실 문을 뚫고 들어오리라는 더할 나위 없이 명확한 느낌(아니, 그것은 단지 느낌 정도가 아니라 무서울 정도로 사실처럼 여겨졌다.)이 든 나는 잠에서 깨었다. 나는 겁에 질린 나머지 소리도 지르지 못했다. 머리끝이 쭈뼛했는지까지는 몰라도 팔에 소름이 돋은 것만은 확실했다. 침대에서 기어 나온 나는 문에다 방어벽을 칠 셈으로 거대한 마호가니 책상을 옮기기 시작했다. 책상이 바닥에 끌리는 날카로운 소리에 바버라가 잠에서 깼다.

“지금 뭐하는 거야?” 그녀가 의심하는 어조로 그렇게 묻더니 침대 곁 스탠드를 켰다. 그녀는 어깨를 책상에 붙인 채 헐떡이며 방 저편으로 책상을 밀고 있는 나를 보았다.

“쉿!” 내가 최대한 목소리를 죽여 가며 말했다. “놈들이 들을지 몰라!”

바버라가 놀란 눈으로 주위를 둘러보았다.

"누가 듣는다는 거야?"

"조용히 해! 놈들이 지금 밖에 있어!"

"누가? 맙소사, 도둑이 든 거야?"

"그보다 더 나빠. 쉿! 외계에서 온 놈들이야! 문을 막게 나 좀 도와줘. 어서!"

"자, 이리 와." 그녀가 마치 흥분한 갓난애에게 말하듯 상냥하고 부드러운 어조로 말했다. "침대로 와. 악몽을 꾼 것뿐이야."

나는 책상을 완전히 밀어붙여 놓고 나서야 침대로 향했다. 나는 외계인이 들어오지 않을까 전전긍긍하며 밤새도록 굳은 채 깨어 있었다. 나를 데리러 우주를 가로질러 온 외계인들이 겨우 막힌 문짝 앞에서 좌절하게 될지는 미지수였지만, 나는 책상이 조금이라도 방 안쪽으로 움직이는 기미가 없는지 뚫어져라 지켜보았다. 그것으로 우리의 운명이 달라질 터였다.

아침이 되자 외계인의 공격을 무사히 피하게 된(외계인들은 밤에만 공격할 수 있다.) 나는 카페인으로 충전한 다음 완전히 녹초 상태로 학교로 출근했다. 내가 내 방으로 들어가자 저메인(그녀의 방은 바로 복도 건너편이었다.)이 걱정스럽다는 얼굴로 들여다보았다. 장소의 근접성 덕분에 좀 더 쉽게 사귀게 된 우리는 이따금씩 서로의 방에 들러 짤막하게 세상 얘기나 잡담을 나누었다.

"몰골이 엉망이군요." 그녀가 그다지 몰인정하지만은 않은 어조로 말했다. "무슨 일이죠?"

나는 그녀에게 외계인에 대한 얘기까지 모두 다 털어놓았다. 눈썹을 추켜올린 채 아무 말 없이 듣고만 있던 그녀가 커피를 한잔 하자고 했다.

"당신 이사를 해야 해요. 그런 외딴 곳에 사는 것은 무의미한 짓이에요. 당신 부인에게도 옳지 못한 일이고 말이에요." 그녀의 말이 맞았다.

"다음 목요일 저녁에 식사나 해요. 시간이 되겠어요?"

우리에게는 사교 생활이라는 것이 전무했고, 헌터 교수가 의무적으로 열어 준 저 딱딱한 신임 환영회 만찬에 참석했던 일을 제외하면 외출도 거의 하지 않았기 때문에, 서글픈 퇴물인 나는 수첩을 볼 것도 없이 수락할 수 있었다.

이 무렵 우리 둘 다 《거세된 여자》를 읽은 뒤였는데, 새로운 가능성에 흥분한 바버라는 몇 가지 심각한 유보 조건을 달았다. 정신요법을 받고 있는 사람의 눈으로 보기에 저메인의 몇 가지 관점은 부적절해 보였던 것이다. "혁명적인 여자는 의사, 정신과 의사, 방문 간호사, 사제, 결혼상담가들…… 그들이 모두 떼 지어 몰려들어 경고와 조언을 하려드는 권위주의자이자 독단론자이며 적이라는 사실을 알아야 한다."

그럼에도 거기에서는 자유의 냄새가 났다. 과거에는 후회하는 투로 '남자와의 관계에 문제가 있다'고 자신을 보았던 여자들이 이런 거들먹거리는 범주에서 벗어나, 그런 것들이 지배적이고 호의적이지 못한 남성문화 속에서 여성들이 안고 있는 문제라는 좀 더 크고 설득력 있는 개념으로 생각하게 되었다. 물론 이런 문화에는 나도 포함되어 있었다. 여성단체에 들어간 바버라는 그곳 회원들 역시 비슷한 생각이라는 사실을 알고 기뻐했다.(그렇지만 언제나 나에 관련된 것만은 아니었다.)

나는 이런 현실에 할 수 있는 한 맞섰다. 비록 나의 남성 친구와 동료들 다수가 여성운동에 동조하여 이른바 '내 탓' 문화를 만들어 내기는 했지만, 나는 남성 단체를 골프 코스 출발선이나 포커 게임 테이블에서 만나는 모임 정도로 여기는 부류에 속해 있었다. 스스로 공감하는 1세대 페미니스트(동등한 권리, 동등한 지불, 모든 면에서 동등하다는 것)라고 기꺼이 공언하는 나도, 놀랍게도 흑인들이 희생자가 된 것과 같은 방식으로 자신들이 희생되었다고 주장하는 이 새로운 여성해방 운동가들의 공격을 도덕적으로 왜곡된 것으로 파악했다. 나는 종종 거만한 투로 주장하기를, 세계의 희생자에 대한 공감에 내가 붙인 단서는 기아로 죽어 가는 아이들, 진정한 의미에서 박탈된 사람들이 있는 제3세계에 우선권이 있다고 했다. 동정심이라는 것은 약화될 수 있으므로 나는 내 몫을 가장 필요로 하는 곳에 할당하고 싶었고, '남자'라는 단어를 희롱과 분노와 욕설 정도로 보는 특권을 누리는 중산층 여자들 무리에게 나누어 줄 생각은 없었다. 나는 기회가 있을 때마다 그렇게 말했다. 그러자 "당신도 남자처럼 말하는군요"라는 대꾸를 들었다. 결국 나는 '꼴사납게 입씨름을 하는 여자처럼 말하지 말아야 한다는 것'을 배운 셈이다. 그런 내 생각은 얼굴에도 나타났을 것이다.

저메인도 이런 문제를 알았으나, 그 사실을 인정하기까지는 얼마간 시간이 걸렸다. 《거세된 여자》 25쇄 발간 기념판의 머리말에 그녀는 이렇게 썼다. '《거세된 여자》는 가난한 여자들을 다루지는 않았지만(그 글을 썼을 당시에는 그들에 대해 알지 못했다.) 가난한 여자들의 눈에는 자유처럼 보이는 부유한 세계의 여자들에 대해 다루었다.' 이런 자기탐닉적인 언사는(불쌍한 사람들에 대해 알아야만 그들을 생각할 수 있다는 것인가?) 단순히 자기 자신에 대한 언급이기 때문이 아니라 간결하지 못한 글쓰기 때문에 야기된 것처럼 보인다.

저메인은 레밍턴의 리젠시풍 주택에 살았는데, 그녀의 플랫은 모로코산 덮개와 공예품으로 화려하게 장식되어 다채롭고 유쾌했으며, 맛좋은 음식과 향과 마리화나가 한데 섞인 이국적인 냄새를 풍겼다. 그녀는 양고기 뚝배기 요리를 내놓고, 깊은 관심을 보이고 즐거워하며 대화에 몰두했다. 그 자리에는 우리 세 사람밖에 없었는데, 분위기와 관심과 몇 잔의 포도주로 기운을 얻은 바버라는 대학인에 대한 반감을 극복하고 마음을 열었다. 그날 저녁이 끝나 갈 무렵에는 바버라와 저메인이 즐겁게 이야기를 나누고 있었다. 그 사이에 나는 푹신한 버킷 체어에 등을 기대고 앉아 약 기운에 싸여 행복한 기분으로 마음속에 웅크리고 있던 외계인들에서 멀리 떠나 있었다.

다음 날, 저메인이 수업 사이에 내 방에 들렀다.

"정말 고마웠어요. 아주 후한 대접을 받았습니다." 내가 말했다.

"생각 좀 해 봤는데요, 레밍턴에 방을 구할 때까지 당신들이 나와 함께 있는 건 어떻겠어요?"

전혀 예기치 못한 제안이었다. 저메인에게는 충동적으로 관대한 행동을 하는 성향이 있었는데, 그 행동이 종종 그녀가 실제로 처리할 수 있는 한도를 넘어서곤 했다. 그리고 이 경우에도 그녀의 아파트가 수용할 수 있는 범위를 훨씬 초과했다. 아파트의 보조 침실이 너무 작아서 비록 단기간이라 해도 동거 제의를 받아들이기 어려웠다. 그날 저녁 바바라와 함께 포도주를 마시면서 약간 아쉽다는 투로 그 이야기를 했다. 실현 가능성은 없어도 솔깃했던 것이다. 적어도 한동안은 재미있기도 했을 것이다.

"저메인이 나한테 반한 것 같아?" 바바라가 물었다.

"두 사람이 잘 지내는 것 같던데." 나는 그런 생각을 하자 기분이 좋아져서 그렇게 대꾸했다. "당신은 그녀한테 반했나?"

그녀는 고개를 저었다. "그런 일이 생긴다면 겁이 날 거야. 침대 발치에 뼈만 남게 되고 말걸."

생리혈을 마시는 이 발키리(북유럽 신화에 나오는 전쟁의 처녀들로, 죽은 전사의 넋을 선택하여 신들의 전당으로 데려가는 역할을 한다.—옮긴이)가 바바라를 유혹한다는 것은 꽤나 마음을 끄는 생각이었다. '대학 강사, 호주 흡혈귀가 아내를 잡아먹는 광경을 방관하다!'라는 신문 표제가 눈앞에 선했다. 몇 주일 후 레밍턴에서 플랫을 구한 우리는 답례로 저메인을 저녁 식사에 초대했다. 아마 우리 모두가 딱 맞는 날을 잡을 수 없었을 것이다. 우리와 달리 그녀는 언제나 일정이 빡빡했다. 어쨌든 그녀는 우리가 한 고비를 넘기도록 도와주었으며, 그 일 이후 우리와는 어느 정도 거리를 두고 지냈다. 나는 별로 신경을 쓰지 않았다. 그녀는 친절하게 중재 역할을 해 주었으며, 그녀에게는 해야 할 일이 잔뜩 있었던 것이다. 1년도 채 지나지 않아서 저메인은 워릭 대학을 사직하고 외국으로, 더 자극적인 세계로 옮겨 갔다. 이제는 영문학과도, 흰 타일을 바른 건물도, 불행한 대학 동료도 없었다. 그 일은 분명 적지 않게 안도감을 주었을 것이다. 내가 같은 일을 할 용기를 내는 데에는 13년이 걸렸다.

바바라는 얄궂게도 극도로 불편한 환경에 처한 셈이 되었는데, 자기만족에 빠진 대학인들 틈에 완전히 고립된 상태가 된 데다, 그녀가 성장한 케닐워스의 집에서 불과 8킬로미터밖에 떨어지지 않았던 것이다. 그녀에게는 저메인 같은 으스대는 태도가 없었지만 《거세된 여자》는 그녀에게, 우리 두 사람에게 어느 정도 영향을 주었다. 우리 둘 다 당시에는 그 사실을 인지하지 못했다. 열여덟 살 때 흄이 내게 해 주었던 것처럼 돌연한 깨달음을 가져다주는 책이 있게 마련이지만, 《거세된 여자》는 그것과 비슷한 다른 많은 영향과 한데 결합하여 거의 알아차릴 수 없을 정도로 우리에게 작용했다. 바바라처럼 성숙한 여자는 더 강인하고 더욱 생기에 넘치고 사교적인 면에서 자신감을 얻고 자신이 생각한 대로 할 일을 찾으려는 성향을 보였다. 바바라는 괜찮은 화가가 되었고, 동종요법 수련을 쌓았다. 그녀의 영혼 어느 구석에선가 저메인 그리어의 목소리가 울려 퍼지고 있음을 바바라 자신도 인정할 것이다.

내 경우에는 물론 그런 식으로 작용하지 않았고, 그럴 수도 없었다. 그러나 《거세된 여자》가 출간되고부터 그저 단순한 남성, 요컨대 페니스가 달린 동물이 아니라 인간이 된다는 일이 더 복잡하고 공세에 시달리는, 그리고 분명 좀 더 흥미로운 문제가 된 셈이다. 《거세된 여자》는 당시 남자들에게 미증유의 문제를 안겨 주었다. 만약 그것에 동의하지 않거나 반대할 경우에는 구식에다 우익 성향을 지닌 반페미니스트가 되는 것이고, 그것을 호의적으로 받아들인다면 제 자신에 대한 참을 수 없는 서술에 동의하는 셈이기 때문이다.

저메인은 물론 이것이 있을 법한 반응임을 알았으며, 이 책의 마지막 부분에서 선명하게 드러나듯 바로 그것이 그녀의 수사학적 전술의 일환이었다. '면책특권을 가진 여자들이 당신의 소맷자락을 잡아당기며 개량을 위한 '투쟁'에 협력해 달라고 요청하겠지만, 개량은 퇴보일 뿐이다. 과거의 구태의연한 방식을 그저 새롭게 바꾸는 것이 아니라 완전히 깨부수어야 한다. 모진 여자들은 당신으로 하여금 저항하도록 부추길 테지만, 너무나 많은 것을 소유한 당신은 그러지 못한다. 과연 당신은 어떻게 할 것인가?'

이 문장의 대상은 주로 여성 독자였겠지만, 명백히 또한 위협적으로 나를 지목하기라도 한 것 같은 기분이 들었다. 이런 식으로 생각하면 《거세된 여자》는 폭력적인 공격이 되는 셈이다. 이 책은 사람들을 괴롭히려는 의도, 폭력적 언행을 야기하려는 의도, 그리고 이 책에 서술된 긴장 상태를 강화시켜 비등점까지 끌어올리게 만들 바로 그런 반응을 자극하려는 의도에서 씌어졌다. 나는 물론 그렇다는 것을 알 수 있었지만(그 사실을 모르기는 어렵다.), 이 책은 협상의 여지를 남기지 않았다. 나는 분석이나 결론을 공유하려 들지 않는 그

기백과 목소리에 탄복했다. 나는 흠을 잡고 논의하고 경멸조로 몇 구절을 인용하기도 했다. 이 책은 나로 하여금 방어적이 되게 하고 골나게 만들고 어느 정도는 좌절하게 했다. 아마 저메인이라면, 그녀 자신이 가한 압박 덕분에 내가 나 자신의 실체를 발견하게 된 것이라고 말했을 것이다. 그것은 그리 마음 편한 방식은 아니며, 지금도 나는 그 일에 대해 그녀에게 고마워해야 할지 확신이 없다.

II
고도의 편성

HIGHLY ORCHESTRATED

과거의 것을 없애기만 간절히 빌어야 한다,
새로운 것이 출현하기 전에, 그것이 설혹 자아일지라도.

D. H. 로런스, 《사랑에 빠진 여인들*Women in Love*》

이성sense과 감성sensibility의 차이를 이해하고 싶다면 내 옥스퍼드 시절 박사과정 개별지도에서 발췌한 다음 사례가 도움이 될지 모르겠다. 존 베일리John Bayley와 나는 로런스의 《사랑에 빠진 여인들》에 대해 이야기를 나누는 중이었다. 이유는 기억나지 않지만, 결말부와 관련된 것이 아니었을까? 아니면 사랑의 본질에 관련된 것일지도 모른다.(존 베일리의 《사랑의 성격*The Characters of Love*》은 주목할 만한 저서다.)

내가 1년 동안 존의 지도를 받게 된 것은 내 논문지도 교수 J. I. M. 스튜어트가 휴가였기 때문인데, 그동안에 스튜어트는 필시 또 다른 애플비Appleby 탐정소설(스튜어트가 '마이클 인스'라는 필명으로 쓴 탐정소설—옮긴이)을 쓰고 있었을 것이다.("여보게, 그건 스릴러가 아냐. 나는 내 작품들이 스릴러에 대한 풍자물이라고 생각하네.")

베일리는 스튜어트보다 더 재미가 있었다. 스튜어트는, 이따금씩 있던 개별지도 때면 내가 최근에 쓴 장章의 철자를 수정한다든가 그리스어 명예교수의 성애문학집을 설명하는 것이 고작이었다.

"제가 그걸 좀 봐도 될까요?"

"그건 안 되네."

그러나 베일리는 씌어진 낱말에 직접 개입함으로써 비록 에두른 방식이긴 해도 나는 그에게서 많은 것을 배웠다. 존에 관한 것은 모두 완곡했으며, 그가 다음에 무슨 말을 할지는 아무도 예측할 수 없었다. 그는 교육적으로 통찰력이 있고 기묘하고 장난기가 있는 데다, 그가 내세운 전제는 불투명했고 그의 진행 방식은 헤아리기가 어려웠다. 그의 감성에는 세련된 여성성이 들어 있었다. 그의 용모와 태도는 20세기 초 영국 에드워드 시대 문학기의 다정다감한 아동 도서에서 곧바로 나온 듯했고, 부드러운 함정처럼 본심을 숨긴 저 번터(프랭크 리처즈의 소설들에 등장하는 둥근테 안경의 뚱보인 빌리 번터—옮긴이) 같은 상냥함이 느껴졌다. 그에게 리비스 같은 추종자가 생기리라고는 상상도 못 할 일이었다. 요컨대 베일리파 같은 것은 있을 수가 없었다.

그의 말더듬은 옥스퍼드에서 흔히 볼 수 있는 겉치레(케임브리지에서는 그런 짓을 하지 않는다.)가 아니라 다음에 올 음절을 필사적으로 모색하기 위한 것으로서, 그의 말을 듣는 이는 그가 음절을 찾는 데 성공하거나(그것도 빠른 시간 안에!) 아니면 차라리 포기했으면 하고 기도하게 마련이었다. 그의 대화 상대는 인내심을 가져야 했다. 왜냐하면 자신이 지도하는 학생이 개별지도에 익숙해지면서 그도 어느 정도 안정을 찾게 되고 말더듬도 한결 나아지니까 말이다. 그로부터 몇 년 후 워릭 대학에서 그의 강연을 들었던 기억이 나는데, 그때 나는 그의 아내인 아이리스 머독 옆자리에 앉아 있었다. 그녀는 남편이 더듬거리기 시작하자 걱정스럽다는 듯이 주먹을 꽉 쥐었다.

"처음 몇 분만 지나면 괜찮아진답니다." 그녀가 불안한 태도로 내 손을 꽉 잡고는 그렇게 말했는데, 실제로 그렇게 되었으나 그 순간이 오기까지가 끝없이 길게 느껴졌다. 개별지도 때 베일리는 학생에게 말을 시키는 법을 익혔다. 그래서 나는 《사랑에 빠진 여인들》을 화제에 올린 것이 나였으리라고 생각한다.

"나는 결말이 마음에 들어요. 그들이 양성 간의 사랑과 관계에 대해 대화하는 대목 말이에요. 그 대목은 견해차로 끝나는데, 거기에서 버킨은 사랑에 두 가지 종류가 있어야 한다고 말하고는 어슐러가 자기 말에 동의하지 않자 '내 생각에는……' 하고 말하죠. 그리고 바로 그것이 마지막 문장이에요. 정말 멋진 결말이에요. 공허하면서도 결론을 내지 않는 것 말입니다."

존은 내 말을 잠시 생각해 보았다.

"나는 언제나 그것을 고, 고, 고도의 펴, 펴, 편성이라고 새, 새, 생각했다네."

그러한 통찰은 말더듬으로 이득을 본 셈인데, 흡사 힘들여 얻은 인식처럼 보였던 것이다. 그러나 거기에는 당시 나로서는 포착할 수 없었던, 미세하게 감지할 수 있는 진리의 울림이 들어 있었다. 결말부에 대한 나의 해석이 틀린 것은 아니었으며 나름대로 분별 있는 판단이었지만 특별할 것은 없었다. 그것은 그 대목의 주조主調와 행간에 숨어 있는 내용, 저자의 통제를 파악하지 못한, 그저 '주어진 대로' 취한 것에 불과했다.

그런 식으로 생각하려면 진정한 감성이 있어야 하고 영국인이어야 했을 것 같다. 나는 미국인이었다. 우리는 영리하면서도 성실하고 지나칠 정도로 새로운 세계여서, 거의 호주인들만큼이나 사정이 나빴다. 정신에는 섬세함이 부족했고, 감정 역시 깊이는 있을지 몰라도 그저 하나의 흐름만 있을 뿐 개울이라든가 소용돌이, 지류들이 없었다.

그 무렵만 해도 사람들은 로런스를 중요한 작가로 여겼고, 지금과는 달리 20세기의 규범과 강의표에서도 중요한 자리를 차지하고 있었으리라 생각된다. 그런데 이제는 케케묵은 작가, 거의 당혹스러울 만큼 과도하게 우스운 작가로 간주된다. 그렇지만 60년대와 70년대에는 리비스가 '위대한 전통'이라 일컬은 범주에 속하는 중요한 작가로 찬미되었다.

로런스는 보통 모더니즘 강의에서 조이스와 함께 거론되게 마련이지만(《사랑에 빠진 여인들》이 출간된 것은 《율리시스》가 나오기 불과 1년 전이었다.), 리비스는 본격문학을 읽는 진지한 독자라면 로런스와 조이스 두 사람 사이에서 '택일'할 것을 요구했다. 조이스는 기술적으로 조숙했을지 몰라도 비난받을 정도로 자기 언급이 지나치고 불건전하며 근본적으로 유미주의자였다.

> …… 거기에는 생기 넘치는 전체를 결정짓고 활기를 불어넣고 통제하는 유기적 원리가 없다. 정교한 유추 구조, 눈에 띌 정도로 다양한 기술적 장치, 의식을 철저하게 묘사하려는 시도, 그런 것이 《율리시스》의 강점이다. …… 내 생각에 그것은 막다른 길이거나, 혹은 해체를 가리키는 시계바늘 같은 것이다. ……

이런 술어는 분명 로런스를 본뜬 것이다. '유기적인 면의 결핍'은 바람직하지 못하고, '해체'는 부패로 굴러 떨어지는 과정이며, '세계주의'라는 말은 경멸조로 사용되고, '의식…… 철저……'라는 표현은 건강하지 못한 존재의 징후인 셈이다. 그보다는 《사랑에 빠진 여인들》을 대변하는 루퍼트 버킨의 말을 듣는 편이 더 나을 것이다.

워릭 대학에서 강의를 맡은 첫해에 내가 '선택과목'에 로런스를 넣을 예정이라고 하자, 동료들은 약간 진부하지만 한번 해볼 만한 일이라고 여겼고 학생들은 솔깃해 했다. 강의 등록자가 너무 많자, 학과장은 내가 세미나 과정 2개 반 이상은 맡기 어렵다고 주의를 주었다. 그래도 나는 서른 명에 달하는 수강 신청자를 수용하고자

3개 반을 편성했다. 이토록 많은 학생들이 로런스와 나를 선택했다는 사실이 기분 좋았다. 우리는 주요 장편과 단편, 에세이, 여행기, 《D. H. 로런스 서한집*Collected Letters*》을 읽고 이스트우드와 로런스가 살았던 마을을 방문했으며, 탄광에 내려가 보기도 했다.(이스트우드는 탄광촌으로, 로런스의 아버지는 광부였다.—옮긴이) 물론, 겁이 난 나는 지상에 있는 술집에 남아서 맥주를 0.5리터쯤 마셨다.

우리는, 한번 연구로 삼을 만하다는 의미에서 로런스가 유익할 수 있다는 리비스의 말에 동의했다. 로런스 신도의 말에 따르자면, 로런스는 '생동감 있게 경험을 수용할 수 있고, 삶에 대해 경건하고도 솔직한 태도를 취하며, 도덕적 긴장이 두드러지게 나타나는 작가'인 것이다. 그 당시 바로 이러한 속성들이 아주 바람직해 보였던 나는 로런스의 주요 작품이 지닌 다중적인 과제와 난제에 부딪쳐 가며 연구해 볼 만하다고 여겼다.(지금의 나라면 아무런 영예도 되지 못하는 저 회의적이고 까다로운 과제 앞에서 뒷걸음질을 칠 테지만.) 그리고 그런 작품 가운데에서 《사랑에 빠진 여인들》이 핵심 문헌이라는 사실에는 의문의 여지가 없어 보였다.

출판된 것은 1921년이지만, 《무지개*The Rainbow*》(1915)의 자매편인 이 장편은 원래 동일한 구상에서 태어났고 제목도 '자매들The Sisters'이라고 붙일 예정이었다. 《사랑에 빠진 여인들》은 제1차 세계대전 중에 집필되었으며, 이미 전쟁 전부터 쓰기 시작했지만 소설의 분위기와 주제는 그 시기의 혼돈과 해체를 뚜렷하게 반영하고 있는 것처럼 보인다. 그것이 아니라면 소설 속에 무수히 나오는 붕괴와

타락, 와해에 대한 언급을 설명할 방도가 없다. "거짓이 사람을 죽인다. …… 증오하고 싶다면 하게 놔둬라. …… 죽음, 살인, 고문, 광포한 파괴 …… 그것들 모두 말이다. …… 하지만 사랑의 이름으로 행하게 하지는 말라. …… 나는 박애를 혐오하며 그런 것은 깨끗이 없어졌으면 좋겠다. …… 그러면 한결 나은 세상이 될 것이다."

루퍼트 버킨만이 그렇게 느낀 것이라면 개인적인 병리 현상으로 치부하고 말겠지만, 그의 여자 친구 어슐러와 어슐러의 자매인 구드런, 그리고 그녀의 연인이며 탄광 사장의 아들인 제럴드 크라이치 같은 등장인물들 모두 그런 감정을 느낀다는 점에서 이런 분위기는 보편적 의미를 띤다. 버킨은 인류가 존재 단계에서 맨 끝 지점에 도달했다고 여기는데, 현재의 시각으로 보면 '진부한' 관점이다. 우리는 새롭고 더 만족스런 존재 양식, 또는 로런스가 '삶의 형식'이라고 일컫는 것으로 진입할 방법을 찾아야 한다는 것이다. 그런데 그 의미가 선명하지 않다. 버킨이 하는 말은 상황에 따라 달라진다. 공식을 만들려다가 염증을 느끼고 포기하고, 그랬다가 다시 한 번 공식을 만들려다가 또다시 포기한다. 그는 뭔가 아주 잘못돼 있다고 여기지만 그것이 무엇인지 설명할 수도 없고 극복하지도 못한다. 사실상, 올바른 표현을 찾지 못하면 삶의 형식을 찾을 수 없고, 삶의 형식을 찾지 못하면 올바른 표현을 찾지 못하는 방식으로 두 개의 과정이 서로 엉켜 있다. 결국 그에게 새로운 언어를 찾는 것과 새로운 존재 방식이라는 두 과제가 한데 꼬여 있는 셈이다. 하나에 실패하면 다른 하나도 실패하는데, 그러면서 다른 하나가 완성되지 않으면 어느 것 하나 완성되지 못한다. 버킨은, 우리가 이런 식으로 "일련의 한정되고 그릇된 개념 덩어리에 묶여 있다"고 말한다. 그것은 전형적인 비트겐슈타인식 수수께끼인데, 훗날 비트겐슈타인은 이를 공식화하게 된다.

《사랑에 빠진 여인들》은 자유에 대한 열망이면서, 더 넓고 크고 만족스럽고 그러면서 새로운 어떤 것의 가능성을 감지하고 그것을 얻고자 노력하는데도 표현하거나 찾지 못하는 불만에 차 있는 작품이다. 이 작품은 좌절의 기록이며, 자기가 인식한 내용을 표현하려는 버킨의 시도는 종종 당혹스러울 정도로 미숙하기만 하다. 버킨과 제럴드 사이에 오간 우스꽝스러운 대화를 예로 들어 보자.

> 버킨은 그를 주의 깊게 지켜보았다. 그는 제럴드에게서 지독하리만큼 싹싹한 냉담함, 심지어 이상한 악의까지 번뜩이는 것을 보았다. 생산성이라는 저 그럴싸한 윤리에서 번뜩이는 악의 말이다.
>
> "제럴드, 정확히 말해서 난 자네가 마음에 들지 않네."
>
> "그러시리라는 건 저도 알고 있습니다. 그런데 이유가 뭔가요?"
>
> 버킨은 헤아리기 힘든 눈길로 뭔가 생각하듯 잠시 제럴드를 쳐다보았다.
>
> 이윽고 버킨이 입을 열었다. "자네가 나를 싫어한다는 사실을 자네 자신이 의식하고 있는지 알고 싶군. 한 번이라도 의식해서 나를 혐오한 적이 있나? 저 불가사의한 증오심을 품고 나를 미워하느냔 말일세. 내가 자네를 싫어할 때는 별이 빛나는 것처럼 묘한 순간들이라네."

제럴드는 좀 난감할 정도로 당황했다. 그는 무어라고 말해야 좋을지 알 수 없었다.

독자는 공감할 수 있을 뿐이며, 물론 그 점이 중요하다. 버킨이 여기서 작업하고 있는 것은 '별의 평형star equilibrium'이라는 은유이며 그것으로 '사랑'이라는 사死개념을 대체하기를 바라고 있으나, 제럴드나 어슐러는(그리고 독자 역시) '별을 끌어들이려는' 그의 시도를 믿지 않는다.

그래도 그는 그 시도를 감행한다. 그는 분명 사랑을 원하고 또 갈망하지만 그런 생각과 기존의 현실을 모두 싫어한다. 새로운 이해 방식을 구하고 싶어 하는 그의 욕망은 그 강렬함 면에서 성애적이며, 그가 어슐러에게 끌리는 요인이 그들이 '동일한 언어'를 사용한다는 자각에서 나왔다는 사실은 그리 놀라운 일이 아니다. 그러나 그 일은 두 연인과 독자 모두에게 좌절만 안겨 줄 뿐이다.

'진지한 삶'을 영위하고자 하는 버킨의 노력이 이 소설의 핵심이며, 그것은 철학적인 과정이기도 하다. 그 자신의 새로운 개념 조합을 모색하고 있을 뿐 아니라, 이야기 전제 자체 역시 비록 암묵적이긴 해도 그러한 개념들을 공급하고 있다. 《사랑에 빠진 여인들》은 유례없이 진정한 관념소설로 구상된 작품이며, 그러한 생각이 소설을 진술하는 방식 자체에 묻혀 있다. 에이어Alfred Jules Ayer까지 인용할 필요 없이 로런스의 표현을 빌려 말하자면, 그것은 철학적인 노력이다. 〈소설의 외과 수술인가, 아니면 한낱 돌발 사건인가?Surgery for the Novel: Or a Bomb?〉라는 에세이에서 로런스는 바로 이 문제를 거론하고 있다.

> 플라톤의 《대화록》은 …… 일종의 의사擬似소설이다. 내게는, 철학과 허구가 분리된 것이야말로 무엇보다 애석한 일이다. 그 둘은 원래 신화시대부터 하나였다. 나중에 가서 그것들은 흡사 서로 다투는 부부처럼 갈라서고 말았다. …… 그 결과 소설은 깊이를 잃었고 철학은 메마른 관념이 되었다. …… 철학과 허구는 다시 소설로서 하나로 결합되어야 한다.

제대로 이해했다면 여기서의 철학적 노력이란 인식론적인 문제를 의미한다. 사실, 여기에는 사랑, 새로운 개념, 사회학, 지도자와 추종자에 관련된 개념이 수없이 나오는데, 그 대부분은 니체Friedrich Wilhelm Nietzsche와 쇼펜하우어Arthur Schopenhauer로부터 축적한 것으로서 소박한 의미에서만 철학적이라고 말할 수 있다.

중점적으로 노력을 기울인 것이 바로 이 부분이다. 즉, 의식이라는 거름망을 거치면서 자아와 세계에 대한 인식이 자리를 잡고 왜곡되기 때문에 '정신mind'을 가지고는 제대로 세계를 인식할 수 없다고 여기게 된다면, 그 자리를 대체할 것은 무엇일까? 《사랑에 빠진 여인들》은 그 대신에, '피'를 통한 기민한 이해, 즉 직관에 바탕한 인식론을 제시하고 있다. 이 소설에서 적지 않은 단락이 '그/그녀는 문득 깨달았다'는 문장으로 시작된다는 사실은 놀라운 일이다. 다시 말해서 여기서의 인식 방법은 통각統覺인 셈인데, 우리가 세계에 미치는 영향이 아니라 세계가 우리에게 미치는 영향의 직접성으로 세계를 파악하게 된다는 것이다.

이 과제는 부분적으로만, 그것도 미흡하게 달성된다. 이 소설을 읽었을 때 내가 더 관심을 가진 것은, 개인과 문화의 와해에 대한 이 소설의 분석이 내가 처한 상황에도 들어맞는지의 여부였다. 《사랑에 빠진 여인들》에서 배울 수 있는 교훈은 무엇일까? 이 작품은 남녀와, 사랑과 성관계의 본질, 그리고 세상에서 살아가는 방식에 의문을 던져 주었다. 로런스는 그 어떤 전선戰線에서도 그다지 잘하지 못했다. 바바라와 나는 1972년에 두 번째로 별거했는데(결혼한 지 불과 3년 사이의 일이다.), 이번에는 더 심각했다. 나약해진 그녀 때문에 이제 우리는 처음에 함께했을 때의 흥분에 편승할 수 없게 되었다. 새로운 일을 경험한다거나 여행하며 우리만의 풍요로운 미래를 기대할 수도 없었다. 처음에는 취향과 열중하는 대상의 차이가 활기의 원천이 되었지만, 법정 용어를 빌려 말하자면 더는 양립할 수 없음이 드러났다. 이러한 차이점을 발견하고 탐색하는 일은 새로 연인이 된 이들에게는 흔한 경험인데, 시간이 흘러 색다른 느낌이 퇴색하면서 서글프게도 바바라는 나를 자기에게 끊임없이 스트레스를 주는 원인으로 보기 시작했고, 나는 그녀를 자기 껍질 속에 틀어박히고 자기도취에 빠졌다고 여기기 시작했다.

우리는 서로 상대방과 맺어진 것이 아니라 상대에 대한 상반되는 감정과 맺어진 셈이었으며, 그 때문에 결합할 수도 영원히 헤어질 수도 없었다. 그것이, 이후 오랜 세월 끌고 가게 될 패턴이 되었다. 그녀는 옥스퍼드로 돌아갔고, 나는 레밍턴 스파의 빅토리아 시대 건물에 아파트 하나를 얻었다. 우리는 바로 버킨이 그토록 혐오했던 부정적 형태의 결혼이라는 함정에 빠진 것이다. "각각의 부부가 조그만 집에 살면서 각각의 자잘한 관심사를 지켜보고 각각의 사생활에 갇혀 조바심친다." 나는 그때껏 버킨의 사고방식을 따라 바버라를 비판했다. 그녀의 '의도' 앞에서는 주춤했으며, 들볶는다고 비난하고 친근함과 독립성을 동시에 요구했던 것이다. 로런스 덕분에 나는 열정적인 삶을 갈망하게 되었다. 나는 언제든 준비된 상태로 기대감에 부푼 채 똬리를 틀고 있었던 것이다.

그렇지만 나는 그 작품이 품게 만드는 기대감에도 불구하고, 《사랑에 빠진 여인들》을 부정적인 에너지원으로 경험했다. 내게 영향을 미친 것은 (리비스라면 달랐겠지만) 정신적 강렬함이라든가 도덕적 진지함, 존재의 가장 깊은 원천에 대한 믿음이 아니라 그 불안정하고 과도한 비판적 견해들이었던 것이다. 로런스는 나로 하여금, 내 인생에서 어떻게 그리고 어째서 사태가 나빠진 것인지, 그리고 그 일이 어떻게 더 악화되었는지를 깨닫고 설명할 수 있게끔 해 주었다.(레이먼드 윌리엄스Raymond Williams는 이 소설을 '실패의 대작'이라고 했다.) 《사랑에 빠진 여인들》의 지향점이 더 풍부한 삶의 형태일지는 몰라도, 나는 그것들을 전혀 이용하지 못했다. 이 책을 읽으면서 나는 균형을 잃고 더욱 불만에 차서, 루퍼트 버킨처럼, 또한 미치광이처럼 비현실적인 요구를 하기에 이르렀다.

그렇지만 내 학생들은 그보다는 관대한 태도로, 호기심을 보이며, 전혀 예상치 못한 반응을 보였다. 우리는 '소풍'이라는 장에서 버킨과 어슐라 사이의 성행위 장면을 놓고 토론을 벌였는데, 레베카 웨스트Rebecca West는 그 장면에 대해 로런스가 자신의 연인들이 침대에서 '벌이는 행위'를 정확하게 말하지 못했다고 비평한 바 있다.

> 그것은 두 사람 모두에게 시간을 보내는 완벽한 방법이었으며, 그와 동시에 도저히 참을 수 없을 만큼 존재 자체에 바싹 다가서면서 즉각적인 희열로 가득한 정말이지 믿기 어려운 행위이며, 가장 심원한 생명력의 원천에서 쏟아져 나오는, 도저히 막을 도리가 없는 범람이었다. 인간의 육체에서 가장 어둡고 가장 깊고 가장 이상한 곳에 자리 잡은 생명력, 엉덩이의 안쪽과 아래쪽에 자리 잡은 생명력 말이다.

이것이 말이 안 된다는 사실을 설명하는 데 A. J. 에이어를 동원할 필요도 없고, 판독 불가능한 정도도 아니다. 로런스는 탄트라 성애와 쿤달리니 불교에 정통했고, 여기에 이러한 의식에 대한 분명치 않은 언급도 나온다. 이 사실은 '대륙성'이라는 장에서 거의 노골적으로 드러나는데, 성행위로 밤을 보낸 다음 어슐라는 이렇게 생각한다. '짐승처럼 돼서 온갖 경험을 끝까지 맛보지 말란 법이 있을까? 그녀는 그 일이 미칠 듯이 좋았다. 그녀는 짐승이나 다름없었다. 추잡하다는 건 정말 너무나 멋진 일이었다! 그녀는 온갖 음란한 행위를 다 겪어 볼 것이다!' 존 스패로우John Sparrow는 훗날 처음으로,《채털리 부인의 사랑》 가운데 '음란한 밤'이라는 장에 항문 성교 장문이 나오며,《무지개》에 나오는 어슐라의 부모들 사이에서도 비슷한 묘사가 나온다고 언급한다.

우리는 세미나에서 이 문제를 조심스럽게 토론했는데, 그 결과 건강한 성인 여학생의 다음과 같은 훈계를 듣게 되었다. "그들이 그저 멋진 성교만으로 만족할 수 없다는 건가요?" 모두 다 그런 것은 아니다. 교육과정이 끝났을 때 매력적인 젊은 여학생이 나를 저녁 식사에 초대했다. 표면상으로는 '너무나 많은 것을 가르쳐 준' 데 대해 감사를 표하기 위해서였다. 그녀는 동네 작은 술집에서 내게 술을 잔뜩 마시게 한 다음 내 넓적다리에 손을 얹었다.

"선생님의 문제는요." 그녀가 어리광을 피우듯 말했다. "자신이 안 된다고 여기는 일을 절대로 하지 않는 거예요. 하지만 그런 일도 해보는 게 좋을 거예요. 그러면 그 모든 청렴과 성실에서 해방될 테고 말이에요. 선생님은 너무 '완고'하세요."

그때는 '그 말'이 딱 맞아떨어졌으며, 그런 식으로 공공연히 나의 내면에 들어 있던 앨런 긴즈버그에게 호소하는 것도 직관상 완벽했다. 나는 자유롭고 규칙에 덜 얽매이고 싶고 방종을 원했다. 그녀의 집까지 바래다주었을 때 그녀는 내게 뜨거운 키스를 퍼붓고는, 그 자리에서 말로 다할 수는 없지만 내가 원하는 것은 뭐든 하겠다며 자기를 내 아파트로 데려가라고 했다. 나는 반대했다. 그녀는 내가 가르치던 학생이었으며 기혼자였고, 약간 불안정한 상태였다. 세 가지 이유 중에서 두 가지만 해당됐다면 그녀의 제안에 동의했을지 모르지만, 세 가지 이유를 한데 합쳐 놓고 보니 결의가 굳어졌다. 나는 그 일을 두고두고 후회했다. 그녀의 말이 옳았던 것이다.

나는 그녀가 아니라, 2년 전 메두엔 출판사에서 의뢰받은 로런스에 관한 책에 달라붙었다. 그렇지만 그쪽 일도 그다지 잘되지 못했다. 나는 처음에 작품들을 연대기순으로 서술하는 방식을 택했지만, 전체 계획이라는 측면에서 보면 쓸데없는 일이었다. 그래서 메두엔 출판사 측에, 《사랑에 빠진 여인들》에 관해서만 쓰겠다고 통고하고 작업을 새로 시작했다. 그런데 이상하게도 출판사에서는 내 통고를 반가워하는 눈치였는데, 그것은 아마 내게서 원고를 받는 걸 포기했기 때문이었을 것 같다.

1년 후에 나는 다시 출판사 측에, 현재 인생과 사랑 모든 면에서 불행한 대학 강사가 D. H. 로런스에 관한 비평서를 쓰는 내용의 소설을 쓰고 있다는 편지를 보냈다. 그것은 로런스의 경험과 사상을 대학 강사의 삶과 관련짓는 소설이 될 것이라고 했다. 그런데 얼마 후에 그런 책이, 그것도 하나가 아니라 두 권씩이나 나왔다. 첫 번째 것은 버나드 맬러머드Bernard Malamud가 쓴 《뒤뱅의 삶*Dubin's Lives*》인데, 그 소설은 내 책이 나올 예정이었으나 나오지 못한 1979년에 출간되었다. 두 번째는 1997년, 제프 다이어Geoff Dyer의 《순전한 격정에 사로잡혀 : D. H. 로런스와 씨름하기*Out of Sheer Rage : Wrestling with D. H. Lawrence*》라는 멋진 제목의 멋진 책이었다. 결국 내 계획은 충분히 실행 가능했던 것이다. 단지 내가 그 계획에 부적절한 사람이었을 뿐이다. 나는 단 한 줄도 쓰지 못하고 말았다.

30년쯤 지나 《사랑에 빠진 여인들》을 다시 읽던 나는, 내가 어떻게 이런 과장된 헛소리에 그토록 매료되었던 것일까, 하는 의문에서 벗어날 수가 없었다. 지금에 이르러 로런스를 무절제하다고 말할 수 있게 되어, 또 이제는 내가 그렇게 어리석지 않으며 젊음이 미숙하다는 것, 또한 쉽게 속아 넘어가는 나이라고 결론지을 수 있게 되어 얼마나 기분 좋은지 모른다. 나이 먹는다는 것, 성숙한다는 것, 그럼으로써 결국 올바른 판단을 내릴 수 있게 된다는 것은 기분 좋은 일이다.

그런 점에 관한 한 맞기는 하지만 여기엔 뭔가 간과된 부분이 있다. 《사랑에 빠진 여인들》을 관통하는 기억 흔적이라고 할 만한 것이 있는데, 그것은 30년 전 마지막으로 이 책을 읽으면서 기억하고 있는 이 책의 구절이나 문장이 아니라, 나 자신에 대한 것이다. 문학에 사로잡힌 '청년 릭'이라고 부를 수 있는 그는 그 구절들에 깊은 감명을 받은 나머지 그 책을 다시 읽으면서 거의 글자 그대로 기억할 수 있었다. 다이애너 크라이치의 익사 장면이라든지, 청금석 문진으로 버킨의 머리를 내리치는 장면, 씨름 장면, '소풍'의 저 모호한 장면들, 복합적인 개개의 행과 감정이 사실상 고스란히 떠오르는 것이다. 그와 동시에 이전에 책을 읽던, 행과 행에 사로잡힌 채 주의 깊게 존경심을 가지고 읽던 내 모습도 함께 유령처럼 떠오른다. 그 '나'는, 비록 수사가 부자연스럽고 반복이 지나친 점이 있기는 해도 그 표현 속에는 강력한 현장감이 있으며 진지하고 개인적으로 흡수할 만한 착상이라는 사실을 알고 있다. 로런스를 다시 읽으며 나는 예전의 내 자아와 재회하며, 한순간 싱그럽고 젊고 간절하게 믿고 허심탄회하고 숨김없는 나의 모습을 되찾는다. 이제 그런 일이 가능하다는 것조차 거의 잊었는데 말이다.

〈비잔티움 항해〉가 틀렸을까? 바로 이것이 노인을 위한 나라, 되돌아오고 기억해 둘 만한 나라, 힘이 꺾인 인상을 주는 나라, 재발견할 수는 있어도 다시 경험할 수 없는 나라이다. 파편 같은 기억다발로 가득한, 어릴 때 살던 집을 찾아가는 일처럼 감정이 아니라 감정 비슷한 것, 감정을 환기시키는 것으로 나타난다. 끝을 자른 이야기, 반쯤 지각으로 남은 토막 난 광경, 유령 같은 사람들에 대한 시각적 흔적, 희미하고 공허하며, 반쯤 기억에 남은 대화와 자장가 소리가 메아리처럼 울리는 집 말이다.

《사랑에 빠진 여인들》을 다시 읽고 나서 이 아득한 음악 소리에 집중해서 귀를 기울여 보면 존 베일리와 그때 받았던 개별지도의 기억이 되살아난다. 그것은 나로 하여금 소설이 끝나는 구절, 알프스에서 제럴드가 죽고 나서 버킨과 어슐라가 나눈 대화로 돌아가게 만든다. 버킨은 어슐라와의 사랑에 만족하면서도 남자에게서는 그것과 비슷한 친밀감을 느낄 수 없다는 사실을 애석해 한다.

> "믿을 수 없어요." 어슐라가 말했다. "그건 고집이고 공론이고 심술이에요."
>
> "글쎄……."
>
> "두 종류의 사랑을 할 수는 없어요. 어째서 그래야 한다는 거죠!"

"마치 할 수 없는 것처럼 보이지만 사실은 그런 사랑도 원했거든."

"그럴 수 없어요. 그건 거짓이고 불가능한 얘기예요."

"나로서는 믿지 못하겠는걸." 그가 대꾸했다.

35년 동안 숙고하고 나서도 나는 여전히 이 부분을 완전히 이해할 수가 없다. 고도의 편성이라고? 이 소설에 주어진 경계를 살짝 벗어나 여전히 알력이 진행 중인 미래로까지 연결되는 그 결말부는 고도로 '신중하게' 마련된 것이다. 여기에 불필요한 요소는 없으며, 작가의 통제력은 완벽할 정도다. 그렇다고 해도 고도로 편성된 것이라고? 어쩌면 베일리는 실내악을, 그리고 (그를 오해하고 있는) 나는 바그너의 음악을 생각하고 있었던 것은 아닐까?

오랜 세월 동안 이 감성의 사례는, 워릭 대학의 존 뉴턴이나 리비스 박사의 사례와 마찬가지로 내 머리를 떠나지 않으면서 나 자신의 단점을 민감하게 의식하도록 만들었다. 성실할지는 몰라도 단조로운 직선과도 같은 방식으로 지적이며, 미세한 감식력이 결여되어 '어설프다'는 것이다. 그래서 고도의 감성이라는 이 영국식 기질과 반복적으로 맞닥뜨릴 때마다 나는 흡사, '내가 너보다 더 예민하다'거나 '너는 이렇게까지 예리하게 표현하지는 못할 것'이라는 식의 선심성 메시지를 받는 기분이 든다. 하지만 그것은 의도가 있어서라기보다는 그저 결과일 뿐이라고 생각한다.

이런 독특한 지방적 감성 형태를 흉내 내지 않고도 영문학을 읽을 수 있지 않을까? 월리스 스티븐스Wallace Stevens는 "미국인은 영국인과 감성이 다르다"고 말한 바 있는데, 미국인 방문객에게 영국문화에 인가된 음성과 절차와 색조는 자기 배신으로 나아가도록 유혹하는 것이어서 국적이탈의 위험이 도사리고 있다. 초기 옥스퍼드 시절에 내 지도교수였던 스티븐 월은 내 논문을 가지고 '독자적인 목소리가 부족하다'고 탈을 잡은 적이 있다. 이보다 더 흥미로운 사례로, 오든W. H. Auden은 미국인들이 모두 똑같은 '얼굴'을 하고 있다고 비난한 적이 있다. 거의 조소에 가까운 월리스의 말은 내게 영국성이라는 장점이 없다는 것, 따라서 감성이 없다는 의미였다.

그렇지만 내게도 목소리가 있으며, 그것은 미국적인 것인데, 나는 그것에 대한 자신감을 잃은 상태였다. 요컨대 나는 리처드 A. 게코스키가 아니라 R. A. 게코스키라고 표기했다. 나는 옥스퍼드의 외적 인격을 습득하고, 그 음색과 억양을 연구하기 시작했다. 그러나 비록 감탄스럽기는 해도 내가 존 베일리에게 진정으로 배울 필요가 있었던 것은 그런 식이 되지 '않는' 방법이었다. 그 자신도 기꺼이 시인할 텐데, 베일리는 강력한 본보기였던 셈이다. 오랜 세월 동안 나는 나 자신을 잃고 영국 흉내 내기에, 글이 써지지 않는 상태 때문에, 또한 몰이해라는 독기에 싸여 비틀거린 셈이다. 놀랄 일도 아니지만 로런스에 관한 책은 결국 완성되지 못했다. 그것은 내가 마감을 지키지 못했던 유일한 과제였으며, 내게 일어난 일 가운데 가장 멋진 일이기도 했다.

I2
필요한 건 사랑뿐이라고?

ALL YOU NEED IS LOVE?

상품과 점수와 시험은 모두 올바른 인성 발달을 저해한다.
책에서 배우는 것이 교육이라고 주장하는 것은
공론가들이나 하는 소리다.
그것은 젊음에게서 놀고 놀고 놀 권리를 박탈한다.
그것은 젊은이의 어깨에 노인의 머리를 얹는 격이다.

A. S. 닐, 《서머힐*Summerhill*》

고등학교 때 프롬퀸(졸업생이 벌이는 파티에서 뽑힌 여왕—옮긴이) 선발에서 내 여자 친구에게 투표한 이후로 선거에서 투표한 적이 없다. 이런 발칙한 의무 포기에 대한 이유는 심리적이고 미적인 성격을 띤 것일지도 모르겠다. 대개의 경우 고위직으로 나아가고자 하는 성향이 있다는 사실만으로도 뿌리 깊은 인성 결함이 있는 부적임자인 경우가 많다. 게다가 미국에서 성장한 나는 추한 정치 생활에 넌더리가 난 사람이다. 후보들 대부분의 수준이 실망스러운 데다 끝없이 긴 선거운동에 엄청난 부가 낭비된다. 풍선이라든가 플라스틱 도구, 폴리에스터 홍보물, 선전, 무력시위, 그리고 공약과 실천 사이의 엄청난 간격 등등. 나는 그 모든 사기극, 가짜 미소, 부자연스러운 신체 언어를 혐오한다. 이들은 진짜 사람일까, 아니면 인조인간일까? 제정신이 박힌 사람이라면 어떻게 이런 무리를 참을 수 있을까? 매슈 아널드는 이 점을 적절히 지적하고 있다.

> 나는 자기에게 권력을 맡겨 달라고 부탁하고 다니는 교양인을 보고 싶지 않다. 실제로 나는 거리낌 없이, 내 생각으로는 그 교양인이 자신을 회의실로 보내 줄 동향인 단체 앞에서 지금 당장 하기에 가장 적절한 말은 바로 소크라테스의 '너 자신을 알라!'는 말이라고 대꾸했다. 그런데 권력을 위탁받기를 바라는 사람들은 이런 말을 하고 싶어 하지 않는다.

이렇게 해서, 곧잘 실수를 저지르지만 어느 정도 평가해 줄 만한 존 케리와 저 역겨운 조지 W. 부시 가운데에서 선택해야 하는 사태에 직면하게 된 나는 버튼을 누르는 일이든 뭐든 할 수 없었다. 투표를 하지 않는 것도 불개입이라는 투표의 한 가지다. 더 많은 사람들이 투표를 하지 않는다면(이미 거의 절반 정도는 그렇게 하고 있지만) 더 진지하고 바람직한 제안을 받게 될 수도 있다. 더 실질적인 대책이 마련될지 모른다.

하지만 이 말에는 부정직한 면이 있다. 정치에 관심이 있는 나는 선거 과정을 주의 깊게 지켜본다. 좋아하는 정치가도 있고 정책도 있다. 나는 애매하긴 해도 완전히 모호하지만은 않은 자유주의를 지지하며, 나를 건드리지만 않는다면 남들이 각자 원하는 대로 살도록 해야 한다고 믿는다. 나는 견해차를 좋아하지만, 상대가 나를 쥐고 흔들려 하는 일을 감수할 생각은 없다. 나는 전前 런던 시장 켄 리빙스턴을 혐오한다. 그는 1950년대 이래 런던의 상징물이던 루트마스터 버스(여기서 말하는 것은 구형 루트마스터 버스로 2006년 이후 핵심 관광지를 제외하고 퇴출되고, 신형 이층버스는 후면 승강대를 없애서 비난을 샀다.—옮긴이), 저 오픈식 승하차 방식인 이층버스를 없앤 장본인이다. 나는 한 가지 아둔한 짓을 저지른 토니 블레어(그는 책임을 '전가'했다.)도 용서할 생각이 없다. 1999년 교육부가 A. S. 닐의 서머힐 스쿨을 폐쇄하려고 시도한 것이 바로 블레어 정부 때의 일이다.

1921년 독일에 설립되었다가 얼마 후 서포크의 레이스톤으로 자리를 옮긴 서머힐은 다섯 살에서 열여섯 살 사이의 학생들이 다니는 작고 진보적인 기숙학교다. 이 학교의 목표는 아동을 '자유' 상태에서 키우는 것, 언젠가 어느 장학사가 감탄 끝에 '영구적인 방학 캠프 분위기'라고 일컬었던 분위기를 만드는 것이다. 주로 프로이트와 호머 레인의 '리틀 코먼웰스Little Commonwealth'(미국의 교육자인 레인이 영국으로 건너가 세운 자치 공동체 형태의 학교—옮긴이)에 기초하여 세워진 이 학교의 전제는 급진적이면서도 단순하다.

학생과 교직원을 위한 자치 정부. 수업에 들어가고 들어가지 않을 자유. 필요하다면 며칠 몇 주 몇 년이라도 놀 수 있는 자유. 종교나 도덕이나 정치적인 어떠한 주입식 교육도 받지 않을 자유. 틀에 찍어 낸 듯한 인간이 되지 않을 자유.

물론 이를 위해선 '타고난 선한 인성'에 대한 필수적인 신념이 뒷받침되어야 한다. 아동의 발육은 양육 방식의 직접적인 결과이다. 이를 방해하지 않는 것이 학부모와 교사 모두의 임무이다. 다시 말해서 강제하기보다는 조장해야 하며, 방해받지 않고 사랑받는 아이로 성장하면 나중에 반드시 사랑할 줄 아는 성인이 된다고 믿어야 한다. 그랬는데 아이가 읽는 법을 배우기 싫어하고, 옷을 제대로 입는 데 관심이 없고, 수업을 듣기보다는 기타 치는 쪽을 더 좋아하게 된다면? '그 아이를 건드리지 말고 놔두어 보라.' 그 애는 그것이 필요하며 유익하다는 사실을 깨닫았을 때 책을 읽을 것이다. 서머힐 출신 가운데 문맹자는 한 사람도 없다. 개인의 행복이 기준이며 목표이다. 은둔적이고 이기적인 것처럼 보이는 이 말은 닐의 관점에서는 정반대가 된다. 닐이 《서머힐》 머리말의 마지막 문장에서 결론짓고 있듯이, 행복한 사람만이 행복한 세상을 만들 수 있다.

서머힐에 메시지 같은 것이 있다면 이런 것이다. 손을 떼지 말 것. 도덕 교육이나 처벌 같은 약이 아니라, 인정과 다정과 관용 같은 자연적 수단으로 세계 질병과 싸울 것…… 나는 되도록 사랑이라는 단어

> 는 쓰고 싶지 않은데, 그 단어는 다른 많은 정직하고 깨끗한 앵글로색슨어처럼 더러운 말이 되었기 때문이다.

로런스의 《사랑에 빠진 여인들》에 나오는 루퍼트 버킨이 그랬던 것처럼, 그 역시 얼마 안 가서 그 금단의 단어를 쓸 필요가 생긴다. '서머힐의 미래'라는 장의 끝부분에서처럼.

> 서머힐의 미래는 무엇보다 인간성을 중시하는 데 달려 있다. 새로운 세대에는 자유롭게 성장할 기회가 주어져야 한다. 자유의 증여는 곧 사랑의 증여다. 그리고 사랑만이 세상을 구할 수 있다.

교육이라는 맥락에서 볼 때 닐의 말은 꽤 급진적이지만, 1971년에 그런 글을 읽으면 당시의 시대정신을 요약한 것이라는 느낌을 받지 않을 수 없다. 50년이 걸리기는 했지만 결국 세상은 A. S. 닐을 받아들였다. '필요한 것은 사랑뿐이다.' 그러니 내가 어떻게 옥스퍼드에 앉아서 무미건조한 박사과정에 매달려 있을 수 있었겠는가? 나는 한 번도 대학교수가 되고 싶지 않았다. 진심에서 원했던 적이 없다. 학부 마지막 학년까지도 나는 여전히 변호사가 되고 싶었으며, 하버드 법학대학원에서 입학 제안을 받기도 했다. 한순간 본정신이 돌아와 아버지에 대한 나의 무의식적 경쟁심이 느슨해진 덕분에, 법학대학원에 가는 대신 영문학으로 대학원 과정을 밟기로 했다. 어쨌든 영문학은 아버지가 정말로 하고 싶어 했던 것이었으니까. 그러나 산발적으로, 이를 악문 채, 아무런 신념이나 즐거움도 없이 박사과정을 밟고자 연구하고 논문을 쓰는 틈틈이 나는 내가 정말 관심 있는 분야, 특히 A. S. 닐의 저서를 읽었다. 나는 그의 초기 자서전 네 권을 읽고 흥미가 일었는데, 그 책에는 그가 교장이자 교사로서 지내 온 발자취가 기록되어 있었다. 19세기 후반에 태어나 칼뱅주의의 철저한 감화 속에서 자란 비교적 평범했던 스코틀랜드 출신 소년이 어떻게 해서 금세기에 가장 유명한 진보 교육가가 되었을까? 그가 이렇게 철저한 방식으로 자신을 변화시킬 수 있었다면, 나도 어느 정도는 그런 변화가 가능하지 않을까?

공기 중에는 자유의 기운이 감돌았다. 진보 교육 또는 탈학교화가 유행처럼 번졌다. 그 무렵에 나는 옥스퍼드에서 조지 데니슨George Dennison, 존 홀트John Caldwell Holt, 이반 일리치Ivan Illich를 읽으면서 애정 어린 심정으로 나의 버건디 팜 컨츄리 데이 스쿨 시절을 회상했다. 본인이 끔찍한 학교교육의 희생자였던 바바라는 이 새로운 풍조에 공감한 나머지, 서머힐에서 닐의 사상이 어떻게 실천되는지를 보러 가자고 했다.

다행히도 우리가 예상한 대로였다. 대부분의 아이들은 마치 캘리포니아의 공동체에서 옮겨다 놓은 것처럼 쾌활하고 이상한 옷차림에다 장발을 하고 있어서 유쾌하리만큼 중성적으로 보였다. 덜 다채롭긴 해도 다른 건물처럼 초라한 본관은 여기저기 무작위로 들어선 별채에 둘러싸여 있었고, 아이들은 온갖 일을 하며 빈둥거리고, 기숙사에서는 〈서전트 페퍼〉가 흘러나왔다. 학교의 총무가 방문객을 맞이하여 큰 강당으로 안내했으며, 그곳에서 닐이 10분간 이야기를 했다. 여든일곱 살의 그는 바로 융이 말한 늙은 현자의 모습 그대로였다. 자세는 꼿꼿하고 눈은 빛났으며 파이프 담배를 피우고, 환하고 온화한 얼굴로 비틀거리며 걸었다. 그는 스무 명 남짓한 방문객들이 이미 알고 있는 학교에 관한 이야기를 짤막하게 요약해서 들려준 다음, 우리가 마음대로 돌아다니도록 내버려 둔 채 그 자리를 떠났다. 나는 내 소개를 하고 일자리를 알아볼 겸 대화를 나누고 싶었지만, 그는 방문객과의 접촉을 원치 않았다. 매주 찾아오는 낯선 사람들을 맞는 일은 분명 단조롭고 고된 일이었을 테지만, 그것은 동시에 자녀를 학교에 보낼 학부모를 찾아낼 기회이기도 했다. 언제나 재정이 불안정했던 서머힐로서는 이런 홍보 기회를 무시할 수 없었던 것이다.

가장 중요한 홍보거리는 역시 아이들이었다. 아이들은 전혀 학생처럼 보이지 않았고 오히려 놓아기르는 병아리 떼가 이곳저곳 쪼아 대며 돌아다니는 것처럼 보였다. 몇몇 아이들은 축구를 하고 있었고, 두 아이는 채소밭에서 잡초를 대충대충 뽑고 있었고, 작업장에서는 그릇과 그림이 만들어졌고, 여기저기 어슬렁대며 무리를 지어 잡담을 나누며 웃는 아이들도 있었다. '하고 싶은 일을 하기.' 서머힐은 대안으로 선택할 학교도, 특별할 것도 고립된 곳도 아니었다. 요컨대 서머힐은 훌륭했다. 우리는 흔히 운동장에 있는 아이들에게서 볼 수 있는 호전적인 집단의식과 맞닥뜨리지도 않았으며, 지분거리거나 못살게 굴거나 짓궂은 행동도, 너무나 빈번하게 일어나 아이들의 속성이라고까지 말해지는 저 잔인한 왕따 현상도 보지 못했다.

서머힐 아이들은 바로 닐이 묘사한 그대로였다. 건강한 얼굴, 붙임성 있고 활달한 성격에, 몸과 마음이 편안해 보였다. 아이들 몇이 우리에게 다가와 인사를 하고는 학교를 안내해 주겠다고 했다. 아이들은 그 학교에서 필요로 하는 홍보 그 자체였다. 놀라운 점은 그 아이들 대부분이 이곳에 온 이유가 다른 곳에 자리 잡는 데 실패했기 때문이며, 닐에게 왔을 때는 불행한 아이들의 특징인 음울한 불만으로 가득 차 있었다는 사실이다. 찾아온 아이의 나이가 열두 살 미만으로 어릴 때에는 닐이 도움을 줄 수 있었다. 그는 불만의 정도가 높은 아이에게는 PL(짤막한 치료를 의미하며 '개인교습private lessons'의 줄임말)을 해 주었는데, 일부가 도움을 받는 듯이 보였으나, 닐 자신도 시인하듯이 그저 이 학교에 다님으로써 상태가 호전되는 정도였다. 자유로운 집단에 있는 것 자체가 이 아이들에게 필요한 유일한 치료책이었던 것이다.

이 학교에 대한 믿음을 확인한 후 옥스퍼드로 돌아오고 나서, 나는 그곳에 구직 신청서를 보냈다. 신중하게 내 자격 조건을 설명한 다음, 내가 아이들과 함께 놀고 이야기를 들려주는 등 아이들을 좋아한다는 점을 과장해서 덧붙였다. 나는 빈자리가 없다는 답장을 받았다. 예상은 했으나 그래도 실망스러웠다. 나는 비록 퇴짜를 놓는 편지이기는 해도 닐의 서명이 들어 있는 그 소중한 편지를 한동안 보관했다.

그 후 여전히 서머힐에 대한 동경을 간직한 채 강사 직을 맡고자 워릭 대학에 간 나는 진지한 어조로, 시험에 대한 믿음이 없는 내가 학생들에게 시험을 치르도록 할 필요가 있겠는지를 물어서, 같은 스코틀랜드인이기는 해도 A. S. 닐과는 딴판인 영문학과 학과장을 기겁하게 만들었다. 헌터 교수는 어떻게 내가 그런 생각을 하게 되었는지, 그리고 자신이 왜 그런 일에 말려들었는지를 생각해 보기라도 하듯 나를 빤히 쳐다보았다. 그는 '문학을 가르친다는 것은 각자 삶의 방식을 가르치는 일'이라는 굳은 믿음의 소유자였지만, 그의 방식이 내 방식보다 더 낫다는 사실을 추호도 의심한 적이 없었을 것이다.

"선생의 계약서를 읽어 보시오. 거기에 우리가 할 일이 적혀 있으니까." 그가 신랄한 어조로 말했다.

"그런 말씀을 듣다니 유감이로군요. 시험을 치면 칠수록 배우는 것이 없다는 생각인데 말이죠."

"교육이란 성취의 문제요. 시험은 어느 수준까지 성취했는지를 판단하는 방법이고 말입니다."

"정말 그렇게 생각하세요? 언제 이 문제를 놓고 한번 길게 이야기해 봐야겠군요."

그는 대답을 하지 않았으며, 우리 두 사람 다 두 번 다시 이 문제를 끄집어내지 않았다. 나는 내심 다행으로 여겼는데, 왜냐하면 이 문제에 대한 내 견해가 상대의 힐문을 견딜 만큼 단단하지 못했던 것이다. 내가 그 자리에 있는 이유는 시험을 잘 치렀기 때문이며,

나는 그 사실을 자랑스럽게 여겼다. 만일 내 학위 증명서를 모두 박탈당한다면 벌거벗은 듯한 상실감을 느꼈을 것이다. 나는 그 사실을 알고 있었지만, 그래도 마음속으로는 나의 진보적인 태도를 견지할 만하다고 여겼다.

불행히도 옥스퍼드에서의 경험은 내 자만심을 부풀려 놓았다. 흔히 자신과 자신의 성취에 긍지를 가져야 한다고들 하지만, 나는 종종 부적당한 이유로 엉뚱한 일에 가치를 부여하곤 한다. 이를테면 학문적 성취에서 나온 긍지는 그릇된 목표에 기초한 그릇된 긍지라고 생각한다. 학문적 성취가 크다고 해서 행복한 사람, 좋은 사람이 될까? 그 때문에 웃음을 터뜨리고 인간에게 선의를 품게 될까? 대학 안을 둘러보면 좌절하지 않을 수 없다. 그렇다, 나는 그보다는 온당하고 주의 깊은 자부심, 내면을 향한 회의, 자기불신 쪽을 선호한다. 겸양으로 귀착되는, 또한 역설적으로 외관과 실제 사이의 차이를 마음에 새기는 저 아이러니로 귀착되는 정신의 속성들을 선호한다. 그런데 모순되게도 나는 여전히 내 학문적 성취에 긍지를 느끼고, 이를 조금도 부끄럽게 여기지 않는다.

학문적 기준으로 볼 때 나는 성공했을지 모르지만, 그것은 나의 나약한 내면과 강력한 자아의 결핍을 의미한다. 그럴 배짱이 있었다면 연구를 단념하고 즐거움과 행복을 줄 다른 길을 모색했을 것이다. 1967년 나는 미코노스 섬의 한 테니스 클럽에서 하계 전문 요원 자리를 제안받았다. 내가 그 자리를 받아들였다면 그리스에 체류하면서 교습을 하고, 지역 토너먼트에서 시합을 하고, 그리스어를 배우고, 그리스 식당에서 밥을 먹고 그리스 포도주를 마시며(단, 레치나는 제외) 그리스 여인들과 시간을 보냈을 것이다. 바다가 내다보이는 작은 집을 빌리고, 딸기처럼 몸을 태우고, 나만의 시간에 원하는 것은 무엇이든 읽으면서 어쩌면 소설을 썼을지도 몰랐다. 어쩌면 로런스 더럴Lawrence Durrell(영국 태생으로 그리스 등지에서 머물며 작품 활동을 한 작가—옮긴이)처럼 됐을지도 모를 일이다. 그는 꽤나 재미있게 지내는 듯이 보였다.

그러나 내가 한 것이라고는 '학교에 남는 일'(미국인들은 대학의 경우에도 이런 표현을 쓴다.)이었으며, 학교를 떠난다는 것은 생각만 해도 겁이 났다. 내게는 학교를 '떠난' 경험이나 추억이 전무했다. 학교와 관련해서 유일하고도 진정한 의미에서 행복했던 때는 버건디 팜 시절뿐이었다. 그것이 편안한 느낌을 준 유일한 학교였다.

어쩌면 교직이 내게 맞지 않았기 때문일지도 모른다. 내게는 인내심이 없어, 순전한 주입식 노동은 나를 마멸시키고 말았을 것이다. 내가 닐에게 바란 것은, 나를 좋은 교사로 인도하는 것이 아니라 좋은 부모로 이끌어 주는 것이라는 사실을 깨달았다. 1973년 두 번째 별거를 끝내고 재결합한 바바라와 나는 우리의 관계를 호전시키려면 아이를 가져야 한다는 결론을 내렸다. 적절한 반응이었지만, 아버지는 그 소식을 듣자 회의적인 반응을 보였다. "하지만 저도 이제 생물학적으로 아버지가 될 준비가 된 것 같은데요." 나는 스물여섯 살이라는 나이를 한껏 내세우며 그렇게 말했다. 그 말에 뒤이은 장거리전화의 침묵 속에서 아버지가, 당신이 걱정하는 것은

'심리적으로' 준비가 됐느냐는 점이라고 말하는 소리가 귀에 들리는 것 같았다.

첫아이의 탄생을 대비할 방도는 없었지만, 닐이 몸소 시범을 보이면서 장려한 저 자유와 관용으로 자신의 딸 조이를 키운 글을 읽고 기운이 났다. 조이의 의기양양한 아버지가 한 말에 따르자면 '전 세계에서 수십 명의 아웃사이더들'이 조이에 대해 이야기했다고 한다. "여기 갓 태어난 아이, 우아하고 균형 잡히고 행복한 아이, 사람들과 평화로이 싸우지 않고 지내는 아이가 있네." 동방박사들이 이 성스러운 아이 주변을 맴돌고 있기라도 하다는 걸까? 하지만 나는 그런 의기양양한 과장법은 개의치 않는다. 부모라면 그런 식으로 느끼는 법이니까. 나 역시 그렇게 되기를, 또한 마찬가지로 훌륭한 이유에서 그렇게 되기를 바랐다.

두정태위(태아가 머리를 아래쪽으로 두는 자세—옮긴이)에서 빛을 찾아 버둥대며 마지못한 듯 세상에 들어선 애나는 그녀의 엄마만큼이나 지쳐 보였다. 나도 바버라 곁에서 내 할 일을 다 했다. 그녀와 함께 호흡을 하고 마사지를 하고 격려해 주었다. 그러나 사태가 여의치 않고 분만 집게까지 등장하면서 나는 대기실로 쫓겨나게 되었는데 섭섭하리만큼 안도감이 들었다. 바버라는 호된 산고를 치렀다. 위급한 상황에 몰린 데다 매정한 의사는 우격다짐으로 분만을 밀어붙였다. 어떻게 했는지 몰라도 내가 돌아갔을 때는 출산이 끝나 있었고, 바버라는 위로받을 정신도 없어 보였다. 20분쯤 지나자 간호사가 작고 빨간 얼굴을 한 꾸러미를 내게 건네주었다. 나는 거의 위험스러울 정도로 아기를 꽉 끌어안았다.

애나의 가늘고 까만 머리는 헝클어져 있었고, 고무 같은 조그만 얼굴은 언짢은 표정이었으며, 이마는 출산의 외상으로 뒤틀려 있었는데, 이상하리만큼 한참 동안 나를 빤히 쳐다보았다. 마치 방금 일어난 일이 무엇인지, 어떻게 하면 그 일을 피할 수 있었는지, 나는 누구인지 묻기라도 하는 것 같았다. 흔히 갓난아기는 눈에 초점을 맞출 수 없다고 하는데, 내가 보기에는 갓 아버지가 된 사람이 그런 것 같았다. 나는 울음을 터뜨리며 무심코 그 애를 꽉 끌어안았다가 곁에서 맴돌던 간호사에게 넘겨주었다. 그 간호사는 혹시라도 아기 압착 증후군이라도 일어날까 조마조마한 얼굴이었다. 그런 다음 나는 바버라에게 작별 키스를 하고 나서 인데시트 사社의 세탁기를 사러 나왔다. 우리는 귀여운 아기침대와 갖가지 아기용품이 있는 분홍색 아기 방을 준비해 놓았지만, 애나가 집에 오기까지는 아직 며칠 더 있어야 했다. 아기와 산모 둘 다 산후 회복기가 필요했다. 나는 안절부절못한 채 집 안을 서성거리며 스포크 박사Dr Spock의 책을 읽기도 하고 A. S. 닐에 대해 생각하기도 했다.

우리는 기본 규칙에 동의했는데, 그것은 아기가 먹고 싶을 때 먹게 하고 자연이 인도하는 대로 자게 하자는 것이다. 아기가 우는 것은 이유가 있기 때문이니까 언제든 달래 준다. 또, 일회용 기저귀를 발견하지 못해서 테리천으로 된 타월형 기저귀를 마련해 놓고, 아기가 원하는 한 언제까지라도 기저귀를 쓰기로 했으며, 배변 훈련은 절대 시키지 않기로 했다. 아기는 그 애가 원하는 방식대로, 그 애가 정한 시간에 따라서 자랄 수 있도록 할 것이다. 나는 캘리포니아에서 수입한 청색 코듀로이 멜빵식 아기띠를 샀다. 등에 딱 붙여 두르게 돼 있어서 아기가 내 배 위에서 편안하게 쉴 수 있었다. 나는 새벽이면 아기띠로 애나를 안고 집 안을 걸어 다녔으며, 그 사이에 바버라는 모자란 잠을 잤다. 애나는 배앓이 때문에, 그리고 나중에 이가 날 때에도 울어 댔다. 그 애가 원할 때면 시간에 상관없이 나는 애나를 데리고 드라이브를 나갔는데, 그것이 그 애를 달랠 수 있는 유일한 방법일 때가 많았다. 나는 경험을 쌓고 있는 택시 기사가 된 시늉을 했는데, 덕분에 레밍턴 스파와 워릭에 숨어 있는 온갖 샛길들을 발견했다.

그것은 멋지고도 힘겨운 경험이었다. 얼마 지나지 않아서 나는 뉘우치는 심정으로, 아기가 생기기 전에는 원죄를 믿지 않았노라고 말했다. 나는 이런 대결이나 눈물, 무자비한 결핍, 끊임없는 관심의 요구, 용서를 모르는 이기주의를 예상하지 못했다. 아니, 아기 얘기가 아니다. 애나는 아기였고, 아기는 그러게 마련이다. 내 말은 '내'가 문제라는 것이다. 나는 그때까지 그토록 많은 요청을 받은 적도, 그토록 많은 것을 포기한 적도 없었다. 내 삶은 아버지 노릇을 하는 데 다 들어갔으며, (아버지가 염려했듯이) 나는 그 일에 전혀 대비가 되어 있지 않았다. 아무리 대비를 해도 부족했다. 너무나 힘에 부친 나머지 이 명백한 자기 본위적인 상황도 나를 당황하게 만들지 못했다. 너무 지쳐서 당황할 여유도 없었던 것이다. 내 성생활은 어떻게 됐나? 잠을 푹 잔다는 것이 대체 어떤 것이었지? 친구를 만나는 일은?

당구나 테니스는? 외식은? 어딘가로, 어디든 여행하는 것은?

위에 열거한 어떤 일도 하지 못했다. 참을 수 없는 사랑에서 나온 일상적인 고역뿐이었다. 우리는 가장 완벽한 닐의 방식에 따라 애나가 제 마음대로 하도록 해 주었다. 그 애는 자율적인 속도에 따라 살았고, 우리는 우리의 속도를 아기에게 맞추었다. 그 점에서는 바버라가 나보다 더 능숙했다. 그러나 채 1년도 되지 않아서 우리는, 저 친애하는 A. S. 닐이 어쩌면 자신이 처한 상황을 과장했을지 모른다는 데 동의했다.(아니면 닐이 우리보다 더 솜씨가 좋았던 것일지도 모르지만) 우리는 이따금 애나가 울다 잠들게 내버려 두기로 했으며, 그 애가 먹을 것과 먹을 시간을 우리가 원하는 대로 하도록 부드럽게 구슬리기 시작했다. 약간 타협한 덕분에 우리의 삶은 한결 편해졌다. 어쨌든 닐은, 아동의 타고난 이기심은 10대까지 계속된다고 하는데, 그 과정에서 자행될 살육을 생각하는 것만으로도 지쳐 버릴 정도였다. 우리도 약간 이기적이 될 수 있지 않을까?

그러니 이 부분에서 닐은 절대주의자다. 그는, 자유는 타협의 대상이 아니며 기준과 규제를 부과해서는 안 된다고 주장한다. 세 살배기 꼬마 애나가 아주 귀엽고 수다스럽고 아름답고 자율적이며 거침없는 욕설을 구사한다는 사실만으로는 충분치 않았다. 그 애가 완전히 행복했다고는 할 수 없을 것 같다. 그 애 부모의 결혼 생활이라는 맥락에서는 완전히 행복하기 어려웠을 테지만, 그래도 애나는 아주 활력에 넘쳤고 우리 두 사람에게는 기쁨의 샘이었다. 닐은 문제아는 없고 문제부모만 있다고 주장하는데, 실제로 애나 역시 불면과 불안이라는 대가를 치르고 있음을 알 수 있었다. 닐이 틀린 건지 우리가 틀린 건지는 알 수 없지만, 그 사실을 알 길이 없다. 바버라와 내가 살게 된 세상은 아이를 자유롭게 양육하도록 놔두지 않았으며, 닐도 인정했듯이 온갖 지침이 난무하며 종종 추하기까지 한 사회 환경에서 닐의 방식대로 아동을 키운다는 것은 사실상 거의 불가능했다. 우리가 아무리 그에 대한 믿음이 있다 해도 애나를 서머힐에 보낼 생각은 없었다. 우리는 설혹 서머힐보다 나쁜 가정과 학교라 할지라도 애나가 우리와 함께 있기를 바랐으며, 그 애 역시 집을 떠나기 싫었을 것이다. 애나는 레밍턴 일대에서 구할 수 있는 가장 자유로운 학교에 들어갔다. 몇 년 후 태어난 버티는 한때 닐이 교직에 있었던 런던의 킹 앨프리드 학교를 몇 해 동안 다녔다. 버티는 그 학교를 좋아했으며 그곳 아이들은 새처럼 자유로웠는데, 거의 메이지만큼 달떠 보였다고 할 수 있다.

그러나 바로 그 무렵, 충격적이고 불가해한 방식으로 서머힐이 공격을 받았다. 닐은 죽은 지 오래되었으나 생전에는 여러 차례 명예학위와 표창장을 받았고, 그의 저서는 교육 분야의 필독서였다. 서머힐은 세계적으로 명성이 있는 학교였으며, 영국은 그 사실을 자랑스럽게 여겼어야 마땅했다.

1949년 초 (어느 정도 식견이 있는) 장학사들은 이 학교에 대한 보고서에서, 유례없이 청렴하다며 닐을 칭송하고 이곳 아이들이 놀랄 만큼 '자연스럽고 천진하며 남의 눈에 신경을 쓰지 않는다'고 묘사하면서, 이 학교의 기풍을 시인하고 학교의 존속을 연장시켜 주었다.

그러나 서머힐에는 늘, 언젠가는 나쁜 장학사가 들이닥칠지도 모른다는 불안감이 있었다. 50년이 지나 우려하던 일이 생기고 말았다. 당시 그곳 교사 한 사람이 장학사들의 방문을 이렇게 묘사했다. "가장 먼저 떠오르는 것은 그 사람들이 현관의 차 대는 곳으로 내려오던 장면인데, 여덟명 모두가 정장 차림으로 클립보드를 들고 있었다. 그들은 둘씩 짝을 지어 움직였다."

이 불길한, 로봇처럼 정확한 움직임은, 도착하기 전에 이미 마음을 정한 관료들의 전투적인 공격을 암시하는 것이다. 여덟 명이라는 숫자는 장학단으로서는 이례적으로 큰 규모다. 그 여덟 명은 교사와 아이들에게 적대감에 찬 태도로 질문을 던지고, 냄새를 맡고 멸시하는 눈길을 던지고, 불만에 찬 헛기침을 해대면서 이곳저곳 기웃거리며 돌아다녔다. 아이들이 수업에 들어갈 필요도 없다니! 게을러빠진 꼬마 녀석들! 원하기만 하면 온종일 놀 수 있다니! 그래서 어떻게 시험을 치른다는 거지?

이것은 새로운 사실도 아니었다. 1921년부터 계속되어 온 일이었지만, 부정적인 시각을 가진 장학사들은 그로부터 75년이 지난 시점에 뭔가 조치를 취하기로 작심했던 것이다. 그들은 그런 관행을 바꾸지 않는 한 서머힐을 폐쇄시키는 것이 좋겠다고 권고했다. 당시 교육부 장관이었던 에스텔 모리스는 그 사태에 대해 블레어 정부 특유의 반응을 보였다. 물론 서머힐이 독자적인 철학을 가질 권리가 있고 그것이 정말 굉장한 것일 수도 있지만, 그렇다고 해서 그것을 실천에 옮기는 것은 별문제다. 적어도 아이들이 수업에 들어가도록 권장되어야 하는 것이 아닐까? 그렇지 않으면 아이들은 (장학사들이 쓴 표현에 따르면) '나태와, 개인적 자유의 행사를 혼동'하게 될지 모른다.

서머힐이 이러한 공격에도 굴복할 것 같지 않자, 장학사들은 곧 학교 폐쇄 결정을 내렸다. 학교 측은 장학사의 보고서가 명백히 편향되었으며, 적지 않은 면에서 부당하다는 점을 들어 폐쇄 결정에 항의했다. 그 후에 이어진 투쟁의 세세한 내용은 혼란스럽고 희극적이지만, 칙선변호사 제프리 로버트슨이 간단하고도 설득력 있게 그 핵심을 짚은 바 있다. "자유가 아니면 아무것도 아니다. 왜냐하면 자유를 줄이면 그것은 더 이상 서머힐이 아니기 때문이다!"

이러한 학교, 이러한 국가적 자산의 상실을 의도해서는 안 된다. 서머힐은 투쟁을 거듭한 끝에 승리를 거두었다. 저명한 교육자들과 서머힐 출신자들이 옹호하고 나섰던 것이다. 통계에 의하면, 서머힐 출신자들이 실제로 각종 시험에서 전국 평균보다 우수한 성적을 기록했다. 계속된 소송으로 학교 측은 13만 파운드를 지출했지만, 세계 각지에서 기부금이 들어왔다. 서머힐에 대한 공격은 자유 자체를 구현한 실체에 대한 공격인 셈이었다. 원하는 대로 살고 성장할 자유, 명령받지 않을 자유, 독자적인 목소리를 가질 자유 말이다. 서머힐은 흔히 '학교교육'으로부터의 자유로 이해되고 있다. 아내 도라와 함께 1927년 진보적인 학교를 창립한 바 있는 버트런드 러셀은 이렇게 말했다. "우리는 교육이 지성과, 사상의 자유에 대한 주된 장애물이라는 모순에 직면해 있다."

'세계에서 가장 오래된 아동 민주국'이라 불리는 이 학교는 1인1표제를 기반으로 운영되어 왔다. 학교 회의에서는 다섯 살짜리 어린아이도 닐과 똑같이 발언하고 심의하고 투표할 권리가 있다. 한때 학교에서 닐을 해고한 적이 있는데, 닐은 별 불만 없이 자신의 작업실에서 빈둥거렸고, 결국 2주 후에 다시 고용되었다. 이 제도는 놀랄 만큼 잘 운영되고 있으며, 그 본보기는 오늘날 대부분의 학교에서 흔히 볼 수 있는 학생대표 회의로 완화되어 나타나고 있다.

그러나 그것은 환심을 사려는 선물에 불과하며, 이는 누구나 알고 있는 사실이다. 관리자와 교사들이 실제로 학교를 운영하고 있는 것이다. 그들은 학생들의 의견을 열심히 듣고 있다고 주장하지만, 정작 중요한 것은 그들 자신의 의견이다. 오웰George Orwell의 《동물농장*Animal Farm*》이 상기시켜 주듯이, 모든 동물은 평등하다. 단지 일부 동물이 다른 동물보다 더 평등할 뿐이다. 서머힐은 예외다. 그곳에 일자리를 구했으면 좋았을 뻔했다. 나는 그 일을 좋아했을 것이다. 그것과 관련된 모든 일, 심지어 투표라 할지라도 말이다. 서머힐 출신자도 나 이상으로 정치가에게 투표하기를 꺼릴 거라고 확신한다. 진정한 민주주의가 어떤 것인지 직접 경험한 마당에 어떻게 이런 익살극에 끼어들겠는가?

이런 회의적이고 무시하는 태도에 대한 해답은 오바마라는 단어에 들어 있을지도 모른다. 정치 참여에 대해 까다로운 태도를 유지해 온 나는 그동안 로버트 케네디(응석받이 부잣집 도련님)나 조지 맥거번(지루하다), 심지어 빌 클린턴(좀 재미있기는 해도 지나치게 나긋나긋하다)의 정치적 매력도 뿌리치는 데 성공했다. 그런데 오바마는 어떤가? 나는 그간의 회의론을 뒤로하고 그에게 연대감을 느끼기 시작했으며, 점차 설복당한 끝에 결국 개종하고 말았다. 그는 우리와 같은 동시에 다른 사람이다. 그의 행동거지는 아주 편안하며, 이념이라든가 호감을 살 필요 때문에 추해지지 않았다. 미국이라든가 미국민성 때문에 당혹감을 느끼게 해 주지 않을 사람이 있다면, 그것은 이 놀라운 혼혈인일 것이다. 분명 야심만만하기는 해도 그는 이익에 열을 올리거나 혹은 토니 블레어처럼 권력 획득을 좋아하는 정치가라는 인상보다는 제 자신을 온전히, 그것도 겸손하게 제시하는 복합적이면서 아주 뛰어난 인물이라는 인상을 주었다. 어떻게 그를 찍지 않겠는가?.

나 역시 그를 찍었다.

13
마틸다와 앨리스, 꼬마 릭

MATILDA, ALICE AND LITTLE RICK

마틸다는 자기 부모가 선하고 애정이 넘치고
이해력 있고 훌륭하고 지적인 분들이기를 원했다.
그런데 그들이 실제로는
그 어느 것에도 해당되지 않는다는 사실이
바로 그녀가 참고 견뎌야 할 일이었다.
그 일은 쉽지 않았다.

로알드 달Roald Dahl, 《마틸다*Matilda*》

1988년 부커상 수상작은 피터 캐리Peter Carey의 《오스카와 루신다 *Oscar and Lucinda*》였다. 빅토리아 시대 영국에서 오스트레일리아로 간 있을 법하지 않은 이주민 부부의 삶을 다룬 경쾌한 스토리를 가진 이 소설은, 그 서사적인 규모며 정말 매력적이고 완벽한 솜씨와 감정 및 시각적 상상력이 잘 어우러져 있다. 하지만 비록 좋아하는 작품이기는 해도 《오스카와 루신다》가 1988년에 출간된 소설 가운데 최고는 아니었다. 그 영예는 로알드 달의 《마틸다》에게 돌아갔어야 마땅한데, 《마틸다》는 심지어 피터 캐리의 저 걸작에 비한다 해도 앞으로 100년 동안은 더 읽힐 가능성이 있어 보인다. 로알드 달의 걸작인 《마틸다》는 그 책을 읽는 모든 이에게, 즉 아이들뿐 아니라 자녀에게 그 책을 권한 부모들, 그리고 어른들에게 모두 나름대로 사랑을 받았다.

어쨌든 이것이 1988년 12월에 내가 이 책을 사고 나서 이 책을 읽은 방식이기도 하다. 그것은 원래 애나와 버티(당시 열네 살과 여덟 살)에게 줄 크리스마스 선물이었다. 나는 당연히 그 책 속에 증정 문구를 써넣고 어설픈 솜씨로 포장한 다음 의기양양하게, 바버라가 크리스마스트리 아래 숨겨 놓은 산더미 같은 다른 선물 위에 올려놓았다. 흙을 담은 통 속에 담겨 주방에 놓인, 유령처럼 반짝이는 그 트리는 불안하게 흔들거렸다. 녹색 부분이 보이지 않을 정도로 트리를 장식해야 한다고 여긴 버티 때문에 품격이라고는 아예 찾아볼 수 없을 정도였다. 결국 장식이 끝난 트리는 금속 반짝이로 뒤덮이고, 가지마다 금색과 빨간색 포일로 싼 초콜릿이 주렁주렁 달리고, 광대 지팡이와 투명 유리공, 채색 유리공들이 위태롭게 대롱거리고, 맨 꼭대기에서는 채색된 천사가 돌아가는 꼴을 진짜 눈처럼 생기지 않은 눈으로 무시무시하게 나무라듯 지켜보고 있었다.

크리스마스 날 아침, 아이들은 그 다음에 나올 선물에 관심을 쏟느라 정작 그 안에 들어 있는 내용물에는 별다른 주의를 기울이지 않고 포장지를 찢기에 바빴다. "축구공이잖아요? 정말 고마워요."

그 다음 포장지를 찢는다. "멋진 블라우스예요, 엄마. 고마워요." 또 뭐가 있지? "아, 새로 나온 로알드 달 책인가요? 멋진걸요!" 표지에서 귀엽게 생긴 마틸다가 내다보고 있는 그 책은 버려진 아이처럼 한옆으로 밀쳐졌다.

탐욕스러운 과정이 진행되는 동안 나는 여느 때처럼 도지는 염증을 도저히 참기가 어려웠다. 크리스마스를 축하하며 자라지 않은 내게는 이런 과잉 상태가 언제나 혼란스럽기만 했다. 나는 이 문제를 놓고 바버라와 끊임없이 충돌했다. 나는 그녀를 제어하려고 했고, 그녀는 나로 하여금 약간 느슨해지도록, 이 명절에 대한 내 과격한 회의론을 좀 눌러 놓도록 만들려고 했다. 어쨌든 이 문제에 관한 한 그녀가 옳았다. 크리스마스는 모두 즐기는 명절인 것이다. 그것은 단순히 즐기는 일이 아니라 제대로 해야 할 일이다. 그 크리스마스 날 아침에 나는 《마틸다》를 집어 들고 난롯가에 놓인 의자에 묻혀 반쯤 졸면서 이따금씩 호의적인 눈길(그렇게 보이기를 바랐지만)을 던지며 커피를 마시고 책을 읽으며 나 자신을 위로했다. 그 책은 첫 페이지부터 나를 완전히 사로잡을 만큼 훌륭했다.

얼마 가지 않아서 선물이 모두 개봉되었다. 우리는 난로 속에 포장지를 쓸어 넣고(포장지를 다 태우는 데에만 '몇 시간'이 걸렸다.) 크리스마스 날 아침으로 먹을 팬케이크를 만들기 시작했다.

"나와 함께 보드게임 하실래요, 아빠?" 버티가 새로 얻은 게임의 셀로판지를 뜯으며 물었다.

"좋지." 바버라와 애나는 내 마지못한 어조를 눈치 챘지만, 버티는 그러기에는 너무 어렸다.

"좋아요! 하는 법 좀 가르쳐 주세요."

"너도 함께 하겠니, 애나?"

"아뇨, 전 됐어요. 옷을 갈아입고 나서 엄마와 함께 식사 준비를 할 거예요."

오후 2시에 점심 식사를 했다. 보드게임은 밀쳐지고 선물들은 서글프게도 여전히 무시된 채 한구석에 쌓이고, 프레디 삼촌과 캐서린 할머니는 음식 더미에 달려들고, 바바라는 녹초가 된 채 그러나 온화한 얼굴로 의자에 앉고, 아이들과 나는 우리 몫을 먹어 치운 다음 더 가지러 가곤 했다. 잔들은 모두 채워지고 대화보다는 포도주가 더 자유롭게 오갔다. 그런 다음에는 디저트가 나올 텐데, 나는 다진 고기로 만든 민스파이와 크리스마스 푸딩이 '특히' 싫었다. 내 마음대로 했다면 그것들을 금지하고 끝장냈을 것이다. 그러고 나면 모두 어기적거리며 방을 가로질러 가서 여왕의 연설을 보려고 텔레비전을 틀겠지.

"잠깐 실례 좀 할게." 나는 식탁에서 일어났다. 그러고는 선물 더미 쪽으로 가서 《마틸다》를 집어 들고 위층 화장실로 향했다.

사람들의 머릿속에 경보가 울리기 전까지 20분 정도는 여유가 있으리라는 것을 알았다. 그때까지 이미 45쪽을 읽고 있던 나는 잔칫상이 벌어진 곳으로 돌아갈 생각은 조금도 없었다.

10분 후, 내가 63쪽을 읽고 있을 때 문에서 노크 소리가 났다.

"아빠." 버티의 목소리였다. "화장실을 써야 해요."

전혀 다급한 어조가 아니었다. 누군가 일부러 그 애를 보낸 것이라는 생각이 들었다.

"아래층 화장실을 쓰렴." 내가 까다로운 어투로 대꾸했다. "나는 좀 더 써야겠구나."

"거기는 할머니가 쓰고 계세요."

"그러면 뜰에서 오줌을 누렴." 나는 64쪽을 넘기며 고집스럽게 말했다. "지금 바로 나가게 될 것 같지 않으니까. 그런 다음 가서 텔레비전이나 보렴."

"전 심심해요." 그 애가 투덜거렸다.

"흠, 난 심심하지 않은데. 굉장히 재미있거든."

"지금 응가하는 게 아니군요. 아빤 책을 읽고 있어요!"

"둘 다 한꺼번에 하고 있단다. 그러니 어서 가거라."

그 애는 기다리는 사람들에게 이 소식을 전하러 아래층으로 내려갔다.

몇 분 후, 87쪽을 읽고 있는데 문에서 다시 노크 소리가 났다.

"아빠." 애나가 한껏 엄한 목소리로 말했다. "지금 뭘 하고 계신지 알아요! 《마틸다》를 갖고 계신 거잖아요! 선물 더미를 살펴봤더니 그 책이 없어졌더라고요! 그 책은 저와 버티 거예요. 그리고 전 지금 당장 그 책을 읽어야겠어요."

"지금은 내가 읽고 있다. 가진 사람이 임자거든. 넌 그 다음 순서야. 안됐지만 말이다. 어쨌든 기다려야 할 거야."

애나는 바로 화장실 밖 카펫 위에서 기다렸다. 얼마 후, 99쪽을 읽고 있을 때 그 애의 동생이 합류했다.

"아빠!" 두 아이는 합세해서 격렬하게 문을 두드리며 훈계를 늘어놓았다. "엄마가 지금 당장 나오시래요!"

"꺼져라!"

"그건 우리 책이에요!" 아이들이 반복해서 노크를 해 대며 소리쳤다.

그것은 맞는 말이었으며 결국 아이들은 책을 손에 넣었지만, 그것은 내가 그 이후 다시 30분쯤 빠르게 나머지를 마저 읽고 난 뒤 게걸스러운 그 애들의 조그만 손에 그 책을 넘겨주었을 때의 일이다. 나는 부엌으로 갔다. 노인들은 TV 앞에서 잠들어 있었고, 바버라는 성이 나 있었다.

"이제 만족했겠군." 그녀가 차갑게 말했다.

맞는 말이었다. 정말 훌륭한 책이었다. "물론이지. 애나와 버티도 곧 그 책을 읽어야 할 거야."

'까만 머리에 동그랗고 진지한 얼굴을 한 조그만 소녀', 귀엽고 독립적이고 기이할 정도로 조숙한 마틸다(가슴 저리는 공감이 스며 있는 퀜틴 블레이크의 삽화)의 재앙은 잘못된 가정에서 태어났다는 것이다. 아이의 아버지는 부정직하기로 악명 높은 중고차 거래상이고, 엄마는 빙고 중독자, 오빠는 아버지가 하라는 대로 하는 소심한 소년이다. 조롱을 당하지 않으면 철저하게 무시당하는 마틸다는 남모르게 혼자서 읽는 법을 터득하고, 다섯 살이 되기 전에 사실상 동네 도서관에 있는 책을 모조리 읽어 치운다. 책은 그녀를 새로운 세계로 '운반'해 주었다. 마틸다는 자기 부모도 텔레비전만 볼 것이 아니라 '그들이 알지 못했던 인생관'을 가져다줄 수도 있는 책을 좀 읽었으면 좋겠다고 생각한다. 마틸다는 어른들이 읽는 고전 소설도 대부분 읽어치우는데, 아이 자신도 인정하듯이 남녀 문제를 다룬 헤밍웨이의 소설만큼은 완전히 이해할 수 없었다.(그 점은 나도 마찬가지다.)

얼마 지나지 않아 집에서는 책이 금지 품목이 되고, 머릿속으로 엄청난 수학 계산도 해내는 마틸다의 영리함은 조롱거리가 된다. 다행히도 이런 학대에 대해 아이는 위축이 아니라 분노로 반응한다. 마틸다는 반격에 나선다. 아버지의 모자에는 초강력 접착제를 바르고, 거실에 유령이 있는 것처럼 보이도록 굴뚝에 앵무새를 집어넣고, 아버지의 헤어토닉에는 과산화수소수를 탄다. '이런 근사한 응징 수단을 궁리하고 배분하는 데서 느끼는 재미가, 마틸다가 미쳐 버리지 않도록 막는 일종의 안전밸브 역할을 했다.' 가볍게 씌어진 듯이 보이는 이 '미쳐 버린다'는 표현은 사실 충분한 숙고 끝에 나온 것이다. 마틸다를 구할 수 있는 것은, 바로 분노를 처리할 줄 아는 그 뛰어난 능력뿐이다. 아이가 이 능력을 발견하게 되는 것은 초등학교 시절이 시작되면서인데, 초등학교의 경험은 무시와 비하 정도가 아니라 철두철미 가학적인 학대의 연속이기 때문이다. 크런쳄 홀 초등학교의 교장인 아가사 트런치불은 아이들, 특히 나이가 어린 아이들을 싫어한다. 자신도 한때 아이였다는 사실조차 부인한다. 우람한 체격에다 전직 투포환 선수인 교장은 이제 아이들을 투포환 삼아 집어던져 모두 두려워하고 싫어하는 존재다.

마틸다의 호된 시련을 그런대로 견딜 만하게 만들어 주는 유일한 존재는 젊은 허니 선생님이다. 영리하고 조숙한 마틸다에게 놀란 허니 선생님은 이 소녀를 진심으로 받아들이지만 충분히 보호해 주지는 못한다. 그녀 역시 이모인 교장의 통제 아래 놓여 있기 때문이다. 그러나 꾀바른 아이인 데다 이런 스승까지 만나게 된 마틸다는 혼자 힘으로 난관을 헤쳐 나간다. 그리고 얼마 지나지 않아 자기에게 놀라운 염력이 있음을 알게 된다. 그저 열심히 집중하기만 하면 사물을 이동시킬 수 있는 것이다. 이 능력으로 마틸다는 도롱뇽처럼 생긴 영원 한 마리가 든 물컵이 트런치불 교장의 무릎에 넘어지도록 만든다.

적합지 않은 가정환경에서 태어나 자신의 진정한 본성을 발견해 나가는 과정이라는 면에서 이 작품은 해리 포터와 놀랄 만큼 유사하다. 그 마법 소년의 경우처럼 마틸다의 마법도 일종의 자기보호 수단이어서 분노할 때 그 효과가 가장 크다. 그 결과는 놀랍고도 유쾌하다. 물컵을 넘어뜨리는 '기적'을 행한 마틸다는 두려움에서 해방되면서 거의 초월에 가까운 경험을 하게 된다. '얼굴 전체가 …… 침묵의 광휘 속에서 아주 아름답게 …… 변형된' 것이다. 정신을 차린 아이의 얼굴에는 거의 '천사와도 같은' 평온함이 남아 있다. 마틸다는 그 경험을, "나는 은빛 날개를 타고 별들 사이를 날고 있었다"고 말한다. 그녀는 천사가 되었다. 그것도 감상적인 천사가 아니라 복수의 천사가 된 것이다.

얼마 지나지 않아서 트런치불 교장은 밀려서 쫓겨나고 마틸다의 부모는, 사악한 이모에게 강탈당했던 원래의 가정을 회복한 허니 선생님의 보호 아래 마틸다를 버려 둔 채 '황급히' 오스트레일리아로 떠난다. 더 이상 필요하지 않게 된 마틸다의 마법은 사라지게 되지만, 그녀의 정서적이고 지적인 능력은 이제 한껏 꽃을 피우기 시작한다. 동화라면 으레 그렇듯이 이 이야기 역시 사랑받고 사랑하며, (아이들이라면 모두 그렇게 되어야 하는데 그렇지 못한 경우가 흔한) 자신이 원하는 삶을 사는 행복한 아이의 모습으로 끝난다.

현실에서도 마틸다와 같은 아이를 쉽게 상상할 수 있지만, 용기와 조숙함과 분노가 부족한 현실 속 아이들은 내면으로 움츠러들고 안으로 곪아 터지고 잔뜩 위축되어, 허니 선생님의 행복한 가정에 들어가 사랑으로 재생하는 것이 아니라 정신과 의사의 소파에서 끝나고 만다. 나는 로알드 달의 아동물을 좋아하는데, 그것은 그가 전적으로 아이들 편에 서서 유난히 아이들의 관점을 잘 파악하고 있기 때문이다. 언젠가 그는, 그렇게 하려면 높다랗게 선 어른을 보며 요구 사항을 내놓는 아이에게 눈높이를 맞추어야 한다고 말한 적이 있다. 이해심 많은 허니 선생님에 대한 그의 묘사는 이렇게 시작된다. "그녀는 …… 난생 처음 교실로 끌려가 명령을 받아야 하는 어린아이들을 질리게 만드는 저 당황하고 두려운 마음을 완전히 이해할 줄 아는 귀한 재능의 소유자다."

그런 표현은, 그녀가 '내밀한 아동'이라고 일컬은 심리를 주장하여 유명해진 스위스 심리치료사 앨리스 밀러를 연상시켰다. 밀러는 자신의 어린 시절과 학교교육의 '두려움, 좌절감, 뼛속까지 스며드는 외로움'에 대해 장황하게 쓴 바 있다. 자신에게 부과된 기대감의 압박 때문에 감정과 창의성의 문을 닫고 내면으로 움츠러들며, 어린 시절의 '정신적 공포감'에 대한 모든 기억을 억압하는 외적 인격을 발전시키게 된다는 밀러의 경험담은 그녀가 보기에는 흔한 일이다. 그러한 정신적 공포감의 본보기로서 아가사 트런치불 교장을 능가할 사람은 없을 것이다. 이 인물은 통제되지 않고 독단적이고 제압하려 드는, 아동의 관점에서 본 어른의 모든 것을 구현한 인물이다.

로알드 달에서 앨리스 밀러로의 도약에는 좀 부자연스러운 면이 있어 보이지만, 내게는 당연해 보였다. 그도 그럴 것이 애나와 버티에게 《마틸다》를 선물할 무렵, 나는 또다시 앨리스 밀러의 양성소에서 훈련을 받은 햄스테드의 한 심리치료사와 만나고 있었던 것이다. 매우 기묘한 일이지만, 그 당시 나는 마틸다에 대한 호감을 앨리스에 대한 탄복과 조금도 연결짓지 못했다. 나는 종종 눈앞의 사실도 보지 못하는데, 어쨌든 아동서와 영화에 대한 끊임없는 애착은 성인이 된 나의 인격에서 계속 반복되는 일이다.

그것은 노인이 손자들에게 《곰돌이 푸》를 읽어 주는 저 감상적이고 향수 어린 태도와는 달랐다. 그게 아니다. 나는 모든 아동문학의 고전을 읽었을 뿐 아니라 새로운 아동물도 끊임없이 뒤적인다. 한밤중에 애나와 함께 줄을 서서 기다린 끝에 새로 나온 《해리 포터Harry Potter》를 사서 일주일 만에 그 시리즈를 모두 읽어 치웠고, 엄청나게 감탄하면서 필립 풀먼의 작품을 모조리 읽었고, 좀 부족하다고 느끼면서 샐리 록하트Sally Lockhart의 추리물을 읽기도 했고, 윌리엄 니콜슨William Nicholson의 《불붙은 바람*The Wind on Fire*》 3부작도 좋아했다. 또한 〈정글북〉, 〈조니 5 파괴 작전Short Circuit〉, 〈백 투 더 퓨처〉, 그리고 무엇보다도 〈E. T.〉 같은 영화는 내 기호에 딱 맞아떨어져서 장 르누아르나 잉그마르 베르히만의 영화보다 더 즐겨 봤다.

결국 내면 속의 대부분은 잊혀진 '꼬마 릭'에게 좀 더 가까이 다가가는 심리치료는 다른 사람들보다 내 경우가 훨씬 쉬웠을 것이다. 많은 점에서 나는 아주 유치하다. 어린애 같다는 표현이 더 마음에 들지만 말이다. 나는 조바심 내고 시끄럽고 관심을 갈망하고 만화 보기를 좋아하고 탐욕스러우며, 남을 기쁘게 해 주고 쉽게 상처 입을까 안달하고, 경쟁적이며 나 자신에 대해 말하기를 좋아하고, 관심의 폭이 짧고, 허드렛일을 싫어하고, 나 자신이나 다른 사람에 관한 부적절한 사실을 불쑥 말해 버리고, 거의 전적으로 쾌락원리에 따른다. 내 내면의 아이와 문제가 있다면, 그것은 그 아이를 풀어 주는 데서 생기는 문제가 아니라 오히려 그 아이를 붙잡아 두는 데서 생기는 문제다. 그 아이가 필요로 하는 것은, 자신을 옹호해 줄 사람이 아니라 자신을 간직해 줄 사람이다. 오히려 내가 찾아야 할 대상은 내 내면의 '어른'이다. 나는 치료사에게 이 말을 몇 번이고 했으나 치료사는 이런 환자를 본 경험이 없는 듯했다. 치료사는 그저, 꼬마 릭의 불안감을 무의식중에 행동으로 옮기는 일은 그 당시로 돌아가 그때의 불안감을 다시 경험하며 그 경험을 새롭게 이해함으로써 해답을 모색하는 일과는 다르다고 말했다.

치료를 받는 동안 관련 문헌을 읽는 일은 좋은 생각이 아니다. 그런 일은 지식화로서, 그리고 지식화 과정을 통한 일종의 방어 형식으로 간주된다. 치료를 받는 사람은 정신분석의 기초 이론에 통달하려고 할 것이 아니라 감정에 집중해야 하는 것이다. 그러나 자신이 아닌 다른 사람처럼 굴 수는 없는 노릇이어서, 나는 어쨌든 앨리스 밀러의 관련 서적들을 뒤적거렸고, 곧 그것들을 전부 다 '읽을' 필요가 없다는 사실을 깨달았다. 나는 《거짓말하지 않는 육체*The Body Never Lies*》, 《자신만의 선을 위하여*For Your Own Good*》, 《너희는 의식하지 말지어다*Thou Shalt Not Be Aware*》, 《추방된 지식*Banished Knowledge*》, 《침묵의 벽 허물기*Breaking Down the Wall of Silence*》 같은 책들을 훑어보았다. 비교적 소박한 제목을 달고 있는 이 책들은 모두 같은 현상을 다루고 있다. 이론가로서 앨리스 밀러는 한 가지밖에 다룰 줄 몰랐다. 그러나 그 한 가지가 괜찮은 주제였으며, 거기에는 어떤 배울 점이 있었다. 그것이 아마도 그녀가 영혼을 구제하려는 복음 전도사들이 그렇듯 같은 말을 반복하는 이유일 것이다.

밀러는 특히, 아동기의 불행이 성인의 질병과 신체적 징후로 나타나는 방식에 조예가 깊다. 그중에는 심각한 것도 있지만 대부분은 사소해 보인다. 불행한 아동기 때문에 반드시 천식이나 암 같은 질병에 걸리는 것은 아니다. 흡연이나 손톱을 물어뜯는 행위, 강박적인 다이어트 등은 모두 아동기에 받은 학대가 성인이 되어 나타나는 징후들이다. "이런 모든 질병이나 중독 증상은 밖으로 표현하고자 하는 육체의 비명이다." 1987년의 한 인터뷰에서 밀러는 핵심이 되는 식견을 완벽하게 표현했다.

아이들을 존중하는 법을 배우려면 굳이 심리학 책을 읽을 필요는 없습니다. 여기서 필요한 것은 아동 양육 방식과 그것에 관한 전통적인 관점을 완전히 수정하는 일입니다. 사람들은 어렸을 때 자신이 받은 양육 방식을 평생 동안 자기 자신에게 적용하며 살아갑니다. 가혹하게 대한다거나 애정과 보호로 대하는 식이죠. 그래서 종종 자신에게 가장 괴로운 고통을 가하고, 또 나중에 가서는 아이들도 같은 방식으로 대하는 것입니다.

확실히 이것은 반복할 만한 통찰이다. 그러나 정확히 그것이 어떻게 내가 다시 치료사를 찾게 됐는지를 충분히 설명해 주지는 않았다. 여전히 내 결혼 생활은 행복하지도 창조적이지도 못한 상태였다. 또, 여전히 해방감이나 즐거움을 가지고 글을 쓸 수도 없었다. 그런데 어떻게 그저 상상 속 내면의 아이를 들먹거림으로써 이러한 장애들을 줄일 수 있다는 것일까?

앨리스 밀러는 별 도움이 되지 않는 단순한 설명 말고 달리 제시할 대안이 없어 보였다. 그러나 글이 막히는 문제와 관련해서는 예기치 않은 도움을 받았다. 아마 그녀의 저서 가운데 가장 덜 알려진 책이 《어린 시절의 그림*Pictures of a Childhood*》일 텐데, 거기에서 그녀는 자신이 그린 여러 장의 원색 그림 도판과 함께 화가로서의 삶을 이야기하고 있다. 크기가 작고 반추상에 색상이 다채로워 흡사 클레와 미로를 한데 합해 놓은 것 같은 그 그림들은, 관심을 호소하기라도 하듯 땅에서 내다보는 듯이 보이는 조그만 형체들 때문에 자못 신비한 느낌을 준다.

그린 이의 무의식 가운데 일면을 묘사하고 있는 그 그림들은 불행한 '내면의' 조그만 소녀와의 직접적인 소통을 제시하는데, 밀러 자신은 두 차례의 종합적인 분석에도 불구하고 한 번도 그 소녀를 제대로 상기하거나 소녀에게 공감할 수 없었다. 그녀는 어렸을 때 그림을 그렸는데, 어머니는 그 일을 제대로 해보라고 '격려'해 주었다고 한다. '격려'라는 말이 여기서는 들볶았다는 의미로 쓰인다. 이와 같은 이른바 '지지'에 대해 어린 앨리스는 그림에서 아예 손을 떼는 것으로 반응했다. '돌이켜 보건대, 정식으로 그림 훈련을 쌓고 그것에 대해 생각하고 계획을 세우는 데 내가 강력히 저항한 것은 아주 의미심장한 일이었으며, 어쩌면 그 때문에 내 삶이 구원을 받은 것일지 모른다는 점이 분명해 보인다.'

어른이 되고 나서야 그녀는 다시 그림을 그리기 시작했으며, 자신이 '자발적으로' 그릴 수 있어야만 그림을 그릴 수 있다는 사실을 알았다. 그렇게 하지 않으면 '내 안에 들어 있는 아이가 즉각 반발하고 나섰다'는 것이다. 반대로, 그림과 유희하듯 놀면서 나름의 방식대로 무엇이든 표현하도록 놔두면 그 과정에서 엄청난 만족감을 느끼고, 마치 저절로 그렇게 되기라도 한 것처럼 물 흐르듯 그림이 그려졌다. 그녀는 그 그림들이 내면의 아이와 소통하게 해 준다는 사실을 알게 되었다. 결국 오랫동안 억압되어 있던 조그만 소녀는 마침내 독자적인 표현을 찾은 셈이다.

실제로 잘 그린 그림이지만, 여기서는 그림이 잘 그려진 것인가 아닌가의 여부는 문제가 아니다. 그 그림들은 자유로웠고 직접적이며, 해방을 요구하는 저 내면의 압력 말고 다른 어떠한 압력에도 반응하지 않았다. 그것이 내게 시사하는 바는 분명했다. 글쓰기보다는 그림이 그 과정에서 거둔 성과를 알기가 더 쉽기는 하지만, 그럼에도 이 이야기에는 뭔가 배울 점이 있었다. 내가 그런 식으로 글을 쓰는 것이 가능하지 않을까? 사전 계획 없이 자연스럽게, 유희처럼 쓰는 일이 가능하지 않을까? 앨런 긴즈버그의 말대로 '맨 처음 떠오른 생각이 가장 좋은 생각'이다. 그런 방식이 성공을 거둘 것 같지는 않았다. 어쨌든 그동안 학문 훈련이 내게 가르친 것은 이와는 정반대 과정이었던 것이다. 글쓰기는 고도의 중개 행위이며, 신중하고 숙고 끝에 나와야 한다. '오류를 피할 것!' 여기에는 유희나 자연스러움 따위는 들어 있지 않다. 그것은 철두철미 의식한 행위, 그 대부분은 방어적인 과정인 것이다.

나는 한동안 이 문제를 생각해 보고, 치료사와도 대화를 나누었으며, 그 첫 단계를 어떻게 할지 궁리했다.

"자신의 잠재의식을 믿으세요. 공연히 안달하지만 않으면 잠재의식이 할 일을 알려 줄 겁니다." 치료사가 말했다.

나는 열심히 귀를 기울여 보았지만, 내게 들리는 음성은 '제발 그냥 하기나 해!'라는 말뿐이었다. 일주일이 지나 장편소설을 쓰기 시작했다. 소설은 6주 만에 완성되었다. 글을 쓰지 '않기'가 쓰기보다 더 힘들었다. 잠시라도 손을 놓으면 온갖 생각과 장면과 영상과 대화들이 머릿속에 우글거려 결국 다시 타자기 앞에 앉지 않을 수 없었다. 나는 놀랍도록 행복한 기분을 느끼며 떠오르는 대로 타이핑을 했다.

예상할 수 있는 일이지만, '마음 저 밑바닥의 꿈Bottom's Dream'이라는 제목을 붙인 그 소설은 의혹을 품은 심리치료사로 가장한 나 자신에 관한 소설이었다. 주인공은 까다로운 화가와 불행한 결혼생활을 보내면서 세상을 살아가는 편한 방법을 찾으려 하지만 실패하고 만다. 결국 그 가엾은 늙은 주인공은 자살한다. 이 소설은 개인적이고 성적인 측면에서 터무니없을 정도로 노골적이었지만, 그것은 사실상 분노에 차고 의기소침한 내 심리 상태의 증후였다. 나는 그 소설을 출판사에 보내지 않았다. 내 치료사는 그 소설을 '훌륭하다'고 했지만, 그는 분명 그 얘기를 만나는 여자에게마다 했을 것이라고 장담할 수 있다. 나는 소설가 피터 애크로이드에게서 좀 더 공정한 의견을 들었다. 내가 자서전적인 소설을 쓰고 있다고 했더니, 그가 코를 찡그리며 말했다. "여보게, 좀 더 '재미있는' 얘기를 써 보는 게 어때?" 나는 그 뒤로 《마음 저 밑바닥의 꿈》을 다시 읽은 적이 없으며 그럴 생각도 없다. 하지만 이상하게도 그 원고를 아주 버리지는 못했다. 만일 거기에 조금이라도 돌아볼 만한 구석이 있다면, 그것은 본질적으로 그 원고에서 막연하게나마 그린 프로이트와 정신분석에 관한 의혹일 텐데, 그 점에 대해서는 나중에 더 논의할 것이다.

무엇보다 감격스러운 것은 글쓰기가 자연스럽게 이루어졌다는 사실, 그리고 그것이 즐거움의 원인이 되었다는 사실이었다. 그저 자기 자신에 대한 믿음만 있으면 충분했다. 그것을 자연스럽게 놔두고 자신의 내면에 들어 있는 것이 무엇이든 그것이 알아서 원고를 채우도록 허용하기만 하면 된다. 그 소설의 저자는 '릭 게코스키'였다. 그는 이전에는 어떤 글도 쓴 적이 없으며, 내가 이전에 쓴 작업은 모두 'R. A. 게코스키'가 한 일이었다. 나는 새로 등장한 이 친구가 훨씬 더 마음에 들었다. 비록 이따금씩 좌절했지만 적어도 그는 나 자신임을 알아볼 수 있는 목소리로 글을 썼다. 이 점에 대해서는 앨리스 밀러에게 고마워해야 한다. 나를 도와주러 온 것은 내 내면 속에 들어 있던 아이뿐만이 아니다. 나의 내면 속에 들어 있던 마틸다도 나를 도와주었다. 아무튼 저 트런치불 교장을 몰아내려면 완전히 집중하고 시선을 고정시키고 에너지가 흐르도록 하면 되는 것이다. 그러면 결국 천사와 같은 기분을 느끼며 승리를 거두게 될 것이다. 여기서 좋은 소설을 썼는지의 여부는 전혀 다른 문제다.

이러한 승리에 필요한 열쇠는, 내가 귀를 기울이고 읽고, 나 자신을 위해 또한 나 자신에 관해 만들어 낸 이야기 속에 들어 있다. 바로 그것이 네 살짜리 마틸다가 부적절한 현실 세계에 대응하려고, 그리고 그것을 대체하려고 상상의 세계 속으로 자신을 해방시킨 방식이다. 사실상 마틸다는 독서를 통해 자신을 형성했으며 그렇게 함으로써 하나의 본보기, 희망을 제시한다. 그런데 여기서 너무 쉽게 간과되는 한 가지 사실이 있다. 마틸다는 때 이르게 어른이 되어야만 했던 아이의 서글픈 사례라는 것이다. 마틸다는 학대를 받아 어린 시절을 몰수당했다. A. S. 닐의 표현에 따르자면, '놀 권리를 빼앗긴' 것이다. 로알드 달이라면 크런첨 스쿨을, 좀 과장되기는 했어도, 조기교육을 받는 아이들 대부분에게 일어나는 대표적인 사례라고 여겼을 것이다. 서머힐에서는 그런 일은 일어나지 않았다.

애나와 버티는 《마틸다》를 무척 좋아했으며, 버티는 기쁜 마음으로 그 책에 이어서 로알드 달의 작품 전체를 읽어 치웠다. 마지막 책을 다 읽고 나서 버티는 자기 마음에 들 만한 다른 작가가 누가 있느냐고 물었다. 나는 뭐라고 대꾸해야 좋을지 알 수 없었다. 같은 범주에는 그런 작가가 더는 없었던 것이다. 버티는 실망하고 말았다. 닥터 수스와 같은 작가가 더 있었으면 하고 바랐던 어린 시절의 내가 그랬듯이. 버티는 로알드 달만큼 읽기 좋은 작가는 없다고 여겼고, 나도 어느 정도는 그 생각에 동의했다. 로알드 달이 노벨상을 탔어야 했던 것은 아닐까?

14
에이어와 천사

AYER AND ANGELS

우리는 어떤 사람이, 어떤 문장이 제시하는 명제의 진실성을
확인하는 법을 알고 있을 경우(그 경우에 한해서)
그 문장이 실제로 의미를 갖는다고 한다.
요컨대, 주어진 조건에서 그 명제를
참으로 받아들이거나 거짓으로 부인하도록 할 수 있는
견해를 갖고 있다고 가정하는 경우가 그러하다.

A. J. 에이어, 《언어, 논리, 진리*Language, Truth and Logic*》

미국민의 68퍼센트는 천사의 존재를 믿는다고 한다. 이 사실은 미국민의 속기 쉬운 종교적 심성의 사례로 흔히 인용되며, 나 자신도 그런 식으로 인용한 바 있다. 나는 이런 문제에는 얼마든지 무례하게 굴 수 있다. 그러나 최근 들어서 내가 이렇게 경멸적인 태도를 취하는 것이 과연 공정한 일일까 하는 의구심이 들기 시작했다. 그런 거북한 느낌이 드는 것이 철학적인 이유 때문은 아니다. '천사'

라는 개념이 모호하다는 것, 그리고 이런 존재를 '믿는 행위'가 어떤 결과를 가져올지 알 수 없다는 것은 나도 안다. 그것은 나 자신이 그러한 개념을 동원한 '모든' 글에서 천사의 존재를 믿지 않기 때문이 아니라, 믿을 수 있었으면 좋았다고 여기기 때문이다.

이는 살아 있을 때 위안을 얻고 죽었을 때 기분이 좋기를 바라서 내세를 믿고 싶어 하는, 제 잇속만 차리려는 그런 방식에서가 아니다. 내 잃어버린 천사를 찾는 데에는 아무런 이기적인 이유도 없다. 나는 하프나 켜면서 멍하니 구름 위에서 노니는 저 진부한 존재들, 저 거짓 없고 따분한 존재들을 의미하려는 것이 아니다. 그런 천사는 음식을 먹을 수 없거나 담배를 피우지 못하거나 포커 게임을 하지 못하거나 여자와 키스를 할 수 없을 때나 찾는 존재다. 내가 원하는 천사는 그런 천사가 아니다.(신이여, 용서하소서.) 그저 내게 언제든 짜릿하고 성적 매력에 넘치는 어떤 것, 짧고도 날카로운 천벌을 내려 달라는 것이다.

내가 믿고 싶은 것은, 저 통속적인 기독교 도판에 등장하는 무자비한 치품熾品천사가 아니라 시인들의 천사다. 단의 '공기 날개'를 단 천사, 블레이크의 《천국과 지옥의 결혼》에 등장하는 저 잘난 체하는 천사, 쉰 목소리로 음정 틀린 노래를 부르는 바이런의 천사들, 절실한 때면 우리를 찾아오는 예이츠의 '위대한 천사들', 엘리엇의 '검은 천사' 말이다. 천사들은 얼마든지 열거할 수 있는데, 천사처럼 기뻐하는 귀여운 마틸다도 있고, '평평한 발을 하고 눈의 제복을 입은' 에밀리 디킨슨Emily Dickinson의 천사도 있다. 작가들의 상상 세계 속에 천사가 없다면 그 세계는 존재하지 않는 것이나 다름없어 보인다. 내게도 세속의 단조로움에서, 저 가차 없는 산문성에서 내 정신을 구원해 줄 천사가 하나라도 있으면 좋겠다.

우리 유대인에게 천사가 많다는 것은 사실이 아니다. 천사는 대체로 비유대 지역의 산물이다. 나는 마지못해 사원에 나갔으나 성인식 때 바람직한 선물을 받고 나서부터 그 같은 신학적 의무감에서 벗어났으며, 천사나 악마에 대한 얘기를 들은 기억은 전혀 없지만 실제로 구약은 그런 것들로 가득 차 있다. 그러나 우리는 개의치 않았다. 내가 가진 종교의 많은 장점 가운데 하나가(경험상 약점일지도 모르지만) 철저하게 현생에, 그리고 공동체에 속한 사람에게 따르는 도덕적 의무에만 초점을 맞추고 있다는 것이다. 대가를 바라고 선을 행하라는 기독교적인 주장은 내게, 도덕적인 삶을 영위할 최악의 이유처럼 보인다. 파스칼Blaise Pascal은 "그런다고 해서 잃을 것도 없잖은가?"라고 반문했지만.

따라서 유대인이 천사에 대해 이야기하면 괴상한 것이기 십상이다. 이슬람 천사, 인도 천사, 금발 천사에다 벌거벗은 천사가 있는가 하면, 미치광이면서 정신이 멀쩡한 저 앨런 긴즈버그의 천사 무리처럼. 그것들은 거의 천사처럼 보이지 않고 사실상 앨런 자신과 더 닮았는데, 앨런은 분명 자신을 그런 천사 중 하나라고 여겼을 것이다. 이러한 천사는 거짓 없는 타자의 표상인데, 그것은 상상력이 구하려 애쓰는 이상향인 동시에 상상 속에서나 가능할 뿐이다. 긴즈버그는 합리에 꽁꽁 묶여 있는 현세에서 탈출하는 도구로 천사

군단을 필요로 했다.

어쨌든 키츠 역시 똑같은 문제에 관심이 있었는데, 그는 유대인도 아니었다. 그의 〈라미아Lamia〉에서 몇 구절을 살펴보자.

> 철학은 천사의 날개를 자르리라,
> 규칙과 선線으로 모든 불가사의를 정복하고,
> 유령이 출몰하는 대기와 땅신령이 나오는 갱도를 비우고
> 무지개를 풀어 버리리라 ……

시에 대한 철학의 적대 행위를 가장 선명하고도 강력하게 보여주는 철학서를 하나만 고르라고 한다면, A. J. 에이어의 《언어, 논리, 진리》일 것이다. 1936년에 출간되기는 했어도 에이어의 저서는 여전히 충격을 주기에 충분하다. 내가 처음 이 책을 읽은 것은 펜실베이니아 대학에서였는데, 나는 이른바 논리적 실증주의를 흄식의 회의주의의 '극치'로 보는 그 명료함과 허세에 탄복했다. 실제로 내가 옥스퍼드로 가고자 했던 한 가지 이유가 에이어의 강의를 듣기 위해서였다. 에이어는 유수한 철학 학파의 선각자였던 것이다. 훗날 '프레디 경'이 되는 프레디(에이어의 이름인 '앨프리드'의 애칭—옮긴이)와, 오토바이를 타고 다니는 그의 매력적인 아내이자 미국 기자인 디 웰스는 옥스퍼드 대학뿐 아니라 런던 북부의 지식인층에서는 중심적인 인물이었다. 철학을 가능한 한 널리 전파하고자 했던 에이어는 무엇보다 언론에 나서고 싶어 했다. 그는 신문을 구독하고,

1946년부터 시작된 BBC의 교양방송인 제3프로그램의 애청자들에게 철학을 호소했다. 이 프로그램은 종종 '두 명사의 잡담'이라고 조롱받았는데, 여기에 에이어가 곧잘 대담 상대자로 출연했다. 에이어의 철학적 견해가 신조가 있는 사람에게는 급진적이고 놀라우며 충격적이기까지 했으므로(사실상 에이어에게 불쾌감을 느낄 이유는 그가 신조가 '있다는 것'뿐이지만), 그에 대한 호응이 높았다. 에이어는 물의와 논쟁을 즐겼고, 논쟁 상대에게는 만만찮은 적수였다.

에이어가 반대한 것은 형이상학적 개념과, 그가 '넌센스nonsense'라는 딱지를 붙인 진술들, 그리고 윤리학이나 미학에 속하는 명제들이었는데, 윤리학이나 미학적 명제들은 단지 '감정적'이며 따라서 증명할 수 없다고, 요컨대 또 다른 형태의 넌센스로 보았다. '넌센스'라는 범주에다 증명할 수 없는 모든 것을 닥치는 대로 쓸어 담음으로써 일부러 도발을 유도한 것이다. 신은 선한 존재인가? 터너는 훌륭한 화가인가? 악을 행하는 것보다 선을 행하는 것이 좋은 일인가? 스테이크와 콩팥 파이는 맛있는가? 사람은 자연 상태로 만족할 수 있는가? 맨체스터 유나이티드 팀보다 더 나은 축구팀이 있는가? 셰익스피어는 과연 가장 훌륭한 작가인가? 이런 것들은 진실이 아니며, 어느 면에서든 모두 넌센스에 속한다. 이런 일을 제대로 해명하려면 철학적으로 한바탕 곤혹을 치러야 할 것이다.

물론 정상적인 몇 가지 신념이 있고 노동당과 토트넘 홋스퍼(영국 프로축구클럽—옮긴이)를 열렬히 지지하는 에이어는, 자신이 만든 핵심 개념을 가지고 재미있는 장난을 치고 있었다. 어쨌든 《언어, 논리,

진리》를 썼을 당시 20대 초반이었던 그는 명성을 날리고 싶어 했다. 아이자이어 벌린Isaiah Berlin은 당시의 에이어를, '도저히 막을 수 없는 미사일'이었다고 묘사했다. 에이어는 훗날 자신의 주요 논점들을 포기했지만 그것은 별문제가 아니었다. 이 책은 100만 부가 넘게 팔렸으며 절판된 적도 없다.

나는 에이어가 이 책을 써서 출판했던 것과 같은 나이에 한동안 그에게 사로잡혀 지냈다. 너무나 대담하고 확신에 넘쳤으며 도저히 따라가지 못할 만큼 난해해서 그가 하는 말이 옳아 보였던 것이다. 그러나 오랜 세월이 지나 다시 읽어 보니 쉽고 진부해 보였다. 코미디 프로그램인 '비욘드 더 프린지'와 '몬티 파이톤'에서 이 책으로 패러디를 할 정도였다.

그렇기는 해도, 실증주의를 버리려다 회의주의적인 태도까지 버리지 않으면서 내면의 에이어를 거부할 방도를 찾아야 한다. 회의주의는 규정짓기 위한 지적인 속성으로 그것의 자유로운 작용이야말로 민주적인 문화에 본질적인 것이고, 주입과 반대되는 의미에서의 교육은 회의주의 없이는 불가능하다. 하지만 자신이 회의주의자라는 사실을 증명하려고 굳이 인간의 가장 심오하고 훌륭한 신념들 대부분에 '넌센스'라는 딱지를 붙일 필요는 없다. 자신의 회의주의에 회의적일 필요가 있다. 어쨌든 로버트 프로스트가 말한 대로, 회의주의는 어떤 것도 당연하게 받아들이지 않는 일종의 호기심일 뿐이다. 그는, 회의주의가 '자, 지금 우리가 알고 있는 것이 무엇이지?'라는 단순한 의문 이상의 어떤 것인지를 반문한다.

같은 시기에 조이스가 쓰고 있던 《피네간의 경야》와 마찬가지로 《언어, 논리, 진리》 역시 신격화와 귀류법歸謬法(어떤 명제가 참임을 증명하려 그 명제의 결론을 부정함으로써 가정이나 공리가 모순된다는 사실을 보여 주어 간접적으로 그 결론이 성립한다는 것을 증명하는 일종의 간접증명법—옮긴이)의 표본이다. 조이스의 저 난해한 작품이 나오고 난 뒤에 그 이상의 혁신을 꾀하는 소설가를 상상하기 어렵게 되었다. 그 작품 이후에는 퇴보밖에 없는 셈이다. 마찬가지로 《언어, 논리, 진리》 역시 읽는 이를 질리게 할 만큼 철학적 회의주의의 객관적 한계를 선명하게 그려 놓았다. 이런 경지의 정신이 도출해 낸 결론이라면 회의주의 전체에 뭔가 문제가 있을 거라는 생각이 들 수밖에 없다. 궁극적으로 에이어는 어린애처럼 사기 행각에 사로잡힌 '철학의 홀든 콜필드'인 셈이다. 실제로 '넌센스'라는 용어를 버리고 그 대신, 이를테면 '엄격한 기준을 이용해서 증명하기 어렵다'는 말로 대체하면 에이어 논증의 위력은 급속히 떨어진다.

위대한 문학작품들은 진리를 담고 있고 진리를 전달하는데, 그것을 이해하는 데 필요한 과정이 철학과 다르다고 해도 진리라는 점에서는 다름이 없다. 그렇지 않다면 문학에서 배운다는 것은 불가능할 텐데, 그것은 분명 형이상학파 시인들의 작품을 음미하거나 《리어왕*King Lear*》을 읽거나 제인 오스틴의 저 부드러운 풍자에 미소를 지을 때 느끼는 확장과 향상 같은 감정과 모순을 이룬다. 이런 작품을 읽을 때 경험하게 되는 진리는 단순한 것이 아닌데, 안타깝게도 변변치 못한 독자들에 의해 뻔한 이치 정도로 전달되고 마는 경우가 많다. 그럴 수 있을 때 장미꽃 봉오리를 거두어라.(17세기 로버트 헤릭의 시 〈처녀들에게To the Virgins〉 중에서—옮긴이) 너희 딸들이 까다로워 보일 때에도 그 애들을 다정하게 대해 주어라. 선하고 현명한 결혼 생활을 영위하라. 이런 평범하면서도 보편적인 진리를 상기하고자, 그저 그것들을 빛나게 하고자 굳이 위대한 작가까지 들먹거릴 필요는 없다. 조지 엘리엇의 말대로, '천사들은 우리를 방문하지만, 우리가 그 사실을 알게 되는 것은 그들이 떠나고 난 뒤일 뿐'이다. 천사들이 다시 찾아오도록 만드는 것이 시인과 작가의 의무다. 《언어, 논리, 진리》에는 그런 천사들이 전혀 보이지 않는다.

프레디 에이어가 빠진 삶은 한결 편했으며, 그의 영향력에서 벗어나게 되자 내가 사람들에게 좀 더 호감을 주고 전보다 덜 다투게 된 것 같았다. 반사적으로 반박할 거리를 찾는다든지 '감정'의 과잉 상태에 혐오감을 느낀다든지 검증을 요구한다든지 하는 일이 현저히 줄어들었다. 아무튼 나는 그때 이미 실증이 불충분한 원리라는 것, 그리고 반증이 더 견실한 검증 과정이라는 칼 포퍼Karl Popper의 주장으로 실증을 대체해야 한다고 믿기 시작한 상태였다. 만약 생전 처음 사과나무 아래 앉아 있다가 사과들이 떨어지는 광경을 보았다면, 얼마 후 그것이 필연적인 운동이며 앞으로도 계속 그런 일이 일어나리라고 여길 테고, 조금 더 시간이 지나면 그 운동에서 중력의 법칙을 이끌어 내게 될 것이다. 그렇지만 그 와중에 사과 하나가 땅에 떨어지지 않고 위로 올라가는 것을 보게 된다면, 여기에는 아무런 필연성도 없고 중력의 법칙 따위는 존재하지 않는다는 사실을 알게 될 것이다.

그래서 프레디와 결별했느냐고? 사실 결별과는 거리가 멀었다. 급진적 회의주의의 영향은 말라리아에 걸리는 것과 같아서 병이 나은 듯이 보여도 언제든 예기치 않은 때 재발한다. 그것은 사고방식 속에 뿌리 깊게 박히게 된다. 10년간 얼마간 완화되었던 그 열병이 재발했을 때에도 그 원인을 알아낼 수가 없었다. 그것에는 갖가지 이름이 붙어 있지만, '후기구조주의'라고 말하면 무슨 의미인지 알 것이다.

그것은 정의하기 어려운 용어이다. 실제로 구조주의에 응수했으며 또한 그것을 거부했던 관련자들(그중에는 바르트Roland Barthes, 푸코Michel Foucault, 라캉Jacques Lacan, 데리다 등이 포함되었는데) 가운데 아무도 자신을 '후기구조주의자'라고 말하려 들지 않았다. 그것은 포괄적인 용어이며, 분명한 한 가지를 제외하고는 달리 적절하고 단일한 정의도 없다. 후기구조주의가 무엇인지 알고 싶은가? 온갖 사람들, 온갖 것들이 모두 여기에 해당된다. 비록 이 작가들은 영토 확장의 야심을 품지 않았다 해도 그들의 추종자들은 분명 그런 야심을 품고 있었다. 이 십자군들은 맞서 싸울 수 없을 만큼 호전적이고, 얼굴을 잔뜩 찡그리고 듣기에도 끔찍한 외국어로 말하며, 정복과 개종을 위해 전 세계 영문학과를 침략했다.

갑자기 영어 대신에 프랑스어가, 그것도 말라르메Stéphane Mallarmé의 저 달콤한 프랑스어가 아니라, 꼴사납고 다음절에다 잡종이어서 같은 족속만이 이해할 수 있는 프랑스어가 등장했다. 문학은 '글쓰기écriture'로 대체되었으며, 정확한 판별을 위한 연구에는 독자가 작가를 대체하고 상대주의(그리고 그것과 관련된 다문화주의)가 판을 치는 문화가 들어앉았다. 다양한 '읽기' 행위 전체가 삽시간에 신뢰받았고, 텍스트는 그 이면에 숨어 있는 더 중요한 문제를 풀기 위한 기표記標로 간주되었다. 텍스트는 퀴즈이고 기호이며 징후이고, 문화적 가공물이었다.

이미 말했듯이, 나는 완고한 실제비평가다. 나는 가장 훌륭하고 보람된 독서 행위에는 책에 씌어진 문자에 애써 관심을 쏟는 일이 포함된다고 여긴다. 따라서 1970년대 후반부터 이후 몇 년 동안 내 가장 뛰어나고 우수한 학생들이 점차 대륙의 언어학자와 철학자, 정신분석가들에게 영향을 받는 것은 분명 마음에 들지 않는 일이었다. 문학에 대한 그들의 접근 방식은, 설혹 그들이 '문학'을 다른 '의미' 형식과 구분한다고 가정하더라도, 내가 훌륭한 독서라고 할 때 의미하는, 공을 들여 가며 꼼꼼하게 연구하는 행위와는 무관했다.

영문학 연구는 언제나 일정한 방법론적 유약함에 시달려 왔는데, 이 신종 작가들은 더 선명하고 지적으로 도발적인 방식을 제시하는 듯이 보였다. 습득해야 할 새롭고 까다로운 개념들, 버리거나 철저히 다듬어야 할 새로운 문젯거리들('작가'와 '독자', '텍스트' 같은 개념들)이 등장했다. 얼마 지나지 않아 텍스트를 '읽고' 싶어 하는 사람은 없어지고, 모두 텍스트를 해체하고 싶어 했다.

모든 후기구조주의가 정반대의 사실을 주장하고 있지만, 독자는 스스로 경험을 만들지 않는다. 독자는 작가에게 예속되고 감복되고 침범당하고 사로잡힌다. 독자는 그저 목소리를 듣기만 할 뿐, 소설의 등장인물들에 완전히 맡겨진 상태로, 그들의 존재 또는 부재 상태를 좌우하지도 못한다. 책을 내려놓고 잊어버릴 수도 없다. 책은 기묘할 정도로 뇌리에 달라붙는다. 일련의 인물들이 요란하게 주목해 달라고 요구하고, 사방에서 목소리들이 튀어나오고, 우리의 의식 속에 뛰어들었다가 사라진다. 우리의 일상은 멈추고, 우리는 전화와 초인종을 무시한 채 텍스트의 요구에 압도되고, 약탈된 상태로 파먹을 듯이 페이지에 시선을 고정시킨다. 그들 자신이 최고의 독자이기도 한 작가들이, 책이 자신들에게 가장 가까운 친구들을 마련해 준다고 주장하는 것도 이상할 것이 없다. 디킨스는 '책과 맺는 우정'에 대해 말하고, 찰스 램은 책을 '최고의 동반자'라고 여겼다. 그 말에 과연 자크 데리다도 동의할까?

데리다의 《그라마톨로지*On Grammatology*》(대충 해석하자면 '글쓰기의 과학')는 이 급진적인 새로운 사고 풍조의 사례로서 많이 인용된다. 다음은 이 책 제2장에 나오는 대표적인 구절이다.

> 말로 한, 그리고 더욱 유력하게는 글로 기록된 확정된 기호의 총액을 뚜렷한 동기가 없는 관습으로서 간주하는 그 순간부터, 기표들이나 기표 서열 사이의 자연적인 종속 관계, 자연적인 계급을 모두 제외시켜야 한다. 만일 '글'이 기호에 새겨진 내용, 특히 기호의 지속적인 관습을 의미한다면(그리고 그것이 약분할 수 없는 글의 유일한 핵심 개념이다.), 일반적으로 글은 언어학적 기호의 영역 전체를 포괄하는 셈이

다. 그 영역에서 모종의 관습화된 기표들이 다른 관습화된(따라서 설혹 그것들이 '음성'에 의한 것이라 할지라도 '기록된') 기표들과의 일정한 관계에 따라 배열된 '도해'로(그 단어의 협소하고 파생적인 의미에서) 나타날 수 있다.

데리다보다 덜 지적인 누군가가 비슷한 방식으로 생각하여 자신들이 내린 결론을 영문학에 적용시키려 한다고 상상해 보면 사태는 훨씬 심각해진다. 그 결과는 참혹 그 자체였다. 이 새로운 기술에 잔뜩 흥분한 시술자들이 행한 수많은 강의와 세미나와 발표를 지켜보며 앉아 있었던 기억이 난다. 그들은 이 새로운 언어학적 구조물, 분석 도구, 개념 범주를 다룰 수 있게 된 사실이 너무나 기쁜 나머지 몸부림을 쳤다.

나도 시도해 보았다. 정말 진지하게 시도했다. 나는 전에도 부아를 돋우는 대륙인들과 잘 지내지 못했다. 프레디 에이어처럼 나 역시 형이상학과는 친해질 수가 없었다. '시간'이란 무엇인가? '존재'란? 그게 아니면, '무無'라는 것은 대체 무엇인가? 그거야 아무러면 어떤가? 나는 중요한 관련 문헌들을 꼼꼼하게 읽었으며, 다 읽자마자 깡그리 잊어버린 덕분에 또다시 읽곤 했다. 두 번을 읽어도 기억에 남지 않았다. 그것은 내가 관심이 없기 때문이 아니었다. 나는 관심이 있었다. 자신의 우수한 학생들이 열광하는 자료에 관심이 없을 교사가 어디 있겠는가? 그게 아니라 문제는 내가 그것을 싫어한다는 데 있었다. 몸서리가 쳐지고 혐오감이 들 정도로 싫었다.

A. J. 에이어의 글에 나오는 것처럼 거부하듯이, 경멸하듯이 싫었다. '넌센스!' 그것은 정말 다시 동원할 만큼 유용한 개념, 아주 멋진 응수였다. 나는 미끄러지듯이 기권 모드로 들어갔다. 저 우스꽝스러울 정도로 자기만족에 차서 남을 비판하는 고등학교 시절의 자아로 돌아간 것이다. 열일곱 살 때 내게는 사람들을 아주 짜증나게 만드는 습관이 있었는데, 그것은 논의나 토론 중에 둘째손가락을 허공에 쳐들며 '거짓!'(왼쪽)이나 '참!'(오른쪽)을 선언하는 것이었다. 나는 그 손가락들을 각기 홀든(왼쪽)과 앨런(오른쪽)이라고 여겼고, 그들이 감정과 지성 양면에서 삶을 헤쳐 나갈 수 있도록 나를 인도해 주리라고 믿었다.

나는 이러한 두 사람이 지닌 내면의 음성과 손가락 표현이 반대된다고 여겼다. 내게는 둘 다 필요했다. 참에서 사기를 구별짓는 능력도 필요했으며, 회의적인 동시에 열의를 유지할 필요도 있었다. 그런데 이상하게도, 또한 어리석게도, 이러한 홀든과 앨런의 표현이 동일한 충동에서 나온 것이라는 생각을 하지 못했다. 두 사람 모두 아웃사이더였고, 기존의 가치를 타도하는 데 열심이었으며, 비슷한 생각을 하고 있는 공동체에 들어갈 수도 없었다. 내가 이국의 문화 속에 살러 들어와 나와는 극도로 다른 여자와 결혼하고 마음이 편치 못한 직업을 고른 것은(여기서 나는 '애석하게도'라고 말하고 싶은 충동을 느끼는 것은 아닐지?), 바로 이러한 내면의 조언을 바탕으로 한 것이었다. 나 자신을 좀 더 아웃사이더로 만들고자, 또한 나의 내면세계와 주변 환경 사이의 거리감을 바라보면서 얻을 수 있는 위안과 재미를 맛보려고. 현재의 나는 이중국적자로서 미국인이면서 영국인이지만, 동시에 어느 쪽에도 속하지 않는다. 그리고 그렇지 않은 날도 있긴 하지만, 이제는 양쪽 문화에 똑같이 거북한 느낌을 받는다. 이윽고 편안하게 글을 쓸 수 있는 목소리를 찾아냈을 때, 나는 외견상의 주제가 무엇이든 내 진정한 주제는 나 자신을 관찰하고 자리를 바꾼 사람의 불편한 아이러니를 즐기는 '나'라는 것을 알았다.

이 후기구조주의라는 것처럼 나에게 소외되었다는 느낌, 부적당하다는 느낌을 준 것도 없는 듯하다. 그것은 저 예이츠의 어리석은 접신론자나 장미십자회원처럼 입문자들이 파벌을 만들어 자기들끼리 주고받는 은어처럼 전혀 증명할 수 없는 수사학의 전형적인 보기다. 에블린 워Evelyn Waugh라면 'g'를 강하게 발음하여 '횡설수설gibberish'이라고 말했을 것이다. 내가 가르치는 학생들과 이 새로운 사조에 빠진 몇몇 교수들은 이미 무슨 비밀결사 회원이나 되는 듯이 행동하기 시작했다. 그들은 다른 언어로 말을 했을 뿐 아니라, 얼굴에는 흔히 신흥종교 신자들에게서나 볼 수 있는 자부심과 냉소적인 표정이 나타났다. 그들이 구사하는 은어는 지독했으며, 네이폴V. S. Naipaul은 그것을 '한 어릿광대가 다른 어릿광대에게 자기도 같은 패거리라고 말하는 방식'이라고 묘사한 바 있다. 나는 그들(바로 내가 가르치는 학생들!)을 싫어하기 시작했고, 그런 내 반응에 소스라치듯 놀랐다. 그 감정을 극복하지 못한다면 교직을 떠날 때가 된 것이다. 굴러 온 돌멩이에게 쫓겨난 박힌 돌멩이 신세가 될 참이었다. 나는 아직 30대 중반이었으며, 때 이르게 말귀도 알아듣지 못하고 성마른 태도에다 적대적으로 군다는 것은 창피한 일이었다.

이런 식의 방어는 거의 신경과민이라고 할 정도로 개인적이었다. 나는 후기구조주의에 성이 났는데, 심리치료사라면 누구나 그렇게 말할 테지만, 이런 과열된 반발과 거부에는 분석이 필요할 정도였다. 데리다는 그답지 않게 간결하고 우아한 어조로 이렇게 말했다. "몇몇 독자들은 더 이상 자신들의 영토, 자신들의 관습을 인정할 수 없게 됐을 때 나를 원망했다." 그것은 나를 두고 한 말일 터였다.

공정하게 말해서, 까다롭게 골라잡는 것이 허용된다면 말이지만, 이 새로운 이론에는 탄복할 만한 점이 많았다. 이를테면 라캉에게는 '부재absence'라는 흥미로운 개념이 있는데, 그것은 존재하지 않는 것, 따라서 부재 자체 가운데 존재하는 것에 유의하는 한 가지 방식이다. 사소하게는, 사르트르의 《말*Les Mots*》에 나오는 시모노 씨처럼, 파티에 참석하지 않은 그의 부재가 다른 사람들의 존재보다 훨씬 더 강력해 보인다. 좀 더 도발적으로는 프로이트의 여성에 대한 설명인데, 거기에서는 음경의 부재가 여성을 규정짓는 속성이 된다. 프로이트에 적용한 것과 같은 부재 개념에 대한 더 깊은 암시는 이후 몇 년 동안 내게 중요한 문제가 되었다.

내가 데리다에게서 차용한 중요한 것 중에는 '삭제 과정'이라는 개념의 용법이 있는데, 나는 절대로 그런 식으로 '말하지' 않을 테지만 어쨌든 개념적으로는 유용했다. 하이데거에 의해 처음 논의된 그 견해는, 필요로 하지만 그럼에도 부적절한 일련의 개념이 있다는 것이다. 우리는 이미 필립 로스에게서 '자아'라는 용어를 사용할 필요성이 있으면서 동시에 자아의 존재를 부인하는 과정을 다룬 적이 있다. 데리다의 방법은 간단하면서도 흥미롭다. 먼저 곤란을 야기하는 단어를 쓴 다음 선을 그어 지우고 나서 그 단어와 삭제한 단어를 모두 프린트한다. 그 단어는 개념상 손상된 것이기 때문에 선을 그어 지워야 하며, 그와 동시에 그 단어는 필요한 것이므로 사용하지 않을 수 없다.

예를 들어서 《사랑에 빠진 여인들》에서 루퍼트 버킨은 '사랑'이라는 개념 자체에, 그 모든 몰입과 교제, 정체성과 독립의 상실을 뜻하는 일심동체 같은 개념에 혐오감을 느낀다고 고백한다. 그러면서도 아내 어슐라에게 호소하듯 "나를 사랑하지 않소?" 하고 묻는다. 그는 그녀를 사랑한다. '제한된 일련의 거짓 개념들에 갇혀 있는' 그는 언어가 자기에게 허용한 바를 사용하지 않을 수 없는 것이다. 통념적으로 인정된 단어는 닳아빠지고 부적절하다. 그래도 그 단어를 쓰지 않을 수 없는 상황이면서 동시에 그것을 부인하고 싶어 하는 것이다. 사랑이라고? 역겨운 말이군. 그 말을 지우자. 당신은 나를 사랑하는가? 물론. 여기에는 진실의 울림이 들어 있다. 우리 모두 이와 비슷한 일을 경험한 바 있지만, 연애편지를 쓸 때에는 이를 속이는 것이다.

그러나 저 유독한 후기구조주의를 뒤적거리다가 뭔가 쓸 만한 것 몇 가지를 찾을 수 있다는 사실과 그 사조 전체에 애착을 갖는다는 것은 별개의 문제이다. 후기구조주의를 정말로 이해하고 싶다면 언어의 새로운 형식을 삶의 기본적인 형식과 관련지어야 한다. 카페

되 마고에 친구 몇 사람과 자리를 잡고 앉아 에스프레소를 잔뜩 마시고 지탄 담배를 피우고 밤새도록 대화를 나누며 어깨를 으쓱해 보이고 손을 흔들면서, 내가 사용하고 있는 어휘에서 모든 구체성과 견해를 걷어 낸 다음 그 자리에 추상 개념을 넣는다. 눈을 감고 철학적 사색에 잠긴다. 그러면 영국 대학의 어느 교수 휴게실에서도 상상하기 어려운 방식으로 이해가 가능하다는 사실을 알게 될 것이다.

이 새로운 기준에 따르면 나는 점차 곰팡내 나는 존재가 되었으며(내 눈으로 보기에도 그랬다.), 내가 선택한 영역이 영국 대학이라 해도 이곳조차 이 갈리아족 침입자들에게 넘어간 상태였다. 교수 휴게실에서 커피(인스턴트)를 마시고 담배(벤슨과 헤지스)를 피우고 있노라면 나로서는 거의 이해할 수 없고 혐오감으로 움찔하게 만들 만한 대화가 들려오는 것이다. 얼마 지나지 않아 나는 영 '문학'을 '읽는' 행위 전체가 '삭제 과정' 중이라는 것, 거기에서 내가 '부재 상태'라는 것을 알게 되었다.

나는 1984년 영문학과 교수 직을 사임했다. 내가 이 이질적인 무리들에게 밀려났다고 하는 것은 부정확한 말일 것이다. 실제로 나는 대학에서 자리를 얻은 바로 그 순간부터 그곳을 떠나고 싶어 했다. 80년대 초부터 아침마다 자리에서 일어날 때면 직업과 즐거움이 점점 더 별개의 것이 되어 가고 있다는 사실을 분명히 알 수 있었다. 나는 여전히 내가 하고 있는 일을 즐기고 있었지만, 나의 다음번 탈출 시도는 반드시 성공을 거두어야 했는데, 그러지 못할 경우 나는 햇볕에 널린 코코넛 조각처럼 바짝 말라붙어 버리고 말 터였다.

나를 강요할 일은 아무것도 없었다. 로런스에 대한 책을 끝내라고? 그 일은 벌써 오래전에 깨끗이 잊어버린 상태였다. 철학과 문학의 관계에 대해 또 다른 논문을 쓰라고? 더 이상 말할 것도 없었고, 그 문제에 대해서는 관심을 끊은 상태였다. 나는 겨우 서른일곱 살이었는데, 다 타 버리기라도 한 듯한 느낌이었다. 그렇다고 해서 한때 불꽃이 피어올랐다는 뜻은 아니지만 말이다. 그런 열정은 느껴 본 적이 없었고 온통 거품뿐이었는데, 이제 그 거품도 빠져 버린 것이다.

애초에 내게 어울리지 않는 일이었다. 대학교수가 된다는 것은 불충분한 자각에 바탕을 둔 잘못된 선택이었다. 내가 고른 삶은 충분한 활기가 없었으며, 언제나 나의 특성이었던 극도의 강렬한 에너지라든가 파괴력, 게임의 욕구들을 수용할 수 있을 것 같지 않았다. 나는 그저 내가 잘하는 일이라는 사실에 넘어가서 연구를 계속했던 것이다. 그것은 학문에서 흔히 볼 수 있는 자기도취 증세인데, 교사들은 우수한 학생들에게 자신들을 흉내 내도록 권유하고 학생들은 우쭐해져서 그 본보기를 따르는 것이다. 아마 다른 분야도 사정은 크게 다르지 않을 것이다. 심리 치료를 받는 환자들도 정신분석가가 되고 싶어 하지 않던가?

그러나 학문의 성패는 글쓰기에 달려 있다. 나는 대체로 가르치는 일을 좋아했는데, 엄격한 눈으로 텍스트를 비평하는 편이었다. 하지만 그 일을 영원히 계속할 수는 없다. 진정한 학문을 의미하는 그 활동은(여기에는 내 대학 동료 가운데 소수만이 해당되었는데) 문학에 대한 연구라든가 드라이든John Dryden에 대한 새로운 논문, 혹은 영국과 프랑스 낭만주의 문학의 비교에 대한 지속적인 열정이기도 하다. 여기에는 단순히 이러한 문제를 추구하고 싶어 하는 것 이상으로 그 일에 대한 필요가 있어야 한다. 그런데 나는 그 점을 도저히 이해할 수 없었다. D. H. 로런스에 관한 책을 쓸 '필요'가 있느냐고? 그것이 아니라 나는 그 일을 '해야' 했다. 대학이 그 일을 요구했기 때문이다.

윌리엄 제임스William James는 진지한 사상가에게는 두 개의 명령문만이 있을 수 있다고 했는데, '진리를 추구하라!' 또는 '오류를 피하라!'가 그것이다. 젊은 시절에 나는 블레이크나 휘트먼, 긴즈버그 같은 진리 추구자들의 영향을 크게 받았으나, 그들처럼 자유롭게 글을 쓸 자신감이 부족했다. 천사들도 없었다. 진리 추구자에게 내려지는 암묵적인 명령문은 '니체처럼 돼라!'인데, 이 경우에는 정말 니체처럼 새롭고 절실하게 할 말이 있어야 했다. 그때나 지금이나 내게는 그것이 없다. 그것은 젊었을 때 알아 두면 좋은 교훈인데, 그러면 지독한 바보처럼 보이는 일만큼은 피할 수 있기 때문이다.

내게는 오류 피하기 쪽이 좀 더 안전한 길이었다. 나는 과격하지 않은 회의론자로 남아 있었다. 나는 어떤 일에서든 과격함과는 거리가 있었는데, 내게는 천사가 없다는 사실을 알게 되면 에이어와도 결별할 수 있다. 요컨대 안전책을 강구한 셈이다. 학자들은 대부분 안전책을 강구하는데, 대체로 정당하고 훌륭하고 역량 있는 방식으로 연구 결과를 제시해 놓는다. 독자들은 논쟁이 벌어진 전후 맥락과 다른 학자들이 같은 문제에 대해 생각한 바를 명확히 알게 된다. 작업 전체가 기본적으로 시시하다 해도 적어도 '틀린' 것은 아니다. 나와 같은 분야에서 연구하는 대학 동료들도 내 논문을 읽지 않았고, 나도 그들의 논문을 읽지 않았다.

여기에는 마음에 드는 온당한 면이 있어 보인다. '햄릿 왕자가 되지 말고, 그럴 운명도 아니었다.' 결국 우리 같은 학계의 프루프록들은 가벼운 낙담에 잠긴 채, 멀리서 들려오는 인어의 노래 소리에 귀를 기울이며, 갑각류가 머리 위에서 헤엄치는 더 자유롭고 더 큰 생명체의 똥을 받아먹듯이 밑에서 논평을 하고 주석을 달아 가며 함께 늙어 가고 있었다. 그리고 하늘에서는 천사들이 눈에 띄지 않은 채 선회하고 있는 것이다.

내가 조기 은퇴를 발표하자 인정 많은 한 대학 동료가 내 방으로 들어와 조심스럽게 문을 닫더니 나지막한 소리로 말했다. "정말 용기 있는 행동이라는 말을 해 주고 싶었네. 지금 자네가 하려는 일 말일세."

나는 그가 무슨 뜻으로 한 말인지 알았다. 내게는 어린아이들이 둘이나 딸려 있고, 시간제 서적상으로 버는 돈은 연간 5천 파운드를 약간 넘어서, 대충 말해서 내 부교수 월급의 3분의 1 정도밖에 되지 않았다. 종신재직권이 보장하는 안전성도 포기하는 것이었다. 이곳을 떠난다는 것은 분명 모험이었다. 그래서 어쨌다는 것인가? 적어도 나는, 시간이 흐를수록 점점 따분해지고 나 자신의 목소리를 찾을 수 없으며, 이미 오래전부터 재미를 느낄 수 없게 된 환경에서 벗어나게 될 터였다.

"영문학과에서 앞으로 30년을 보낼 생각을 하면 이곳에 남아 있는 자네야말로 용감한 거라네." 나는 그렇게 대꾸해 주었다.

15
지름길
THE ROYAL ROAD

이런 통찰은 평생에 한 번 찾아올 뿐이다.

지그문트 프로이트, 《꿈의 해석*The Interpretation of Dreams*》 서문

수요일 밤마다 미치광이들이 찾아왔다. 루시와 나는 저녁 식사 후 자리를 피하고 목소리를 낮추겠다고 약속해야 했다. 계단을 쿵쿵거리며 오르내리지도 말아야 했는데, 그때 우리는 소리가 시끄럽게 울리고 건물 내부에 칸막이를 하지 않는 오픈플랜 방식인 데다 내부의 층고가 다른, 설계도 잘못되고 건축도 어설픈 집에서 살았던 것이다. 엄마는, 자신의 고객들이 편안한 마음으로 치료에 임하

는 것이 무엇보다 중요한 일이라고 말했다. 엄마는 지상층에 루시가 '호두까기 방'이라고 부르는 진료실을 마련하고, 좀 부적당하긴 해도 고객들이 남의 눈에 띄지 않게 1층으로 들어오도록 차고 문을 열어 놓았다.('호두nut'라는 단어에는 미치광이라는 의미도 있다.—옮긴이) 그 일에 마음이 끌린 우리는 위층 거실의 베니션 블라인드에 교묘하게 난 틈새를 통해 어떤 '미치광이'가 왔는지를 엿보곤 했다. 내 생각에 그들은 분명 우리를 보았을 테지만, 엄마는 그 사실을 알지 못했던 것 같다. 그 사실을 알았다면 엄마는 우리의 행동을, 엄마가 즐겨 쓰던 용어로 '적대 행위'의 보기라고 간주했을 것이다. 확실히 그런 행위는 술에 취한 10대만큼이나 널려 있었다.

물론 우리는 그 사실을 깨닫지 못했지만, 루시와 나는 프로이트 추종자의 가정에서 성장한 셈이다. 우리는 스포크 박사의 가르침에 따라 젖병으로 수유를 받고 배변 훈련을 받았으며, 진보적인 학교에 다니기 시작했고, 일상생활에서는 헌신적인 프로이트 추종자들이 구사하는 어휘와 개념과 끊임없이 맞닥뜨렸다. 우리가 시킨 대로 하려고 들지 않으면 엄마는 그걸 '반항'이라고 했고, 그 말에 말대답을 하면 그것을 '거부'라고 불렀다. 거부를 부인하면 '적대 행위'가 되는 것이고, 그 경우에는 사과를 하는 동시에 해석을 받아야 했다. 하지만 충분한 해석을 받으려면 '마음을 열어야' 했는데, 우리의 마음은 계속 단호하게 닫힌 채였다. 그것은 우리가 아동답지 못하고 '유아'처럼 군다는 의미였다.

우리는 종종 '정말로' 원하는 것과 '정말로' 의미하는 바가 무엇이냐는 질문을 받곤 했다. 우리가 느꼈다고 생각한 것은 종종 투사가 아니면 환치로 해석되었다. 다른 누군가 때문에 생겼거나 다른 누군가를 향한 감정이라는 것이다. 실수라든가 잊는 일이 생기면 신경을 곤두세우고 우리를 관찰했으며, 말이 헛나가기라도 하면 그것은 억압된 진실이나 소망이 드러난 것으로 간주되었다. 열세 살 때 나는 엄마와 함께 연례 검사를 받고자 안경사를 찾았다. 그는 내 근시가 점점 심해지는 과정을 설명해 주었고, 그 때문에 나는 안경을 쓰는 수모를 겪었다. 나는 눈의 생리학에 대한 지식을 과시하는 걸로 나의 장애를 만회하려고 했다.

"이런 근시안이 직장rectum(直腸)의 기능장애와도 관련이 있는 건가요?" 내가 물었다.

한동안 침묵이 흘렀다.

"혹시 망막retina을 얘기하는 거냐?" 어리둥절한 안경사가 반문했다.

엄마는 안경사의 시선을 피한 채 나를 빤히 응시했다. 엄마가 나를 심리치료사나 항문 전문의에게 데려가지 않은 것만도 다행이었다. 서둘러 집으로 향하는 차 안에서 우리는 아무 말도 하지 않았다. 두 사람 모두, 그것이 무엇인지는 몰라도 내가 나 자신에 대해 폭로한 사실에 당황한 것이다. 집에 온 엄마는 한동안 위층으로 사라졌는데, 필시 정신분석 문헌들을 찾아보았을 것이다. 그 책들은 나도 들춰 본 적이 있었지만, 프로이트의 책들은 자극적인 자료라고 보기는 어려웠다. 그가 성에 사로잡힌 것은 분명했지만, 흥분을 유발하는 방식은 아니었다. 나는 특히 《꿈의 해석》을 자세히 보았으나, 이미 꽤 자극적인 책을 본 나로서는 그 책에서 별로 배울 것이 없었다.

《꿈의 해석》이 나 자신의 삶뿐 아니라 우리 모두의 삶을 규정짓는 책이 되기는 했지만, 처음부터 끝까지 이 책을 완독한 기억은 없다. 이 책에는 단조롭고 반복적이며 지루한 부분이 많다. 그러나 나는 지금까지도 이 책의 내용을 뒤적이고 인용하고 참조하고 그것에 탄복한다. 나의 그런 경험이 보기 드문 일은 아닐 것이다. 칸트와 헤겔Georg Wilhelm Friedrich Hegel은 그들의 저서가 제대로 읽힌 다음에 오해를 받는 반면, 프로이트는 일상적인 영역에 대한 통찰이 편안하게 진술되어 있어 그의 저서를 읽는 것이 똑똑함의 표시로 간주될 수 있을 정도다. 그의 술어는 우리의 일상적인 의견 교환에도 스며들어 있다. 노이로제와 무의식, 이드, 자아와 초자아, 억압과 환치 및 투사 과정, 오이디푸스 콤플렉스, 남근 선망, 거세 불안 같은 핵심 개념들은 바나나 하나에서부터 복숭아 두 개에 이르는 '프로이트식' 암시를 즉석에서 해석할 수 있는 일반 대중에 의해 부정확하긴 해도 자신 있게 전개된다. 그리고 이제, 이른바 그의 유산으로 여겨지는 자기도취증이라든가 자유방임, 난교 같은 프로이트의 성찰 결과물이 대체로 유감스러운 것으로 여겨지게 되었지만, 프로이트의 렌즈를 통하지 않고서 세상을 보기란 불가능하다. 성인기와 아동기, 행동 동기, 상징이나 잠복 의도 또는 표명의 굴곡 없는 관계를 고찰할 때면 특히 그렇다.

프로이트의 작업은 20세기 자기반성의 모범을 제시했는데, 아이는 어른의 아버지라는 암시가 이 내면 여행의 초점이 되어 왔다. 유아기 경험의 탁월한 관찰자였던 프로이트는, 유방에 대한 최초의 관계로부터 시작하여, 자아와 신체에 대한 점증하는 각성, 용변 조절 노력과 점증하는 관능적 각성을 거쳐, 오이디푸스 콤플렉스적인 감정의 고조와 그에 따른 성적 자각에 이르는, 세상에 대한 아동기의 경험을 되살린다. 그것들은 모든 아이들이 경험하는 감정의 소용돌이이자 우리의 공통된 유산이다. 《꿈의 해석》은 이러한 주제와 자신에 대한 프로이트의 첫 번째 개인적 모색이다. 흔히 말하듯 이 책은 과학적 논문이나 꿈 해석 안내서가 아니다. 그것은 프로이트의 자서전으로, 우리 각자를 위한 본보기를 마련해 준다.

자기분석의 결과, 프로이트는 무의식으로 가는 '지름길'로서 꿈의 중요성을 확신하게 되었다. 프로이트가 훗날 '오이디푸스 콤플렉스'라고 명명하는, 부모에 대한 적의와 욕망의 저 고통스러운 모태로부터 회복된 것은 자기 꿈의 해석을 통해서였다. 그는 대담하게도, 자기만의 기질처럼 보이는 그것이 보편적인 인간 성향이며, 자신의 내면에서 발견한 것이 다른 사람들의 내면에도 분명 들어 있으리라고, 다시 말해서 명석한 사람들이나 그렇지 못한 사람들에게서나 똑같이 찾아볼 수 있는 지적인 과정이라고 결론지었다.

처음 위드 선생님 덕분에 입문하게 된 프로이트 저서에 대한 형식적인 몰입은, 옥스퍼드로 가면서 생긴 필요로 한층 가속화되었다. 바버라는 옥스퍼드의 유일한 프로이트 학파의 치료사를 일상생활의 말동무자로, 고해자로(우연찮게도 그는 전직 목사였다.), 위안거리로

잡았다. 그 체계적이고 철두철미한 반성은 집요했으며, 엄마가 곧잘 쓰던 표현에 의하면 내가 거기에 '끼어들' 여지가 없었다.

내가 융 학파에 속하는 분석가를 만난 것은 행운이었는데, 그것은 내가 융에게 관심이 있었기 때문이 아니라 그가 프로이트 학파가 아니었다는 의미에서다. 융은 아니마anima와 아니무스animus 혹은 늙은 현자로 표명되는 원형에 강박적이었는데, 나는 거기엔 관심이 없었고 그 어떤 것에도 나 자신을 끼워 넣을 수 없었다. 그럼에도 무의식의 '창조'력과 능동적 상상력의 활용, 개별화 과정을 다룬 융의 세계관이 프로이트의 성에 대한 고통스러운 특이성과 강박감보다는 나았다. 내가 성에 대해 강박적이고 성에 대한 대화를 좋아했던 점을 감안하면 이상한 일이다. 내가 프로이트 분석을 받았다면, 정신분석이 지나치게 느리고 침입적이며 전적으로 당혹스러운 것이라고 여겼을 것이다.

프로이트식 정신분석은 이렇게 진행된다. 내가 소파에 누우면 치료사는 내 등 뒤, 눈에 보이지 않는 곳에 자리를 잡고 앉는다. 그런 다음 치료사는 억압된 요소의 표현을 허용하도록 계획된 일련의 작업을 시작한다. 이 과정은 까다로우며 환자는 종종 막힌 듯한 기분을 느낀다. 치료사는 억압 요소를 떠올리도록 고무하며 눈에 띄지 않게 탐색한다. 프로이트는 이 과정에 대한 환자의 저항을, 치과에서 이를 뽑을 때의 두려움에 비유했다. 그와 마찬가지로 정신분석을 받는 환자도 분석자의 집요한 침투에 맞서 '저항'하려 들 수 있다. 그러나 비록 그 진행 과정이 당황스럽고 수치스럽기는 해도 동시에 안도감도 수반되는데, 그것은 프로이트의 동료 요제프 브로이어Joseph Breuer가 '카타르시스 방식'이라고 명명한 것으로 귀착된다.

바바라는 이것을 매일같이 받았고, 나는 일주일에 한 번씩 가서 개별화 과정 치료를 받았다. 나머지 시간에는 책을 읽고 대화를 나누면서 우리가 받고 있는 치료의 근간이 되는 이론에 대한 정보를 주고받았다. 우리는 치료 내용을 공유하고 서로 상대방의 꿈과 환상을 해석했는데, 이런 일은 치료사들이 '질색하는' 일이었다. 그렇게 무의식을 의식화하려는 시도에 들떠서 다른 활동은 모두 위축된 상태였다. 우리는 온실에서 자라는 난초가 온실을 보지 못하는 것처럼 그런 사실을 전혀 의식하지 못했다. 거기에는 몇 가지 이점도 있었다. 우리는 자신의 내면과 상대방을 위한 새로운 세계를 탐색한다기보다는 창조하고 있었던 것이다. 그러면서 과거와 현재와 미래의 자기 모습을 다시 한 번 묘사했다. 우리는 프레디 할아버지와 캐서린 할머니가 결혼 선물로 준 소파와 베이지색 노끈으로 만든 스쿱 체어에 몸을 파묻고 인크레더블 스트링 밴드의 레코드판을 걸어 놓고 얼 그레이 티를 잔뜩 마시거나 코나 커피를 마시면서 밤늦도록 책을 읽고 대화를 나누었으며, 잠깐 눈을 붙인 다음에 다시 대화를 나누곤 했다.

그로부터 이어진 10년이라는 시간을 잃어버린 세월이라고 묘사한다면 틀린 말이 될 테지만, 어림잡아 말해서 그 시간은 가르치고 부모 노릇을 하고 결혼 생활이 야기하는 복잡한 일들을 처리하고, 약간의 재능은 있을지 몰라도 취향은 아니었던 학문 연구를 해보려는 시도가 일상처럼 반복된 시간으로 규정된다. 그러나 이른 은퇴를 결정한 데 이어 전혀 예기치 못했던 일들이 한꺼번에 몰리면서 프로이트에 대한 관심이 다시 불붙었다. 그 이전 몇 년 동안 프로이트의 저서에 대해 내가 쏟은 관심은 주로 그 책들을 입수하는 데 집중되었다. 아직 인터넷이 나오기 전이었던 그 시절에는 직접 헌책방을 돌며 "혹시 프로이트나 융의 저서가 있습니까?" 하고 묻고 다녀야 했다. 그 일은 상당히 재미가 있었고, 그런 식으로 호가스 출판사판 프로이트 《전집*Collected Edition*》 전체와 볼링엔판 《C. G. 융 전집*Collected Works of C. G. Jung*》 대부분을 모을 수 있게 되었다.

1984년 처음 에이즈 바이러스가 진단된 이래 2년도 채 지나지 않아 대처 정부도 이 새 질병의 파괴적인 잠재력을 의식하게 되었다. 신문과 텔레비전 광고는 안전한 성생활과 콘돔 사용을 장려하며, 완곡한 어조로 보통 동성애에서나 하는 것으로 여겨진 항문 삽입이 특히 위험하다고 경고했다. 난처한 이성애자들은 분별 있게 외면하다가, 그것과 상관있는 아동 학대라는 전염병 때문에 관심을 쏟게 되었다.

놀랄 정도로 많은 최초의 환자들이 미들즈브러에서 '진단'되었는데, 이 지역의 일반의 두 명이 각 지역의 병원에서 성적 학대의 징후가 있는지 아동들을 검사해야 한다고 주장했다. 그 진단 과정에는 '항문 확장 테스트'가 포함돼 있어서 의사가 창피해 하는 가엾은 아이의 엉덩이를 벌려야 했다. 만약 항문이 벌어져 있으면 이것은 명백한 성적 학대의 '증거'로 간주되었다. 겁에 질려 항의하는 무력한 부모에게서 비명을 지르는 수백 명의 아이들을 떼어 내어 보호처분을 시켰다. 그렇게 격리된 아동의 수가 한 주말에만 열여덟 명이나 되었다. '부모에게서 아동을 보호'한다는 명목 아래 그 아동의 형제자매도 똑같이 격리되었다. 언론에서는 저 사악한 고문자에게서 벗어난 아이들도 항문 확장 테스트를 통과하지 못하는 경우가 많다면서, '사악한 아동 학대' 집단에 대한 보도를 매일같이 내보냈다. 삽시간에 영국은 소아성애자들이 날뛰는 나라가 되었는데, 아무런 제지도 받지 않는 그들의 행동은 국민 건강을 위협하고 일반 대중을 움츠러들게 만들었다. 중국에서도 이런 일이 있는지 모르겠지만, 1986년은 분명 '항문의 해'였다.

이 의학적이고도 사회적인 히스테리는 불쾌하고 어리석고 근거도 없고 불가해한 것으로서, 의사들이 확신하는 그 테스트는 경험적 증거가 불충분했다. 그 사건은 1890년대에 일어난 유사한 히스테리를 상기시켰는데, 그때 브로이어와 프로이트가 '유혹 이론'에 근거하여 아동의 성적 학대가 만연돼 있다고 보고했던 것이다. 그것은 두 사람에게 치료를 받은 환자들 중 어릴 적에 아버지나 의사나 유모에게 성적 학대를 받았다고 고백한 성인들의 보고에 근거한 것이었다. 그러나 프로이트는 아동에 대한 근친 성폭행의 있을 법하지 않은 수치를 산정하면서 100년쯤 뒤의 의사들만큼 쉽게 속아 넘어가지 않았다. 단순히 그런 수치가 불가능했던 것이다. 그는 자신이 환자들에게서 알게 된 내용은 학대의 기억이 아니라 그러한 학대가 자행되었으면 하는 바람에서 나온 것이라고 결론지었다. 그것은 어떤 의미에서는 훨씬 더 충격적인 사고방식이었다.

생각과 생각이 꼬리를 물면서 그것은 예기치 못한 방식으로 결합되게 마련인데, 이러한 생각과 이미지들은 내 무의식 속에서 걸러졌다. 문득 소설을 쓰는 일만이, 종이 위에서 내 불행을 정화함으로써 나의 내면을 안정시킬 수 있으리라는 사실이 분명해졌다. 정화, 카타르시스. 두 단어가 서로 닮은 의미를 갖게 된 과정은 실로 기묘하지 않은가? 사전을 보면 '카타르시스catharsis'는 이렇게 설명되어 있다.

1. 이를테면 드라마나 정신분석을 통해 강하게 억압된 감정을 완화시키는 일.
2. 특히 하제下劑를 써서 장의 내용물을 배설하는 일.

(그리스어 'kathairein'는 제거하다, 정화하다는 의미)

그러자 문득 로런스의 등장인물들이 자각하는 저 기묘하고도 무의식적인 방식으로, 나는 오랫동안 프로이트와 관계하면서 내가 느끼고 있었던 것, 놓치고 있었던 것이 무엇인지를 깨달았다. 그것은 정신분석이 언제나 일깨우는 저 깊은 거북함을 분명하게 밝혀 주고, 나약한 모습으로 소파에 누워 있을 때 눈에 보이지는 않지만 강력한, 등 뒤에 숨은 섬뜩한 인물의 정체를 명료하게 해 주는 것 같았다.

정신분석을 받으러 들어갈 때 벌어지는 일을 떠올려 보라. 나는 소파에 눕고, 등 뒤의 인물은 집요하게 나의 억압 요소와, 차단과 해방, 수치스러운 감정들을 탐색한다. 정도의 차이는 있지만 대체로 그럴 것이다. 하지만 내 경우에는 언제나 어떤 그림자 혹은 그림자 같은 것, 말로 표현되거나 인정되지 않은 것, 저 라캉이 의미한 '부재'하는 것이 있었다. 우리 경험 밑바닥에 있는 이런 무의식적인 감각은 물론 고전적 프로이트주의에 속하는 것으로서, 아이가 매를 맞고 있는, 이것이 자행된 최초의 장면이다. 성인의 삶에는, 우리가 기억하지 못하는 아동기의 환상과 욕망의 힘이 그림자를 드리우고 있다. 정신분석자와 피분석자 사이의 관계에도 이 같은 그림자가 존재하는데, 이상하게도 프로이트는 이런 근원적인 은유를 인정하지 않는다. 왜냐하면 그 시술은 이를 뽑는 것이 아니라 관장제를 투여하는 일에 비유되기 때문이다.

감정은 억압되는데, 그렇게 억압된 감정이 방출되지 못하면 나쁜 영향을 끼치게 된다. 그 과정은 흡사 변비와도 같다. 실제로 프로이트는 평생 변비에 시달렸다. 안에 들어 있는 것이 곪으면서 고통을 주다가 결국 유기체 전체의 건강을 위협하게 된다. 1890년대 빈의 아동들에게 이런 일이 생기면 규칙적인 배변 활동을 회복하도록 정기적으로 관장기가 쓰였다. 관장기를 쓸 때의 저항감이라든가 불쾌감, 폭행당하는 느낌을 상상하기는 어렵지 않은데, 프로이트가 관찰한 대로 그러한 감각은 쾌감을 수반할 수도 있었다.

독일인들은 아동의 배변을 지칭할 때 '베셔룽Bescherung'이라는 단어를 사용하는데, 그것은 선물을 준다는 의미다. 이 경우 그 선물은 대체로 황금의 형태로 이해된다. 나의 할머니는 변을 보았다고 고마워하며 누이동생의 기저귀를 들여다보며 “겔트gelt”(이디시어로 ‘금화’를 의미한다.—옮긴이)라고 말하곤 했다. 이와 관련된 내용이 독일 민담에서는, 금화를 낳는 인물로 묘사되어 있다. 만일 배변 훈련이 너무 길어지면 아동은 이 단계에 병적으로 고착될 수 있으며, 그 결과 항문기에 고정된 완강한 유형으로 발전하게 된다. 그런 유형은 대변을 참으며 어른이 되어도 감정을 나눌 줄 모르고, 문자 그대로 그리고 동시에 은유적으로도 인색하다. 프로이트의 초기 제자였던 산도르 페렌치는 다음과 같이 그 연관성을 분명히 했다. “돈은 냄새가 나지 않고 탈수된 상태의 오물을 반짝이게 만든 데 불과하다.”

돈은 똥이고 똥이 돈이라고? 이런 식으로 양자를 동일시하면 기묘한 결론에 이르게 된다. 만일 우리의 배설물이 정말로 황금으로 된 선물이라면 어째서 그것을 치워 버려야 한다는 말인가? 배변 훈련을 할 때 아이는 화장실로 끌려갈 때마다 패자가 되고 만다. 여기에서 부모는 일종의 화장실 강도 노릇을 하게 된다. ‘변기에 앉아서 똥을 누어라!’ 그것이 그 강도가 내놓는 요구 사항이고, 관대함을 베풀지 않겠다는 것이 처벌 위협인 셈이다.

프로이트는 돈이 나오면 정신분석이 끝난 것이라고 인정했다. 요컨대 “계속 생각해 보세요!” “말씀하세요!”라는 정신분석가의 요구는 변비에 걸린 아이에게 그 부모가 하는 오랜 요구의 반복인 셈이다. 정신분석가는 “소파에 누워서 말씀을 하세요!”라고 요구한다. 꽤 험악하게 보이는 이 요구는 정신분석 과정의 핵심이기도 하다. 정신분석가는 환자의 삶에서 결정적인 역할을 떠맡고, 자신이 감정적으로 환자의 부모가 되어 원망과 사랑의 대상이 된다고 간주한다. 이와 같은 감정전이의 결과, 해소되지 않은 유아기의 드라마가 치료실의 무대에서 재연되어 해소된다. 프로이트는 이를 오이디푸스 콤플렉스적 드라마의 재연에 결정적인 과정으로 보았지만, 정신분석이 요강(실내용 변기) 싸움을 재연하는 방식에는 별다른 관심을 쏟지 않았다.

내가 소설 《마음 저 밑바닥의 꿈》을 쓴 것은 별로 가망 없어 보이는 얘기처럼 보일 테지만, 사실은 이 새로운 생각을 극적인 형식으로 풀어 보려는 의도에서였다. 구상이 별로 쓸 만하지 않은 만큼 그 결과는 한층 더 나빴으며, 내가 늘 의혹을 품고 있던 사실, 즉 내가 소설가가 아니라는 것, 그리고 그럴 운명도 아니었다는 것을 확실히 밝혀 주었다. 나는 그 사실에 별로 개의치 않는다. 어떤 일이 할 만한 것이라면 그 일을 제대로 하지 못한다 해도 보람 있는 일이니까. 나의 등장인물들에는 깊이가 없고, 모두 똑같은 목소리로 말하며, 얼굴과 방, 음식, 나무, 하늘에 대한 묘사는 결, 세부, 색채, 특질이 결여되었다. 대화들은 지나치게 과열돼 있고 모든 것이 똑같은 강도로 기술되어, 포르노 소설처럼 클라이맥스의 연속이었다. 생기를 띤 것은 아무것도 없었다. 제대로 된 계획도 없었고, 있는 것이라고는 착상뿐이었다.

나는 《모비 딕*Moby Dick*》이 고래를 소재로 한 것처럼, 항문을 소재로 한 소설을 의도했노라고 자랑스럽게 선언했다. 그런 다음 초고를 알고 지내는 여러 문인들, 그레이엄 그린과 윌리엄 골딩William

Golding, 파버 출판사의 찰스 몬티스 이사, 살만 루슈디Salman Rushdie 등에게 보냈다. 재미있게도 그들은 별로 흥미를 보이지 않았는데, 예상할 수 있듯이 D. M. 토머스는 그 원고를 마음에 들어 하며 격려해 주었다. 원고를 프린스턴 대학의 프로이트 학술연구소에 있는 한 교수에게 보냈을 때, 내 사고방식이 좀 기묘하기는 해도 진실되고 기발하다면서 어떤 형태로든 출판해 보라는 말을 듣고 몹시 기뻤다.

물론 나는 그 원고를 서랍 속에 처박아 두고 그 뒤로는 꺼내 보지도 않았다. 그것이 무슨 의미가 있겠는가? 그 원고는 감정을 방출한다는 소기의 목적을 다 이루었던 것이다. 원래 카타르시스로 씌어진 그 원고는 이제 당혹스럽기만 하다. 어쨌든 내가 했던 또는 하려고 했던 것과 똑같은 주장을, 나 이상으로 신중하고 철저하게 한 사람이 없다는 것은 그때는 물론이고 지금도 이해하기 어려운 일이다.

그렇다, 《마음 저 밑바닥의 꿈》이 내게 해 주었던 일은, 정신분석의 개념과 기구에 관한 내 믿음이 아니라 개인적으로 문제가 생길 때면 반사적으로 치료 쪽으로 향하는 나의 태도에 종지부를 찍는 것이었다. 그 치료 때문에 나는 시험도 거치지 않은 감정에 특권을 부여했다. 감정은 믿기 어려운 것이고, 감정이 창조적인 만큼 그것에 오도되기도 쉽다. 치료로는 우리의 행동 방식을 제대로 평가하기도 어려운데, 그것은 부분적으로는 평균치의 피분석자들이 자기 행동에 대해 비판적인 반응을 자제한 채 그것을 우호적으로 설명하기 때문이다.

우리는 자신의 행동과 감정, 변화의 필요성을 판단하는 데 가장 부적합한 인물인 경우가 많다. 자신의 '본래' 모습을 제대로 알고 싶다면 호기심을 갖고 겸허한 태도로 배우자와 자녀, 동료, 친구들의 의견을 듣는 편이 더 나을 것이다. 심리 치료라는 것은 볼거리와 마찬가지로 어렸을 때 한번 극복하고 나면 평생 면역이 된다. 평생 동안 심리 치료에 탐닉하는 행위는, 장세척에 대한 집착처럼 강박적이고 자기도취에 빠진 것이며 역효과를 내기 쉽다. 자칫하면 정신분석이 치료받아야 할 질병이 될 수도 있다.

환자들이 한 사람씩 엄마의 진찰을 받으러 오는 동안 위층에 조용히 앉아 있던 루시와 내가 우리의 삶에서 심리 치료를 제거하고 싶었던 것은 분명하다. 그 일은 공정하지 못했다. TV는 호두까기 방 바로 옆에 있는 아래층 서재에 있었다. 3시간 동안 대체 뭘 해야 한다는 말인가? 숙제를 하라고? 이제는 우리 주장을 할 때가 됐다는 데 의견의 일치를 보았다. 엄마는 그런 일을 반항이라고 했던가? 그렇다면 우리는 반항을 할 것이다. 그것이 적대 행위가 아니라고 부인하는 것은 소용없는 일이었다. 우리는 이런 식으로 감정을 감춘 채 짓눌리고 싶지 않았다. 그것은 건강하지 못한 짓이다. 그런 것은 유아기 때나 하는 일이다. 이제 뭔가 행동으로 옮겨야 할 때였다.

10시가 돼서 마지막 환자가 떠나자, 우리는 그 환자가 몰고 온 차의 불빛이 완전히 사라지는 것을 지켜보고 엄마가 호두까기 방에서 나서는 소리를 들었다. 우리는 위층의 불을 모두 껐는데, 그렇게 하면 엄마는 전등을 켜려고 어둠속에서 위층으로 올라와야 했다. 문이 닫히는 소리가 들리고 층계로 다가오던 엄마의 걸음이 멈췄다.

"리키? 루시?"

우리는 대꾸하지 않았다. 루시는 소파 뒤에 숨었고, 나는 부엌문 뒤편에 몸을 숨겼는데, 두 곳 모두 전등 스위치로 가는 길목이었다.

"리키! 루시! 이러지 않는 게 좋을 거야!"

이것이 놀이를 시작하는 방식이었는데, 엄마는 특히 자신이 술래가 아닌 경우 이 놀이를 좋아했다. 불이 꺼지고 술래가 겁에 질리면 숨어 있던 사람들이 뛰쳐나오며 "왁!" 하고 소리를 지르는 것이다. 바로 우리가 원하는 자리에서 엄마를 잡는 셈이었다. 난감해진 엄마는 우리가 자러 갔을지도 모른다는 희망을 안고 발소리를 죽여가며 층계를 올라왔다.

이 놀이에서 가장 중요한 것은 타이밍이다. 타이밍을 잘 맞추지 못하면 술래는 계단에서 굴러 떨어져 죽을 수도 있는데, 그런 일은 우리도 바라는 바가 아니었다. 최소한 층계 맨 위에서 세 번째 계단까지 기다린 다음 공격해야 했다.

하나. 둘. 셋.

"리키? 루시? 무서워 죽겠구나!" 하지만 엄마는 벌써 킥킥대기 시작했는데, 그것은 이 놀이가 엄마의 내면에 있는 유치하고 바보 같은 면을 해방시키기 때문이다. 어쨌든 이 놀이를 만든 것은 엄마였다. 그래서 우리 모두 이 놀이를 좋아했다. 엄마는 거실 창을 통해 들어오는 가로등의 희미한 불빛으로 집 안을 살펴볼 셈으로 몸을 돌렸다.

"안 돼, 안 돼, 하지 마! 무서워 죽겠어!" 루시가 먼저 "와악!" 하며 소리치자 엄마의 웃음소리는 비명으로 바뀌었다.

"안 돼! 싫어!"

이 놀이에서는 두 명이 한 조로 소리를 지르는 것이 가장 좋은데, 내 타이밍은 완벽했다. 엄마는 전등 스위치를 지나쳐 부엌문을 통해 허겁지겁 앞마당으로 달려 나갔다.

그곳도 어둡기는 마찬가지였다. 우리는 뜰 양쪽 끝에서 엄마가 공포심을 느낄 정도로 킥킥거리며 살금살금 다가갔다. 우리 집 마당을 내려다보는 이웃집 부엌에서 불빛이 흘러나왔지만, 우리는 놀이에 사로잡힌 나머지 누가 우리를 보는 것에는 아랑곳하지 않았다. 엄마는 이제 난감해져서 양손으로 허벅지를 움켜잡은 채 발끝으로 몸을 빙글빙글 돌렸다.

"난 오줌을 지렸어! 오줌을 지렸다고!" 엄마가 외쳤다.

완벽했다. 그것은 우리가 이겼다는 의미였다. 너그러워진 우리는 엄마를 집 안으로 데려간 다음, 엄마가 위층에서 샤워를 하고 옷을 갈아입는 사이에 핫초코를 만들었다. 얼마 후 엄마가 테리 천으로 된 가운을 입고 젖은 머리를 한 채 발그레한 얼굴로 나왔다.

"너희가 이겼어!" 엄마가 말했다.

16
문학보다 좋은 것!

BETTER THAN LITERATURE!

내가 해야 하는 그 일은 아주 중요한 거야. ……
네가 그걸 안다면 뭐가 문제인지 알 텐데.

칼 하이어센Carl Hiaasen, 《이중의 불운*Double Whammy*》

내가 희귀본 거래상으로서 첫 카탈로그를 낸 것은 아직 워릭 대학에서 교편을 잡고 있던 1982년 가을이었다. 그 시절 개인이 낸 카탈로그는 전신환 속기에 쓸 용도로 각각 명칭이 있었다. 내가 처음 낸 카탈로그의 이름은 '바버라'였다. 카탈로그를 내고 난 후에 기뻐하는 잠재 고객에게서 '바버라가 아름답습니다'라는 내용의 전보를 한 통 받았는데, 희귀본 시장에서는 그런 반응조차 드물었다.

"이 친구는 자기가 누구라고 착각하는 거지?"라는 반응도 있었다. 삽화를 곁들여 광택지에 인쇄한 카탈로그는 그 당시만 해도 흔한 것이 아니었다. 나는 그것이 멋지다고 생각했다. 그러나 카탈로그가 나올 무렵, 나는 '바버라'가 실제로 약간 천박하다는 사실을 알게 되었다. 내게 처음 찍은 카탈로그를 건네주던 인쇄업자가 마음에 든다는 듯이, 그러나 그다지 감탄한 것 같지는 않은 어조로 말했다. "나쁘지 않군요. 값싸고 유쾌해 보입니다."

나는 2년 전에 돌아가신 아버지가 그것을 보았더라면 좋았을 것이라고 생각했다. 아버지는 꽤 자랑스러워하셨을 것이다. 돌아가시기 몇 해 전 내가 방문했을 때 아버지는 서적상이라는 내 새 직업에 꽤나 흥미를 보이며, 임스 체어에 앉아 새로 구한 덴마크제 현대식 티크 하이파이 오디오에 〈마술 피리〉를 걸어 놓은 채 내게 초판본의 문제점과 수익성, 가치 등을 물어보았다. 아버지는 내 새로운 변신에 전에 없이 관심을 보였는데, 그것은 아마도 내가 아버지가 정해 놓은 진로를 벗어난 것이 그때가 처음이었기 때문일 것이다. 우리 집안에서 사업에 능한 사람은 없었는데, 문재와 상재를 한데 결합한 듯한 나에게 관심이 생겼던 것이다. 나는 뉴욕에서 하루 동안 희귀서를 탐문한 뒤 몇 백 달러의 수익금을 주머니에 챙겨 집으로 돌아오곤 했으며, 그러면 아버지와 나는 둘 다 그 일에 감탄하기에 바빴다. 우리는 함께 사업을 해볼까 하는 생각도 했다. '게코스키 부자父子 희귀도서상商' 같은 것 말이다.

나는 내가 새로 내는 카탈로그에 이런 이름이 어울리지 않을까 생각했으나, 사실은 이름과 상관없이 카탈로그가 마음에 들었다. 나는 그 카탈로그가 정말이지 좋았다. 나는 인쇄된 카탈로그를 들고 집에 돌아와 커피 한 잔을 끓인 다음 부엌의 소나무 식탁에 앉아 기분 좋게 페이지를 넘겼다. 얼마 지나지 않아서 이웃이며 내 대학 동료의 부인(그녀는 좀 엄격할 정도로 학술적이었다.)이 그 자리에 합류했다. 그러지 말았어야 했지만 내가 찍어 낸 조그만 녹색 카탈로그가 너무 좋은 나머지, 잔뜩 흥분한 어조로 카탈로그를 건네며 그녀에게 이렇게 말했다. "보세요! 내가 처음 만든 카탈로그랍니다!" 그녀는, 내가 보기에 주로 가격을 보려고 간혹 눈길을 멈추었을 뿐 산만하게 페이지를 넘겨 보았다. 그러고는 잠시 손을 멈추더니 두려움 없이 진실을 말해야만 하는 사람들이 그러듯 내 눈을 똑바로 쳐다보았다.

"정말 역겹군요!" 이것이 그녀가 한 말이었다. 내가 그 말에 뭐라고 대꾸했는지는 기억나지 않지만, 그런 말에 뭐라고든 대꾸했을 것 같지는 않다. 나는 물론 대학에 몸담고 있는 사람들이 '장사'에 무지한 것은 물론, 그것에 적대적인 태도를 취한다는 사실을 알고 있었다. 그리고 이러한 편견을 기꺼이 내보이던 그녀도 자신이 대학원생 시절 공부했던 희귀 텍스트며, 서간, 원고들 가운데 상당수가 희귀본 거래를 통해 도서관의 특별소장실에 들어왔다는 사실을 알고 있었을 것이다.

희귀본 거래상은 청소부와 마찬가지로 필요한 존재이긴 하지만, 마찬가지로 좋은 냄새가 나는 것은 아니다. 문제는 내가 희귀 '도서' 사업에 나섰다는 사실 때문에 한층 악화되었다. 사실상 제정신을 가진 사람 대부분이 그렇듯이, 내 대학 동료들에게도 책이란 정보를 전달하고 기쁨을 줄 목적에서 나온 실용적인 물건이며, 그에 걸맞은 대접을 해 주면 그만인 대상이었다. 그 내용 때문이 아니라 이를테면 책 그 자체 때문에 책을 평가하는 행위는 학계와 문학계에 있는 사람들 대부분에게는 꼴사나운 물신화를 암시한다. 어느 소설 초판본이 그 이후에 나온 판본보다 더 값어치가 있을 이유가 무엇인가? 표지 유무 때문에 그 책이 더 가치 있을 이유가 대체 무어란 말인가? 단순히 저자가 서명을 했다는 사실 때문에 어떤 책이 더 갖고 싶은 책이 될 이유가 무엇인가? 이런 물신화 때문에 오히려 책의 내용이 지닌 품위가 떨어지는 것은 아닐까?

그때부터 동료들은 이따금씩 오만한 태도로 "'장사'가 잘 되느냐?"고 묻곤 했다. 그에 대한 표준적인 내 반응은 대화에 종지부를 찍는 것으로서, 우리 사이에 벌어진 거리를 확인해 주는 셈이 되었다. "아주 잘됩니다. 그런데 당신 '대학 생활'은 잘돼 가고 있나요?"

1984년 교직을 그만두었을 때 나는 내가 대학을 사직한 행동에 따르는 주된 감정이 분노라는 사실을 알게 되었다. 흡사 정신적 외상후 스트레스 장애에 걸린 사람처럼 내 감정은 끊임없이, 그리고 강박적으로 좌충우돌했다. 그 징후를 알아볼 수는 있었지만 멈출 수가 없었다. 나는 나 자신에게, 모든 사람에게 진절머리가 났다. 나는 내가 방금 떠난 삶의 형태에 혹평을 퍼붓고 전직 동료들 대부분을 혹독하게 비난했으며, 특히 마음에 들지 않는 길에 들어섰던 나 자신에 대해 분노했다. 나는 표면상으로는 희귀본 거래상이라는 새 직업에 성공하고 있는 듯이 보였으나, 내 시간과 정력을 낭비한 데 대한 후회를 일소하지 못했고, 대학교수라는 사회적 명성 역시 포기하지 못했다. 아직 실업을 대비한 계획의 일환으로 3년간 시간제 강의를 하고 있던 나는, 한때 갖고 있던 직위의 위신을 포기하고 싶지도 않았고, 그러면서 그 직위가 내포한 모든 것을 혐오한다고 공언하면서 '대학교수 겸 희귀본 거래상'이라고 나를 소개했다.

이 분노를 일소하고 교직이 아직 내게 미치는 영향력을 근절하고자 나는 대학인이라는 외적 인격의 독성, 가령 소심함과 지나친 회의주의, 거만함, 근면한 일꾼으로 보이지 않을까 하는 불안감 등을 내게서 제거할 한 가지 묘책을 짜냈다. 나는 이 새로운 계획을 '덜 지적인 인간이 되기'라고 불렀다.

그 일은 재미있었다. 무엇보다 내게는 이미 속물근성이 충분해서 이를 굳이 연마할 필요가 없었다. 나는 언제나 고상한 예술보다는 스포츠를 좋아했고, 자신을 '세련됐다'고 여기는 사람들을 대놓고 싫어했다. 다음에 오페라에 갈 일이 있거든 예술 후원자라는 사람들의 보디랭귀지를 유심히 관찰해 보라. 그 뻣뻣한 태도하며, 10도 넘게 하늘로 치켜든 콧대, 목이 졸린 듯한 목소리. 고상한 문화를 즐기는 영국인의 태도만큼 역겨운 것도 없을 것이다. 나는 또 언제나 극장을 싫어했기에 극장 가는 일을 포기하는 일도 별로 어려울 것이 없었다. 나는 침을 튀기며 쏟아 내는 변설, 혹시라도 뭔가 잘못될까 조바심치는, 그러면서 잘못될지 모른다는 막연한 기대감도 품고 있는 관객들이 싫었다. 훌든 콜필드도 배우를 만나 본 적이 없으면서 배우를 사기꾼의 총화라고 여기고 싫어하지 않았나. 나는 쉽게 철학을 포기했으며, '문학'과도 절연했다. 고상한 독서도, 고담준론도 더는 없었다. 세련되기 위해서가 아니라 조야해지기 위해서 단순화시킬 것. 덜 지적이 될 것.

오랫동안 나는 TV 시청은 스포츠와 영화에, 독서는 탐정소설에 한정시켰다. 나는 맨해튼 미스티어리어스 서점의 오토 펜즐러와, 기지와 식견이 풍부한 그의 직원들이 선정한 월 20권의 스릴러물을 받아 보려고 고정 주문 계정을 만들었다. 상자가 도착하면 새 선물 더미를 쌓아 놓고는 맨 꼭대기부터 아래로 읽어 내려가면서 다 읽은 책은 애나에게 건네주었다. 무슨 책을 읽고 있었느냐는 질문을 받으면, 바로 그날 읽고 있는 책인데도 작가나 제목 또는 줄거리라도 기억하는 경우가 거의 없었다. 나는 그렇게 걸신들린 듯 책을 읽으면서 점점 뚱뚱해지고 나태해졌다. 수십 명의 스릴러 작가들이 쓴 책을 수백 권은 읽었던 것 같다. '총성이 울렸다'는 말로 시작하지 않는 소설에는 금방 싫증을 느낀다고 투덜거렸던 킹즐리 에이미스Kingsley Amis처럼 나 역시 짜릿한 여흥거리만을 탐닉했다.

오토가 보내 준 화물에는 칼 하이어센의 소설이 한 권도 들어 있지 않았으리라 확신한다. 아무리 시시각각 지적인 면모를 잃고 있던 혼란한 상태의 와중이었더라도 그의 책이 들어 있었다면 기억했을 것이다. 아무튼 어느 날 나는 워터스톤스 서점의 햄스테드 지점에서 무심코 《이중의 불운》이라는 책을 발견했는데, 작가의 이름이 낯설었다. 그 책을 집어 들 생각도 하지 않던 나는 표지에 P. J. 오루크O'Rourke가 쓴 '문학보다 낫다!'는 찬사를 읽었다. 바로 그것이었다! 문학이 아닌 것이 바로 내가 찾고 있던 것인 데다 문학보다 '나은' 것이라면 보너스인 셈이었다. 게다가 P. J. 오루크가 칭찬한 책이라면 뭐든 괜찮았다. 그는 웃기는 우파일지는 몰라도 재미있고 머리가 좋은 사람이니까. 나는 이 하이어센이라는 작가의 책을 한 번 읽어 볼 만하다고 판단했다.

내 판단이 맞았다. 그의 소설은 플로리다의 탈락한 주지사 후보로서 스킹크라는 이름으로 에버글레이즈에 은둔한 채 로드킬로 살아가고 있는 클린턴 타이리라는 애꾸눈 주인공이 등장하는 블랙코미디였다. 소설에는 괴짜에서부터 완전한 미치광이에 이르는 다양한 인물이 등장했다. 《이중의 불운》은 남부 괴기소설의 전통을 따르고 있지만, 입안자와 개발자, 온갖 협잡꾼들이 얄팍한 돈벌이 수단으로 남플로리다 풍광을 모독한 데 대한 하이어센의 분노가 그 구상에 생기를 불어넣었다. 경이롭고 놀라운 어조와 내용으로 가득한 그 작품 때문에 나는 움찔했으며 폭소를 터뜨렸고 정당한 분개에 동참하게 되었다. 이 소설은 사나운 개에게 팔을 물린 사이코패스가, 개가 죽고 나서도 도저히 그 턱을 벌릴 수 없자 개의 목을 잘라서 그 머리를 팔에 매단 채 일을 보러 다니는 장면에서 절정에 이르렀다. 하이어센의 소설에 등장하는 악한들은 팔에 뭔가 이상한 것을 붙이고 나오는 경우가 많다. 그 이유를 묻자, 하이어센은 자신은 한 번도 그 점을 의식하지 못했노라고 고백했다.

하지만 소설에는 단순한 무차별 폭력 이상의 뭔가가 들어 있다.

스킹크는 위대한 희극적 인물이지만, 그의 이야기는 전락의 암울한 비유다. 그는 순진하게도 선을 행하고자 정계에 입문하려 하지만, 남플로리다의 풍토병인 저 탐욕적이고 부패한 집단 세력에 의해 몰락하고 만다. 에덴동산, 곧 '처녀'지에 의탁한 그는 그곳의 파괴를 주도한다. 그가 늪지로 물러난 것은 일종의 참회 행위다.

> "내가 누군지 알고 싶다고? 나는 바로 이곳을 구할 기회가 있었는데 그 기회를 날려 버린 인간이지."
> "뭘 구하겠다는 거야?"
> "……전부 다. 중요한 모든 것들."

폭로기자 훈련을 쌓은 하이어센은 1985년부터 〈마이애미 해럴드〉지에서 일하면서 본인도 유쾌하게 인정하듯 그의 상사를 포함하여 '남플로리다의 모든 주민을 넌더리나게 만드는' 정기 칼럼을 쓰고 있다. 타락 이전의 남플로리다 풍광에 대한 제도화된 신성모독 행위에 대한 그의 분노는 그가 쓰는 칼럼과, 1986년 《관광 시즌 *Tourist Season*》에서 시작된 일련의 유쾌한 모든 소설에 활력을 불어넣는 추진력이 되고 있다. 그는, 자신이 유감으로 생각하는 유일한 점은 그 책들이 자신의 고향을 찾아오는 관광객들을 몰아내지 못했다는 사실이라고 말한다. 그는 남플로리다를 사랑하는 것만큼이나 관광객을 싫어한다.

〈아이리시 타임스〉는 《이중의 불운》을 평하면서 '진지하고 재미

있는' 소설이라고 했는데, 그것은 진지하면서 '동시에' 재미가 있다는 이상적인 목표를 의미한 것일 테지만, 내가 보기에 그렇지는 않은 듯하다. 나는 그 책을 너무 재미있게 읽은 나머지, 그 이전에도 그 이후로도 하지 않을 일을 했다. 저 멋진 프림로즈 힐 서점에 가서 사람들에게 나누어 줄 용도로 10부를 주문했던 것이다. 내 아이들도 한 권씩 받았고, 사무실에 있던 직원들과 이런저런 친구들도 그 책을 받았다. 나는, 나에게 스티븐 킹Stephen King을 읽으라고 줄곧 권한 것에 대한 답례로 살만 루슈디에게도 한 권 주었다.

스티븐 킹이라니! 정말 이상한 생각이 아닐 수 없었다.

"그는 굉장한 작가란 말이오!" 살만이 말했다.

출판업자인 톰 로젠탈은 내 선물을 거절했다.

"그 작품은 벌써 읽어 보았소. 그는 천재요. 나도 그 작품의 독일어 번역판을 내려고 했는데 동업자들 때문에 뜻을 이루지 못했소. 이제 계약은 물 건너갔지만."

하이어센은 분명 진지한 작가이긴 했지만 고상한 진지함과는 거리가 있었다. 그는 저속하게 진지했다. 나는 그 편이 더 좋았으며, 그것을 하나의 본보기로 삼았다. 그는 글쓰기를 즐기는 듯이 보였으며, 나 역시 갑자기 책 읽기를 즐기게 되었다. 이것은 완전히 새로운 경험이었으며 그만큼 신선했다. 혹시 그가 글을 쓰고 내가 그의 책을 읽는 방식에 어딘가 바보 같은 면이 있는 것은 아니었을까? 결코 모든 면에서 다 그렇다고 볼 수는 없지만, 분명히 그랬다. 직업 삼아 책을 읽게 되면서 내가 갈망했던 것, 아쉽게 여겼던 것이 바로 그것이었다. 그렇다, 사람들은 자기 직업에서 재미를 느끼지 못하는 듯하다. 회계사가 멋들어진 덧셈을 좋아하던가? 변호사가 저 강박적인 발뺌하기를 좋아하던가? 그렇지 않다. 내가 아는 사람들 대부분은 내가 문학이라는 직업에 염증을 느끼게 된 것처럼 자기 직업에 염증을 느끼게 된다. 대학에서 가르치는 문학은 시간표에 얽매이고 시험에 쫓기는 하나의 제도가 되었다. 디킨스를 얼마나 잘 이해하는지에 따라 점수를 매긴다. 나도 그런 식으로 채점을 했다. 나 역시 제도화되고 만 것이다.

어째서 이런 일이 일어나게 된 것일까? 그것은 나한테 국한된 문제가 아니라 우리 모두에게 해당되는 말이다. 상상력이 넘치는 문학을 읽는 행위가 어떻게 해서 현학자들에게 강탈당하게 됐을까? 원래 2,3류 과목이던 영문학이 지금은 인기가 있고 너무나 자연스럽게 여겨져서 그렇게 된 유래와 이유를 알아볼 생각을 하는 경우가 거의 없다. 우리는 원래 영문학이 대학에서 법학이나 의학, 공학은 물론이고 역사나 고전처럼 정규 과목이었다고 상정하고 있다. 하지만 실제로 '영문학'이 정규 학문 과목이 된 것은 극히 최근의 일이다. 이상하게도 이런 문제에 대한 글은 거의 나와 있지 않으며, 설혹 그런 글이 있다 해도 대부분 찾아보기도 어려울 뿐 아니라 그런 것을 읽고 있는 장면을 누군가 보기라도 하면 당혹스러울 정도로 무명의 학술지에 실려 있다.

일단 그것을 한데 꿰어 맞춰 보면 놀랍고도 새로운 이야기가 나온다. 18세기 영국의 신사는 그리스와 로마의 고전을 원어로 공부했다. 고전이 상류계급의 자격을 주는 것은 아니라는 데 모두 동의했다. 대개의 경우 대학에 가는 주된 이유는 성직자가 되기 위해서였다. 영문학이 대학 강의 시간표에 처음 등장한 것은 1820년대 들어서 신설된 런던의 유니버시티 칼리지와 킹스 칼리지에서였다. 이 두 대학은 근본적으로 다른데, 전자는 평등주의와 공리주의를 근간으로 한 반면, 킹스 칼리지는 낭만적이고 신플라톤적 심미안을 특징으로 했다. 이 대학들에서 영문학은 학생들에게 '표면적이고 일시적인 것을 넘어서서 본질적이고 영구적인 것으로 나아가도록' 장려하는 과목이었다.

얼마 지나지 않아 이 새로운 교육과정과 실제, 즉 공리주의적인 목표와 초월적인 목표는 모두 정부의 인가를 받았고 식민지로 전파되었다. 영문학이 우리에게 유익하다면, 이런 계몽적 영향이 명백하게 필요한 해외에 있는 우리 국민에게는 한층 더 유익할 것이다. 1833년 하원 연설에서 토머스 매콜리Thomas Babington Macaulay는 문학의 의식적인 보급과 연구를 권고했다. "우리 문학의 등불 앞에 갠지스 강둑에서 불경하고 지독한 미신이 빠르게 사라지고 있다. …… 영문학이 전파되는 곳이면 어디서든 영국의 미덕과 영국의 자유가 동반할 것이다!" 문학 연구는 지겨울 정도로 유용하면서도 유익한 것이었다. 물론 그것은 갠지스 강둑에 있든 영국의 신생 상인계급이나 향상을 필요로 하는 사람들에게 특히 유익했다.

런던에 대학들이 설립된 것과 동시에 출간되었으며 교재로 쓰인 최초의 문학 선집 가운데 하나인 비체시무스 녹스Vicesimus Knox의

《우아한 발췌문*Elegant Extracts*》의 서문에서도 이와 같은 정신을 감지할 수 있다. 녹스는, 신흥 중산층이 여가 시간을 이용하여 '세련된 문학'을 정독해야 한다고 주장했다. "그들의 정신을 자유롭게 만들어 주고 일찍부터 이익에만 얽매인 삶이 가져오기 쉬운 편협함을 방지하는 데 그 이상으로 기여하는 것도 없을 것이다." 결국 단순히 '영문학'을 공부한다는 것은 국내든 해외든 열등한 교육 시민에게 해당되는 사항임을 확인한 셈이다. 고전문학반이 아니라면, 그것은 적어도 국어의 품위를 구하는 역할을 할 수 있었다.

영국 대학들은 대체로 독일을 모범으로 삼았다. 학과들은 서로 엄격하게 구분되었고, 시험과 학위 수여는 중점적으로 관리되었으며, 교사는 교수 직을 정점으로 등급이 매겨져 있었고, 학생들은 학부와 대학원으로 분리돼 있었다. 그러나 영문학 연구가 장래성 있는 것이라 해도 이용 가능한 체계 안에서 그것을 어떻게 가르칠지에 대한 분명한 합의는 보이지 않았다. 젊은 숙녀에게 적합한 품위 있는 실내 활동으로서의 책 읽기가 고등교육의 시험 과목으로 변화되면서, 19세기 들어서서 복잡하고 뜨거운 논란을 야기했다.

옥스퍼드와 케임브리지는 대체로 이러한 변화에 둔감했는데, 일단 영문학과를 개설하면서 경기장에 뛰어들기는 했으나 아직 합의된 학문의 형태를 발견하지는 못했다. '옥스브리지'는 이 과정을 주도하지는 못했으나 인도가 절실해진 시점에 개입했다. 옥스퍼드에 처음으로 영문학 강좌가 생긴 것은 1904년이지만, 최초의 영문학 시간표는 언어학과 역사에 치우쳤다. 케임브리지에서는 1891년 이후로 우등졸업시험 과목으로 영문학 강독이 있었지만, UCL(유니버시티 칼리지 런던)이 생긴 지 정확히 100년이 되는 1926년 전까지는 영문학으로 독자적인 학위를 받을 수 없었다. 케임브리지의 영문학 학위에는 '인생과 문학과 사상'에 관한 논문 한 편을 비롯한 실제 비평의 영역도 포함되었으며, 지금도 영어를 공용어로 사용하는 국가를 위한 영문학 연구의 기반을 제시하고 있다.

이 새로운 학위는 보급을 위한 성격이 강했다. 그것은 '감성'을 훈련시키고 도덕적 자각을 진작시키며 문화적 엘리트 독자를 생산하는 일을 목표로 했다. 그들은 단지 문학뿐 아니라 문학의 배경이 되고 그것이 다루는 삶의 제반 조건에 고도로 예민한 계층이다. 그 메시지는 명백했다. 문학을 읽는 행위는 자신뿐 아니라 우리 모두에게 유익하다는 것이다. 그 행위가 고상함을 부여하지는 못하더라도, 매슈 아널드가 말한 대로 문화적 감화력은 제공한다. 위대한 문학적 본보기들은 교훈과 지도를 마련해 주며, 한때 종교가 제공했던 가치의 기반을 공급한다. 아널드가 문학의 중요성을 재평가하는 사제였다면, F. R. 리비스는 그의 부사제였던 셈이다. 리비스의 어조와 태도에서, 처방된 문헌과 형태와 분량대로 문학을 복용하기만 하면 유익하다는, 거의 의학적이라고 할 정도로 확고부동한 믿음을 감지하지 못하는 건 불가능하다. 아무튼 문학비평은 성서 주석의 구조에 그 뿌리를 두고 있는 것이다.

아널드는 신에 대해 이렇게 정의했다. "우리가 아니라 영속적인 권능이 세상을 통치하며, 그것은 정의에 도움이 된다." 그는 다음과 같이 결론지었다. "따라서 성서를 연구하고 성서의 가르침에 따라 행동하는 법을 익혀야 한다." 이는 그리 대단할 것도 없는 공식이지만, 하나의 방향을 제시해 주는데, 더 이상 성서를 따르지 않는다 해도 최소한 워즈워스와 오스틴, 조지 엘리엇, 로런스를 따르라는 것이 그것이다. 올바른 문헌을 올바른 방식으로 공부해라, 그러면 현명해질 것이다. 그러니 영문학을 읽어라!

이것은 매력적인 견해이며, 영문학 연구가 그 역사주의적이고 언어학적인 편향을 벗어던진다는 조건에서 그것이 필요한 이유를 알 수 있다. 그러나 동시에 그것은 명백한 암시를 내포한 경험론적인 주장이기도 하다. 만약 문학 연구가 정말로 정의는 고사하고 지혜를 전수하는 것이라면, 문학의 학도야말로 가장 지혜롭고 가장 뛰어난 사람들이라는 결론이 나와야 한다. 그러나 나 자신을 아무리 돌아보아도 지혜라든가 남달리 뛰어난 선善의 흔적을 찾기 어려웠으며, 내 이전 동료들에게서 이러한 속성을 볼 수 있었는지도 의심스럽다. 저 까다롭기 짝이 없는 리비스가 젊은이들과 감수성이 예민한 이들의 역할 모델 노릇을 하기는 어려워 보인다. 오히려, 평생을 영문학 연구에 골몰하면 심성이 '나빠진다'는 반대 주장 쪽이 더 그럴싸해 보인다.

결국 대학에서 영문학을 가르친 지 100년이 되는 때에도 강의 구성에 대한 공통된 이해라든가 공유된 방법론이나 공통된 목적론 같은 것은 보이지 않았다. 영문학은 학문 연구에 엄격함과 책임, 선명한 방법론, 명확한 목표와 가치를 요구하는 독일식 구조 속에 불편하게 자리 잡고 있다. 이러한 기준에 따르면 영문학이 학문인지조차 불분명한데, 오늘날에도 이를테면 과학자나 수학자들은 영문학을 그저 하기 쉬운 선택 정도로 여기고 있다.

이러한 이유에서 V. S. 네이폴은 최근 영문학을 더 이상 대학에서 취급할 학문으로 삼지 말아야 하며 영문학과는 해체해야 한다고 주장했다. "나는 그렇게 할 경우 진정한 의미에서 이 나라의 지적인 삶에 엄청난 자극과 활력을 가져다줄 것이라고 생각한다. 즉각적으로 강한 충격을 안겨 주게 될 것이다. 그것은 엄청난 인력을 방출하는 결과를 가져올 것이다. 사람들 모두 버스를 타고 일하러 갈 테니까." 나는 버스 차장도 제대로 해내지 못할 것 같은 내 동료들과 종종 이와 비슷한 토론을 벌인 적이 있다. 진지하고 유쾌하게 이루어지기만 한다면, 문학에 대한 일반인의 '진정한 판단'은 독서 모임이나 평생교육 같은 자리에서 훨씬 더 잘 이루어질 것이라고 말이다.

내 말을 귀담아들은 사람은 없었지만, 설혹 그 사람이 악명 높은 우상파괴자에다 심술궂은 사람이라고 해도 노벨상 수상자가 이런 말을 하면 사람들이 관심을 기울일 것이라고 가정하게 마련이다. 그런데 그 대상이라고 할 수 있는 대학 청중은 귀담아듣지 않기로 유명하다. 어쨌든 논란은 일어나지 않았고, 네이폴의 자극적인 발언은 현재 용서받지는 않았을지 몰라도 거의 잊혀진 상태다.

만약 네이폴이 계속해서 영문학과에서 가르치는 일 역시 나쁘다고 말했다면, 나는 그 말에 기꺼이 동의했을 것이다. 그 일은 내 정서적·지적 근육을 경직시키고 기쁨의 저수지를 말라붙게 만들었으며, 나를 더 건방지고 오만하게 만들었다. '덜 지적이 되기'는 나 자신을 개조하려는 시도였으며, 그것은 그에 앞서 일어났던 일들을 변형시키는 것으로부터 시작되었던 것 같다. 나는 그 작업을 '해독 작용'이라고 불렀다. 그 과정은 그리 재미있지 못했다.

어느 날 오후, 친구인 사이먼 그로간과 함께 골프를 치던 나는 유난히 형편없는 라운드를 맞이했다. 고지대에 놓인 아홉 번째 티에서 내가 친 공이 호수에 빠졌고, 한 번 더 친 공도 호수에 빠졌으며, 그 다음 티에 올린 공은 지면을 데굴데굴 굴렀다. 그 공은 완만한 경사를 따라 언덕 아래로 굴러가다 12미터 떨어진 덤불 속으로 들어갔다.

"빌어먹을! 이런 우라질!" 나는 소리를 버럭 지르며 드라이버를 언덕 아래로 집어던졌다. 골프채는 보기 흉한 포물선을 그리며 날아가 공이 들어간 덤불 옆에 떨어졌다.

사이먼이 못마땅한 눈길로 나를 쳐다보았다. 그는 내 욕설에 이의가 있었던 것이 아니라, 골프채를 집어던지는 것이 고약한 행동이라고 여겼다.

"이것이 자네가 하고 있다는 덜 지적이 되기 위한 계획의 일환인가?" 그가 신랄한 어조로 말했다.

"뭐라고! 대체 뭐라는 거야!" 나는 언덕 아래로 내려가기 시작했다. 덤불 때문에 5타를 먹게 된 사람과는 말을 섞어서는 안 된다. 예의도 아니며 안전하지도 않다.

"그러다 도가 지나칠 수가 있네." 그는 그렇게 말하고는 더 이상의 충돌을 피하려고 빠른 걸음으로 앞서 걸어갔다.

그의 말이 옳았다. 사람은 본성을 부인할 수도 없고, 그동안 읽은 것과 관심사를 버리기도 어렵다. 내가 그동안 읽은 책이 나를 규정짓고 내 판단에 특징을 부여하고 내 존재와 행동에 매 순간 영향을 미친다. 덜 거만해지고 덜 지적이 된다는 데에는 아무런 문제도 없다. 하지만 칼 하이어센의 책만 읽고 살 수는 없는 노릇이다. 설혹 그가 더 재미있고 더 유쾌하며, 우리 강의에 등장하는 저 표준적인 작가들보다 더 정열적인 의식의 소유자라 하더라도 그는 좋은 작가는 아니다. 그것은 여전히 중요한 문제이다. 어쨌든 문학에 대해 뭔가 할 말이 필요한 것이다.

지금은 그럴 시간도 에너지도 없어 보이지만, 내가 워릭 대학에서 학생들을 가르칠 때 우리는 유망한 학생들을 모두 면담했다. 내 질문에 대답하기 : "자네가 영문학을 공부하는 이유는?" 그러면 아주 다양한 대답이 나오게 마련이다. "사람들에게 관심이 있기 때문이죠. 사람들이 일하는 방식에도 관심이 있고요." 그 경우, 나는 이렇게 반문한다. "그렇다면 심리학을 공부하는 편이 낫지 않겠나? 아니면 역사나 철학이나 사회학을 공부해야 하지 않을까? 그런 분야에서라면 사람들에 대해, 그리고 사람들의 관계에 대해 공부할 수 있을걸세. 영문학은 문학에 관심이 있는 사람이 공부하는 분야라네. 문학에 있을지 모를 진리(해석과 '의미')가 아니라 문학 자체에 대한 관심 말일세."

나는 여전히, 그것도 강력하게 그렇다고 여기고 있다. 우리는 문학의 언어와 형식과 색조가 전면을 차지하고 있는 분야를 보존할 필요가 있다. 정독의 실천과 미덕을 보존하고 이 영토의 경계를 명확히 하고 그것을 정의하고 수호해야 한다. 뜨거운 마음으로, 눈과 손을 책의 페이지에서 떼면 안 된다. 일단 이러한 기술을 습득한 다음, 그것으로 무엇을 할지는 각자에게 달렸다. 읽는 방법을 알고 있다면, 또한 그 방법을 알고 있을 경우에 한해서 문학작품을 '읽어라'. 설혹 그것이 후기구조주의라도 말이다. 나는 개의치 않는다. 이런 견해를 갖기까지는 꽤나 오랜 시간이 걸렸으며, 일단 이렇게 생각하게 되자 더 이상 화가 나지 않고 대학교수라는 내 전직에 대한 거부감도 그렇게 심하지 않았다. 나는 칼 하이어센의 도움으로 '문학'을 초월했다고 여겼지만, 정말 아이러니하게도 내가 틀렸던 모양이다. 아니, 적어도 내가 갖고 있는 지성의 개념이 아니라 '문학'의 개념을 다듬어야 할 필요가 있는 모양이다. 1999년, 콜름 토이빈 앤드 카르멘 칼릴이라는 만만치 않는 문학 출판사에서 《현대문고: 1950년 이후 최고의 영어소설 200편 *The Modern Library: The 200 Best Novels in English Since 1950*》을 출간했다. 거기에 《이중의 불운》이 포함되었다.

17
‘스파이캐처’와 킴 필비의 사라진 문서

SPYCATCHER AND THE LOST ARCHIVE OF KIM PHILBY

만일 내가 소설가가 되지 않았다면
희귀본 거래상이 됐을 것이다.
그 일은 끊임없는 보물찾기나 다름없으니까.

그레이엄 그린

나는 피터 라이트Peter Wright의 《스파이캐처*Spycatcher*》를 읽은 적이 없는데, 누가 보더라도 보안기관 내부의 평범한 이야기인 이 소설이 갑자기 명성을 얻게 된 것은 대처 수상이 어리석게도 1987년 해외에서 출간된 그 책을 ‘공직자 비밀엄수법’ 위반을 이유로 수입 금지시켰기 때문이다. 그렇게 얻은 명성 덕분에 유명해진 이 책은 오스트레일리아와 미국에서 영국으로 수천 부씩 밀반입되었다. 1년도 채 되지 않아 수입금지법이 뒤집히게 되자, 이 책은 당장 전직 하위 첩자가 제 잇속을 차리려고 쓴 지루하고 엉성한 책이라는 의당 받았어야 할 평가를 받게 되었다.

나는 그 모든 거짓말과 배신, 트렌치코트와 모자 차림으로 잠복하기 같은 첩보의 세계에는 별로 관심이 없지만, 존 르 카레John le Carré와 그레이엄 그린의 저 탄복할 만한 작품만은 예외다. 두 사람 모두 영국 정보부에 근무한 경력이 있다. 잘 재단된 트렌치코트에 대한 취향이 여전히 남아 있는 그린은, 인간의 나약함으로 야기된 신념의 위기를 탐색하는 더 힘겹고 도덕적으로 격앙된 소설을 쓰면서 생긴 긴장을 풀 방편으로 첩보소설을 쓰곤 했다.

1980년대 후반 전업 희귀본 거래상으로서 생활비를 벌어야 했던 나는 그린을 만나려고 정기적으로 프랑스 앙티브를 방문했다. 그린에게서 다수의 원고와 편지, 책을 구입했다. 당시 나는 그전에 보냈던 세월에 비해 훨씬 행복했다. 나의 새로운 삶이 워릭을 떠나기로 한 내 결심이 옳았음을 입증해 주었던 것이다. 떠나기로 결심하는 것은 그리 어렵지 않았다. 단지 시간이 좀 걸렸을 뿐이다. 어느 날, 나는 자리에서 일어나 바버라에게 이렇게 말했다. "나는 학교를 그만둘 거야."

"벌써 오래전부터 알고 있었던 일인걸." 그녀가 말했다. "당신은 언제나 자기가 이미 결심한 것을 깨닫는 데 오래 걸리지."

사실은 그녀가 실마리였다. 그녀의 지지가 없었더라면 그 일은 일어나지 않았을 것이다. 아이들은 열네 살과 여덟 살이었고, 불확실한 미래 때문에 연봉 1만5천 파운드짜리 금고를 버리고 떠난다는 것은 그녀의 입장에서 볼 때 무책임해 보일 수 있었다.

"괜찮아." 그녀가 안심시켜 주었다. "돈이 더 필요하면 언제든 집을 팔면 되니까."

그럴 필요는 없었다. 대학을 그만둔 첫해에 내가 벌어들인 돈은 3만 파운드였고, 그 이후 그보다 적은 금액을 번 적은 한 번도 없다. 그러나 그린과 하고 있던 사업은 그때까지 내가 해본 것 가운데 가장 현기증 나는 일이었다. 그는 앙티브의 라 레지당스 데 플뢰르에 있는 자신의 수수한 아파트에서 선반과 사무용 책상에 들어 있던 원고를 하나씩 끄집어냈다. 여행기 2권 분, 20년간 매일매일 자신의 몽상을 적은 책 다섯 권, 연인인 이본느 클로에타에게 보낸 편지들, 그리고 마지막으로 파리에서 가져가야 했던 본인이 쓴 책 전부. 내가 수표를 써 주자 그는 어리둥절하면서도 기쁜 표정을 지었다.

"이건 너무 많군요! 당신 혹시 도박꾼인가요?" 그가 3만5천 파운드짜리 수표를 챙기며 반문했다.

"전혀 그렇지 않습니다." 내 말에 그는 실망한 얼굴이었다. "포커 선수쯤 된다고 해 두죠."

그래도 그는 어리둥절한 표정을 풀지 않았다.

"여기서는 수와 상황을 읽는 기술이 중요합니다. 제게는 이런 자료를 찾는 괜찮은 고객들이 있지요. 이것으로 꽤 많은 수익을 올리게 될 겁니다."

다음번에 앙티브를 방문할 때에는 흰색 신형 사브 컨버터블을 타고 갔다. 나는 그 차를 탐스러운 문헌으로 가득 채운 다음, 그레이엄과 이본느에게 기분 좋게 작별 인사를 하고 크루즈 컨트롤을 시속 170킬로미터에 맞춘 후 북쪽으로 달렸다. 6시간 후 거의 1천 킬로미터를 달려 라 코트 생자크의 주아니에서 미슐렝 기준으로 별 세 개짜리 식당이 있는 작은 고급 호텔에 들어간 나는, 새로 구한 책과 상자 열 개에 가득 담긴 원고 더미를 내 방까지 날라다 준 문지기에게 20파운드를 주었다. 나는 아주 잘 먹고 마시고 나서 돼지처럼 내 방 바닥에 늘어놓은 책 속에 빠져들었다.

2개월 후 보물들이 사방으로 흩어지면서 큰 수익이 쌓이게 되자, 나는 가족을 데리고 롱아일랜드와 코네티컷 사이에 있는 블록 아일랜드에서 휴가를 보냈다. 우리가 빌린 빅토리아풍 저택은 너무 커서 일반 대중에게 공개된 건축물이라는 인상을 주었는지, 손에 여행 안내서를 든 관광객들이 집 주변을 서성거리곤 했다. 나는 그런 관광객들이 돌아다닌다는 사실을 거의 알아차리지 못했다. 나는 위층에서 어슬렁거리고 있었다. "두 번 다시 이렇게 좋지는 못할 거야." 나는 마릴린 먼로와 5분간 함께 있는 기쁨을 허락받은 10대처럼 신음했다.

하지만 얼마 지나지 않아서 다시 그런 일이 일어났다. 1991년 세상을 떠나기 얼마 전, 그레이엄은 내게 모스크바로 가서 필비Kim Philby의 미망인 루피나를 만나 보면 재미있을 것이며 수익도 챙길 수 있을지 모른다고 했다. 그레이엄과 킴 필비는 평생의 친구였다. 그린은 어쩌면 필비 부인이 필비가 모스크바 시절에 모은 책과 서류를 팔지 모른다고 했다. 그 문서들은 상당한 역사적 중요성이 있으며, 1963년 필비가 망명한 해부터 1988년 사망한 해 사이에 필비가 하고 있던 일에 대한 가장 명백한 증거를 제공할 것이다.

킴 필비는 가이 버지스, 도널드 매클린, 앤서니 블런트와 함께 1930년대 케임브리지 대학을 다닌 후 소련 첩자가 된 가장 영리하고 중요하며 눈에 띄지 않은 첩자들 가운데 한 사람이었다. 비록 그의 행적에 대한 일련의 탐문으로 그 정체가 드러나고 불명예를 얻게 됐지만, 필비는 체포된 적이 없었다. 소련의 한 배신자가 MI6(영국 비밀정보국)에 필비가 사실은 소련 첩자라는 사실을 밀고했을 때, 필비는 레바논 베이루트에서 기자로 활동하고 있었다.

그 다음에 벌어진 일은 영화 〈캐리 온 스파잉Carry on Spying〉에서 그대로 가져와도 그리 틀리지 않을 것이다. 필비를 만나 런던으로 복귀시키려고 첩자 한 명이 베이루트로 파견되었다. 그들 사이에 분명 다음과 같은 대화가 오갔을 것이다.

"증거가 명백하네! 자넨 런던으로 복귀해야 해, 이 못된 첩자 같으니라구!"

"그런 일을 없을걸세!"

"내가 부탁하면 복귀할 텐가?"

"어림없어!" 필비는 단호하게 말하고는 짐을 꾸렸을 것이다.

MI6 요원은 그의 거절에 수심에 차서 런던으로 돌아왔다. 그가 런던에 도착할 때쯤 필비는 모스크바행 배를 타고 있었으며, 얼마 지나지 않아 버지스, 매클린과 재회했다.

MI6이 필비를 다루는 법을 제대로 알지 못했다면, 그건 KGB(구소련의 국가보안위원회)도 마찬가지였다. 그동안 그가 유익한 정보의 출처 역할을 한 것은 분명했다. 그러나 거기에는 소련으로서도 어쩔 수 없는, 이를테면 도회지풍의 침착한 영국인에게는 신뢰가 가지 않는 면이 있었다. 어쩌면 삼중첩자일 가능성도 있잖을까? 필비는 자신의 결백을 주장했으나, KGB는 요지부동이었다. 그들은 그에게 근사한 침실 두 개짜리 아파트와 루피나라고 불리는 성적 매력이 넘치는 붉은 머리 통역자를 붙여 주었는데, 루피나는 나중에 그의 네 번째 아내가 되었다. 필비는 국적을 바꾸는 것 이상으로 자주 성적 신의를 바꾸었던 것이다.

10년이라는 시간이 천천히 흘러갔다. 그는 그 시간을 독서와 집으로 편지 쓰기, 붉은광장을 서성거리며 영국 관광객들에게 최근의 크리켓 시합 점수를 알아보고, 이따금식 매클린의 아내 멜린다와 잠자리를 같이하면서 보냈다. 그러다 마침내 장벽이 무너지자, 필비는 KGB에서 '영어 세미나'를 열기 시작했다. 그들의 목적은 소련 요원들이 영국에서 무난하게 임무를 수행하도록 그들을 훈련시키는 것이었다. 그중에는 놀랄 만큼 말도 안 되는 것도 상당수 포함돼 있었는데, 이를테면 MCC(영국 크리켓 연맹) 넥타이라든가 크리켓 규칙, 습득해야 할 억양, 가입해야 하는 클럽, 사립학교와 옥스브리지 교육과 관련한 온갖 비밀들이 그것이었다.

1993년 필비의 서고와 문서를 검토하고자 모스크바를 방문했을 때, 나는 그 세미나에 참가했던 '학생' 한 명을 만났다. 편의상 그를 마이클 B라고 하자. 그는 우리가 교섭을 할 때 자신이 필비 부인의 '대리인' 역할을 맡았다고 했다.

"이렇게 뵙게 돼서 반갑습니다." 그가 악수를 하며 말했다. "저는 런던이 몹시 그립습니다. 그곳에서 아주 멋진 시간을 보냈거든요. 정말 유쾌한 도시예요!"

"당신은 런던에서 일했나요?"

"네." 그가 순순히 대꾸했다. "타스 통신사 특파원으로 7년간 일했죠."

"잠깐만요. 그 소식은 처음 듣는군요. 당신은 킴의 학생이었다면서요? 그 다음에 런던에 갔다는 말씀인가요?"

그가 고개를 끄덕였다.

"그럼 당신은 KGB 정보원이었나요?"

"물론이죠." 그가 우쭐한 얼굴로 말했다. "지금은…… 사업가지만요!"

매력적이면서도 빈틈이 없는 마이클이 참석한 자리에서 루피나와 나는 필비의 서재를 훑어보기 시작했다. 그의 장서는 수천 권에 달했다. 어쨌든 그는 책을 읽을 시간이 많았던 데다가 그린처럼 다양한 분야의 친구들이 그에게 읽을거리를 잔뜩 보내 주었던 것이다. 죽 훑어보니 사실상 영국으로 가져갈 필요가 있는 것은 얼마 되지 않았다. 1930년대부터 필비가 주석을 잔뜩 달아 놓은《마르크스주의 입문서*A Handbook of Marxism*》는 쓸 만했다. 가이 버지스의 서재에서 나온 책 몇 권도 재미는 있었다.

그러나 가장 흥미를 끈 것은 그레이엄 그린이 필비 부부에게 보내는 헌사가 적힌 《스파이캐처》였다. '그레이엄과 이본느가 킴과 루피나에게.' 그것은 꽤나 스스럼없는 헌사였다. 마치 크리스마스 선물로 별 악의 없는 책을 선물하기라도 한 것처럼 보였다. 어쩌면 그레이엄은 정말 그렇게 생각했을지도 모른다. 그렇지만 제3자의 눈에, 그리고 몇 년이라는 시간이 지난 뒤에 보았을 때 그것은 눈에 띄는 물건이 아닐 수 없었다. 훌륭한 작가가 첩보에 관한 책을 첩보원인 사람에게 선물한 것이다.

그 책은 가져야 했다! 필비 부인은 분명 돈에 관심이 있었다. 공산주의 몰락 이후 모스크바에 감도는 인플레이션이 걱정되었던 것이다. 화려한 지하철 운임도 최근 1회 탑승 요금이 1루블로 곱절이나 올랐고, 루피나는 그 때문에 마음을 졸이고 있었다.

"하지만 루피나, 당신은 얼마 전에 킴의 미출간 에세이를 영국 신문에 600파운드에 팔지 않았나요?"

"당신은 러시아인을 이해하지 못하는군요." 그녀가 지친 어조로, 그러면서도 당연하다는 듯이 말했다. "이곳에서의 삶은 투쟁이라고요."

"그러면 내게 책 두어 권을 팔면 어떻겠습니까?"

그녀도 그렇게 하고 싶어 했다. 그날 오후 그답지 않게 마이클이 자리를 비운 덕분에 둘 다 약간 편안한 기분이 된 우리는 계약을 맺고, 나는 그녀에게 책 네 권의 대가로 현금 1,500파운드를 건넸다. 그중에서 1천 파운드는 《스파이캐처》의 값이었다. 그녀의 눈이 빛났다. 나는 갖고 싶은 책 한 권을 더 사겠다는 제의를 할까 생각하고 있었는데, 그 책의 제목은 기억이 나지 않는다. 사실 그 책 자체는 특별할 것이 없었지만, 거기에 필비가 매클린의 아내에게 보내는 헌사가 들어 있었던 것이다. '멜리나에게. 하룻밤의 오르가슴은 의사도 떼어 놓을 정도요. 사랑을 담아. 킴으로부터.' 운은 너무 밀어붙이는 것이 아니다. 나는 아쉬운 마음으로 그 책을 다시 선반에 꽂아 두었다.

필비 부인은 정력이 넘치는 주인 노릇을 했다. 모스크바에 체류한 나흘 동안 그녀는 나를 인근의 공원과 교회와 명소들로 안내했다. 그렇게 순회하는 중에 살이 찌고 혈색이 좋고 목도리와 각반과 밝은 색 조끼, 하운드 투스 체크무늬 웃옷 차림을 한 신사가 빈둥거리는 걸음으로 내내 우리 뒤를 좇아다닌다는 사실을 알아채지 않을 도리가 없었다. 그는 이곳 사람처럼 보이지 않았다. 그는 자신을 굳이 숨기려 들지 않았으며, 오히려 내게 자신의 존재를 알리고 싶어 했다.

그는 소더비 경매회사에서 온 사람이었다.

그가 우리 뒤를 좇아다닌 것은 놀랄 일이 아니었다. 필비의 서류는 그 정도로 가치가 있었으니까. 영어 세미나 자료가 담긴 노트들, 미완성 자서전 초고, KGB에서 그의 신분을 입증하는 증거 문건, 러시아와 영국의 각계 명사들이 보낸 편지들, 일기, 미완성 기고문들이 잔뜩 있었다. 거기에는 또 KGB가 필비 동무에게 수여한, 버티가 축구대회에서 받아 오는 것 같은 조악한 플라스틱 트로피도 많았다. 필비가 꽤 많은 공적을 올린 것은 분명했다. 이 자료들을 일괄

해 보면 지금까지 알려지지 않았던 필비의 모스크바 시절에 대한 선명한 그림을 얻을 수 있을 터였다.

루피나와 마이클과 나는, 그 자료들을 6만 파운드에 구입하도록 영국국립도서관 측에 제안하기로 합의했다. 그 기대감으로 루피나의 눈에는 물기가 어렸고, 마이클 역시 기쁜 표정이었다. 우리는 기분 좋게 악수를 한 다음 모스크바에 새로 지은 화려하기 짝이 없는 호텔 가운데 한곳으로 식사를 하러 갔다. 그곳은 현재는 사업을 하는 전직 KGB 직원들, 정부의 고급 관리들, 세계를 무대로 활동하는 비즈니스맨들, 러시아 마피아, 그리고 군데군데 불안한 표정을 한 관광객들로 들어차 있었다.

우리 테이블에 벨루가 캐비아가 얼음 단지에 얹은 큰 그릇째 놓였다. 루피나가 손수건을 꺼내더니 그릇의 내용물 절반을 덜어 낸 다음 네 귀를 잘 접어서 핸드백 속에 집어넣었다.

“엄마가 캐비아를 좋아하시거든요!” 그녀가 상쾌한 어조로 해명했다.

정말 사랑스러운 광경이었다! 이 구소련의 대혼란 와중에서 저 옛날 흑인 집단농장의 노예를 패러디한 것처럼 자신을 엄마라고 부르는 필비의 네 번째 부인이 버터 바른 빵이라도 되는 듯이 캐비아를 먹는 광경이 그랬다. 엄마의 귀염둥이 아가들도 캐비아를 좋아할지 궁금했다.

나는 심술궂은 기분으로 동의를 구하듯 테이블 건너 마이클에게 미소를 지어 보였다.

"부인의 모친은 연세가 좀 많으세요. 지금 루피나와 함께 살고 계시죠." 마이클이 뻣뻣한 어조로 해명하듯 말했다.

샴페인이 한 병 더 나왔고 남아 있던 캐비아를 모두 먹자 다른 음식이 나왔다. 우리는 유쾌하게 대화를 나누고, 음식을 먹으며 보드카도 좀 마셨다. 지불은 내가 했다.

그런데 내가 귀국한 뒤로 일이 더디게 진행되었다. 영국국립도서관 측은 깊은 관심을 보였으나, 장차 말썽의 여지가 있을 수 있는 취득 작업을 추진하기에 앞서 정부의 승인을 받아야 했다. 작업 계획안이 외무부로 넘어가고 나서 얼마 되지 않아 모스크바에서 전화가 왔다. 마이클이었다.

"릭?" 여느 때의 매력적인 어조가 아니었다. "우리는 기분이 좋지 못합니다."

"무슨 일입니까?"

"당신이 루피나에게서 산 책들 말입니다. 당신이 치른 가격이 마음에 들지 않아요."

정말 놀라운 말이었다. 나는 그 책들을 내 책상 뒤편 선반에 얹어두었고, 각각에 잠정가를 매겨 놓았다. 아직은 그 책들과 헤어질 준비가 돼 있지 않았다. 책값을 모두 합하면 5천 파운드가 되었는데, 그중에서 《스파이캐처》가 가장 값이 나갔다. 나와, 함께 일하는 직원들 말고는 그 책들을 본 사람은 아무도 없었다. 밤이면 사무실 문을 잠갔고, 성능 좋은 도난 경보기가 설치돼 있었다.

"그건 값이 아니라 보험 평가액입니다. 아무튼 그걸 당신이 어떻게 알고 있는 거죠?"

"그건 알 것 없어요. 당신에 대한 믿음이 없어졌어요."

"이봐요, 마이클." 나는 이 일이 어떻게 결말날지 알 수가 없었다. "나는 비행기를 타고 모스크바로 가서 호텔에서 나흘을 지냈어요. 루피나에게 무료로 서재에 있는 서류와 책에 대해 상세한 견적을 내주었고, 당신들 두 사람을 대접하는 데 수백 파운드를 썼습니다. 그러니 나로서도 이익을 봐야죠. 그런 것이 자본주의라는 겁니다. 그것으로 내 아내와 아이들이 먹고 사는 거예요."

"우리는 그런 건 알지 못해요. 우리는 그저 단순한 러시아인들이라고요."

"단순한 러시아인? 단순한 러시아인들이라고요? 농담하는 겁니까? 당신은 KGB의 전직 거물이고, 나는 한낱 책장수에 불과하단 말이오!"

"우리 거래는 끝난 거요." 그는 이렇게 말하고 전화를 끊었다.

이번 문서의 구입 건을 교섭하느라 애쓴, 언제나 상냥하기만 하던 영국국립도서관 원고부의 기록 보관인은 기분이 상한 것이 분명했다.

"그건 뻔한 일이죠. 당신은 바보짓을 한 겁니다!" 그가 퉁명스럽게 말했다. "그 사람에게 뇌물을 주었나요?"

이제 내가 이해가 부족했다는 사실이 더할 나위 없이 명확해졌다. 나는 내가 해야 할 대사도 모른 채 그레이엄 그린의 소설 속으로 걸어 들어간 셈이다. 내가 지시받은 내용은, 외무부의 승인을 받은 반역자의 서류 매입 건을 마무리지을 수 있도록 영국국립도서관을 대신해서 전직 KGB 요원에게 뇌물을 주라는 것이었다.

나는 모스크바의 마이클에게 전화를 걸었다. 내 목소리를 듣고도 별로 반기는 기색이 아니었다.

"마이클." 내가 아무렇지도 않게, 그러면서도 상대의 환심을 사려는 어투로 말했다. "사과를 하려고 전화를 했습니다. 문서 구입 건과 세부 사항에 너무 정신이 없던 나머지 그만 당신 소개비 얘기를 까먹었군요."

침묵.

"이런 경우 업계에서는 통상적으로 매매 대금의 10퍼센트를 판매자의 대리인에게 지불합니다. …… 당신이 받을 돈이 6천 파운드가 되는 셈이죠. 원하시면 그 금액을 현금으로 드릴 수도 있어요!"

"지금 나에게 뇌물을 쓰려는 겁니까?" 그가 정말 놀란 어조로 반문했다.

"그래요! 효과가 있나요?"

마이클은 전화를 끊어 버렸다.

소더비에서 온 그 작자가 더 많이 주기로 한 건가? 그거야 알 수 없는 일이었다. 아니면 마이클은 그저 자신의 옛 스승이나 그 스승의 젊은 아내에 대한 사랑에서 이 일을 맡은 것인지도 몰랐다.

1994년 8월 필비의 자료가 소더비 런던 경매장에 나왔을 때 보니 루피나는 아마도 수익을 늘릴 셈으로 문서를 성격별로 나누기로 결정한 것 같았지만, 최종 판매가는 영국국립도서관 측이 지불하려고 했던 금액 정도였다. 그러나 개개의 문서는 대부분 익명인 극히 다양한 구매자들이 입수했으며, 그 결과 킴 필비 문서는 조각조각 나뉘어져 전 세계로 흩어지게 되었다. 자료는 소실되지 않았으나 문헌 자체는 산산조각 난 셈이었다. 이제 필비의 모스크바 시절을 연구하려는 사람이 그의 문서를 한데 모은다는 것은 거의 절망적이고 성과도 없을 터였다.

내가 뭔가 할 수 있는 일이 분명 있었을 것이다. 어쩌면 말썽을 일으킨 그 네 권의 책을 사지 말았어야 했던 것은 아닐까? 그러지 않았다면 거래는 제대로 됐을지도 몰랐다. 그러나 어쨌든 나는 도서 중개인이며 현금을 받은 필비 부인 역시 만족했다. 그 책들에 값을 매기지 말았어야 했는지도 모른다. 하지만 안 될 이유가 뭐란 말인가? 그것은 비용을 쓰고서 얻은 정당한 수익이며, KGB 요원의 예리한 시선을 예상하지 못했다고 해서 내가 비난받아야 한다고는 생각하지 않는다.

어쩌면 마이클에게서 전화를 받고 난 후 주머니에 현찰을 잔뜩 넣고 모스크바행 야간 비행기에 올랐어야 할까? 적어도 직접 대면해서 사태를 설명할 수는 있었다. 나 자신이나 그들을 위해서가 아니라 문서에 흠이 가지 않도록. 아무튼 사회가 개인을 규정하고 기록하는 것은 이런 식으로 문서 조각들을 짜 맞추는 과정을 통해서이다. 그리고 이러한 문서가 최상의 상태로 보호되고 이용되고 연구되도록 하는 것이 도서관이 할 일이다.

필비의 문서가 뿔뿔이 흩어질 무렵, 내게 신뢰를 잃은 것은 마이클만이 아니었다. 그러나 적어도 내게는 《스파이캐처》가 있었으며, 내가 사용한 비용을 메울 기회가 있는 셈이었다. 그러나 나의 고객들은 나만큼 그 책에 마음이 끌리지 않았다. 여러 달 동안 나는 그 책을 내 책꽂이에 꽂아 두었는데, 그 자리에서 그 책은 단순한 획득물 이상의 애정을 받았다.

"사람들이 물건을 사지도 않으면서 여전히 미소를 짓고 있다면 그 물건을 살 생각이 전혀 없다는 걸세." 동료인 피터 그로간이 참고가 될 말을 해 주었다.

나는 이면에 괜찮은 이야깃거리를 담고 있는 책에 약하다. 그것은 미세한 취향의 문제인데, 공유할 사람이 나타나지 않을 만큼 내 감성이 불가해한 것은 아니라고 믿을 수밖에 없다. 그런 사람들에게 그 책을 구매할 돈이 있느냐의 여부는 별개의 문제이다. 작고한 내 문학 대리인이자 친구인 자일스 고든은 두 가지 요소를 모두 갖춘 인물이었다. 개릭 식당에서 느긋한 점심 식사를 하는 것으로 유명한 그는, 종종 가십거리나 수집품에 넣을 책 한두 권을 구하려고 유쾌한 태도로 내 사무실에 들르곤 했는데, 원색의 폴 스미스 넥타이만 봐도 마당 저편에서 그가 온다는 사실을 알 수 있었다. 평소 유쾌한 성격이어서 술이라도 몇 잔 마시고 나면 거의 조증에 가깝도록 붙임성 있게 굴고 킬킬대면서 여느 때와 다른 어조로 성대 묘사를 하던 그의 목소리가 과장된 속삭임으로 바뀌었다. 속삭임이라기에는 좀 큰 그 목소리는 기막힌 가십거리가 있다는 의미였다.

물론 그는 단지 가십을 주고받는 정도가 아니라 본인이 꽤 많은 가십의 주인공이기도 했다. 예쁜 여자를 밝히는 그가 문인들의 파티에서 매력적인 젊은 편집자나 비서와 다정하게 말을 주고받는 광경이 흔히 목격되었다. 몇 해 전 이런 파티에서 가망성 높은 정담을 나누고 있던 자일스는 '문학계의 애보트와 코스텔로(콤비 코미디언—옮긴이)'인 저 떠들썩하기로 유명한 버니스 루벤스Bernice Rubens와 베릴 베인브릿지Bery Bainbridge의 방해를 받았다.

"자일스." 버니스가 젊은 여자를 옆으로 밀치고 들어서며 말했다. "베릴과 내가 말다툼을 하는 중인데 당신이 해결 좀 해 주었으면 좋겠어요."

"사람의 기억력이란 말이에요." 베릴이 특유의 이상한 어조로 말했다. "우리 나이가 되면 믿을 수 없다니까요." 그러면서 그녀는 자일스에게 한 팔을 둘러 그를 이 노년의 범주 속으로 끌어들였다.

"안 그래요?"

"기꺼이 도와드리죠. 무슨 일인가요?" 자일스가 말했다.

"우리 두 사람 중에서 당신과 바람을 피웠던 것이 누군지 혹시 아시나요?" 베릴이 진정이라는 듯이 말했다.

자일스는 이런 곤란한 상황을 즐기는 편이었다.

"당신들 두 사람하고 모두 바람을 피웠죠. 두 사람 모두 말입니다." 자일스가 웃음을 터뜨렸다. "당신들은 기억하지 못하는 모양인데 나는 '분명히' 기억하고 있어요!"

베릴과 버니스는 희미하게 만족한 얼굴로 걸어가 버렸고, 자일스는 다시 새 욕망의 대상에게로 관심을 돌렸다. 세련미과 성적 매력이라는 양면의 본보기 덕분에 그의 매력이 한층 높아진 것이 분명했다.

서적 수집가로서 자일스의 재미있는 점은, 그만의 취향이 있으면서도 흥미로운 것이 있으면 뭐든 사들인다는 것이었다. 한번은 테드 휴즈의 말소된 여권을 산 적이 있고, 또 한 번은 E. M. 포스터 Forster(그가 좋아한 작가)에게 헌정한 D. H. 로런스(그가 좋아하지 않는 작가)의 책을 산 적도 있다.

따라서 이미 저항할 생각을 단념한 그는 적어도 내게 자신을 즐겁게 할 만한 물건이 있으리라고 확신했다. 내가 탁자 위에 《스파이캐처》를 내놓았다.

"이걸 좀 봐요."

그는 책을 보자 눈썹을 1인치는 되게 곤두세웠다.

"흠, 당신은 내가 이 책을 소장해야 한다는 사실을 알고 있는 거로군!"

"그린 쪽으로요, 아니면 필비 쪽으로요?"

"사실은 둘 다 아니지만 정말 멋지군요. 당신도 알다시피 내가 이 책 저작권을 대리했잖소."

나는 그 사실은 몰랐다. 자일스는 책을 서류 가방 속에 집어넣고 내게 4천 파운드짜리 수표를 써 주고는 분명 기분이 좋아져서 돌아갔다.

그는 나보다 더 행복해 했다. 《스파이캐처》는 팔아 버린 것을 후회한 몇 안 되는 책 가운데 하나가 되었는데, 작가의 서명이 들어 있는 《율리시스》와 《황무지》 초판본과 같은 엄청난 문학적 중요성 때문이 아니라, 그것이 상기시켜 주는 추억 때문이다. 그 책은 내게 그레이엄 그린, 루피나 필비, 마이클 B, 모스크바 출장, 소더비 경매사, 영국국립도서관, 그리고 사라져 버린 필비 문서를 떠올리게 했던 것이다.

자일스가 그 책을 사고 나서 그 책이 줄곧 나의 뇌리에서 떠나지 않았다고 한다면 틀린 말일 테지만, 가끔씩 마음 한구석을 들쑤시곤 했다. 나는 자일스에게 돈을 꽤 얹어서 그 책을 되사려고 해 보았지만, 그는 그 책을 좋아했으며 나처럼 그 책과 친밀한 관계를 맺었다. 몇 년 후 그가 안타깝고 예기치 못하게 세상을 떠나고 나서, 나는 그의 미망인에게 런던 리뷰 서점에서의 강연에 필요하니 그 책을 빌려 달라고 부탁했다.

다시 그 책과 만나게 된 나는 이런저런 이유로 반환을 미루었다. 결국 몇 달 지나 책을 돌려주게 됐을 때 그 책을 내게 팔면 안 되겠느냐고 물어보았다.

"자일스의 책은 아무것도 팔고 싶지 않아요. 언제까지나 곁에 두고 싶어요." 미망인이 그렇게 말했다.

나 역시 그 책을 곁에 두고 싶었지만 그녀의 말을 완전히 이해했으며, 충분히 알아들었다는 선에서 이의를 제기했을 뿐이다. 그래도 여전히 그 《스파이캐처》가 아쉽다. 나는 그 책을 갖고 싶었으며, 존 단John Donne이 두개골을 올려놓았듯이 나 역시 받침대까지 만들어서 책상에 놓고 싶었다. 서지학에서의 '메멘토 모리' 삼아서 말이다. 대수롭지 않은 책을 그렇게 진기하게 받들어 모시는 것을 본 사람들이 어리둥절해 할 것이라는 생각도 마음에 들지만, 실제로는 그것이 의미하는 바를 알고 싶은 것이다. 요컨대, 책에 의해 변하는 데 굳이 그 책을 읽을 필요는 없다.

18 유유상종

BIRDS OF A FEATHER

나는 당신이 데리고 있는 어느 사람만큼이나 경찰 일에 훤하오. 어떤 일에서는 더 낫기도 하지. 희생자들은 모두 여성인데 여기에 들어맞는 여성은 아무도 없소. 나는 여자가 사는 집을 보면 그녀에 대해 평범한 남자가 아는 것보다 세 배는 더 알 수 있소. 그것이 사실이라는 건 당신도 잘 알 거요. 그러니 내게 보내 보시오.

토머스 해리스Thomas Harris, 《양들의 침묵*The Silence of the Lambs*》

…… 살인에 매혹되는 일은 위험하다. 그것은 정신적이고 도덕적인 기능의 마비를 초래한다. 특징 없고 무익한, 실로 기이하기 짝이 없는 맹목 상태가 되는 것이다. 그것은 그저 마음속에 들어 있으면서 언제든 곪아 터질 준비가 돼 있는 이미지와 감각을 빨아들이는 것이다.

브라이언 마스터즈Braian Masters, 애나 게코스키Anna Gekoski의 《기계적인 살인 : 1950년 이후 영국의 연쇄 살인범*Murder By Numbers: British Serial Sex Killers Since 1950*》에서 인용

나는 툭하면 자기 방에 틀어박히는 10대 아이들이 거기에서 무엇을 하는지 알지 못하며, 내가 정말 알고 싶은지도 확신이 없다. 전형적인 10대 아이의 방이 전자제품 창고를 닮아 있는 요즘에는 더욱 그렇다. 그곳에는 와이파이와 초고속인터넷이 장착된 컴퓨터, 최신 휴대폰, 캠코더, 고성능 스피커를 비롯하여 내가 이해할 수 없

는 온갖 장비들이 그득하다. 채팅방에서 낯선 사람과 바로 친구가 되고, 마이스페이스와 유튜브로 자신들의 영상을 보내면서 이런 전자적 환경에서 그토록 편안하고 안정된 기분을 느끼는 이유는 무엇일까? 어째서 이 아이들은 우리가 그랬듯이 위층에 올라가 책에다 사정射精을 하지 않는 것일까?

애나가 앞에 열거한 어느 것과도 접하지 않았던 20년 전에도 상황은 그리 좋지 않았다. 그 애는 그런데도 자기 방에서 뭔가를 하면서 가족끼리 어울리는 생활에서는 대부분 빠졌다. 끊임없이 전화통화를 하고 가장 짧은 스커트와 가장 속이 잘 보이는 블라우스를 골라 입으려고 했다. 그러나 바바라와 나는 그 애가 위층에서 주로 무엇을 하며 지내는지를 알았다. 독서였다. 우리는 낮이나 밤이나 손에 염가본 책을 든 채 침대에 베개를 받쳐 놓고 앉아 있는 애나를 보곤 했다. 우리는 마음을 놓았고 그 애를 자랑스럽게 여겼다. 애나는 거의 하루에 한 권 꼴로 탐욕스럽게 책을 읽었기 때문에 그 애가 비생산적인 일에 시간을 허비할지 모른다는 걱정을 할 필요가 없었다. 그것은 부끄러울 정도로 순진한 생각으로, 아주 단순하게 볼 때 독서가 유익하다고 여겼던 시절로 거슬러 올라간다.

얼마 지나지 않아 덜 지적으로 되기 시작한 나는 하루에 한 권꼴로 스릴러물을 읽고는 읽은 책을 애나에게 넘겼다. 함께 책을 읽고 좋아하는 작가에 대해 이야기한다는 것은 정말이지 재미있었다. 기억나는 작가로는 칼 하이어센, 마이클 코넬리Michael Connelly, 제임스 리 버크James Lee Burke, 할란 코벤Harlan Coben, 로런스 블록Lawrence

Block, 제임스 하비James Harvey가 있다. 우리는 음식을 나누어 먹듯이 책을 섭취했으며, 지난 목요일 아침 식사로 무엇을 먹었는지 기억하지 못하는 것처럼 우리가 읽은 책이 무엇이었는지 거의 기억하지 못했다. 시리얼을 먹었던가? 베이컨과 달걀이었던가? 그것이 뭐가 중요한가?

나는 1986년 프림로즈 힐에 있는 아파트를 구입했으며, 그곳을 새로 시작한 희귀본 사업 사무실로 사용했다. 나는 그곳에서 일주일에 사흘 밤을 자고 긴 주말을 집에서 보냈는데, 그것은 현명한 사업 계획이자 결혼 생활에도 필수적인 계획이 된 셈이다. 왜냐하면 바버라와 나는 늘 함께 있으면 서로 신경 쓰이는 시기에 접어들었기 때문이다. 나는 그 아파트를 아버지의 유산에서 나온 돈으로 온전히 나만을 위해 구입했으며, 바버라는 그곳을 보러 오지도 않았다. 그 아파트는 일주일에 절반을 내가 도피할 수 있는 은신처였다. 런던에서 지내는 삶으로, 내게는 더할 나위 없이 행복하고 들뜬 시기가 시작되었다. 그것은 주말이라는 조그만 대가가 따르는, 까다로운 결혼 생활의 절충안이었던 셈인데, 그때마다 아이들을 볼 수 있다는 사실로 충분히 보상되었다. 당시 일곱 살이던 버티는 그런 삶을 마음에 들어 하지 않았다.

"엄마와 별거하시는 거예요?" 내가 절반의 시간을 집 밖에서 보낼 예정이라는 사실이 확정됐을 때 버티가 물었다.

"나라면 그런 식으로 표현하지 않겠다." 내가 얼버무렸다. "별거는 집이 하나뿐인 사람들에게 해당되는 얘기지. 우리에겐 집이 두

개 있고 둘 다 쓰고 있잖니. 나는 사업 때문에 런던에서 지낼 필요가 있단다, 그렇잖니?"

영리한 그 애는 사태를 간파하고 안심할 거리를 찾았다.

"아빠, 저는 단순한 꼬마예요. 그러니 단순한 답이 좋아요. 별거하시는 거예요, 아녜요?"

"아니다."

버티는 마음을 놓은 것 같았지만 완전히 만족한 것처럼 보이지는 않았다. '단순한 꼬마'라는 외적 인격이 벌써부터 그 애가 삶을 살아가는 전술이 된 것이다. 밝은 성격을 타고난 버티가 불화를 대하는 방식은 대부분 사실을 부정하는 것이었는데, 대개의 경우 그 애한테는 효과가 있었다. 그 애가 단호하게 선별한 어린 시절의 기억은 부모의 결혼 생활에 들어 있던 숱한 문제들 대부분을 지워 버리는 것이었다. 훗날 이따금 불면에 시달린다든지 잠긴 문을 다시 확인하러 간다든지 하는 식으로 이런 영적 경계심의 대가를 치르기는 했어도 대체로 괜찮은 거래였던 것 같다.

애나의 태도는 반대였다. 목요일 저녁, 내가 런던에서 돌아오면 그 애는 자기 방에서 책을 읽으면서 나와 말도 하려고 하지 않았다. 내가 인사를 하러 위층에 올라가도 외면했다. 독서는 그 애가 특히 화가 났을 때 하는 일이었다. 그 애가 곧 스릴러와 연쇄살인 이야기에 중독된 것도 이상할 것이 없다.

딱하게도, 긴장감이 얼마나 위태로울 정도로 높아졌는지 감정적인 상황이 얼마나 허약한지 같은 우리의 결혼 생활을 간파하는 데 바버라와 나보다 더 뛰어난 애나는 어렸을 때부터 불안한 감시인이자 조정자 역할을 떠맡았다. 그 애는 나의 정규적인 부재가 의미하는 바를 알고 있었다. 바버라와 내가 소원해졌다는 것, 그리고 내가 '자기'를 버렸다는 것으로. 그 애는 흔히 불가피한 일을 막기에는 무력한 아이들이 자기 삶이 서서히 바람직하지 못한 형태로 변형돼 가고 있을 때 종종 느끼는 내면으로 파고드는 분노 때문에 언짢은 얼굴을 했다.

금요일 아침이면 그 애는 여전히 나를 완전히 용서한 것은 아니어도 내가 집에 있는 것을 진심으로 반기는 눈치였다. 우리는 그 애가 학교에 가기 전 중립 지역인 식탁에서 만나곤 했다. 나는 그 애를 힘껏 껴안아 주었는데, 처음에는 머뭇대더니 시간이 흐르면서 포옹을 받아 주기 시작했다. 그 일은 매번 내게 더할 나위 없는 안도감과 함께 가슴이 찢어지는 것 같은 고통을 주었다.

"집에 오니까 좋구나, 꼬마 병아리야." 나는 그렇게 말하곤 했다. 애나는 '꼬마 병아리'라고 불러 주는 것을 좋아했다. 그것은 어린 시절로 거슬러 올라가는 별명으로, 그때 내가 내 수염 속에 살고 있는 꼬마 병아리 가족에 대한 이야기를 만들어 들려주었던 것이다. 애나는 그 가족의 일원이었으며, 정신적으로 자신의 조그만 일부가 그런 식으로 남아 있는 것을 즐거워했다. 그것은 퇴행 가능성이 따르는 과정이었으므로, 그 애는 어느 시점에 이러한 어린 시절의 외적 인격을 상쇄시킬 강력한 대체 자아를 개발할 필요가 있었다.

애나가 1989년 출간된 토머스 해리스의 《양들의 침묵》을 처음으로 읽은 것은 내가 권했기 때문은 아닌 것 같다. 그 책은 내가 좋아하는 종류의 스릴러가 아니었다. 오히려 그 애가 권해서 내가 읽게 되었던 것 같다. 이 기억이 맞았으면 좋겠다. 내가 소개한 것이라면 그 애한테 이런 전염성이 강한 책을 소개했다는 가책을 느낄 테니까. 머릿속이 끔찍한 영상으로 가득 찬 꼬마 병아리가 있었던 셈이다. 대개의 경우 장르상 무해한 여느 스릴러와 달리《양들의 침묵》은 식인과 납치와 살인이라는 그 섬뜩한 핵심 이미지를 강제하고 독려하며 그런 것들을 보며 흡족하게 여기도록 한다. 민감한 사람이라면 어떻게 그런 것을 머릿속에서 지울 수 있겠는가?

이 소설은 딱하게도 단순히 웃고 넘어가기 어려운, 연쇄살인마가 그 가죽으로 특별한 파티 의상을 만들려고 뚱뚱한 여자들을 납치한다는 불합리한 이야기를 전제로 삼고, 한번 읽으면 너무나 섬뜩해서 여간해서는 잊기 어려운 한니발 렉터를 전면에 내세운 작품이다. 이 인물은 여러 건의 살인과 식인 행위로 감방에 수감된 인물인데, 간수들은 그가 덤벼들까 봐 두려워 얼굴에 마스크를 씌우고 팔 길이만큼의 거리를 유지한다. 반어적이면서도 딱한 일이지만, 렉터 박사는 가장 병적인 형태의 연쇄살인마의 환상과 그 진행 과정을 해석할 수 있는 가장 뛰어난 정신과 의사이기도 하다. 그래서 FBI는 신문에서 '버펄로 빌'이라고 명명한 살인자가 자행한 살인 사건의 해결이 난관에 부딪히자, 렉터 박사에게 시선을 돌린다. 정말로, 연쇄살인범을 다루는 FBI의 행동과학팀장인 잭 크로포드는 렉터 박사가, FBI가 자랑으로 삼는 VICAP(흉악범죄 예방프로그램) 프로파일시스템도 별 도움이 되지 않는 사건에 얼마간의 통찰력을 발휘할 거라고 생각했던 것이 아닐까? 그러나 그 가능성은 요원한데, 설혹 렉터가 아는 것이 있다 해도 심문자를 놀리는 것 이상의 일을 해 줄 것 같지 않다. 게다가 사랑하는 아내 벨라가 암으로 죽어 가는 상황에서 크로포드는 실마리를 추적할 시간도 그럴 에너지도 없다. 그는 자기 대신 클래리스 스탈링을 보낸다.

그것은 크로포드가 그 일에 별로 기대하는 것이 없음을 의미하는 것이기도 하다. 비록 애나처럼 범죄학과 심리학 학위도 있고 정신건강원에서 일한 경력이 있긴 해도, 콴티코 기지(미 해병대 기지—옮긴이)의 1년차 훈련생에 불과한 스탈링이 렉터의 상대가 될 리 만무하다. 사실 렉터를 상대할 만한 인물은 없다. 어쨌든 크로포드는 암암리에 그녀를 시험해 보고 경력을 올려 주고 싶은 욕구에 이끌려, 그리고 어쩌면 렉터가 경험 많은 요원보다는 매력적이고 순진한 젊은 여성 앞에서 좀 더 솔직하게 말할지 모른다는 육감 때문에 스탈링을 보낸다. 아무튼 잃을 것이 없었으며, 스탈링은 열의를 보였다.

그 다음에는 예상할 수 있는 줄거리로 전개된다. 스탈링과 렉터는 상호간에 기묘한 애착을 느끼게 되고, 살인 사건은 계속 일어난다. 렉터는 몇 가지 모호한 단서를 제공하고는 목표에서 벗어나고, 스탈링은 살인마와 죽음을 무릅쓴 대결 끝에 거의 목숨을 잃을 뻔했으나 결국, 가죽을 벗길 바로 그날 아침 가장 최근 붙잡힌 인질을 구출하면서 용기 있게 승리를 거둔다. 호된 체험이 준 충격에서 회복된 스탈링은 렉터 박사에게서, 이 일이 그녀에게 수많은 다른 경험의 시작이 될 것임을 예고하는 편지를 받는다. "그것은 궁지가 당신으로 하여금 궁지를 보도록 몰아붙이기 때문이오. 궁지는 영원토록 끝나지 않을 거요."

여기서 열쇠는 희생자와의 동일시다. 여주인공은 자신을 구하고 있는 것이며, 그 일을 끊임없이 계속하게 되리라는 것이다. 어린 소녀는 이런 이미지에 어떻게든 영향을 받지 않을 수 없을 것이다. 애나는 그때나 다른 때나 외향적인 성격이 아니었다. 연약한 마음에 상처를 갖고 있는 그 애는 내적으로 생각에 잠기면서 감정을 드러내지 않은 채 느릿느릿 결론에 이른다. 따라서 클래리스 스탈링이라는 인물이 애나의 내면세계에 끼친 영향의 정도를 평가하기란 불가능했다. 검은 머리에 비교적 단신인 애나는 '스탈링starling'(찌르레기)과 기묘하게 잘 어울렸다. 애나는 내가 그 애와 같은 나이였을 때 홀든 콜필드와 맺었던 것보다 훨씬 격렬하게 클래리스 스탈링과 맺어졌다. 그러나 우리의 경우, 그 애가 소설 《양들의 침묵》과 영화를 모두 '썩 잘됐다'고 여긴 점은 인정한다 치더라도, 그 애의 내면에서 이루어지고 있던 미묘한 변화가 어떤 것인지는 알 도리가 없었다.

애나 자신도 모르기는 마찬가지였다. 미지의 땅에서 병에 걸려 돌아온 여행자가 처음 몇 년 동안에는 발병하지 않는 것과 마찬가지로, 애나 역시 일종의 조류독감 같은 것에 걸렸는데도 위험한 바이러스가 잠복한 사실을 알지 못했다. 이따금 암시 같은 것이 엿보이곤 했으나, 그것이 암시라는 사실을 알지 못했다. 요크 대학에 막 입학할 무렵 《양들의 침묵》을 처음 읽은 애나는 그 후 몇 년이 지나 남자 친구 스티븐 브룸과 함께 파리에 갔는데, 그때 브룸이 그녀에게 기념품으로 야구 모자를 사 준 일이 있다. 브룸은 훗날 애나의 진중하면서도 애정 깊은 남편이 되었는데, 그 기념품은 프랑스와 아무런 상관도 없었다. 프랑스와 관련된 점이라고는 그것이 군청색 French blue이라는 것뿐이었지만, 그 단순한 모자 앞면에는 'FBI'라는 흰 글자가 박혀 있었다. 애나는 그 모자를 자랑스럽게, 자신의 유니폼처럼 언제나 쓰고 다녔다. 우리 모두 FBI 모자를 쓴 가냘픈 체구의 여자애를 귀엽다고 여겼다. 우리는 그 애가 진지한 이유에서 그 모자를 쓰고 다녔다는 사실은 알지 못했다.

나와 마찬가지로, 그리고 나의 아버지가 그랬던 것처럼 애나도 대학에서는 영문학과 철학을 공부했지만, 몇 주도 지나지 않아 영문학을 포기하면서 가족의 관점에서 볼 때 자신을 개별화시켰다.

"저는 그들이 계속해서 던지는 질문을 이해하지 못하겠어요." 애나는 교수들에 대해 그렇게 이야기했다. "그 질문에 대한 대답이 제대로 된 것인지는 고사하고 말이에요." 그 애는 덜 모호하고 덜 개인적이며 견해보다는 논증에 기초한 철학의 분명함을 영문학보다 좋게 여겼다. 그 시절 예술 쪽 교수들은 자기 학과가 '그 자체의 목적'을 위해 추구되어야 한다고 공언한 반면, 영문학이나 철학의 경우에는 그런 목적이 있음에도 내놓고 말하지 않았다. 애나는 교직을 원치 않는 것이 분명했다. 교수들이 요청해도 너무 숫기가 없어서 세미나를 제대로 이끌지 못했던 것이다. 그래서 나는 애나가 혼자서 공부를 하면서 꽤 예리한 분석적인 정신을 갈고 닦으리라고, 그 애의 단기적인 목표에 직업적인 열망 같은 것은 들어 있지 않을 것이라고 짐작했다.

그런데 졸업반이 끝나 갈 무렵, 그 애는 놀랍게도 케임브리지 대학원에 범죄학 전공을 신청하겠노라고 공표했다.

"어째서 범죄학을 하려는 거지?" 나는 그 애가 자신을 스탈링 요원과 동일시하고 있다는 사실을 알지 못한 채 믿어지지 않는다는 듯이 물어보았다.

"콴티코에 지원해서 프로파일러 과정을 이수하려고요."

"FBI 말이냐? 네 모자에 적혀 있는 것처럼?"

"거기가 그런 일을 하는 곳이죠."

"지금 농담하는 거지?"

"전 자격이 있어요. 미국 시민이잖아요."

나는 잠시 말을 멈추고 이 문제를 진지하게 되짚어 보았다. 우리는 지금 애나가 인생에서 맞는 전환점에 대한 이야기를 하려는 것이었다. 나는 이 문제를 잠시 생각했다. 그 애는 참을성 있게 기다렸다.

"지금 제정신이냐?"

물론 나는 그 다음에 일어날 일이 그 애를 도와 신청서를 작성하는 일임을 알고 있었다. 우리는 학과 설명서를 주의 깊게 읽어 보았으며, 나는 대부분의 범죄학자들이 하는 일이 가로등이 도시 범죄에 미치는 영향을 연구하거나, 이런저런 일들을 표로 작성하고 통계적 유형을 찾는 일임을 알고 안도했다. 애나는 비웃었다. 범죄학자는 범죄를 연구하는 거잖아요? 그리고 가장 크고 가장 질 나쁜 범죄는 살인이고, 살인자의 제왕은 연쇄살인자가 아닌가요? 애나는 신청서에 첨부하려고, 이런 당당하고도 독특한 생각으로 자신의 섬뜩한 흥미를 서술한 에세이를 쓰기 시작했다. 멋지군! 해당 학과 지원자의 95퍼센트가 탈락한다는 사실을 감안했을 때 애나의 그런 태도는 고려의 여지없이 탈락 대상일 것이다. 그러면 그 애는 하비 니콜스에서 구두를 쇼핑하거나 스릴러물을 내는 쓸 만한 출판사의 편집자라는 좀 더 분별 있는 선택지를 고를 터였다.

그러나 애나는 합격했다. 그리고 학교 수업도 잘 따라갔다. 영국의 연쇄 성폭행 살인마들에 관한 논문을 쓰기도 했다. 케임브리지 생활에 흠뻑 빠진 그 애는 열심히 공부하고 술을 마시고 온갖 파티에 참석하면서 학교생활을 즐겼다. 세월은 순식간에 흘러갔으며 불가피하게 닥쳐올 일을 유예시킨 듯이 보였다. 애나는 프로파일러가 될 생각이 없어졌다. FBI 요원으로 훈련을 받는다는 것은 생각만 해도 내키지 않았던 것이다. 그러자 다시 '그 다음엔 무엇을 하지?'라는 문제가 떠올랐다. 비슷한 전공으로 박사학위를 받는다고? 나는 그런 일에 돈을 댈 생각이 없었다. 박사학위는 적어도 교직을 원하거나 그럴 의향이 있는 사람들에게나 해당되는 것이다.

평소 애나를 좋아하던 자일스 고든이 해답을 제시했다. 연구석사(MPhil) 때 쓴 논문을 손봐서 책으로 내면 어떨까? 그는 그 논문이 꽤 매력적인 내용을 담고 있고 애나 역시 매력적이어서, 그 두 가지를 한데 결합하면 분명 팔릴 만한 물건이 되리라고 여겼다.

"저는 책은 쓰지 못해요! 글을 잘 쓰지도 못하고 그럴 만한 자신감도 없어요." 애나가 말했다.

자일스가 기운을 돋우듯 미소 지었다.

"연쇄살인마의 어린 시절에서 시작해서 그가 어떻게, 그리고 어째서 연쇄살인마가 됐는지를 고찰한다는 것은 멋진 아이디어야. 그냥 한 번에 하나씩 하면 돼. 여러 편의 논문을 차례차례 쓰는 것처럼 말이야. 책을 쓴다는 생각은 하지 말고. 넌 잘할 거야."

그 이후 12개월 동안 애나는 자료를 읽고 연구하고 감금된 연쇄살인범들에게 편지를 썼으며, 히르슈펠트의 《성적 변칙과 도착》에서 과거에 내가 건너뛰었던 연쇄살인자에 관한 항목을 찾아서 읽기까지 했다. 애나는 다시 1년을 들여 《기계적인 살인: 1950년 이후 영국의 연쇄살인범》이라는 꽤 두꺼운 책을 완성했다. 그 책은 맥밀란과 호더 출판사보다 더 비싼 값을 부른 앙드레 도이치 출판사에서 출간되었다. 바로 그 무렵에 나는 역시 자일스를 통해서 내가 쓴 프리미어 축구에 관한 책 《스테잉 업*Staying Up*》의 판권을 팔고 있었다. 애나와 나는 만나서 스릴러물을 교환하는 대신에 원고를 교환해 보면서 서로 격려와 비평을 해 주었다.

그러나 일을 진행하는 과정은 비교가 되지 않았다. 나는 고든 스트라칸, 게리 매칼리스터, 디온 더블린 같은 축구 선수들과 어울리고 하이베리와 앤필드에서 열리는 시합에 간 반면, 애나는 그 별명조차 끔찍한 저 요크셔 살인광, 무어스 살인마, 프레드와 로즈 웨스트 부부, 데니스 닐센 같은 약탈자와 미치광이들과 늘 접촉하고 있었던 것이다. 그것은 전염성이 있고 불안정하며 폭발력이 있는 방

사능 물질이나 다름없었으며, 그 애는 그런 것을 안전하게 다룰 준비가 돼 있지 않았다. 매일매일 책상 앞에서나 책상을 떠나서나 애나는 놀랄 만큼 열의를 가지고, 힘없는 젊은 여성들을 강간하고 도살한 이 가학성애자들을 생각하며 지냈다. 그 애는 '그 애'를 죽이고 싶어 하는 자들에게 인종학적으로 딱 부합되었다.(흥미로운 사실은 실화 범죄를 다룬 서적의 주된 독자층이 20대와 30대 여성이라는 사실이다.)

바바라와 나는 그 애가 걱정되어 안절부절못했다. 우리는 그 애에게 차와 동종요법 약을 주기도 하고 의논을 하기도 했으나, 과제를 대하는 그 애의 냉정한 태도에는 안심이 되었다. 애나는 자료에 매혹되었으며, 그 애가 자신과 희생자를 동일시하는 경우에도 그것은 부분적으로 그들의 견해를 드러내고 그럼으로써 상징적으로 일시적인 구제를 하기 위함이었다. 그 애는 어둠 속을 뚫고 들어갈 수 있는 첩보원이었으며, 희생자를 직접 구하지는 못했다 하더라도 적어도 하나의 이야기, 관점, 근거를 제시할 수는 있었다. 그 애는 작가로서 언제나 어설프고 위험에 드러나고 나약하게만 여기던 자기 자신도 어느 정도 구해 낸 셈이다. 애나는 자신만의 가장 암울한 상상을 갖고 있는 동시에 그런 것들에 대응하는 클래리스 스탈링이 된 것이다.

그 애는 놀라운 집중력으로 글을 썼는데, 아마도 두려움이 가장 큰 원동력이었을 것이다. 그것은 '작가'들이 안고 있는 두려움이었다. 제대로 쓰지 못하고 일을 망쳐서 좋지 않은 글을 쓰게 되고, 어설픈 생각으로 비판의 대상이 될지 모른다는 두려움. 어쨌든 애나는 겨우 스물두 살이었다. 주로 심리적인 측면에서 그 애가 걱정이 된 나는, 마치 내가 보면 그 애가 맞붙어 싸우고 있는 저 방심할 수 없는 악한 세력을 물리치는 데 도움이 되기라도 하듯 서서히 형태를 갖춰 가고 있는 그 애의 원고에 집중했다. 애나는 매일같이 자신과 같은 또래의 젊은 여성을 죽인 살인마들에 관한 글을 쓰고 있었다. 아무리 자신의 내면에 있는 클래리스 스탈링을 동원했다 하더라도 그 애는 어떻게 자신이 다루는 희생자와의 동일시라는 저 심연에 말려들어 가지 않을 수 있었을까? 애나는 자신도 위험을 알고 있지만 통제했노라고 말했다. 그 애가 내게 원한 것은 심리적인 도움이 아니라 편집상의 도움이었다. 서문이 제대로 되었나요? 문장이 유연한가요? 웨스트 부부에 관한 항목이 제대로 읽히나요? 결론을 어떻게 짜면 좋겠어요?

나는 마치 그렇게 하면 원고에 나오는, 금방이라도 뛰쳐나올 것처럼 위협하는 악마들에게서 애나를 지켜 줄 수 있기라도 하다는 듯이 한 손에 기병도처럼 파란 색연필을 들고 원고를 편집했다. 그들은 정말로 나를 공격했으며, 내가 끊임없이 경계하지 않았다면 내 머리는 끔찍한 이미지들로 가득 차고 말았을 것이다. 그렇다면 그 애의 머리도 그렇지 않았을까? 나는 늘 애나 걱정을 하며 지냈다. 출산 후 처음 그 애를 안은 그 순간부터 내게 애나는 언제나, 끊임없이 눈에 띄지 않게 부드러운 감시를 받을 필요가 있는 너무나 섬세한 선물로만 여겨졌다. 애나는 유난히 귀엽고 더할 나위 없이 정직한 소녀가 되었는데, 사람이나 사물에 대한 그녀의 애착은 너무나 강해서 거의 희극적으로 보일 정도였다. 그 애가 네 살 때 낡은 소파를 팔았는데, 애나는 악을 쓰고 울면서 운반하는 사람이 그것을 집에서 가져가지 못하도록 소파 다리에 매달렸다. 슈퍼마켓에 갔을 때에는 우그러진 통조림을 사자고 우겼다. 그러지 않으면 그 통조림은 아무도 원치 않아서 슬프게 혼자 선반에 남겨지리라는 것이다.

그 애가 어렸을 때 나는 애나를 빅토리아 파크의 운동장에 종종 데려갔다. 그곳에서 애나는 높이가 6미터나 되고 계단이 열일곱 개인 커다란 미끄럼틀에 올라가겠다고 우기곤 했다. 그 애는 꼭대기에 이르러 난간에서 손을 놓으면서 약간 비틀거리다 자세를 바로잡고 앉을 자세를 취했다. 나는 아래의 아스팔트 위에서 탁한 갈색 재킷을 입은 그 애가 균형을 잃고 땅바닥으로 추락하기라도 하면 잡을 태세로 팔을 뻗은 채 그 애가 흔들리는 방향에 따라 좌우로 몸을 움직였다. 내가 몸을 날렸는데도 그 애를 구하지 못했을 경우 땅에 떨어진 그 조그만 몸뚱이가 일그러지고 부서진 모습이 눈앞에 선했다.

나는 밤마다 자리에 앉아 그 애가 여기저기 감탄부호를 붙이고 수정하고 편집하고 고쳐 쓰고 구절이나 의문점을 집어넣고 삭제하고 조각을 이리저리 이어 붙인 원고를 보며 '이 아이는 다시 저 빌어먹을 미끄럼틀을 타고 있는 거야. 이번에도 그 애가 위험에 처하면 몸을 날려 잡아야 할 사람은 나라고. 지금으로서는 내가 그 애를 위해 해 줄 거라고는 이것밖에 없어. 원고를 편집하는 것 말이야.' 하고 생각했다.

> 1994년 루시의 절단된 시체가 발견됐을 때 머리에는 끈과 테이프가 감겨 있었고 뼛조각들은 사라진 채였다. 소름 끼치게도, 그녀는 지하실에서 일주일 가까이 살아 있었던 것 같다.

나는 그 부분에 메모를 달면서, 이건 아니라고 생각했다. '설명하지 말고 보여 줄 것. 구체적으로 말할 것. '머리에 끈과 테이프가 감긴' 상태와·그 이유는 무엇인가? 없어진 뼈들은 어떤 것들인가? '소름 끼치게도'라는 표현을 쓸 필요가 있는가? 사실들이 알아서 말하도록 할 것!' 나는 결국 내가 적은 메모를 지우고 그 구절을 그대로 놔두었다. 누가 그런 세세한 점들까지 알고 싶어 하고 또 그럴 필요가 있을까? 보여 주지 말고 설명하게 내버려 둘 것!

킹슬리의 조카이며 마틴 에이미스의 사촌이고 엑스터 대학에 재학 중이던 스물한 살의 루시 패팅턴은 잘못된 시간에 잘못된 장소에 있었다. 애나 게코스키와 비슷한 여자애가 판단을 잘못해서 비가 오는 글로스터의 밤, 낯선 사람이 차에 태워 주겠다는 제안을 받아들인 것이다. 가엾은 루시 패팅턴에게 일어난 일을 생각하자마자 온갖 이미지들로 머릿속이 뒤집히면서 나는 혼란에 빠졌다. 내가 어째서 이런 생각들을 하고 있어야 하는 걸까? 루시에 관한 것이든 루시와 비슷한 내 딸에 대해서든 말이다. '어째서 애나는 이런 일을 하기를 원한 것일까?'

그것은 그 애가 쓴 책의 결말에 나오는 수수께끼와 이상하리만큼 닮은 수수께끼였다. '극소수의 아이들이 자라서 연쇄살인자가 되고 나머지 아이들은 그렇지 않은 이유는 무엇일까?' 애나는 이 의문에 대한 답변으로 아이가 살인자가 될 수 있는 필요조건이나 충분조건 같은 조건을 설정하지 않고, 콜린 윌슨Colin Henry Wilson이 단언한 'X인자'를 부인하는 비트겐슈타인의 핵심에 대한 반론을 인용하고 있다. 하지만 거기에는 뚜렷한 유형이 있는데, 연쇄살인자에게는 학대하는 아버지와 과잉보호하는 어머니가 있어 내향적이 되고, 학교에서는 괴롭힘을 당한 끝에 분노가 가학적 환상으로 변형되는 저 유독한 내적 상태로 움츠러든다는 것이다.

대부분의 아동과 달리 '자신'이 이런 섬뜩한 일에 관심을 갖게 된 이유에 대해서도 애나는 신중하며 모호한 태도를 취했다. 《기계적인 살인》이 나오고 나서 〈보그〉지에 게재한 글에서, 애나는 자신이 《양들의 침묵》에 '매혹'되어 그렇게 됐다고 했다. 그게 다였다.

> 지성과 성적 매력과 폭력의 결합은 더할 나위 없이 매력적이었다. …… 1990년에 수줍고 머뭇거리는 열여섯 살짜리 소녀였던 나는, 여전히 미발달 상태이고 책에 대한 나 자신의 강렬한 관심에 어느 정도 불안감까지 느꼈다. 클래리스 스탈링은 나의 우상이며 대체 자아가 되었다. 나는 그녀가 나와는 너무나 달랐기 때문에 그녀가 되고 싶었다. 그녀는 힘이 있고 두려움을 몰랐으며 총을 가지고, 죄 없는 이들을 먹이로 삼는 '괴물들'을 잡는 사냥꾼이었다. 그것은 물론 순전한 환상이며, 그 책을 읽은 다른 많은 여성들과 공유한 환상이기도 하다. 그러나 그 책을 읽은 여성들 대부분에게 그 환상은 일시적인 것

이었다. 내 경우에는 그렇지 않았다.

어떻게 이 일이 일어난 것일까? 대부분의 독자들은 《양들의 침묵》을 잊고 지나갔지만, 애나는 그 책에 매혹되고 그 책 때문에 변화했다. 예기치 못한 어떤 내적 씨앗이 발아한 것인데, 그 애 자신이나 우리가 그 과정을 통제할 수 있는 방법은 거의 없어 보였다. 클래리스 스탈링이 아니었다 해도 다른 누군가가 그 역할을 맡았을 것이다. 아니면 이것은 과격하면서도 한편으로는 마음 놓이는 생각인데, 자신이 버려지고 학대받았다고 여기고 분노한 그 소녀가 만약 FBI의 여걸이나 희생자들이 아니라 살인자들과 자신을 동일시하기라도 했다면 어쩔 뻔했는가? 무의식적인 역할 모델이 클래리스 스탈링이 아니라 한니발 렉터였다면?

글쓰기를 마친 애나는 두 달 동안 완전히 탈진한 채 자리에 누워 지냈다. 그리고 회복이 되자, 오랜 암흑계 여행 동안 자기에게 영향을 미친 그 모든 시간을 부정하고 자리에서 떨치고 일어나 다시 일로 복귀했다. 애나는 〈뉴스 오브 더 월드〉사의 범죄 담당 기자(그것은 나의 대체 자아가 늘 원했던 일이다.)로 직장 생활을 시작했으며, 소아성애자에게 피살된 여덟 살 난 소녀의 어머니 사라 페인의 책을 대필했다.

그러나 애나는 안정을 이루지 못했고 욕구불만이었으며, 〈뉴스 오브 더 월드〉사에서 끊임없이 벌어지는 추한 일에 진이 빠지고 말았다. 한동안은 직장의 요구 사항이 그 애의 근육을 튼튼하게 하고 자신감을 더해 주었으나 오래가지는 못했다. 얼마 가지 않아서 애나는 단지 범죄자에 대한 기사를 쓰는 데 만족하지 않고 직접 얼굴을 맞대고 그들을 연구하고 싶어 했다. 그 애는 감옥이나 수감자 전용 병원에서 심리학자로 일할 생각으로 법정심리학 전공의 이학석사 과정에 등록했다. 그 애는 요크셔 살인광의 고백을 듣고, 이언 브래디의 동기를 분석하고, 로즈 웨스트를 처리할 방침을 조언하고 싶어 했다.

환상이 점점 더 현실에 근접하게 되면서 다행히도 그 일은 잘되지 않았다. 얼마 지나지 않아 애나는 더 이상 강간범과 살인마들과 일하고 싶지 않다고, 다른 사람들에게 끔찍한 짓을 한 사람들, 그리고 어쩌면 그녀에게도 그런 끔찍한 짓을 하고 싶어 하는 자들과 대면하면서 세월을 보내고 싶지 않다는 판단을 내렸다. 그래서 법정심리학자 수습 일자리를 알아보는 대신에 그와 관련이 있지만 훨씬 온건한 행동 방침으로, 범죄 희생자가 경찰이나 법정 같은 사법기관과 접촉하며 재차 희생자가 되는 과정을 연구하는 박사과정을 선택했다.

그 일은 할 만한 일이고 누군가는 해야 하고 가르쳐야 할 일이며, 내가(또는 그 애가) 예상했던 것 이상으로 애나는 그 일에 만족한 듯이 보인다. 그러면서도 애나는 구두와 관련된 일을 하고 싶다는 꿈이 있다고 고백한다. '멋진, 굽이 높은, 밝은 색채를 띤, 행복을 안겨주는 구두' 말이다.

구두라고? 안 될 것 없잖은가? "셜록 홈스는 양봉가가 되었잖아요. 그리고 윌키 콜린스Wilkie Collins의 《문스톤*The Moonstone*》에 나오는 탐정 커프 경사도 장미 재배에 중독되었고 말이에요. 그러니 구두에 대한 나의 환상도 그렇게 이상하기만 한 것은 아닐지 몰라요. 장미, 꿀벌, 구두…… 이것들은 모두 삶의 좀 더 멋진 부분, 밝은 면을 보는 방식이니까 말이에요."

상징주의를 이해하기 위해 굳이 앨리스 밀러가 될 필요는 없는 것이다.

19
'스테잉 업'과 버티

STAYING UP WITH BERTIE

"학자로 훈련을 받은 나는 분석이 습관이 되어 있어서
그 대상이 소설이든 축구팀이든 어떻게 돼 가고 있는지를 어림해 보려고 합니다.
게다가 축구팀 팬이기도 하기 때문에 두려워할 일은 없다는 생각입니다."
이렇게 나는 주절거리기 시작했다.

릭 게코스키, 《스테잉 업*Staying Up*》

로런스의 《사랑에 빠진 여인들》에 나오는 제럴드 크라이치의 어머니는 새장에 갇힌 샐쭉한 매처럼 사납고 불만에 차 있는 노파로, 상대를 당황하게 만드는 행동과 이런저런 격언을 즐겨 늘어놓는다. 소설 앞부분에 나오는 가족 파티 장면에서 누군지 모르는 사람들에 에워싸여 있던 그녀는 루퍼트 버킨에게 이렇게 말한다.

"이 집안에 있는 사람들을 도통 모르겠네. 아이들은 이런 식으로 자기를 소개하지. '어머님, 이 사람은 아무개 씨입니다.' 하고 말일세. 더 이상은 모르네. 아무개 씨라는 것과 그 사람 이름과 대체 어떤 관련이 있다는 거야?"

정말 재미있고도 자극적인 말이다. '아무개 씨라는 것과 그 사람 이름과 대체 어떤 관련이 있다는 것인가?' 그것은 그 사람의 이름이 '아무개'가 아니기 때문이다. 그 새로 온 사람의 이름은 피츠푸들 나리일 수도 있고, 얼 공작일 수도 있고, R. A. 게코스키 박사일 수도 있다. 이런 명명 방식에서 뭔가 배울 점도 있을 테지만, 크라이치 부인에게는 그런 것이 문제가 아니다. 그 경우, 이름이 있는 이유는 무엇일까? 거기에서도 무엇이든 배울 점이 있을까?

크라이치 부인, 그 답은 이렇습니다, 당신이 충분히 관심이 있다면 배울 점이 아주 많다는 겁니다.(그런데 크라이치 부인은 관심이 없다.) 내 평생에도 몇 가지 이름이 있었는데, 하나의 이름에서 다른 이름으로 단절 없이 넘어가는 것은 내 인생에 어떤 중대한 변화가 일어났음을 의미했다. 어린 시절 이후, 리치라고 불리던 짧은 시기를 제외하면 나는 리키라는 이름을 썼으며, 가족은 여전히 그 이름으로 나를 부르고 있다. 일상생활에서는 언제나 릭이었는데, 그 이름은 내 원래 이름인 리처드에 비하면 엄숙함이 떨어지는 느낌이지만 나는 한 번도 나를 리처드라고 여겨 본 적이 없다. 늘 릭이라고 여겼지. 따라서 나는 릭 게코스키인 것이다. 게코스키라는 성도 별로 마음에 들지 않지만.

하지만 대학에 입학하자 갑자기 이름이 두 개가 되었는데, 하나는 사적인 자리에서 쓰는 이름이고 다른 하나는 대학에서 쓰는 이름이었다. 흡사 교육과정이 한 단계 더 올라가면서 사람이 둘로 나뉘기라도 하는 것처럼 말이다. 펜실베이니아에서는 미국식을 따랐다. 이름, 이니셜, 성의 순서로 말이다. 논문은 모두 '리처드 A. 게코스키'라는 이름으로 작성되었고, 그 이름에 붙은 듯한 위엄이 마음에 들었다. 그 논문을 채점한 이들은 윌리엄 H. 마셜과 피터 B. 머레이 교수였다. 옥스퍼드에 오자 이 나라에서 쓰는 용법을 따라 나는 즉각 학교에서 쓰는 이름을 'R. A. 게코스키'로 바꾸었는데, 그때만 해도 언어를(특히 자신의 이름을) 바꾸면 인생도 바뀌는 것임을 알지 못했다. 몇 해가 지나 이 이름은 'R. A. 게코스키 박사'로 바뀌었고, 나는 아직도 비행기 예약을 할 때 이 이름을 사용한다.

적어도 내 경우에는 이런 식의 개명에 따르는 인생의 변화를 감지할 수 없었다. 하지만 그 이후 몇 년 사이에 내 말투가 달라졌다. 그것은 내가, 영국으로 이주한 미국인에게서 종종 나타나는 미국 동부 연안의 억양을 쓰게 됐다는 의미가 아니다. 실제로 내 영국인 친구들은 내가 영국에서 살기 시작한 지 40년이 지난 지금도 여전히 미국인처럼 말한다고 하는데, 거꾸로 미국에 가면 영국인으로 오해받는 일이 빈번하게 일어난다.

"아, 구세계에서 건너오셨군요." 내가 파스트라미 샌드위치를 주문하자, 뉴욕 카네기 식당의 웨이트리스가 그렇게 말했다.

"뭐라고요?" 아마 내가 폴란드 사람처럼 말했던 모양이다.

"영국 말이에요." 그녀가 욕조에 빠져 죽은 조이스 그렌펠(영국 여배우—옮긴이)같이 영국식 억양을 흉내 냈다.

"맞아요. 피클 좀 더 넣어 주겠어요? 영국인들은 피클을 좋아하죠."

"좋은 하루 보내세요." 그녀가 말했다.

내가 의미하는 것은 '그런' 말투가 아니다. 결정적인 변화는 내 발음이 아니라 내가 어떤 내용을 어떤 방식으로 말하는지에 일어났다. 이 과정에서 의식적인 노력을 한 점은 없었는데, 그건 충분히 이해할 만한 일이다. 우리가 어떤 새로운 장소에 가게 되면 단지 억양뿐 아니라 사물을 바라보고 자신을 표현하는 방식까지 새롭게 습득하게 된다. 이후 10년간 나는 나도 모르는 사이에 내 생각을 좀 더 복잡하고 미묘하고 반어적으로 표현하게 되었다. 요컨대, 영국 사람처럼 생각하고 말하게 된 것이다. 혹은, 좀 더 정확히 말해서 영국다움에 대해서 잘 알지 못한 채로 나 자신의 말에 그 관념을 적용한 것이다. 이를 설명하는 가장 좋은 방법은, 내 박사학위 논문을 기초로 R. A. 게코스키가 쓰고 1978년에 출간된 《조셉 콘래드: 소설가의 도덕관*Joseph Conrad: The Moral World of the Novelist*》이라는 책의 둘째 문단을 인용하는 것이다. 그는 콘래드의 여성 묘사에 대해 진술한다.

> 그가 그린 여성들은 여성 특유의 감정을 드러내지 않을 때에만 특수성에 도달한다. 콘래드의 많은 남자 주인공들이 그렇듯이, 그들도 그들 자신이 행하는 도전이 아니라 그들이 받는 시험과 관련하여 규정

되고 특수화된다. …… 콘래드의 주인공들은 독자적인 깊이를 갖추지는 않은 듯하다. 그들의 내면생활은 그들이 살고 있는 우주를 반영한 것이든가 또는 그것을 연기演技한 것으로서 가장 극적인 형태를 띤 것으로 이루어진다.

여기까지 고작 1쪽을 읽은 내 누이동생 루시는 책 읽기를 그만두었다. 이 책이 그녀가 읽기에는 '지나치게 지적'이라는 것이다. 그러나 실은 정반대였다. 그녀의 판단은 나의 지적 우월성에 대한 그녀의 흔들릴 줄 모르는 믿음과, 비판적 능력에 대한 자신감의 결여에서 나온 징후에 불과했다.

대체 '특수성에 도달한다'는 것이 무슨 의미인가? 바로 이어서 그 '특수'라는 말이 다시 사용된 것을 보면 중요한 것임이 분명하다. 내 짐작으로는 그저 엉성한 사고의 결과에 지나지 않지만. '내면생활'에 '가장 극적인 형태'가 들어 있다는 것은 또 무엇일까? 어떻게 내면생활이 우주를 '연기'한다는 것인가? 이런 예는 얼마든지 들 수 있다. 글은 미숙하며 지나칠 정도로 학구적이고, 그 조악함은 어디서부터 손을 대야 할지 알 수 없을 정도다. 언어로 정신요법을 유도할 수 있다면 이런 글이야말로 그럴싸한 분석감일지 모른다. 가장 눈에 띄는 문제는 긴장감이다. 유연함이라고는 찾아볼 수 없다. 생생하게 표현된 이치도 보이지 않는다. 이 글을 쓴 사람은 실제 이상으로 자신을 지적으로 보이려고 애쓰고 있다. 별것 아닌 간단한 견해를 전달하고자 불필요할 정도로 복잡한 어휘를 동원하려고 기를 쓴 흔적이 보인다. 무엇보다 화자 자신이 글을 읽는 이에게 감명을 주려고 필사적이다.

그렇다, 어쩌면 상승욕에 불타는 대학인들 대부분이 그런 식으로 애타게 논문을 쓰고 있을지도 모르겠다. 하지만 전반적으로 볼 때 부자연스러운 어조는 학문을 하는 이들의 특징으로, 미숙한 나보다 훨씬 잘 여물고 뛰어난 저술가들에게서조차 이를 엿볼 수 있다. 그것은 동료들이 자기보다 더 뛰어나면 어쩌나 하고 끊임없이 불안해하는 사람의 어조다.

인용된 문단이 안고 있는 두 번째 문제는, 잘못 생각한 미숙하기 짝이 없는 복화술의 산물이라는 것이다. 영국식 억양을 쓰려고 애쓰는 미국인이 하는 말을 들은 적이 있는가? 정말 난감할 정도다. 바로 그런 일이 내가 쓴 문장에도 일어난 것인데, 게다가 나는 훌륭한 배우도 아니다. 이것은 영국식 감성의 어설픈 흉내 내기며 가짜라는 냄새를 풍긴다.

이전의 나에 대해 이토록 가혹한 말을 해야 하는 것이 안타깝기도 하지만, 정말 불쾌한 노릇이다. 그런 식으로 글을 쓴 사람이 다른 사람이었다면 이토록 모질게 비판하지 않았을 것이다. 하지만 그렇게 많은 노력을 기울인 결과가 이렇게 보잘것없다는 사실이 서글프고 화가 난다. 나는 20년간 다른 책을 쓰지 않았는데, 그것은 쓸 수 없었기 때문이다. 몇 가지 원고를 쓰려고 한 적은 있다. 그중에서도 D. H. 로런스에 관한 책은 몇 년을 두고 끼적거리기만 했다. 애나가 태어나고 어머니가 세상을 떠난 직후인 1975년 코네티

컷의 웨슬리언 대학교에서 안식년을 보낼 때 그 원고를 어떻게든 써 보려고 필사적으로 노력했다. 완전히 고갈되고 기진한 나는, 매일 아침 바버라와 신생아를 열악한 환경과 의지할 친구도 없는 상태에 버려 둔 채 글을 쓰려고 도서관으로 향했다. 그러고는 매일 저녁 하루 동안 정직하게 일을 한 것처럼 집으로 돌아오면서 양심의 가책을 느끼곤 했다.

나는 단 한 단어도 쓰지 못했으며, 시도와 실패와 재시도가 거듭되는 그 일은 지독한 고통이었다. 노먼 메일러는 작가가 겪는 슬럼프를 '자아의 실패일 뿐'이라고 했는데, 당시의 나로서는 인지할 수 없었지만 여러 면에서 맞는 말이다. 이러한 실패의 원인을 알 수 없었던 나는, 이것이 나로 하여금 성공하거나 '유명해지는 것'을 원치 않도록 이끄는 어떤 내면의 힘이 있는 것이라고 여겼다. 박사학위 소지자이며 대학 강사인 R. A. 게코스키의 경력이 앞으로 어떻게 될지는 알 수 없었다. 나는 도리어 승진이 될까 봐 염려했으나 1981년에 부교수가 되었다. 그때 나는 승진이 너무 이른 부적절한 것이 아닌가 우려했다. 하지만 정교수가 되는 일은 없으리라고 생각했다. 내가 다른 교수들을 밀어낼까 봐 염려해서는 아니다. 그들 대부분은 나 이상으로 거만하고 방어적이며 경쟁적이다. 아마 사람의 됨됨이는 자리가 만드는 모양이다.

내가 학문을 위한 글을 쓰지 못하는 것, 다시 말해서 앞서 말한 대로 '글을 쓰지 못하는 슬럼프'를 겪은 것은, 사실은 나의 잠재의식이 내게 뭔가를 필사적으로 전달하려는 창조적인 방법이었다는 걸 깨닫는 데에는 다시 10년이라는 세월이 걸렸다. 나는 느리게 터득하는 축이다. 그 메시지는 간단했다. '나는 이 R. A. 게코스키라는 사람을 좋아하지도 않고 인정하지도 못하겠다. 그 사람은 자기에게 유익한 목적을 추구하지 않고 진정성도 없으며, 그가 기울이는 노력은 자신의 불행을 토로하는 불행한 인간이 하는 짓에 불과하다. 그의 어조는 답답하고 거만하며 비현실적이다. 요컨대 그것은 꾸며낸 목소리, 진실하지 않은 목소리다. 그 사람이 고생도 겪지 않고 이런 것을 쓰도록 놔둘 생각은 없다. 나는 그가 쓰려는 단어 하나하나마다 글자 하나하나마다 저항을 느끼게 만들겠다.' 그것이 바로 잠재의식이 하는 말이었다. 나는 작가의 슬럼프가 아니라 정체성의 슬럼프를 겪고 있었던 것이다.

이제, 20년 후에 '릭 게코스키'라는 이름으로 출간된 《스테잉 업: 프리미어십 무대 뒤의 팬*Staying Up: A Fan Behind the Scenes in the Premiership*》을 읽어 보자.

> 나는 내가 원하는 곳이면 그곳이 어디든 누군가 제지하기 전까지는 가기로 마음먹은 바 있는데, 이는 시합 전 몸을 풀려고 경기장에 나가는 축구팀을 따라갈 때에는 의외로 성공적인 전략이다. 나는 붙임성 있어 보이는 토키 경기장의 두 경비원에게 가벼운 어조로, "코번트리 애들하고 같이 왔어요."라고 말하고는 디온 더블린과 함께 천천히 걸어서 입구를 통과하여 경기장으로 들어갔다. 등 뒤에서 경비원 하나가, "저 양반은 누구지, 단장인가?" 하고 말하는 소리가 들렸다.

그 말에 다른 경비원이, "아니, 구단주인 모양이야." 하고 대꾸했다. 나는 의기양양해졌다. 경기장 안쪽에서의 삶은 다른 것이다.

이 글과 콘래드를 다룬 문단의 차이는, 후자가 학술적이고 전자가 대중적이라는 사실 때문에 생긴 차이가 아니다. 이 글이 '경기장 안쪽 같은 형편없는 곳을 드나드는' 고상한 인간의 본보기도 아니다. 이 새로운 글은 말하자면 좀 더 자유롭게 글을 쓰고 덜 지적으로 되려는 예전의 계획에서 나온 결과다. 이 글을 쓴 사람은 분명 재미있어 하면서 자신을 소박하게 표현하고 있으며, 자신을 드러내는 경우에도 그저 젠체할 뿐 실제 이상으로 똑똑해 보이려고 애쓰지 않는다. 앞에서 말했듯이 이 글은 내가 그저 이야기하고 독자는 그 이야기를 듣고 있기라도 한 것처럼 보인다. 어쨌든 이 글을 쓰려는 의도가 그것이었다.

나는 내가 좋아하는 코번트리 축구 클럽의 브라이언 리처드슨 단장에게 1997~8년 프리미어 리그 시즌의 경기장 이면에 관한 글을 쓰고 싶다고 했다. 결과가 어떨지는 알 수 없었으나 고든 스트라칸 감독과 그의 팀과 어울린다는 것은 생각만 해도 짜릿했다. 나는 단장과 팀의 행정 직원들, 그리고 관리와 시합에 관련된 사람들에게 자유롭게 접근할 수 있었다. 내 임무는 나 자신에 관해서가 아니라 축구 시즌의 '진정한' 이야기를 쓰는 것이었다. 대부분의 스포츠 서적들은 '벽에 붙은 파리'가 이야기하듯 글을 쓰며, 저자 자신의 감정은 고사하고 자신의 경험에 대해서는 거의 언급하지 않는다.

아무튼 독자들이 관심을 갖는 것은 단장이 하는 일, 고든 스트라칸이 하는 말, 센터포워드 디온 더블린은 가까이에서 보면 어떤 사람인가 하는 것이니까.

그 결과, 그 책들은 수수한 이야기체가 되고 만다. 벽에 붙은 파리는 눈에 띄지 않는데, 그것은 꽤나 적절한 비유인 것이 스포츠 종사자들은 기자들뿐 아니라 다른 모든 사람들을 그런 방식으로 대하기 때문이다. 나는 그 사실이 꽤나 당황스러웠다. 선수들은 내게 등을 돌렸고, 스트라칸은 약속을 '까먹어서' 사무실과 더그아웃과 연습장과 경기장에서 몇 시간씩 기다려야 했다. 내가 그런 일로 짜증을 내도 누구 하나 신경을 쓰지 않았다. 나는 권리가 없는 정도가 아니라 아예 존재하지도 않았다.

"그것이 우리가 신참을 대하는 방식이죠." 센터백 게리 브린이 내게 털어놓았다. "팀에 신참 선수가 들어와도 그를 받아들이기까지는 오랜 시간이 걸린답니다. 우리 모두 가축처럼 부끄럼이 많아요."

경험 많은 기자들이 그렇듯 나 역시 이런 일에 익숙지 않았으며, 감정의 상처와 무시된 호의, 분노를 피하기가 어려웠다. 대화를 주고받는 것이 내가 삶을 영위하는 방식이고 내가 좋아하고 또 내게 필요한 방식인데, 갑자기 평소의 모든 수단이 먹히지 않은 것이다. 내 호기심은 무관심의 벽에 부딪히고 상대를 즐겁게 하려는 시도는 무시되거나 일소에 붙여졌으며, 최소한의 관심을 보여 달라는 간단한 요구조차 묵살되었다. 그 일은 전혀 재미가 없었는데, 유일한 위안거리가 있다면 적어도 그 과정에 대해서만큼은 쓸 수 있다는 사실이었다. 그 결과 《스테잉 업》은 먼 이국을 찾아간 무슨 여행서 비슷한 책이 되었다. 여행자는 그곳의 풍습이나 언어를 알지 못하고 달라 보이며 의심의 눈초리를 받는다. 거기에서 뭔가 배우는 것이 있다면 그것은 천천히 나지막한 목소리로 말하는 법, 눈에 띄지 않게 움직이는 법이다. 원주민들은 경계하며 여행자와 거리를 두고 여행자가 그들의 방식에 순응하듯 아주 서서히 여행자의 방식에 적응한다. 그것은 인내심을 요하는 까다로운 방식이다. 그 일은 옥스퍼드에 입학했던 처음 며칠을 생각나게 했다.

그 결과 주인공까지는 아니더라도 중요한 인물 정도는 되기 시작했다. 글을 쓸 때에는, 그것이 콘래드에 관한 학술적인 글일지라도 대상은 물론 자신에 대해서도 이야기하지 않을 수 없다. 《스테잉 업》은 나 '자신만의' 음성으로 씌어질 수밖에 없었는데, 그것은 친숙하지만 갑자기 이질적이 된 무대에서 나만의 음성을 찾아서 차용하려는 노력에서 나온 글이기 때문이다. 그 음성은 경기장 관중석에서 들을 수 있는 소리, 문학이 아니라 축구에 대해 말할 때의 내 음성에서나 들을 수 있는 소리다.

이런 대화는 대부분 버티와 함께 나누었다. 당시 열일곱 살이던 그 애는 시즌 내내 내 동반자 노릇을 하고 종종 안내자가 되었다. 그 애는 일곱 살 때의 자칭 '단순한 꼬마'에서 붙임성 있고 지적이며 예술적이고, 아주 이성적인 청년이 되어 있었다. 가족 중에서 유일하게 위기가 닥쳐도 냉정을 유지할 줄 아는 버티는, 가능한 한 말다툼을 피하려 했지만 일단 끼어들면 해결책을 찾아내는 솜씨를 발휘했다. 가족 간에 빈번하게 이어지는 불화 속에서 나는 종종 그 애가 했을 법한 대로 행동해 보려고 했으나 잘되지 않았다.

버티는 누나와 반대 방향의 진로를 택했다. 애나가 심연의 수심을 측량하는 운명이었다면, 버티는 단호하게 사물의 수면 위에 머물렀다. 버티는 대학에서 광고와 마케팅을 전공하고 모델 에이전시 회사를 차렸다. 그 애의 직업 선택은 머릿속을 긍정적인 이미지로 가득 채우고 싶어 하는 사람에게는 불가피하고도 적절한 것이었다. 버티가 보기에 애나는 사물을 지나치게 깊이 들여다보고 그것 때문에 고통을 겪고 있었는데, 버티는 그런 애나를 오히려 부러워했다. 반면에 애나는 어둠 속에서도 자신을 지키는 버티의 능력에 감탄했다. 애나의 환상이 마법의 신을 신고 사물의 수면 위를 스치듯 건너가는 거라면, 버티는 수중 비디오 작가가 되는 것이었다.

허우적거리며 고생하고 있는 나를 보고 즐거워하던 그 애도 이 책의 이야깃거리로 편입됐는데, 버티의 태도는 나의 좌절과 과도한 흥분에 대한 표준적인 반응이었다. 그 애 역시 나처럼 선수나 경기장에 마음대로 접근하는 자유를 누렸지만, 그것을 대하는 관점은 나보다 나았다. 그 애는 선수들이 시합을 앞두고 몸을 푸는 동안 운동장 바로 옆에 있을 수 있다는 사실을 나와 똑같이 즐거워했으나, 나와 달리 곧 지루해 했다. 그것이 제대로 된 반응이었다.

"우리가 왜 여기 있는 거예요, 아빠? 무슨 좋은 점이 있죠?"

나는 그 말에 충격을 받았다.

"저기를 봐라! 관중석에 있는 사람들을 보란 말이다. 그중에 이곳까지 내려올 수 있는 사람이 있니? 우리가 여기 있는 것은 이곳에 있어도 좋다는 허락을 받았기 때문이야. 다른 사람들은 그렇지 못하고 말이다." 그 애는 딱하다는 듯 고개를 젓고는, 너는 영혼도 없느냐는 내 소리를 무시한 채 프로그램을 읽으러 관중석 쪽으로 돌아가 버렸다.

코번트리 시티 팬들과는 그보다 나은 대화를 나눌 수 있었는데, 그들은 나의 새로운 지위에 대해 버티와 달리 부러운 반응을 보이며 팀의 내부 상황을 궁금해 했다. 스트라칸이나 다른 선수들 앞에서는 소심해져서 자신감을 잃었던 것과는 달리, 축구 팬들을 대할 때에는 나도 모르게 이교도를 개종시키는 선민이나 된 것처럼 굴었다. 이런 부끄러운 영적인 과정에서 내가 나 자신에게 줄 수 있는 유일한 위안은 내게 일어난 일이 흥미로우면서 정당하다는 것이었다. 축구팀의 배후에 자유자재로 접근할 수 있는 팬이라면 누구나 나처럼 굴었을 것이다. 여기에서 가장 좋은 점은, 그 자리에 있다는 사실이 아니라 그곳에 있고 싶어 하는 사람들에게 그것에 관해 이야기하는 것이다.

그 결과, 나는 스포츠 팬의 보편적인 환상을 몸으로 체험하는 대리인이 되었다. 알고 싶어 하는 나의 욕망은 바로 그들의 것이었고, 내부의 이야기에 접근할 수 있는 내 특권은 그들이 모두 열망해 마지않는 사례가 되었다. 시합을 보러 가던 열차에서 한 코번트리 시티 팬은 열기 띤 어조로 이렇게 말했다. "잊지 마세요! 당신은 우리 모두를 대신해서 이런 경험을 하고, 우리 모두를 위해 그것을 글로 쓰는 겁니다!" 그렇게 말하면서 그 사람은 모든 작가가 글을 쓰면서 잠재의식 속에서라도 염두에 두는 이상적인 독자가 된 것이다. 이 이야기는 어떤 사람들을 상대로 쓰는 것인가? 어떤 독자들의 찬사가 가장 의미 있는가?

《스테잉 업》이 출간되고 나서 나온 반응 가운데 눈에 띈 두 가지가 내게 큰 만족감을 주었다. 하나는 만만치 않은 시인이며 비평가인 이언 해밀턴Ian Hamilton이 〈선데이 텔레그래프〉지에 쓴 서평이었다. 본인도 《가자의 선수들*Gazza Agonistes*》이란 책을 펴내고 스퍼스 팀의 팬인 그는, 우리가 알지 못했던 축구 이야기를 들려주는 《스테잉 업》은 '유머가 넘치고 지금껏 나온 축구 서적 가운데 최고'라고 평해 주었다.

이보다 더 만족스러운 반응은 생각하기 어려웠으나, 그런 반응이 소박하게도 아마존닷컴의 독자 서평 형태로 나왔다. 글을 쓴 사람은 자신을 '독자'라고만 했을 뿐 이름을 밝히지 않았으며, 문학적 스펙트럼에서 볼 때 이언 해밀턴과 정반대 쪽에 서 있었다. 하지만 그는 코번트리 시티의 열성 팬임이 분명했다. 바로 우리 가운데 하나인 것이다.

> 내가 이제껏 읽은 책 가운데 가장 멋진 책이었다. 나는 이 책이 시중에 나온 바로 당일 구입해서 사흘 만에 읽어 치웠다. 아무런 제한 없이 씌어진 어떤 이야기에서는 이름이 거론되지 않은 것 때문에 기분이 상한 사람이 있을 텐데, 나라면 그 일을 명예롭게 여겼을 것이다.

나는 예전의 R. A.(게코스키)가 쓴 문학적 독자층과 새로운 릭이 쓴 독자층을 모두 동시에 만족시킨 셈이었다.

벤저민 디즈레일리Benjamin Disraeli는 조지 엘리엇의 《다니엘 데론다*Daniel Deronda*》를 읽었느냐는 질문을 받자, "소설을 읽고 싶다면 내가 썼을 것"이라고 말했다. 이 심술궂은 말에는 그래도 쓸 만한 진실이 숨겨져 있는데, 나는 그가 《다니엘 데론다》를 '이미' 읽었으리라고 확신한다. 나는 저자가 자기 책을 쓸 뿐 아니라 그것을 읽기도 한다는 생각이 마음에 드는데, 그 과정은 별개의 것이다. 자리에 앉아서 《스테잉 업》의 최종 원고를 읽으면서 나는 그것이 내 평생 가장 중요한 독서라는 사실을 깨달았다. 편안하고 유머가 넘치는 지혜로 가득 찬 그 원고는, 그동안 내가 한 번도 작가였던 적이 없다는 사실을 깨닫게 해 주었다. 결국 나의 이상적인 독자는 나였던 셈이다.

《스테잉 업》의 마지막 몇 장은 바로 다음과 같은 과정을 거친 것이다. 축구의 땅으로 여행을 시작한 초기 단계에 나는 내게 익숙지 않은 풍습에 적응하려 애썼으나, 나 자신의 목소리에 대한 자신감은 갖지 못했다. 마치 내가 영국 대학에 있으면서 영국성을 흡수하려고 했던 때와 같았다. 그 경험이 끝나 갈 무렵에는 승리와 좌절이 한데 뒤섞인 이상한 감정에 젖었다. 시즌의 마지막 시합을 향해 치달으며 내가 상실감과 실망감 같은 감정에 빠지자, 다시 버티가 나로 하여금 올바른 시각을 유지할 수 있게 해 주었다.

"나는 아버지가 팬들과, 친구 분들과 1년 내내 이야기하는 것을 보았죠. 아버지의 의견이라면 모두 백 번씩은 들었을 거예요. 그건 '저번에 고든이 말하기를……'이거나 '사실 브라이언은 그렇게 생각하지 않는데, 실제로는……' 하는 식이었죠."

"맞아." 나는 그 말에 일말의 진실이 들어 있음을 깨달았다. "네 말이 맞다. 그런데 어째서 내 기분이 이렇게 가라앉는 걸까?"

"그건 아버지가 그 일이 쉽고 재미있었으면 하고 바랐는데 실제로는 꽤 힘들었기 때문이에요. 그리고 그 일이 끝났기 때문에 아쉬운 이유도 있고요."

버티는 내게, 그리고 자기 자신에게 미소를 지어 보이며 이렇게 덧붙였다. "하지만 저는 아버지를 알아요. 아버지가 그 일을 얼마나 좋아했는지 말이에요."

그랬다. 나는 그 애한테 다시 한 번 고마움을 느꼈다.

《스테잉 업》을 읽은 한 친구는, 자신은 축구에 관심이 없지만 그 책을 보고 내가 버티를 얼마나 사랑하는지를 알았다고 말했다. 축구 시합을 보러 다니는 일은 매주 함께했던 골프와 마찬가지로 부자간의 유대를 돈독하게 하는 통상적인 절차였지만, 나는 언제나 그 애한테 또 다른 유대감도 느꼈다. 버티는 내 아버지를 연상시켰고, 그 대신이라는 느낌을 주었다. 그것은 버티의 분별력이 뛰어났기 때문만이 아니라, 애나가 태어난 직후 어머니가 돌아가신 것처럼 버티도 그 애가 태어난 직후에 아버지가 돌아가셨기 때문이다. 우리 집안의 경우에는 유전적 교체가 무자비할 정도로 정확하게 들어맞는데, 버티의 귀여운 유아기는 아버지의 마지막 나날들과 연결돼 있다.

아버지는 1981년 예순여덟의 나이에 췌장암으로 돌아가셨다. 죽음을 맞는 태도에서 어머니가 딱한 본보기였다면, 아버지는 바람직한 본보기였다. 마지막을 기다리며 평온하게 누워 있던 아버지는 마치 변명이라도 하듯, "나는 한 번도 활기차게 살아 보지 못했구나." 하고 말했다. 비록 그것이 대부분 잘못된 방향으로 쓰이긴 했지만, 활력 넘치는 삶을 산 것은 어머니였다. 아버지는 어머니보다 11년 더 오래 살았지만, 아버지는 오래 살 체질이 아니었고 그것을 유감으로 여기는 것 같지도 않았다. 아버지가 오래 살지 못하는 걸 유감으로 여기는 사람은 나였다. 초서Geoffrey Chaucer의 시를 닮은 아버지의 미덕은, 시야가 넓고 위선적인 말을 쓰지 않고 빈틈이 없으며 온화하다는 것이었다. 아버지는 만나는 사람을 모두 똑같이 정중하게 대했으며, 본보기가 될 만한 내적인 삶을 영위했고, 그분이 믿는 신이 있다면 그 신과 화해하고 돌아가셨을 것이다. 그의 본보기와 유산은 나의 심리적이고 도덕적인 세포 구조를 이루었으며, 그의 삶이 그랬듯이 그의 죽음 역시 나를 형성하고 내게 힘을 주었고, 나를 통해 버티에게도 그 능력을 부여했다. 《스테잉 업》의 스타였던 버티는 책이 나오자 즐거워하며 그 책을 읽었으나, 양식 있는 판단에 기초하여 《마틸다》를 읽었을 때만큼은 아니었던 것 같다.

축구 시즌이 마감되면서 위축되었던 내 기력은, 에버튼에서의 마지막 시합을 남겨 놓고 코번트리 시티 감독과의 만찬에 초대되면서 어느 정도 회복되었다. 그때 나는 문득 내 마음이 편하다는 사실을 깨닫고 깜짝 놀랐다. "말투는 편했고 진심이 어려 있었다. 웃으면서 사람들에게 책을 쓰는 과정과 처음 몇 달 동안 힘들었던 일을 이야기하고 있던 나는, 문득 내가 나 자신의 목소리로 말하고 있다는 사실을 깨달았다."

그 일이 큰 교훈이 되어 하나의 자각을 형성했다. 릭으로서의 글쓰기가 R. A.를 몰아냈으며, 나 자신을 본래의 모습으로 복귀시켜 주었다. 두 번 다시 R. A.라는 이름으로 글을 쓰지 않으리라. 그런데 작가로서의 이 릭 게코스키는 과거의 나 자신을 그저 덮어 버리지 않고 그것을 편입시켰다. 덜 지적이 되기 운동은 과거의 나 자신을 덮어 버리려는 시도로, 애초부터 잘못된 생각이었다. 다른 방식으로 지적이 되는 쪽이 훨씬 나은 생각이었다. 그런 식으로 릭 게코스키는 R. A. 위에 덮어쓰지 않고 R. A.를 흡수하여 제 목소리로 변형시키는 것이다. 하나의 인격에는 하나의 목소리가 있을 뿐이다.

그동안 나는 책을 읽고 글을 쓰는 것을 일로 만들려 애썼으나 이제는 그러지 않게 되었다. 나는 한때 번갈아 가며 나를 두려움과 따분함에 몰아넣었던 저 방대한 서적들, 이른바 '문학'을 탈환하기 시작했고, 다시금 책 속에서 진정한 기쁨을 맛보게 되었다. 헨리 제임스를 다시 읽고, 《황무지》를 얼마나 암송할 수 있는지를 자문해 보고, 칼 하이어센을 제외한 스릴러에 할당된 지분을 떼어 내서 더 까다로운 소설에 배분했다. 이런 식으로 과거를 재생하는 일에는 얼마간 의미가 있지 않을까? 아무튼 그동안 그렇게 대단한 학문을 한 적이 없었던 덕분에 그것을 다시 가볍게 대하는 일도 그리

어렵지 않았다.

그해는 많은 짐을 덜게 된 해이기도 하다. 내가 《스테잉 업》을 쓰는 동안 바버라는 관대한 태도를 취하여 일주일에 이틀을 집에서 보내도록 해 주었으며, 나는 그 사이에 시티의 축구 선수들과 어울렸다. 우리가 함께 산 것도 오래전 일이 된 셈이다. 당시 나와 바버라 사이에 형성된 소원함은 과거와는 다른 느낌을 주었는데, 괴로움은 줄어들고 체념에 가까운 감정이 생겼다. 그저 서로에게 지쳐 버린 것이다. 아이들은 집을 떠났으며, 우리 둘을 실질적으로 한데 묶어 줄 것은 아무것도 없었다. 우리는 아무런 해결책도 없이 각본에 얽매인 배우처럼 감정의 시나리오를 반복하도록 운명이 정해진 것 같았다.

나의 결혼에 대한 내 견해는 한정되고 불완전하며, 그것을 일반화하려는 시도는 왠지 바보가 된 듯하고 몰지각하고 어딘지 부정한 느낌이 든다. 이런저런 일들이 잇따라서 일어났으며, 어떤 유형이 보였다가는 사라지고, 욕구와 감정들이 다급하게 생겼다가 돌연 사그라졌으며, 순간들의 순전한 직접성으로 인해 욕망이나 능력이 풀 수 없을 만큼 엉켜 버렸다. 따라서 30년간의 결혼 생활을 하고 난 뒤 이혼을 앞둔 상황에서 '대체 뭐가 문제인가'라고 자문했을 때, 그 답은 나도 모르겠다가 아니라, 도무지 만족할 만한 답을 생각해 낼 수 없다는 쪽이었다. 설혹 내가 답을 찾아낼 수 있었다 해도 그것은 손쉽고 불완전한 답이었을 것이다. 혹시 우리가 어떤 반발 때문에 만났던 것일까? 점을 쳐 준 컴퓨터조차 어울리지 않는 상대라고 단정할 만큼 우리의 배경이 서로 달랐기 때문일까?

하지만 많은 부부들이 상대의 다른 점에 이끌리고 그 반작용으로 만나기도 한다. 이것들이 하나의 요인으로 작용했을지는 몰라도 설명이 되지는 못한다. 내가 내릴 수 있는 최선의 결론은, 우리보다 지속적이고 더 나은 결혼 생활에서 흔히 볼 수 있는 어떤 일이 우리에겐 일어나지 않았다는 것이다. 나는 그것이 무엇인지 알 수 없고 그런 경험도 없다. 나의 부모도, 바버라의 부모도 그런 것을 알지 못했다. 그렇지만 로이가 큰 병을 앓고 있는 와중에도 루시와 로이 부부는 그 일에 매몰되지 않았으며 그 때문에 서로를 사랑하지 않는 일도 없었다. 나는 부러움과 불가해한 감정을 가지고 그들의 결혼 생활을 지켜보았다.

그 일이 신뢰와 상관이 있는 것은 아닐까? 서로 떼어 놓으려는 자극이 왔을 때 반사적으로 굳게 결합하려는 힘, 어떤 믿음직한 감정적인 무심함 같은 것 말이다. 그런 감정이 정의로 규정되는 일이 없었으면 좋겠다. 그런 정의는 분명 존재하지 않는다. 그런 정의가 있다면 무서운 일일 것이다.

사랑이라는 말로 사랑을 규정할 수는 없지만, 어쨌든 그것이 사랑 때문이라면 문제는 간단했다. 나는 사랑을 받는다는 느낌이 필요했는데, 그런 느낌을 주지도 못했고 받지도 못했다. 아마 바버라도 비슷한 감정을 느꼈을 것이다. 우리는 결합과 별거, 그리고 그 두 가지를 한데 뒤섞어 시도하면서 그 상태에 너무나 오랫동안 안주했다. 이 고질적인 우유부단함은 어리석고도 파괴적이었지만 소중한 순간과 이미지와 기억을 축적시키기도 했다. 나는 그 어떤 것도 후회하지 않는다. 그것이 바로 내가 선택한 일이다.

《스테잉 업》을 출간하고 얻은 예기치 못한 행운은, 그 덕에 2004년 결혼한 벨린다 키친을 만나게 된 일이다. 나는 그때 어느 아일랜드 화가의 작품을 보러 그로브너 화랑에서 열린 개막식에 갔다. 개막식 후에 친구인 마이클 에스토릭과 이탈리아 식당에서 화이트 트뤼프로 식사를 하기로 약속했기 때문에 마지못해 참석한 자리였다. 그림은 그다지 흥미가 가지 않았다. 아는 사람도 없어서 몹시 지루해 하고 있는데, 갑자기 누군가가 내 발을 밟았다. 아주 매력적이고 쾌활하며 상냥해 보이는 한 여성이 돌아보고는 별로 당황하는 기색도 없이, "죄송해요!" 하고 말했다.

"괜찮습니다. 뭐, 한 번 더 밟으셔도 좋을 정도입니다."

"막 담배를 피우러 나가려던 참이었어요."

"그렇다면 저도 함께 가야겠군요."

우리는 담배를 피우며 자기소개를 하고 화랑 밖에 사이좋게 서서 흔히 하는 질문을 활기차게 주고받았다. 그때 마이클이 밖으로 나오더니 나를 노려보았다.

"난 자네가 담배를 피우러 나간 줄 알았는데!"

"사실이 그래. 하지만 알다시피 이렇게 아름다운 여성을 만나니 정신이 좀 없었다네."

하지만 그녀는 그런 것 같지 않았다. 그녀는 즉석에서 말을 붙이기 쉽고 영리하고 호기심이 많았으며 호주인처럼 솔직하게 웃음을 터뜨리곤 했다. 사실 그녀는 말라위에서 성장한 뉴질랜드인이었다. 나는 그녀를 좀 더 알아봐야겠다고 생각했다. 단번에 그녀가 마음에 들었다. 아니, 그저 마음에 든 정도가 아니라 그녀에게 있는 뭔가를 '알아보았다'고 해야 할 것 같다.

마이클이 우리와 함께 저녁 식사를 하자고 그녀를 초대한 다음, 곧 그때 막 출간된 《스테잉 업》을 아직 읽어 보지 못했다며 미안하다고 했다.

"그게 뭐죠?" 벨린다가 물었다.

내가 축구에 관한 책이라고 하자 그녀는 얼굴을 찡그렸다. 그녀와 같은 세대의 뉴질랜드 여성들 대부분이 그렇듯이, 그녀 역시 메이저급 스포츠를 경멸하고 올블랙스(뉴질랜드 럭비팀—옮긴이)에 대한 찬사에 어리둥절해 했고, 1981년 남아프리카의 스프링복스팀이 뉴질랜드 원정에 나섰을 때 항의 시위에 참가한 전력도 있었다. 코번트리 시티 축구팀에 대한 나의 강박적인 관심을 기록한 책을 읽을 이상적인 독자라고는 할 수 없었다.

실제로 나에 대한 그녀의 평가가 급락하는 것이 눈에 보일 정도였다. "실은 그렇게까지 나쁘지는 않아요." 내가 서둘러 덧붙였는데, 그것은 정확히 말해서 그 책에 대한 변명이 아니라 조금이나마 그녀의 관심을 끌어 보려는 시도였다. "공과 관련되어 있기는 해도 실제로는 일종의 여행기랍니다."

그녀가 눈꺼풀을 들어 올렸다.

"낯선 사람이 낯선 나라에 가는 거예요. 원주민과 이방인은 서로 이해하지 못하고, 그 때문에 여러 가지 재미있는 일이 일어나죠…….”

“한번 읽어 봐야겠군요.” 나는 그녀가 지금껏 스포츠에 관한 책을 읽어 본 적이 없으리라고 확신했다.

“마음에 드실 겁니다. 제가 한 권 보내 드리죠. 주소가 어떻게 되죠?”

“책 한 권쯤은 살 능력이 충분이 있답니다.” 그녀가 단호한 어조로 말했다.

“그걸 의심하는 건 아닙니다.” 나는 그녀가 자신이 원하는 것은 무엇이든 행동하고 말할 수 있는 능력의 소유자임을 즉각 깨달았다. “하지만 그 책을 선물로 받아 주신다면 기쁘겠는데요.”

그녀는 그럴 생각이 없었다. 일주일 후 우리는 같은 시간에 서로 상대방에게 전화를 걸어서 데이트 약속을 했다. 나는 그녀를 영국 국립도서관의 전시회 개막식에 초대했다. 포도주와 카나페가 나오는 멋진 파티로 첫 데이트로는 이상적인 자리였다.

그런데 도착해 보니 도서관 불이 꺼지고 문이 잠겨 있었다. 나는 우리를 들여보내 줄 사람을 소리쳐 찾으며 주변을 서성거렸다.

“오늘 밤이 맞는 거예요?” 벨린다가 어둠에 잠긴 건물을 쳐다보며 물었다.

“물론 오늘 밤이 맞고말고요!”

그렇지 않았다. 나는 일주일이나 빨리 그곳에 온 것이었다. 나는 그녀를 찰코트 광장에 있는 내 아파트의 모퉁이를 돌면 나오는 오데트 식당에 데려가 샴페인과 굴을 대접했다.

그녀는 놀랄 만큼 관대했다. 우리는 쉬지 않고 대화를 나누며 먹고 마셨다. 아파트에 갔을 때 나는 바르삭 지방의 고급 포도주인 1983년산 샤토 클리망스 작은 병을 땄는데, 그것은 내 감정이 고조되고 있다는 징표였다. 포도주를 한 모금 마시고 나자, 나에 대한 그녀의 관심이 갑자기 높아진 것처럼 보였다.

그녀는 《스테잉 업》을 마음에 들어 했으며, 저자인 릭 게코스키와 그의 목소리와 사람됨을 사랑하게 되었다. 내가 그녀를 사랑하게 된 것처럼 말이다. 감정적으로 정확성과 성실함을 두루 갖춘 그녀는 전적으로 지지를 보내면서도 도전의식이 전혀 없는 동반자가 아니었다. 나는 그녀를 전적으로 신뢰하고 있다.

내가 벨린다에게 콘래드에 관해 내가 쓴 책을 주지 않은 것은 잘한 일이었다. 그랬다면 그것이 그녀를 마지막으로 보는 자리가 됐을 것이다. 나중에 그녀는 그 책을 읽다가 몇 페이지를 넘기더니 당혹스러운 표정을 지었다.

"어떻게 이런 책을 썼던 거예요?"

"사연이 아주 길다오."

에필로그

4월은 가장 잔인한 달, 키우나니
죽은 땅에서 라일락을, 뒤섞나니
기억과 욕망을……

T. S. 엘리엇, 《황무지》

1

철학이 없는 사람에게서 철학적 완전함을 기대할 사람은 없을 것이다. 명료함은, 철학이 없는 소박하고 비체계적인 저자가 갖고 싶어 하는 유일한 장점이다. 이것은 사실 매슈 아널드가 한 말인데, 너무나 딱 들어맞아서 내 것으로 삼고 싶을 정도다. 나 자신과 나의 독서에 대한 이 탐색이 실제보다 더 많은 뭔가를 이루었으면 좋겠다. 이 책을 마무리지을 만한 것, 누군가 뭔가를 배울 수 있는 어떤 이론, 더 넓은 시야가 내게 있었으면 좋겠다. 어떤 큰, 호손Nathaniel Hawthorne과 같은 시야 말이다. 하지만 내게는 자아나 독서 혹은 심리적 개발에 대한 이론 같은 건 없다. 더 정확히 말하자면, 그런 것들을 조금씩 갖고 있는데 그것을 모두 더한다 해도 성향과 견해와 편견을 섞어 놓은, 그다지 믿음직하지 못한 조합이 될 뿐이다. 나는 이론에 회의적이고 본질을 믿지 않으며 특수성을 숭배하고, 관념이 아니라 텍스트에 신경 쓰기를 좋아한다. 여기에도 나름의 이점이 있으나, 일반화에 대한 나의 무능력 때문에 서글퍼지고, 어떤 일을 시작은 해도 재치도 에너지도 그 일을 마무리지을 통찰력도 없는 듯한 기분이 든다.

2

내가 알고 있는 몇 가지 일들이 있다. 내가 읽은 책들이 나를 형성했다는 것, 그리고 그것을 통해 나 자신을 알게 되었으며, 나 자신을 통해 그 책들에 대해서도 알게 되었다는 것이다. 그리고 그 누구도 내게서 그것을 앗아 갈 수 없다는 사실이다.

3

나는 여전히 내가 천사를 믿었으면 좋았을 거라고 생각한다. 드퀸시Thomas de Quincey는 "천사의 예지가 있다면 모든 사물이 서로 관계가 있는 듯이 보일 것"이라고 말했다. 그렇다면 천사의 반대는 무엇일까? 실제비평가? 한 번에 하나밖에 보지 않는 사람, 전체가 아니라 코앞의 세상만 보는 사람, 두려움 때문에 고개를 들지 못하고 아래만 내려다보는 사람일까? 예전에 내가 방갈로 지붕에서 별을 보다가 압도된 나머지 책을 집어 들었던 것처럼 말이다.

4

나는 이제 내가 어떤 책을 읽고 또 어떤 책을 읽지 않았는지를 모르겠다. 내가 《트리스트럼 섄디 *Tristram Shandy*》를 읽었던가? 나는 그 책이 어떤 책인지 알고, 그 책에 대해 대화도 할 수 있다. 나는 그 책을 읽었던 것 같지 않지만, 이를테면 내가 그동안 읽고 잊어버린 수천 권의 스릴러보다 훨씬 더 친숙하다. 기묘하게도 《트리스트럼 섄디》는 내 독서 경험의 일부인 것이다.

5

기억은 재구성되는 것이며, 과거를 사진처럼 정확하게 재현하고 재생할 수 있으리라는 가정이나 희망은 잘못된 것이다. 사진이라도 그런 일을 하지는 못한다. 현재가 과거에 의해 만들어지듯이, 우리는 현재 안에서 과거를 만든다. 우리는 그때가 아니라 현재 경험하는 바에 따라 지나온 삶에 대한 가닥과 감정을 취하여 그것으로 이야기와 테마와 삽화를 만든다. 이와 같은 구성 과정은, 그것과 과거가 얼마나 정확히 일치하는지의 여부가 아니라 얼마나 진실이라는 느낌을 주는지, 얼마나 공정하게 사실을 드러내는지, 또 얼마나 관심이 있는지의 여부에 따라 신뢰성이 좌우된다. 클라이브 제임스 Clive James가 자신의 회고록을 '신뢰할 수 없다'고 말했을 때, 동시대를 산 증인들이 '아니, 그 일은 그런 식으로가 아니라 이런 식으로 일어난 것'이라고 말하는 일도 충분히 가능하다는 것, 그리고 책임이라는 범주에서 볼 때에는 그것이 중요한 문제가 아님을 의미한 것이다. 과거를 매력적으로 돋보이게 하는 작업은, 과거를 변조해도 좋다는 뜻이 아니라 기억의 작용이 그러하기 때문에 허용되는 것이다. 이런 종류의 망각에는 잘못이 없다. 망각은 바로 우리 본질의 일부이고, 자신을 표현하는 과정의 일환이다. 망각은 우리로 하여금 더 나은 이야기를 만들도록 해 준다.

6

내가 책 선정을 제멋대로 한 것일까? 선정된 책들은 꽤 긴 후보 목록에서 가져다 모은 것이지만, 일단 선정을 마치고 나자 최종 목록에 오른 책들은 만족스럽고도 당혹스럽다는 점에서 불가피했다는 느낌을 주었다. 이 책들을 선정한 것은 옳았다. 프로이트는, 모든 일이 일어나는 데에는 이유가 있고 이유가 있을 수밖에 없다고 했다. 책을 다 쓰고 난 다음에야 비로소 그 답이 분명하게 보였다. 외견상 서로 아무런 공통점도 없어 보이는 이 책들이 갖고 있는 공통점은 무엇일까? 이 책들은 어떤 지적이고 개인적인 회고록의 바탕을 이루고 있다. 하지만 나로서도 놀라운 사실인데, 여기에서 되풀이되는 주제는 사랑의 본질을 이해하려는 탐색이었다.

아니, 그것이 아니다. 그러면 지적이고 얻어들은 것을 잘못된 목소리로 말하는 듯한 느낌을 풍긴다. 노골적으로 말해서 사랑이 내 관심사인 듯하다. 이것으로 뭘 어떻게 해야 좋을지는 잘 모르겠다. 그 사실은 좀 당황스럽다. 자신을 읽는 것은 놀라운 일이다.

7

나는 이 책에 나오는 책들을 전부 다시 읽었지만, 책을 음미하려고 굳이 그 책들을 다시 읽을 필요는 없다. 나는 《사랑에 빠진 여인들》의 텍스트를 기억하면서도 평생 동안 여러 차례 그 책을 다시 읽은 기억이 있고, 그때 내가 읽은 내용을 어떻게 받아들였는지도 기억한다. 그렇게 읽을 때마다 내 생각은 계속 달라졌으며, 그렇게 달라진 견해에 대한 견해도 달라졌다. …… 그 일은 그런 식으로 계속 이어진다. 읽었던 책을 다시 읽으면서 우리는 그 책을 읽고 있던 과거의 자아라는 낯익은 이방인들과 맞닥뜨리게 된다. 그것은 놀랄 만큼 복잡한 과정이며, 우리의 독서 경험의 윤곽을 더듬어 가다 보면 확실하게 자신을 읽고 또 읽게 된다. 이런 과정을 관념적으로 풀어 본다는 것은 내게는 너무 어려운 일로서, 앞으로도 그런 시도는 할 것 같지 않다. 이런 것에 관해 글을 쓴 사람이 있을까? 이를테면 독서의 현상학 같은 글 말이다. 아니면 R. D. 랭의 《매듭》을 본뜬 책이라도 있을까? 그렇다 해도 알고 싶지는 않지만.

8

우리는 간절하게 신경을 집중해 가며 흡족한 기분으로, 손끝으로 한 단어 한 단어 천천히 짚어 가며 함께 책을 읽었다. 우리는 《황무지》의 서두부에서 시작했다. 늦은 오후, 내가 가장 강의하기 좋아하는 시간이다. 내 기억에 의하면, 겨울날 해질 무렵의 반쯤 그늘진 빛이 드리워지고 벽난로에는 장작이 타오르고 있다. 학생들은 종종 우리 집으로 찾아왔는데, 나는 강의실보다 집에서 강의하는 편이 더 좋았다. 더 따뜻하고 직접적이고 안락하다. 나는 늘 그렇듯 세미나를 시작하기에 앞서 커피나 차를 내놓고 비스킷을 곁들인다. 우리는 음료를 마시고 비스킷을 씹으면서 의견을 나누고 강독을 한다. 이미지들을 한데 결합시키고 어떤 유형이 손에 잡히면 감정은 점차 고조되고 서서히 대상을 이해하기 시작한다. 나는 이 과정을, 단어를 하나하나 읽고 경험을 공유하고 단어들이 서로 맺은 관계를 이해하면서 생겨나는 이 느리고도 창조적인 흥분감을 좋아한다.

강독에 따른 흥분에 젖어 정해진 시간을 초과하는 것, 지쳐서 그만두게 될 때까지 계속할 수 있다는 것이 바로 늦은 오후에 갖는 세미나의 이점이다. 그러고 나서 엘리엇이 직접 시를 낭송하는 레코드판을 틀면, 우리는 그의 삐걱거리는 쉰 음성이 심술궂고 절망에 차서 시를 읽어 나가는 동안 졸린 느낌으로 시의 언저리를 표류하며 말없이 귀를 기울인다. 그렇게 귀를 기울이는 동안 눈을 감지 않을 도리가 없다.

그때에는 깨닫지 못했으나 이제는 안다. 이전에도 이런 경험이 있었다. 그것은 부모가 손가락으로 글자를 짚어 가면서 아이에게 책을 읽어 주는 저 최초의 장면, 서서히 이해하는 과정과 기쁨을 그대로 반영한 것이다. 학생들과 나는 다시, 함께 읽는 법을 배우고 있는 것이다. 푹신한 의자와 소파에 파묻혀 차와 쿠키를 먹으며 흥분과 거의 관능적일 만큼 졸린 기분에 잠기는 저녁 시간. 손가락으로 텍스트를 짚는 행위, 그리고 동시에 그 텍스트로 마음이 움직이는 것. 이런 깊이 있고 주의력을 기울인 강독 시간에 우리는 어린 시절의 기억과 책과 그때 우리의 마음을 움직였던 일들을 재현하는 것이다. 우리는 우리가 읽는 방식과 저자들, 우리가 읽은 책의 내용, 그리고 그것을 우리에게 전달하는 사람들, 또한 우리가 그 내용을 전달하게 될 사람들에 의해 영향을 받는다. 독서에서 맛보는 짜릿한 흥분은 평생 동안 우리의 삶을 확장하고 규정짓지만, 거기에는 언제나 처음 우리가 언어의 힘과 신비를 이해하기 시작했을 때 느낀 반향이 들어 있는 것이다. "모든 면에서 우리는 사랑하는 대상을 통해서만 배우게 된다." 독서는 자신과 타인과 세계를 사랑하는 법을 배우는 방식이다. 독서는 사랑의 덩굴손처럼 우리의 내면에 깃들어 있다. 우리는 우리가 읽는 대상과 방식에 의해 형성되며 끊임없이 변화한다. 닥터 수스부터 T. S. 엘리엇에 이르기까지 그 책들이 우리를 형성시킨다.

9

내가 읽었던 책들과 나의 이전 자아들을 읽고 또 읽으면서 자아를 형성시키는 이 과정은 끊임없이 계속된다. 우리가 형성된 어느 순간에 형성의 과정이 완성된 것이라고 가정하는 이유가 무엇일까? 그런 일은 일어나지 않는다. 모든 독서 경험은 존재의 젤리 전반에 걸쳐 미묘하게 진동하며, 미세한 조정이나 변화를 이루며 과거의 독서 경험을 상기시키고 앞으로 맞게 될 독서 경험을 예시한다.

이제 예순네 살이 된 나는 무엇보다 애나와 버티에게 아이들이 생길 날을 고대하고 있다. 나는 꼬마 베라나 척이나 데이브를 내 무릎에 앉히고 그 애들에게 저 경이로운 호손을, 꼬마 천사 마틸다를 들려줄 것이다. 꼬마 릭이 바싹 다가붙으면서 열심히 귀를 기울이던 장면을 떠올리며 다시 한 번 나의 부모와 연결될 것이다. 그렇게 내 아이들과 내 아이들의 아이들을 거치면서 독서 행위는 끝없이 이어질 것이다.

그리하여 빛이 사라지고 밤이 드리워질 때까지, 더는 책을 읽지 못하는 순간이 올 때까지 책을 읽게 되리라.

'그리하여 빛이 사라지고 밤이 드리워질 때까지'

1

사실, 책을 읽는 얘기를 다룬 책을 읽는다는 것은 그리 내키지 않는다. 그건 왠지 TV 프로그램이 나오는 안내서나 열차 시간표 같다는 기분이 드는 것이다. 다시 말해서 진지한 독서의 대상으로 고르기에는 망설여질 수밖에 없다. 하지만, 물론, 이 책은 진지한 독서를 '위한' 책이고, 책이 우리네 삶과 어떻게 이어져 있고 또 삶에 얼마나 깊은 영향을 미칠 수 있는지를 보여 주고 있다는 점에서 진지하게 읽고 성찰할 거리를 제시해 준다.

2

평생 책을 읽으며 살아온 사람을 평범하다고 할 수는 없겠지만,

릭 게코스키라면 아카데미에서 벗어나 '덜 지적less intelligent'이 되고자 노력하고 그 나름의 방식으로 성공을 거두었다는 면에서 평범한 시민이라고 불리는 쪽을 선택할 것이다. 요약하자면 그는 교양의 세례를 받은 평범한 시민이고, 이 책은 그 평범한 시민의 편력을 보여 준다.

3

우리의 경우와 마찬가지로 생계가 보장된 교수 직을 버리고, 우리나라에서는 아마도 '고본업자'쯤 될 희귀본 서적상이 된 사람의 삶에서 찾아볼 수 있는 연속성은 독서 행위reading다. 저자는 평생 그 연속성을 의식하고 또 소중하게 여겼으며, 그 경험을 함께 나누고자 이 책을 썼다.

4

그렇고 그런 독서 권장서쯤 될 거라는 선입견을 갖고 이 책을 대한다면, 또는 이 책을 읽지 않기로 한다면 실수하는 것이다. 한 권의 책이 그때그때 삶의 행로를 결정짓는 리얼 드라마에 속하는 이런 책을 만나기는 쉽지 않다. 그의 삶에서는 한 권의 그림책이, 한 편의 시가, 한 무더기의 스릴러물이 각각 제 몫을 했다.

5

사실 이 책은 책에 대한 애정을 고백한 것과는 거리가 멀다. 여기에는 책에 대한 혐오와 책으로부터의 해방을 꿈꾸는 청년이, 직업으로서의 문학에서 벗어나려 애쓰는 한 인간의 평생에 걸친 필사적인 노고가 담겨 있다.

6

저자는 이 책을 베라, 척, 데이브에게 헌정하고, '에필로그'에도 베라, 척, 데이브라는 미래의 손자들을 무릎에 앉혀 놓고 책 이야기를 들려주겠다는 얘기가 나온다. 저자가 이 책을 쓴 것이 예순네 살 때이고, 그들은 비틀스의 〈When I'm 64〉에 나오는 상상 속의 손자들이다. 나는 번역할 책을 받으면 먼저 서문과 에필로그처럼 앞뒤에 붙은 글들을 읽는데, '감사의 글acknowledgements(보통 번역서에는 수록하지 않는다)'과 '에필로그'에 나오는 얘기에 처음으로 흥미가 돋았다. 마치 맛있는 음식이 나왔을 때 그 냄새를 맡은 것처럼.

2011년 여름

게코스키의 독서편력

첫판 1쇄 펴낸날 2011년 8월 12일
개정판 1쇄 펴낸날 2016년 3월 9일

지은이 | 릭 게코스키
옮긴이 | 한기찬
펴낸이 | 박남희

종이 | 화인페이퍼
인쇄 · 제본 | 청아문화사

펴낸곳 | (주)뮤진트리
출판등록 | 2007년 11월 28일 제318-2007-000130호
주소 | 서울시 마포구 토정로 135 (상수동) M빌딩
전화 | (02)2676-7117 팩스 | (02)2676-5261
E-mail | geist6@hanmail.net

ISBN 978-89-94015-89-7 03800